ZUI
Zestful Unique Ideal

最世文化
Shanghai ZUI co.,Ltd

Memory in the City of Dragon III

〔新版〕

南音

笛安 著

太阳依旧会升起，哪怕照耀的只是废墟。
这是我在这人间想告诉你的，最重要的事情。

目 录
CONTENTS

序幕　　　　　　　　　　　　　　　　　　015

第一章　　外婆　　　　　　　　　　　　023

第二章　　昭昭　　　　　　　　　　　　037

第三章　　医生　　　　　　　　　　　　051

幕间休息　陈宇呈医生 01　　　　　　　065

第四章　　姐姐　　　　　　　　　　　　087

第五章　　陌生人　　　　　　　　　　　105

第六章　　舅舅　　　　　　　　　　　　125

幕间休息　陈宇呈医生 02　　　　　　　145

第七章　　大妈　　　　　　　　　　　　163

第八章　　哥哥　　　　　　　　　　　　183

第九章　　还是昭昭　　　　　　　　　　199

幕间休息　陈宇呈医生 03　　　　　　　215

第十章　　　南音和陈宇呈医生　　　229

第十一章　　小镇老人　　　249

第十二章　　方靖晖　　　265

第十三章　　陈嫣　　　283

幕间休息　　陈宇呈医生 04　　　299

第十四章　　江薏姐　　　313

第十五章　　妈妈　　　329

第十六章　　迦南　　　345

幕间休息　　陈宇呈医生 05　　　363

第十七章　　天杨　　　377

第十八章　　苏远智　　　395

第十九章　　南音和北北　　　417

屠龙之旅

文／笛安

写在《龙城三部曲》再版之前

2009年3月14号，是第一版《西决》上市的日子。今年初的某天，我发现，这个日期依然清晰地镌刻在那里，好像我不用努力回想，一抬眼就能望到它。那时候我住在巴黎的斗室里，昏天黑地地赶着硕士论文，我根本就不知道未来等待着我的是什么。《西决》上市两周以后，小四在MSN上留言给我说：加印了，亲爱的，你知道这意味着什么吗？——我真的不知道，我当时退出了MSN，一边收拾去图书馆的帆布包，一边轻描淡写地把这件事告诉我当时的男朋友。我打开门的时候他突然在身后问我："你不会离开我吧？"我说，神经病啊，然后走出去带上了门。

后来我真的离开了他，后来MSN都不复存在。然后命运就被改变，我第一次去签售，第一次尝到连着好几个小时应付十几个记者的滋味，第一次有读者成群结队地在我眼前欢呼，第一次有人为了我的书写得好还是不好在网站论坛上争论乃至人身攻击——有时候我觉得这一切妙不可言，有时候我又觉得不那么真实。某个瞬间，我开始恐惧自己的欲望，我害怕我会太爱眼前这一切，然后想得到更多，然后恐惧失去，然后为了不失去做出种种难看的举动。对于"失去"的恐惧强烈到一定程度时，这恐惧就会伤害我的尊严，这是狮子座血统决定的。

就在那个时候，"写作"开始拷问我，有时候我看着空白的文档，绝望得就像是失眠的人看着染白窗帘的第一丝曙色。我发现所谓虚构其实是传说中的屠龙之技，世上的绝大多数人根本不相信龙真的存在，但是我必须相信，而且我在幻想中一遍又一遍地淬炼自己的技巧，想象中，我游刃有余，龙以不同姿势在我眼前断气，倒下时一声巨响也很有尊严。我首先需要相信我真的身怀绝技，却没人知道，想象中的那把利剑有多少次真的割伤了我，我在虚构的世界里留下了真实的血液，这便是所有看起来感动过人的小说的秘密。

这就是我越来越讨厌解释自己的作品，讨厌写所谓"创作谈"的原因——什么样的解释能让人明白这个呢？我告诉你世界上其实真的有龙，你只会觉得我疯了。我用了四年的时间，写了一座名叫龙城的城市里，一些人，他们活着，他们死了，他们用血肉之躯证明了人生荒凉的本质，他们爱过恨过原谅过最后变成墓碑前面盛放的野花。现在六年过去，三部曲再版，我却只想说，我不像东霓，不像南音，不像我笔下任何一个角色，如果我真的有个瞬间让你觉得我算是成功地塑造过他们，不过是因为，我也一样劫后余生。

我知道我是幸运的，所以当我很疼的时候，我会告诉自己说，我一定可以熬过去。以前我总自以为是地说我偏偏"宁为玉碎不为瓦全"，可是，此刻我终于懂得，究竟是玉还是瓦，根本就不是一种选择，至此，我与我的灵魂之间终于达成了某种难得的谅解——我一向不是一个跟外部世界相处困难的人，我所有的问题来源于我的内心。我曾经不顾一切地爱过。我依然义无反顾地杀龙。这六年，只需要这一句，我的人生就讲完了。

不过现在我开始相信，屠龙之技练到最后，不是为了能杀死真的龙，而是能在想象中允许自己和龙同归于尽。感谢你，六年后的今天依然愿意翻开这个关于龙城的故事。请你相信我，当年那个写下《西决》第一句话的女孩，或许已经不复存在，她冷硬倔强，她羞涩柔软——那个她如今早已脱胎换骨，她开始隐藏开始若无其事，她不会允许自己失态不会允许自己的情绪随意波动，她渐渐知道了什么时候该说什么话，她早已不屑于跟人解释她究竟在想什么——可是夜深人静的时候，她依然会爱惜地擦拭着那把用来杀龙的剑，那时候这世上依然只有她自己和她忠实的龙。

日出时朝霞染红了玻璃窗，她依旧会幻想那盛景由她一手造成，她一剑刺进了龙的心脏。

一如既往。

2015年5月12日
北京

序幕

那个小镇又来了。

　　天空蓝得让人觉得过分，房子的屋顶是红色的，反正是做梦，我也总是来不及怀疑为什么一整个镇上只有这么一栋房子。在我小的时候，这个镇上有时候会有一个卖风车的老爷爷，他穿着一件黑色的棉衣，一双胶鞋，还戴着一顶鸭舌帽，身后有无数绚烂的风车。风车变成了一堵会颤抖的墙，流转着这个世界上所有我见过的，和没见过的颜色。美丽的颜色总让我有种它们一定很好吃的错觉。第一次做这个梦的时候，我是个小学生，我觉得我已经是个大孩子了。我在饭桌上跟全家人说，那间房子的屋顶真漂亮，红得就像一条展开来，正对着阳光的红领巾。那时候我应该是才戴上红领巾吧，还总是喜欢对大家炫耀这样刚刚来临到我生活里的东西。

可是爸爸在很专心地看新闻,令人恼火——新闻有什么好看的,不过是一群穿着深色西装的人在一个叫作钓鱼的地方走来走去,又不是真的钓鱼。只有小叔很有兴趣地盯着我说:"南南,你的梦都是彩色的吗?"然后小叔笑了,他说,"南南真了不起,我听说,会做彩色的梦的人比较聪明,我的梦从小就是黑白的。"妈妈这个时候从厨房里走出来,端着一大碗西红柿蛋汤:"那还用说,我们南南当然聪明了。"于是爸爸就皱起了眉头:"都跟你说了多少次,不要当着小孩子的面夸她聪明,对她没好处的。"但是他这句话一点用都没有,因为我已经用力挺直了脊背,让紧绷的、蓬勃的骄傲把我的身体变成一个蓄势待发的弹簧。

冒着热气的西红柿蛋汤就像一个硝烟刚刚散尽的战场。

哥哥在一旁说:"聪明什么呀,都上小学了,还不会用筷子。"——那时候他是一个讨人厌的初中生,虽然我知道他每次都是在故意惹我,可我还是每次都忠实地生气了。我毫不犹豫地把右手五个手指往里弯曲一下,在他的手背上重重地抓了一把,非常笃定地说:"你的梦是彩色的吗?你的梦才不是彩色的,你的梦是黑白的。"哥哥脸上完全是阴谋得逞的笑容:"不会用筷子的人就是不聪明。""坏家伙!"我用力嚷起来了。

"郑南音——"妈妈的语气变成了警告,"你干什么呢?"门铃突然间急促地响了起来,成串成串的"叮咚"声。会这样按门铃的人,只有姐姐。不公平,要是我这样按门铃,爸爸妈妈就会说我捣乱的。果然,妈妈急匆匆地站起来,对着门口喊一声:"东霓,来了——"

可是现在我长大了,那个小镇上卖风车的老爷爷很少出现了。有的时候,一边做梦,我还能一边思考,他或许是死了。如果这个小镇真的是我的,我应该能在某个地方找到他的墓碑。要是找不到,就说明，他可能还是会来的。因为他和他的风车已经陪伴了我这么久，我没有道理不安葬他。不知什么时候，我就来到了那个红色的屋顶上。我坐在那里，这么些年了，有人长大，有人变老。有人出生，有人死。我常常问自己，为何在这个梦里，我明明感觉到自己还是童年时候的我，可是同时我心里还是知道，这些年发生了哪些事情呢？搞得我都不知道自己有没有长大。

　　我知道哥哥变成孤儿以后来到我们家，我知道爷爷奶奶的死，我知道姐姐走了那么远最后还是回来了，我知道大伯变成了一个很老的婴儿然后在睡梦中离开了，不过他还是在他活着的时候见到了姐姐的小孩，他的外孙——虽然郑成功看上去是从外星来的，但那不重要……好吧，我还知道，哥哥和小叔爱上过同一个女人，后来这个女人成了我们的小婶，并且生下了我们最小的妹妹，北北。——如果用这种简单粗暴的方式追忆一遍的话，就会觉得，怎么死了这么多人？如果把当中的岁月像水那样缓缓倒进去，倒进这些事实里面，温柔地搅拌均匀，或许可以慢慢地叹口气说："伤心的人真多呀。"

　　那屋顶上的瓦片已经陈旧了，但是在我面前逼近的、倾斜的天空还是崭新的色泽。你是怎么做到的呢？我想问它：你已经活了那么久了，为什么还能这么新鲜和轻盈？

　　总是故地重游，可是每一次，却都没有时间仔细看清这小镇的风景。这次我才知道，原来那房子的后面，是一个幼儿园。准确地说，是幼儿园的废墟。一个小朋友都没有，所有的器械都是锈迹斑斑。跷跷板从中间断掉了，搭成了一个带着刺的三角形。秋千是静止的，秋千架的顶端原本装饰着两只白色鸟的头，现在一只变成了浅灰色，另一只不见了。只有滑梯看上去完好无损，跟四周的残局相比，完好得像是一个静悄悄的阴谋。不过滑梯上面落满了灰尘，我记得原先通往顶端的台阶每一个都是鲜绿色的，绿得就像我最讨厌吃的菠菜叶子。我为什么会知道它是绿色的呢？

那是我曾经的幼儿园，我早已长大，所以它早已成了遗址。

其实我还记得，在一个阳光灿烂得有点不留情面的午后，幼儿园阿姨罚我站在屋檐下面。因为我不肯午睡，我要回家。她们不准我回家。我抱着我的那个脏兮兮的兔子枕头，站在那里。面对着满院子的秋千、滑梯、跷跷板——它们因为无人问津，因为寂静，瞬间就变得面目冷漠，它们本来应该比那些阿姨友善一点的，它们是我的伙伴，可它们也救不了我。我还以为得到这个惩罚的自己再也回不了家了，如果不能回家，那我和所有这些伙伴也会突然间开始彼此怨恨。过了一会儿，我突然看见围墙上面是哥哥微笑着的脸："南南，南南，过来。"我听见墙后面似乎还有一阵笑声，是姐姐。

"南南，过来呀。"惊愕让我的小腿肚子在微微颤抖。可我不敢，因为阿姨说我不能乱动。她们已经不让我回家了，我落在她们手里，除了听话，没有别的办法——我还是相信一件事，就是只要我乖乖地听话，还是会有人来对我好的。哥哥突然翻到了墙头，骑在上面，像是骑着旋转木马。姐姐的笑声又传了进来："快点呀笨蛋。"我眼睁睁地看着哥哥一点点踩着墙上那些砖堆出来的花瓣的空隙，爬了下来，稳稳地踩在我们幼儿园的地面上。他跑过来，抓住了我的手，说："咱们走。"于是他拉着我的手，把我带到了墙边。"爬上去南南。"他肯定地说，"别怕，我在后面，掉下来了我也可以接着你。"我都不知道我当时算不算是害怕了，总之我稀里糊涂地就真的爬了上去，哥哥也爬了上来，他抓着我那件粉色的罩衫后面的带子，像拎着一件行李。

那是我第一次坐在墙头那么高的地方，看见世界。那是我第一次可以低下头，看着围墙外面的姐姐。"下来，南南，咱们走了，不在这个鬼地方待着。"她仰着头看我的时候，阳光铺满了她的脸庞。她的嘴唇真红。

就这样，他们俩劫狱成功。

直到今天我都是懦弱的。可是我觉得正是因为那件事情，或者说，自从那件事情之后，我就养成了一种模糊的习惯，在情况很糟糕、很令人绝望的时候，我会莫名其妙地相信着，一定会有奇迹出现的。幼儿的逻辑没能力询问哥哥和姐姐怎么知道我在受罚然后来搭救我。其实答案很简单，他们俩在奶奶家吃完午饭，没事做，决定到我们幼儿园来看看我在干什么。然后就撞上了我可怜巴巴站在屋檐下的场面。

但是当时的我想不到这个。所以我只能相信，我原本就是一个会得救的人。

第一次，我在这小镇上看见了一个闯入者。我在屋顶，他沿着那条我一直都在走的路，绕过了幼儿园的废墟，缓缓靠近这所房子。我凝视着他的身影，突然意识到，自己在呼吸着寒冷的风。所以，小镇的冬天来了吧。当我发现季节的变化时，他的脚步声的质感也变了，像是在踩着积雪。一道阳光也随之炫目了起来，带着类似金属，面无表情的肃杀气——还是做梦好啊，郑南音说，要有光，于是就有了光。

然后我就醒来了。发现飞机正在以一个艰难的角度往上爬。龙城像一件陈旧的行李，被我们遗忘了。江薏姐微笑着从邻座转过脸："南音，你睡得真是时候，恰好就错过了起飞那一小会儿。"我也对她笑，我现在不像以前那么爱说话了。因为总是会有很多细小的事情在我想要开口的那一瞬间，南辕北辙地堆积起来，在脑子里堆成一片闪着光的雪地，让我不知道第一句完整的话，究竟要从哪里来，就像不知道第一个脚印，究竟要踩在这雪地的什么地方。所以我只是笑着凝望她的脸。这一年多的时间，我觉得她变了好多。虽然笑起来的样子依然潇洒，可是脸上有了种说不出的痕迹。

我知道她也在认真地端详我。她说："你是不是有点紧张？"我犹豫着点了点头。她说："也对，你的人生从此不同了呢。"她的脑袋轻轻地靠在了椅背上，含着笑，优雅地扫了我一眼，"了不起，南音，才这么年轻就有很好的开始了，想想都吓人呢——我能不老吗？"她似乎是把自己逗笑了。

"总得发生一点好的事情吧。"我只好这么回答。

我不知道她是真的没听见，还是装作没听见。总之她开始低下头去翻看飞机上的那些杂志了，对话就这么结束了。不知不觉间，我把额头抵在了机舱的舷窗上，圆形的。飞机的窗子总是冰冷，让人觉得外面的天空貌似温柔晴好，其实那种柔软的蔚蓝是被严寒冻出来的。我觉得我需要仔细地，从头想一想。想想刚才闯进我梦里的人。想想我的小镇上第一个过客。短暂的睡眠中，我没能看清他的脸。可我知道他是谁。

"我再也不想看见你。"我说。

"你每次都这么说。"他说。

"这次是认真的。"

"你下个礼拜就会改主意。"

"滚。"

"你的性格真是糟糕。"

“滚蛋。”

“不能文明一点吗？你哪儿还像个女人？”他脸上的微笑，和童年时的哥哥如出一辙。

“滚远一点。”我认为这句要比上面那句文明。总是这样，我在不知不觉中，就恼羞成怒地接收了他言语之间的所有讯息。

“好，我滚。但是我爱你，这总不关你什么事吧？”

“南音。”江薏姐的声音从那本摊开的杂志上方传过来，听上去闷闷的，“到了以后，你是打算住我那里，还是住苏远智那里？”整句话问完了，她也没有抬头。

很简单的一个问题，可是要想真的回答，是很累人的一件事。所以我只好冲着她笑，我自己也知道，这挺傻的。她笑着摇了摇头，像是自言自语：“真羡慕你们这些年轻人，有的是力气折腾。”

我想是在江薏姐跟空姐说“我要咖啡”的时候，我看见了那朵云。形状真的很特别，乍一看就像是公园门口的石狮子。可惜舷窗的视觉范围太狭小了，我用力地看，也只能稍微多看那么一瞬间。但我还是必须尽力地好好看看它，因为我知道，我和它再也不会相逢。

第一章

外婆

从小时候起我就觉得，过年这回事，只有在等待的时候，才最像是过年。心里涨满了期待、欢喜、激动和想象。以为到了正日子，所有这些期待、欢喜、激动和想象都会翻倍的，可是大年初一清早一睁开眼睛，就发现它们全都在除夕的睡梦中消失了。我不甘心，我非常不甘心，那时候我是一个执着的小孩，所以我每一次都很用力地把枕头翻起来，紧紧地抓着那几个红包，眼睁睁地，一边告诉自己所有那些喜悦都会在打开红包的时候从天而降，一边就这样看着它们静悄悄地停泊在不远处，可就是隔着一层玻璃，没法对着我从头到脚地用力泼过来。

可是我不能告诉妈妈说，我其实不喜欢春节。我必须挥舞着那几个红包，跳下床去跟每个人说"过年好"，必须用力地跟每个人拥抱——因为如果我不这么做，他们每个人都会堆出一副很严重的表情，问我："南南，你怎么不高兴呢？"——爸爸、妈妈、小叔、姐姐，更久远的时候，家里会有更多的大人一起问我这个问题——最多的时候达到过十个吧，那是我们家每个人都活着的时候。似乎我不高兴是件特别严重的事情。在他们的逻辑里，只要我没有表现得很高兴，就一定是有坏事发生。妈妈就会头一个盘问我："南南，是不是作业没写完啊？是不是在学校里被老师骂了？"……时光流逝，妈妈的问题变成了"南南，跟妈妈说实话，你是不是早恋了？"到了现在，终于变成了"你跟苏远智吵架了对不对？别骗我，妈妈是过来人——"

就这样，不知不觉间，为了不负众望，我变成了一个总是很高兴的人。不过，我就在这个竭力让自己高兴的过程中，莫名其妙地寻到了一些真实存在的快乐。我想哥哥是对的，我天生就热爱起哄。哥哥总是能把很多事情都总结得特别恰当，所以我觉得，他就应该做一个老师，虽然他没有小叔那么有学问。

哥哥是世界上唯一一个不会用那么紧张的语气问我是不是不高兴的人。但是其实他什么都能看出来，可他等着我自己说，如果我不想说，他也丝毫不会勉强——当然了，我基本上什么都会说给他听，因为让我把一件事憋在心里不讲出来，很难。我常常会把一个好朋友的秘密不知不觉间就告诉了另一个好朋友，天地良心，我不是故意的，我只是觉得放在心里是个太艰难痛苦的过程。

这个春节尤其乏味，我是说，2009 年的春节。因为没有哥哥——他待在那个发生过大地震的地方，在帐篷里给那里的孩子们讲万有引力——说不定他高兴的时候也会讲讲爱因斯坦，反正他和那里的孩子们都受够了这人世的无常，想象一下时间也是会弯曲变形的，或许就可以抚慰他们内心的某些地方。我给他的上一封信里问过他，会不会回家过年，但是自那之后，我没有收到他的任何回音。他想躲那么远，还不都是因为姐姐。还不都是因为姐姐告诉他——他是奶奶在医院里买来的……算了，我曾经一直都在心里怪姐姐，我以为我会怪她一辈子——可是几个月以后就发现，持续地恨一个人真是个体力活儿，实在太累了。所以我就想着，还是算了吧，我谁也不怨谁也不恨了，判断究竟谁该为什么事情负多少责任——这原本是老天爷的工作，不是我的。唯一一件开心的事情，就是我们搬进新房子了，虽然这边很荒凉，马上就要到郊区，可是整栋房子里弥漫着那种淡淡的油漆的味道——应该是油漆吧——让人错觉虽然我还是那个我，但整个人生还是可以换成新的。

我真想把整个人生换成新的。就像是一年前，我降落在广州的那一瞬间，不，准确地说，是我从机舱里走出来，呼吸到白云机场的空气的那个瞬间，我在那个陌生的南方城市里闻到了罕有的冬天的气息。然后，我听说雪灾来了。我和很多旅人一样，立刻觉得自己似乎再也不能回头。但我知道我是来做什么的。我来这个被大雪困住的仓皇的城市，把我的男朋友抢回来。心跳快得像是在泄愤，我的头脑却异常冷静，就像是在一片可以忽略时间的雪原上，等待着那只必然会出现的猛兽——我是个猎人，我只听得见自己的呼吸声。然后我就知道，虽然我还没能见到苏远智，但是我一定会赢。

可是，如果我当时能知道，2009年的春节是我们家最后一个完美无缺的春节，我一定会努力记得每一件事、每一个瞬间，一定不会允许自己感到无聊的。

除夕的傍晚，外面散落着零碎的鞭炮声。雪碧坐在我房间的地板上，很认真地剪窗花。所谓窗花，当然不是指电视里播放的那种十分精巧的民间艺术，她剪出来的图案都无比简陋和怪诞，可她坚持说那是窗花，我也懒得跟这个小孩子认真。我抱紧了膝盖，白色的地毯松松软软的，我从那上面捡起我的手机，给苏远智发短信："你想我吗？"——每当我没什么话跟他说，但是又希望他能理我一下的时候，通常都采用这个开场白。

"好看吗？"雪碧举起她的新作，期待地问我。

"像是万圣节的南瓜。"我很诚恳地告诉她。

"什么是万圣节的南瓜？"她认真地看着我，她眼睛真大。

"你真是个文盲。"我无聊地把身子往后一仰，枕在了可乐松软的肚皮上，"要是郑成功那个小家伙在这儿就好了。"我神往地说："不知道该多开心。"

"咱们可以去玩北北。"然后她看见了可乐在我的脑袋下面，顿时尖叫了起来，"你会弄疼它的！"然后她的声音被外面传来的歌声打断了。

小叔和爸爸原本是在阳台上对付那盆木炭，我想眼下一定是因为木炭火锅终于有希望了，所以小叔又大声地唱起了那首他最常唱的歌："亭亭白桦，悠悠碧空，微微南来风。木兰花开山冈上北国的春天，啊北国之春已来临——"我能想到小叔那副自我陶醉、前仰后合的样子，有的时候他要是喝点酒就更妙了，鼻头红红的，为了逗我们笑，非常豪迈地说："日本歌就是要用日语来唱。"然后他就开始非常愉快地把他自己编造的"日语"塞进曲子里面，难得就难得在他唱"日语"的时候居然完全不害臊，在乱七八糟无意义的音节里做出那种抒情的样子来。小叔真的是好可爱。我叹了一口气，阳台上面依然是余音绕梁的："故乡啊我的故乡，何时能回你怀中——"

"雪碧，你说为什么，可爱的男人总是会娶一个让人倒足胃口的女人呢？"我托起腮看着窗外，"算了，你懂什么呀。"

她静静地看了我一眼，突然笑了："你老公，是不是也很可爱？"

"我掐死你！"我镇定地说，然后迅速地把手伸到她后颈上，看她一副比我更镇定的样子，就明白了她完全不打算跟我在这个时候笑闹着厮打，"我嫁一个可爱的男人天经地义，可是有的人，凭什么呀。"

她似乎是很认真地思考了一下，然后点了点头，表示同意。

"雪碧，你跟着我姐姐学坏了。"这下我是真的很开心，因为一瞬间看到我们的阵营里又多了一个同盟。

姐姐的嗓音从楼下毫不含糊地传了上来："郑南音，又是你的快递！赶快下来拿！"我一边跑，一边想：她的声音真好听，尤其是抬高嗓门的时候，更是清澈。也不知道热带植物当初常常跟她吵架，是不是跟这个也有点关系呢？

妈妈把旧餐桌支在了客厅里，这餐桌已经用了很多年，跟着我们搬迁了好几次，就算我们为了搬家新买了一个看上去很像那么回事的新餐桌，但是妈妈还是舍不得丢掉她的老伙计。她说，在这张可以折叠的圆桌上擀出来的饺子皮是最好的。所以这张旧桌子现在变得很清闲，只是为了擀饺子皮而存在的，浑身上下都散发着一种懒得跟人解释那么多的元老气息。不知道为什么，可能是这个家还是太新的缘故，饺子馅的气味闻上去没有过去那么强大和毋庸置疑。面对簇新的环境，连这香味都在认生。

北北穿着一身臃肿的绒线套装，橘色的，像个登山运动员那样威武地站在学步车里面。她越来越胖了，小小的脸蛋几乎都要垂下来。

我每次看见她，都有种冲动，想把那两个水嫩的脸蛋替她扶上去安得牢靠一点。此刻她聚精会神地拨弄着学步车上那几颗彩色的木头珠子，眼神专注得很——北北就是这点可爱，那对细细的眼睛像是被日益膨胀的脸越挤越小了，因此只好拼命地做出很有精神的样子来，彰显自己的存在。我过去也总是跟着姐姐说北北长得丑，可是后来有一次，我无意中知道了，我小的时候，姐姐也常用一模一样的语气说："天哪，南南长得真丑，这可怎么办。"——自那之后，我就觉得我和北北都是弱势群体，我们应该团结一点。

"北北，北北——别数那几个破珠子了，你又不识数，数不清的……"我蹲在她面前，很认真地跟她对话。

妈妈在不远处慢慢地笑了："那你是姐姐，你要教她的嘛，我们北北那么聪明。"

是的，北北是个冰雪聪明的小孩。她八个月的时候就会叫"爸爸妈妈"，现在还差几天一岁，她已经会讲一些很简单的词表达她的意思了。比如"好吃"，比如"去玩"，比如"北北喜欢"，家里来客人的时候，北北表演说话就是大家最好的余兴节目。看她一板一眼地用力地表达自己的时候，我就觉得，这个世界的上方，一定还是有个类似上帝的神灵的。

北北抬起她的胖脑袋，看着我，然后把食指放进嘴里投入地咬了咬，突然笑了，非常肯定地说："漂亮。"

"谢谢你表扬我哦——"我终于忍不住了，还是伸手捏了捏她的脸蛋，然后我想到，她不是在说我漂亮，她是在回答我。我叫她不要再去摆弄那几个珠子，她在跟我解释她为什么要那么做，因为那些珠子漂亮。——真令人难以置信，我用另外一只手捏住了她的另一边脸蛋，然后轻轻地把她的小脸抻成了一个哈哈镜里的模样：

"北北，你真的有这么聪明吗？我的话你全都听得懂是吗？"

"南音。"陈嫣的声音急切地在我身后响起来，"别那样扯她的脸，她会容易流口水的——"她一面说，一面把一盘洗好的水果放在茶几上。我暗暗地翻了一下白眼：什么叫扫兴，这就是。然后北北在专心致志地盯着我翻白眼——该不会是打算学习吧，我于是轻轻地在北北毛茸茸的小脑袋上拍了几下，表示：虽然我很讨厌那个把你生出来的女人，但是这和你一点关系都没有。说真的，陈嫣最让我不爽的地方不在于她特别紧张北北，关键是，自从我们大家发现北北越来越聪明，她就一天比一天明显地，理直气壮地表现出来她有多么想要保护北北——潜台词似乎是，因为北北优秀，所以北北理所当然地应该被珍惜。这是一种非常坏的逻辑。不管是在什么情况下，爱一个人都不该爱得这么势利的。然后我轻轻地叹了口气，我知道，我又想起了遥远的火星人郑成功。

"妈妈。"我突然想起了一件事，"今天下午你出门的时候，有个人打电话来，说是你以前的同学。我问他有什么事情，他说就是拜年。"

"哦。"妈妈小心翼翼地抬起胳膊，用手腕拂了拂挡在脸上的碎发，为了避免把满手的面粉蹭在额头上，"那他有没有说他叫什么啊？"

"说了。"我竭力地回想着，"好像是叫——刘栋？不对，王栋？也不对，叫张栋？反正是个很常见的姓……"

妈妈的表情还是茫然："我还是什么都没想起来。"

姐姐在一旁笑了，嘲讽地说："三婶，你眼前是不是只浮现出来了三座建筑物？"

然后她们几个人一起大笑了起来。妈妈摇着头，一脸无奈的表情："有什么办法，上了大学也没用，还是这么缺心眼的傻丫头。"

虽然姐姐的语气让我很不舒服，但是我还是由衷地觉得她说的话确实很好笑。北北歪着小脑袋，看了看我们所有人的脸，然后也胸有成竹地笑了，似乎是明白了，眼下这个状况，跟着笑是不会错的。

有些事情我不知道该怎么解释，比如现在，我就是无意中瞟到了窗子外面似乎是掠过了一辆出租车，一瞬间，我觉得心里或者说脑子里，有什么东西蜻蜓点水一样地，微妙地震颤了一下。于是我就知道发生了什么事情，一定的，错不了，不然没法解释心里面随之而来的那种特别强烈的肯定。

我跳起来往门外跑。一边跑一边把我的预感喊了出来："哥哥回来了，哥哥回来了……那辆车里坐着的一定是哥哥！"顾不上理会身后大家的声音了，我在第一个音节涌到喉咙那里的前一秒钟，看见了哥哥的身影。

隔着落地窗，他打开车门，他接过司机从驾驶座上递的零钱，他走了出来，他绕到后面去打开了车的后盖，他把巨大的背包拎出来的时候身体的角度终于偏过来一点点，他把那个大家伙随便地放在地上，像是丢下沉重的盔甲，他腾出手来把零钱塞进了衣袋——没有声音，他在真空之中做完这一切。我终于用力地打开了落地窗，空气和远处的车声一起涌来了，"哥哥——"我发现自己的欢呼声居然怯生生的，似乎我还没有准备好，似乎我还是比较习惯刚刚的寂静，似乎我有点害怕迎接他阔别已久的声音。

他抬起脸，笑了。就在这个时候，我看见了姐姐。姐姐站在那一小块室内投过来的光晕里，她自己都不知道她的笑容有些僵硬。出租车的大灯还在闪，那司机不知为什么，非常应景，还不走。哥哥和他的背包就停留在那束车灯里面，一个站在黄色的光芒中，一个站在惨白的光芒中。中间那段明明暗暗的柏油路终究是黑暗的，就像是各自守在一个小星球上。

姐姐说："你回来了。"

哥哥说："过年了，我怎么能不回来？"

姐姐笑了，是急匆匆的、自嘲的那种笑："回来了就好。"然后像是不知道该把自己放在哪里，犹豫了一下，还是转身进了屋。

估计哥哥也没有想到，她这么快就寒暄完了，我在一边也觉得有点僵。不过我向来比较擅长厚着脸皮打破僵局——所以没怎么想就冲过去紧紧地给他一个拥抱。

"你是不是瘦了，死兔子？"他这样说。

"要死啊，大过年的你咒我死？"我抬起头，对他喊回去。

"你不也正在咒我么？"

"我没有，我说'要死啊'只是表达一种语气，这和'死兔子'是不一样的！"现在我放心了，其实一切都没有改变。

"让我看看你是不是真的瘦了，郑南音。"他又开始做出那副一本正经的样子。

"怎么可能，我又重了两公斤，你不要哪把壶不开就提哪把好不好呀！"我看着他明显削下去的脸颊，认真地说，"哥，我好想你。"

他周身散发着一种陌生的气息。也许远行之后的人都会这样。可这种陌生的气息却让我觉得有点不安，比方说，我刚才冲过去抱紧他的时候就突然想起来——每次苏远智放假回家的时候，我们第一次见面的拥抱也会让我从他的脖颈那里嗅到一种属于异乡的生疏的味道，每一次，我都会被这种陌生搞得有点害羞，就像是我们才认识没多久。于是我就在心里笑话自己说：郑南音你有没有出息啊，你们已经结了婚了结婚了你知道吗，你不要紧张得像是在偷情一样……

31

面对哥哥，我居然想到了苏远智——也不对，我是说，我不知道该怎么说，总之这可真的有点丢脸了。

"南音，你让哥哥进屋里去，这么冷的天气——"爸爸的声音从阳台上传了下来。然后妈妈也从落地窗里面走出来了，两只手湿淋淋的，估计是赶着去洗掉了面粉，妈妈没有表达惊讶，也没有表露欣喜，她只是说："累了吧？马上就开饭了。"

"好，三婶。"他和我妈妈说话的时候总是透出来一股特别让人舒服的顺从。妈妈总是和我说，其实哥哥的个性跟她很像，有时候补充一句"他才该是我的孩子"——心情不好的时候，这句话说完了就联想到我的种种可恨之处，然后开始骂我了。

其实我觉得，正因为哥哥不是她的孩子，她才总是看到他身上所有的优点。那种距离，是看不见也摸不着的。

年夜饭很热闹，爸爸和小叔开了两瓶家里存了好几年的酒。每个人都像我一样，尽力表达着自己很开心，因为他们觉得在这个时候不开心是错的——也只有过年这种时候，他们也能尝尝我每天都在尝的滋味了。想到这个，我就由衷地高兴了起来。妈妈的脸颊被酒精弄得红红的，眼睛像是含着泪，她脸上的笑容和平时不同，有了一点任性的味道："我真高兴。"她在突然之间，像是要宣布什么，"西决回家来了，东霓的店很红火，南音终于决定了要考研究生，北北又健康又聪明——这样真好啊。"

"你是最辛苦的人。"小叔这个时候站了起来，端起杯子，"我们大家都该敬你一杯。"

"没错的。"姐姐也很笃定地说。所有的酒杯一瞬间都举起来了，那些伸展在半空中的手臂像是一群接到了什么口令的鸟类，一致朝着妈妈的方向。妈妈像个小女孩那样，又骄傲，又害羞："别呀，我最怕这种自己人搞得那么正经的场面——"

"妈，你是希望我们自己人都不正经，你就高兴么？"我非常清楚，在这种时候，我该说什么样的台词逗大家开心。准确地说，我非常知道大家什么时候需要我来逗他们开心。这种事情很难讲的，有时候我并不知道我说的话哪里让他们觉得可爱了，不过有时候我知道，我就选择我"知道"的那部分，配合不同的场景，用同样的逻辑复制一下，就能经常地让大家笑了。

北北就在这个时候非常坚定地挪动着她小小的学步车，"吱吱呀呀"地朝着饭桌过来了。"北北，宝贝儿。"陈嬷可能是忍耐太久了，终于找到了机会炫耀一下北北，"哥哥回来了，北北，你看，叫哥哥呀，你会说的——"我埋头吃菜，为了防止自己的表情露出端倪来，如果我是她，打死我，我都不会刻意地跟哥哥聊北北的事情——不过话又说回来了，她应该早就想开了吧，公平地说，我有时候还挺佩服她的。

北北拒绝捧场，不肯说话。好孩子。不过她拿起桌上的一根筷子，只有一根，对着哥哥伸了过去——婴儿的世界说到底是神秘的。"这是你送给我的礼物么？"哥哥笑道，"谢谢北北。""不是。"姐姐在一边开口，"她是想戳你。"

哥哥淡淡地笑一笑，却没有转过脸来看姐姐。

其实，姐姐那句没头没脑，又不像认真又不像玩笑的话我听懂了。她语气有点闷闷的是因为她拿不准用什么样的方式来和哥哥说话。她其实是在讨好他，可她自己绝对不会承认这个的。

爆竹声突然在每个人的耳边炸裂了——那声音纷纷扬扬，以一种莫名其妙的激情喧闹着，好像发誓要把整栋房子的玻璃都震得和它们自己一样支离破碎。爸爸不得不抬高了嗓门，看上去像是非常用力地对整桌人说："过年好。"还以为他在喊话呢，那架势就好像我们大家并不是在陆地上，而是身处浪尖上面颠簸的船舱里。

大年初一的清早，我悄悄地爬起来，溜进哥哥的房间里去。和我想的一样，他已经醒了，在看着天花板发愣。

"你看没看到红包？"我轻轻地把门关在身后，"妈妈昨天晚上给你放在枕头下面的，数数嘛，我想知道你的会不会比我的多。"

"你自己数吧。"他欠起了身子，往旁边挪了挪，把枕头让了出来，后背靠墙，半坐着。

他眼睛里现在有了一种我也说不清的东西。至少我有时候不大敢像过去那样，无所顾忌地直视着他了。我只好低头数钱，装作没事。

"你今天不去见苏远智么？"他问我。

"去的。"我点头，"今天我去他们家吃饭，明天他来我们家——想想就头大，去他们家吃饭我根本吃不下。"

"你不想去就不去，轮不到那小子来命令你。"

"你什么时候再回四川那边？"我把钱装回红包里面，想了想，又抽出来三张，"妈妈给你的比给我的多——不管，我就内部重新分配一下了。"

"这么贪财。"他轻轻打了一下我的头，"不去了，学校派了别的老师去接替我，我放完寒假回去照常上课。"

"那就好。"

"你们都还好吗？"略微停顿了一下，他问我。

"挺好。姐姐的店生意好得不得了。真是奇怪。"我扬起脸，"学院路上别的店都没有她那里人多，她居然打败了经济危机。"

"我想搬出去。"他认真地看着我。

"你开什么玩笑啊。"我喊了出来，"不可能的，妈妈绝对不会同意！你知道我们搬家的时候，妈妈是怎么给你收拾房间的么，你所有的东西，每一样，妈妈都要我写在一个单子上面，具体到什么东西放在第几个抽屉里，哪张画挂在哪面墙上——你没发现这个新家里你的房间和原来一模一样吗？就是这么来的，你现在说要搬走……"

"我就说，这个地方离学校太远，不方便上班不行么？"他从床头柜上拿起了烟盒，用食指推开，盯着看，好像是在决定到底要从那些长相相同的香烟里面抽哪一支出来。

"你放心，妈妈一定会说，那就把爸爸的车给你开。"我叹了口气，"你这样突然说要搬走，会很奇怪。"

他不回答，只是很用力地按下了打火机。

我盯着窗帘，那上面的花纹被上升的烟雾笼罩了："我知道的……可是，你那个时候也说过了，还是要演下去啊，你人说搬走就搬走了，还怎么演？你就不能……"我咬了咬嘴唇，"你就不能真的当作什么都不知道吗？"

他缓慢地微笑了："我不能。"

门外面突然响起来妈妈气急败坏的声音："你把话说清楚你什么意思啊！"我们俩同时被吓了一跳，我想同时和我们一起打了个寒战的，还有他手指间那点倒霉的火光。我跳下床去把门打开，外面空无一人，不过妈妈的声音更清晰了，她握着电话，愤怒地在客厅里走来走去："你现在告诉我你要移民？你要移民！你以为我不懂啊，移民从头到尾怎么也要办一年多，你早干什么去了？你现在才来告诉我，大过年的你自己不觉得过分啊……"

爸爸在一旁无可奈何地重复着那句他常说的话："你和他吵解决不了任何问题的，你这样能解决什么问题呢？"不过，爸爸的声音明显越来越弱，到最后，成了自言自语。

妈妈挂断电话以后，神色疲倦地在沙发上坐下了。"怎么办？"她问爸爸。但似乎也并不期待得到什么回答。

"妈——"我慢慢地凑了过去，她看着我，有些意外，可是声音又恢复了平日里的柔软。"醒了？"然后她无奈地笑笑，摇了摇头，"你大舅告诉我说，他们要移民，下个月中就动身。"

"那就走呗。你还不舍得么？"我很困惑。

"笨孩子。"她难以置信地叹气，"他们不打算带你外婆走，他们要把外婆送到我们这里来。我并不是气这件事，我是气他们这样算计我。"

"太过分了……"我这么说的时候，其实是有点兴奋的，相当于观看肥皂剧时候的心情吧，"这样对待自己的妈妈。"

但我没想到，妈妈说："你外婆她只是我一个人的妈。"

妈妈从来没有给我讲过这个故事。

第二章

昭昭

　　自从去年夏天，爸爸的胃被切掉了一部分之后，早餐桌上他就再也不能享受妈妈煎的荷包蛋了。这真是一件不幸的事情。有一回，苏远智都跟我说："真奇怪，不就是煎蛋么，为什么你们家的就那么好吃？"鸡蛋脆弱的壳在锅边上轻轻地一响，因为动作轻柔，所以听见的人谁都不会联想到"粉身碎骨"上面去。总是在这一刻，妈妈会自言自语道："我最讨厌把鸡蛋清滴到锅边上。"她可能没有意识到几乎是每次煎蛋的时候，她都会这么说。蛋清就像是一滴硕大柔软的雨滴，准确地滴落下来，硬是被那片滚烫的油归置成了一片整洁的白色雪花。妈妈还嫌这形状不够圆，轻轻地拿锅铲在边缘处修整着形状，像是在做雕塑。鲜艳的蛋黄晶莹地微微颤动着。然后妈妈恰到好处地把它们一起翻个面，没有早一步，也没有晚一步。

有时候爸爸会用一种非常冤屈的语气说："就让我吃一个嘛，一个而已，就今天，我的胃其实已经好了……"妈妈像个女王那样，不怒而威地驳回："想都别想。"然后她就开始炫耀一般地把完美的煎蛋分给大家，我、哥哥、她自己，有时候还有小雪碧——莫名其妙地，雪碧现在经常会留在我们这里过夜，还能为什么呢，姐姐一定是交了新的男朋友；当然，还有外婆。

外婆来到我们这里已经两个星期了。妈妈说，外婆的生日马上就要到了，按照公历来说，应该是七十九岁。可是外婆一点都不像，虽然她头发是全都白了，可她看上去是个漂亮的老人，还很喜欢穿大红色的毛衣。只不过，她的记忆力和智商，都在这两三年内迅速地退化成了一个小孩子。

她很乖地坐在餐桌边，认真地研究着面前的餐具。爸爸把她那份煎蛋小心地安放在她面前，她抬起脸，用满是皱纹的脸庞对爸爸一笑："谢谢。"爸爸几乎是有点羞涩地笑了："您谢什么呀——"然后外婆礼貌地问爸爸："请问您——怎么称呼？"她每天总会问爸爸这个问题，爸爸也每天都只能哭笑不得地回答她："我是南南的爸爸。"

有时候她还会执着地追加一句："哦，南南的爸爸，您贵姓？"有一次小叔非常幽默地代替爸爸回答了："他……免贵姓郑，我也一样。"然后又指了指哥哥，说，"他也一样姓郑，您就不用问了。"外婆满意地点点头："这么巧。"

但是到了第二天，甚至是几个小时以后，她就会再问一次。当爸爸又一次无奈地回答："我是南南的爸爸。"她又遇上了新的困惑："南南？""您连南南都不记得了吗？"爸爸说，"南南是您的外孙女啊。"

"谁说我不记得。"她的自尊心受到了损害,换了一副严肃的表情,"我们南南还没放学,她上四年级了,个子长得比好多小孩子都高。"说完了,还没忘记对身边的我微笑一下。她记忆的丧失给我造成的最直接的损失就是——她不肯给我过年的红包,因为她的红包准备好了要给"南南",她倒是执着地把红包塞给雪碧,可能是雪碧的身高比较符合她对"四年级的南南"的印象。

有时候我也在试着想象,如今,外婆眼里的世界,究竟是什么样的。她生活在一群……一群她一会儿认识,一会儿不认识,一会儿又似曾相识的人之间,难道她就丝毫不感到惶恐吗?弄不清楚所有人的来历,对她而言没有关系吗?在她耐心地询问每个人"贵姓"的时候,她会问问自己是谁吗?就好比现在的早餐桌上,她似乎每天都是个初来乍到的客人,可她怎么还是这么怡然自得呢?

她认真地咬了一口煎蛋,然后认真地看着正好坐在她对面的哥哥,认真地说:"好吃。"那种表达方式和北北异曲同工,就像信任着日升月落一样,信任着我们这些陌生人。

妈妈从厨房里走出来,走到她的身边。她抬起头,想起刚才告诉了哥哥的事情没有告诉妈妈,用力地重复了一次:"好吃。玲玲。"她唯一认得的人,唯一一个永远不会叫错名字的人,就是我妈妈了。"妈。"我妈妈耐心地略微俯下了身子,"你想喝红枣茶,还是白米粥?"

外婆似乎只听见了前半句,不放心地念着:"红枣茶,我要喝。"

"三婶。"哥哥的声音让我的心一下子提了起来,这些天,在饭桌上,只要他一开口说话,我就会特别紧张——还以为他真的要跟妈妈提起搬出去的事情,我可不知道,要是真的发生了,我该怎么办,还好,他只是说,"你坐着吧,我去拿。"

我暗暗地舒了一口气,哥哥你就不能让人省心一点吗?

我曾经以为，哥哥无论怎样都是个说得出做得到的人。似乎是有一句成语叫作"言出必行"吧？也不知道，外婆这种病，会不会遗传的，等我活到那么老了，也会像她那样忘记一切吗？难道真的也会忘记去年那个9月的晚上吗？要是我把那一天的事也忘了，就基本上等同于我忘了谁是郑南音，我都忘记了谁是郑南音，那么我成了谁？真厉害，外婆是怎么做到的呀？——天哪这都什么乱七八糟的，我刚刚在想什么，为什么扯到外婆身上来了——外婆正在无辜地喝她的红枣茶呢。总是这样，我总是得用尽全力地想，才能找回来一些最开始的念头。没错的，我想说的就是，去年9月初的凌晨。

那个夜晚漫长得就像是八百米测验时候的跑道。哥哥酩酊大醉，他在经历旁人无法想象的劫难；对我而言，也是如此，因为我是唯一的观众。我如坐针毡地注视着他一言不发的苦痛，我曾试着一次次地重复："哥哥我不在乎你是不是抱来的，我才不在乎血缘那种鬼东西……"他瞪着我，狠狠地说："闭嘴，给我安静点。"

于是我只好乖乖地重新做回观众，静静地看着他喝到完全丧失意识。煎熬地，一分一秒地期盼着大幕能赶紧落下。不过心里却也模糊地闪烁着一个念头：你呀，只会对我凶，只会蛮横地对我说"闭嘴"——你倒是和你的仇人算账啊，干吗面对着她的时候，你就什么都不敢讲了呢。我指的是，东霓姐姐。——不过算了，都到了这种时候，我还计较什么呢。

其实我知道，自从姐姐毫不犹豫地把不该说的事情说出来以后，她也很难受的，她也在忍受着折磨——我相信人会被自己做的错事打垮，那种被自己伤害了的感觉，甚至要比被别人伤害了以后还糟糕。不过我不同情她。因为她本身就是一个永远都在原谅自己的人——好吧，我也是这种人，总是一边闯祸一边在心里暗暗地允许自己这么干。但是，哥哥是不同的。

可能在这个家里，不对，是在这个世界上，只有我才知道哥哥对他自己有多么苛刻。

不管别人做了什么，他都可以替别人找到理由，可能正因为他太理解别人的弱点了。可是对待自己的弱点，他却永远都像是对待一个躺在人行道上冒烟的烟蒂那样，毫不犹豫地用力踩灭它。他根本就是把自己当成别人，又把别人当成了自己。

我无能为力地站在姐姐家的客厅里，看着姐姐对他吼叫——谁让我也有姐姐家的钥匙呢，而且，说真的，那天我其实在门外就听见里面在吵架了。我轻轻地打开门溜进去，确实是不想打断那个场面——我姐姐吵架吵得很精彩的，非常具有观赏性。不得不承认，她那天的发挥，更是天后级水准。

"你是老天爷吗？请问你现在在代表谁说话？你不会是在替天行道吧？"

"这个家真正的野种不是我，是你郑西决。是奶奶他们为了救爷爷的命，花了八十五块钱从医院买回来的私生子。"

"你现在知道为什么二叔死了二婶也不要活了吧，因为她和你根本没关系……"

"人生就是这样的，你什么都没做就已经糊里糊涂地手上沾了血，你不像你自己认为的那么无辜，不要再跟我这里五十步笑百步了！"

……

如果我是一个看客，我会由衷地赞美她的段位。她能在情绪那么激动的情况下，言简意赅地把一个复杂的事实概括清楚，并且前前后后，使用各种修辞手法，都没有忘记加上对哥哥的嘲讽和攻击，最后还要来一个比较悲情的收尾。我就不行，我和苏远智吵架的时候，关键处我就什么话都说不出来了，只会哭。

可正因为我不是看客，所以那个瞬间，我才恨她。她明知道哥哥不是她的对手，她明知道哥哥最终还是会原谅她。

"南音，这件事你不可以告诉任何人。你要装到底，我们就当什么都没发生过。"当哥哥慢慢地跟我说出这句话的时候，我知道，他挺过来了。对于他而言，所谓"挺过来"，指的就是成功地做出一副若无其事的样子，在巨大的创面上过有条不紊的日子。姐姐总拿这点来笑话哥哥自欺欺人——可是，一个平凡的人，想要活出一点清净的尊严，又能怎么办呢？她根本不懂，那不叫自欺欺人，因为哥哥是真的用尽了全身力气，咬着牙，等待真正的平和跟风度降临。

小叔和陈嬷结婚的时候是这样，江薏姐离开的时候是这样，还有——我们俩第一次看见北北的时候，隔着暖箱的玻璃，北北像个小动物那样闭着眼睛安详地蠕动——他们说她被放在这里面是因为得了肺炎，不过很好治的。真是神奇，还不会睁眼睛呢，她居然也长了肺。哥哥不动声色地静默着，我说："看上去好小呢。"隔了几秒钟，他才回答我："是。"于是我知道了，他刚刚在发呆。我暗暗地看了他一眼，发现他在微笑着。那个笑容不是给北北的，因为他的眼睛盯着透明的暖箱壁上那抹被光涂得更亮的地方。他是在笑那个隐约映在上面的，自己的脸。

随后在一片每个人都热闹忙碌的喧闹中，他对陈嬷说："恭喜你了。"

当他发现原来每个人都想要不顾姿态地"赢"，他就想尽一切办法，让自己优美自如地"输"。不过他不知道，他在不知不觉间，改变了我判断输赢的标准。所以我已经习惯了，习惯了只要哥哥不动声色地谢了幕，那么不管已经上演了什么激烈的剧情，不管剧中角色和下面的观众（当然他们是同一批人）怎么把别人的平静践踏成了街心公园的草坪，我们照旧还是迎来一个又一个阳光明媚的早晨，照旧像这样围在一张桌子边上吃早餐，照旧看着妈妈一边给大家分煎蛋一边丢个严厉的眼色给爸爸，照旧听着外婆执着地问大家贵姓——生活的惯性是强大的，我哥哥比生活还强大。

我以为这一次也像以往一样。他挣扎了，他沉默了，他要我和他一起守口如瓶，是的，这次的事件比原先都要严重些所以他要去遥远的四川山区躲藏一阵子，但他毕竟还是如往常那般谢过幕。可是他居然说他想搬出去，这真让我心惊肉跳。哥哥，谢过幕就不能反悔的——可是他为什么不能反悔呢？只是因为他从来没有反悔过吗？郑南音，你会不会太自私了？

"南音，赶紧吃啊，又在发什么呆。"妈妈说，"等下还得带外婆去公园遛弯，你别磨蹭。"

"急什么呀。"我咬住了筷子头。

"我和你们一起去，我得赶时间。"妈妈站起来开始收拾碗筷了。

糟糕了。不过我面不改色地说："不用你跟着，有我带着外婆就足够了。你不是要上班嘛，反正你得搭爸爸的车，就先走嘛。"

"我今天不坐你爸的车。"妈妈的声音从厨房传出来，"我今天不去单位，得去开会，那个地方穿过公园就到了。"

这下彻底没戏了。我只好低下头给苏远智发短信："你出门了吗？"

他回道："我已经在公园了。"

"很倒霉，今天我妈妈一定要跟着。你先躲得远一点别过来，等我妈妈走了我再给你短信，对不起哦。"

"就算是看见你妈妈也没关系的。"

"可是她一定又会唠叨的。她会骂我像做贼一样。还会再骂我都决定要考研究生了可还是整天贪玩，总之很烦，多一事不如少一事。"我非常自我欣赏地叹了口气，赞美我自己在手机上按键的速度。

"那好吧。"

"你想我吗？"

伴随着我的手机短信提示的那声"叮咚"的脆响，妈妈恼火地提高了嗓门："郑南音我叫你快点你没听见吗？吃个早饭也放不下你的手机啊！"

"来了嘛——"我从空荡荡的桌面上拿起我自己的碗筷冲进了厨房，都没来得及看他究竟回复我什么。

不知为什么，龙城的 2 月总是让我觉得，冬天就是要这样永远永远持续下去了——准确地说，是让我觉得，冬天永远永远这样持续下去，也挺好。阳光又柔软又寒冷，不过没有那么严酷。我和妈妈走在外婆的左右，让外婆像个孩子那样地被保护在中间，用好奇的眼神打量着公园里那些死都要维持绿色的无聊松柏。"你不能走慢一点吗？你又不是不知道外婆跟不上。"——总之，妈妈永远有办法找到我的错处，如果我真的走慢一点，她一定又会说："你到底在磨蹭什么啊。"她在哥哥、姐姐，以及北北面前，永远是一副柔声细气，无微不至，然后公允宽容的模样，可是面对着我和爸爸，就不同了。

外婆非常笃定地转过脸，冲着妈妈说："是去夫子庙吧？"

"妈，今天不去夫子庙，改天再去。"这是每天早上散步的时候都会出现的对白。反正外婆不知道她已经离开南京了，跟她解释也没有用的。

"春天很快就要来了，妈。"最近妈妈说话的语速越来越慢了，似乎只要慢慢说，外婆就能全体听懂，"等天气暖和了，我们一起去远一点的郊外玩，南音爸爸有个朋友在乡下有院子，种了好多的苹果树，苹果花开的时候，漂亮着呢。"

"哦。"外婆突然想起一件很重要的事情，"可是不能星期天去，星期天你哥哥他们要过来的。"她是在说我那个把她像件快递一样运到龙城来的大舅。

"没事。"妈妈的语气中有点黯然，"去玩之前我会给他们打电话，叫他们不要来了。"

"这就好。"外婆笑笑，她的问题解决了。

手机又在外套的口袋里骚动了起来，但居然不是苏远智的短信，是姐姐的电话。

"西决在家吗？"姐姐问。

"应该在吧，学校又没开学，你打回家去不就知道了吗？"我漫不经心。

"废什么话。"她总是这样，什么时候都要做出一副压倒别人的气势来，她都不知道其实是我们大家都在让着她，"我刚才打回去了没人接，不然我干吗还问你啊。"

"你有事啊？"其实我想说的是"你明明可以打他的手机"，但是算了吧，那么较真有什么意思呢。

"等会儿你再打回家一次吧，可能他没醒来。"姐姐说，"告诉他，今天要是有空的话，到我店里来一趟。真的有事情。"

"出什么事儿了么？"

"不是的，我这儿今天来了一个小孩，来应聘服务生。她说她自己十八岁，其实我知道她是西决班上的学生——我只能让郑老师来领她回去。"

"好我知道了。"我终于还是没能平静地按捺住好奇心，"你怎么会知道她是哥哥班上的啊？"

"总之错不了的。"她停顿了片刻，还是选择了不说。

若是放在以前，她绝对不会让我来替她跟哥哥传话的。想到这里，我就有点心软了。她为了让哥哥去她店里，居然还这么详细地解释了原因，是怕如果理由不够充分，哥哥不会去吧？她甚至不愿意亲口跟哥哥讲，是怕被拒绝吧？她那么骄傲的一个人——哥哥，不然你就跟她恢复邦交吧，你都不理她这么久了，也够了吧？其实你又不是不知道，姐姐那个人有时候讲话是不过脑子的……是的，郑南音是根墙头草，我自己很早就承认这点了。

妈妈的背影远去的时候，我和外婆在路边的长椅上坐了下来。

"外婆，太阳很好吧？"我对她笑。

"是，真好啊。"她也对我笑。

"外婆，等一下会来一个人，是我老公。"说出这句话的时候我又莫名其妙地有点不好意思。

"啊，原来你结婚了啊。"外婆聊天的兴致似乎真的上来了。

"是的。可是，我妈妈不太喜欢他。"

"那真糟糕。"外婆虽然没能弄清楚我妈妈就是她的玲玲，但是她在很认真地摇头。

"外婆，你说妈妈要是永远都不喜欢他，我该怎么办呢？"苏远智终于远远地出现在了十几米以外的花坛旁边，我用力地对他挥了挥手，"外婆你看到了吗，就是他。"

我们俩昨天刚刚见过面的；准确地说，只要他回龙城来，我们每天都会在一起。但是今天，他得跟着家人去外地的亲戚家，好像是发生了点什么紧急的事情。他的火车两个小时以后就要开了，所以，我想赶紧再看他一眼。

他靠近我，很自然地在我们的长椅前面蹲了下来，仰起脸，笑着说："外婆，您好。"外婆也十分迅速地笑了回去。他把一只手的手套摘了下来，把温暖的手掌放在了我的膝盖上。

"都这么冰了，还穿裙子干吗？"他说。

"是有点冷。可是，我姐姐就行。真厉害啊，她怎么零下十几度都能只穿丝袜呢？"

"你怎么什么都要跟人家学。"他轻轻地用那只戴着手套的手，在我脑袋上拍了一下，"待会儿回家去，把裤子换上吧，听话。"

"我不要。"我歪了一下脑袋，"忍一忍就好了。"

其实他现在可以走了，我只是想看看他，这样就够了。

安静了半天的外婆突然非常肯定地说："你妈妈不喜欢他，我喜欢他。"外婆真的是太了不起了。

那一天，苏远智的火车开出去几个小时以后，我第一次在姐姐的店里看见了昭昭。

还从来没见过这么英俊的女孩子呢。她局促不安地坐在收银台旁边的一把高脚凳上，背后是一盆巨大的绿色植物，上身稳稳地不动，任凭修长的腿垂下来，像是对地心引力满不在乎一样的笔直，可是穿着球鞋的脚却无意识地、硬邦邦地缠绕着高脚凳细细的腿，牛仔裤就这样撩上来一点，连运动短袜的颜色都是男生会选择的那种——跟她比起来，似乎那把凳子更妩媚一点。她一言不发，最关键的是，跟我们所有的人连眼神交流都没有，若是不小心碰触到了别人的眼光，就直直地盯过去，似乎觉得这没什么不妥。她的头发很短，轮廓很明朗，窄窄的额头上是两道剑眉，可能就是这两道原本应该长在男人脸上的眉毛让人觉得她英气逼人吧——也不全是，她浑身上下漾满了一种随时都可以跳下来打篮球的力量，只有在长长的睫毛略微垂下来发呆的瞬间才会有那么一点娇柔，才会让人注意到她的皮肤其实很细腻，鼻尖也是精巧地翘起来的，还以为她是个树精，一瞬间就可以重新幻化回身后那株挺拔的植物里面去了。

我突然间意识到这样一直盯着别人看有点不礼貌，所以很不好意思地把脸转向了姐姐："姐，我想喝奶茶。"

"可以。"小雪碧不知道从哪里冒出来，清脆地说，"不过你今天一定要把欠的账付清了才给你奶茶。"

"一边儿去。"我冲她瞪眼睛。

"这两个月你来喝东西都没给钱啊。"雪碧完全不受威胁，"过年你也没少拿红包，不要这么小气嘛。"

"你还好意思说我小气。"我气急败坏了，"我看你比我姐姐还可怕。"

"这个店的老板以后就是我。"她斩钉截铁，"我初中毕业了就来正式上班，你们谁都不可以欠钱不给。"

"你想得美。"姐姐从她身后拧住了她的耳朵，"谁批准你不念高中的？"

"你上次说过的，说我可以不读高中来店里帮忙！"雪碧倔强地说。

"我喝多了的时候说的话都不算数，跟你讲了多少次了。"姐姐一面把奶茶重重地放在我面前，一面板起面孔教训雪碧。

昭昭依然安静地注视着我们，她的注视就像是灯光。换了是我的话，听着雪碧和姐姐这样的对白——即便是发生在两个陌生人之间，我也会笑出来的，因为我根本没法控制自己不笑，也因为我知道只要她们看到我在笑，就会明白我也是个参与其中的人，这样我就不知不觉间被接纳到眼前的场景里面来了。但昭昭显然是另外一种人，我相信，哪怕周围响起来暴风雨一般的掌声，她也可以不跟着鼓掌的。当我遇上这样的人，总是不由自主地替他们担心和尴尬起来。于是我就觉得必须找点话来说了。

"你的名字真有意思。"我微笑着注视着她。

她不为所动地点点头，但我看得出，她有点羞涩。

"你真的就姓昭吗？"我实在找不到别的话题了，我总不能跟她说今天天气不错吧。

"是。"她说话的腔调硬硬的，嗓音也有点沙哑。

"你多大了？"

"高二。"

"别费劲了南音。"姐姐无奈地舒了一口气，"从她进门到现在，我就没听她说过一个完整的句子。也不知道这孩子怎么想起来要做服务生的，就她这样，哪个客人不会觉得添堵？我可伺候不了这样的伙计。还是个童工。"然后她对昭昭换了一种比较冷淡的语气道："再等会儿吧，你的郑老师会来把你领走的。"

她仍旧没有反应。我注意到她面前有满满一杯白水，但是一点都没有动过。

"姐你到底是怎么知道她是哥哥的学生嘛。"

她一边收拾面前的桌子，一边轻描淡写地说："搬家的时候，替西决收拾房间，里面有一摞作业本，不小心看见了，也不知道为什么就记得这个名字，所以说，太特殊的名字是不好的。"

她这么说，我倒是想起来了。哥哥的书架上确实是放了一沓习题本，有十几本，究竟是什么时候留下来的，为什么没有发回给学生们，全都不得而知。反正他就留下这些去了四川。但是我确定，姐姐绝对不是无意中看到这个名字就记住了。她不会想到，我曾经在她的房间里看见了那沓本子。那是个周末，还差几天过春节，她彻夜未归，我就去她那里陪雪碧过夜。起初我也没多想为什么哥哥房间里这么无关紧要的东西会出现在她那里。现在我懂了。

　　是她自己拿回去的。她一定一本接着一本，反反复复地把它们打开来看了。说不定她不只是记得"昭昭"，那些封面上的名字，她可能每个都有印象。她要作业本有什么用呢？总不可能是兴致来了打算重温高中物理。

　　她想看看他写的字吧？"有进步，继续努力"；或者是"优"；甚至是"已阅"，乃至日期……在她想念哥哥的时候。

哥哥进来的时候，姐姐若无其事地垂下了眼睑，似乎是门敞开的那一瞬间，涌进来了太多她不喜欢的阳光。昭昭的脸上似乎有什么东西轻微地跃动了一下。她迎着光转了一下身子，她可能真的属于那种比较迟钝的人吧，一种暗暗的焦灼在她修长的手指间挣扎着，似乎是她身下那把椅子在以一种我们都不了解的方式，蛮横地不许她站起来。

"昭昭。"他静静地看着她，"你爸爸从昨天到今天一直在给我打电话。"

她却只说了三个字："郑老师。"

"跟我走。"

"我不回家。"她终于仰起脸。

"要是平时，你爸爸这个时候一定会到龙城来找你，你也知道现在你家里的情况，他们应付不来了，你要懂事一点。"

她只是摇头，非常用力地摇头。

"站起来。现在，跟我出去。"那一瞬间我都有点惊讶，我从来没听过哥哥用这种语气命令别人。

那女孩站了起来，非常爽利地，一条腿轻松地一探，着了地，然后整个身子就很容易地跟地面寻到了一种轻盈的平衡。不过她站定在那里，还是纹丝不动。她的确不怎么懂得如何表达自己的意思吧。我真有点同情她，脸上没有神情，心里不知道是怎么窘迫呢。她不知道自己在这个时候有点失态的表现也是合理的，所以她只能像个没来头的飞镖那样，莫名其妙地被准确地截到了我们这群人之间，身上还带着股钝钝的戾气。

"走啊。"哥哥语气无奈，终于变成了那个家常的哥哥，"不是要把你押回去，是带你去吃饭。还没吃饭吧。别在这里影响人家做生意。"

姐姐轻轻地挺起脊背，冲我们这边看了一眼。我知道，她是因为那句"人家"。

"我跟你们去。"我背起我的挎包，上面的链子和挂坠累赘地互相撞击着，"我也还没吃饭。"然后不由分说地走到他们前头去，推开了门。想到小雪碧在身后对着我的背影龇牙咧嘴的表情，心里就快乐了。其实"赖账"这件事原本就是我和雪碧之间的游戏。

"什么热闹你都要凑。"在饭店里坐下来的时候，哥哥趁昭昭去洗手间，恨恨地敲了一下我的脑袋。

"你告诉我，她是不是离家出走的嘛，肯定是了，不然她怎么可能好好的要去打工啊。"因为还在等服务生上菜，所以我只好干望着空荡荡的桌面，用力地咬住了茶杯的边缘，让它悬挂在我的嘴唇边——反正没事做，就自己和自己玩。

"脏不脏？"哥哥又打了我一下，"跟你说过一百次了，饭店里的杯子不是家里的。"

"虚伪。"我瞪他，"你不要用它喝水的？能有什么区别？"

"心里的感觉不一样吧？"他今天可能真的心情不错，居然跟我认真辩论起来了。其实我懂他的意思。他认为这个杯子是脏的，所以勉为其难用它喝水也就算了，但是没法容忍像我这样轻松地拿它玩看上去很亲近的游戏——说到底，哥哥这个人，也总是活在一些只有他自己才明白的，莫名其妙的原则里。

他突然想起来什么："你去一下洗手间，快点，看看昭昭还在不在，别让她再逃跑。"

"你确定她该去女厕所吗？"在哥哥第三次做出手势要打我脑袋的时候，我火速地逃离了餐桌。

她站在污迹斑斑的水池面前，微微弓着身子，任凭水从那个似乎生了锈的龙头里漫不经心地流。她在凝神静气地打量镜子里的自己，专注得让我觉得，我的形象突然出现在镜子中，一定不会打扰到她。她垂下头，目光灼灼地对着面前那瓶不知被多少人用过，只剩了一点点的粉红色洗手液，下死力道按着瓶子，另一只手微微颤抖着接住那一点点粉红色。然后，两手胡乱搓了搓，把满手的泡沫全体刷在面前那面肮脏的镜子上面。有些污垢就像是附着在镜子表面的青苔，所以她的手指必须要用力地搓，才能把它们弄掉。镜像已经被肥皂水弄得模糊，我看不见她的表情，不过她每一个姿势里面都充满了专注的蛮力。接着她用双手捧住水，一把一把地泼上去，衣袖都湿了，肥皂泡破灭着滑行下来，她对着面前那面变成了一面抖动着的湖泊的镜子，轻轻地笑笑。

"你是在义务劳动哦。"我终于忍不住了。

她回过头来，第一次对我笑："我，不知道为什么，就是受不了看见这么脏的镜子。"

"水池很脏是可以的，可是镜子不行？"我问这句话的时候顿时觉得我们好像已经熟悉起来了。

"对。"她用力地点点头，并且丝毫不觉得这逻辑有什么不妥。

"我是郑南音。"我觉得是时候正式互相认识了。

"我知道。"她淡淡地说，"郑老师经常说起你。"

"上课的时候？"我惊讶了，并且有点不好意思。

"不是，在跟我们聊天的时候。"她垂下了睫毛，抽了几张纸巾，把镜子上面的水迹一点点擦干净，一点点修正着自己的脸。后来的日子里我终于确定了，昭昭最可爱的表情，就是垂下睫毛的那一瞬间。那个寂然的瞬间里，她既是男生，又是女生，她是那么安静和淡然，所以不在乎自己是男是女。

"你为什么要离家出走啊？"我想了想，还是问了，"你跟家里吵架了吧？是因为谈恋爱吗？"——我想起来自己高三的时候被妈妈打耳光的那天，不过我可下不了决心离开家，现在的小孩子真是豁得出去，跟他们比我果然老了。

"我没有离家出走。"她硬邦邦地回答我，"我只是不想再拿家里的钱。我想养活自己。"

"真了不起。"我是真心地赞美她。可是她的嘴角却浮起一抹微微的嘲讽。

她吃东西很少，一直坐得笔直，似乎只有那只拿筷子的手是需要动的。"你都不肯点菜，你喜欢吃什么嘛。"我没话找话说。

"都行。"有哥哥在旁边，她就不愿意像在洗手间里那样跟我讲话了。哥哥也一直都在沉默着，寂静对于哥哥从来就不是问题，但是我可不习惯。

"昭昭你家在哪儿？"我给她添上了果汁,她也不肯说句"谢谢"。

"永宣。"她说。

"你不是龙城人啊。"我有点意外，永宣是一个离龙城几百公里的小城，"那么你是高中的时候考来龙城的吧？你住校？"

"我没有。"她顿了一下，"我自己住，在学校旁边的一个小区。"

"你才这么小就一个人生活啦？好厉害呀。"我拖长了音调，"你爸爸妈妈也真舍得，放心你自己租房子，不怕房东欺负你吗？"

"我……"她像是下定决心那样看着我的眼睛，"我来龙城上学的时候我爸爸为了奖励我考上高中，买了这套房子送我。"然后她像是挑衅那样冲我一笑，似乎是在等着我下面会问什么。

"真是没有办法——"我夸张地叹了口气，"像你这种大小姐也好意思说你要独立,你们现在的小孩子就是过分。还是别闹脾气了，乖乖回家去吧。"

"郑南音。"哥哥忍无可忍地打断了我，然后对昭昭说，"她从小就喜欢管闲事。"

"郑老师。"这普通的三个字到了她嘴里变得好听起来了，掷地有声，有种很单纯的信赖在里面，"你能不能，别逼我回家？"

"可以。"哥哥简短地说，"你现在回家其实也不合适。我已经给你爸爸打过电话说我找到你了。开学之前，你不要回那个你自己住的地方去，不安全，你得跟我走。"

居然"不安全"了！我倒抽了一口冷气，兴奋地重新咬紧了茶杯的边沿，哥哥就在此时恰到好处地瞪了我一眼，警告我不要再问问题。

身后，餐馆的电视机被人打开了，地方新闻的声音顿时响彻了四周，女主播装腔作势的声音丝毫不带感情地播报着"事故现场"。

"老板娘。"哥哥扬起脸，"麻烦换个频道行吗？"然后哥哥用筷子指指我："小朋友想看偶像剧。"

那天夜里我梦见了一片没有尽头的雪地。准确地说，横亘在我们面前的，是一座特别特别高的雪山。我，还有苏远智。做梦的最大好处就在于，你根本用不着那么麻烦地追问前因后果，接受眼前的现实就可以了。阳光应该是可以照耀最顶端的那片雪地吧，会有祥和到让人忘却生死的光线。但遗憾的是，我们俩被困在山脚下。点着一堆火，前面是山，身后更是一望无际令人生畏的雪原，我们没有路走了。

"没有东西吃，会饿死的吧？"我问他，然后仰起脸看着他的表情。说真的，我心里并不是真的那么恐惧，也许是眼前这片铺天盖地的白色让我有了一种温柔的错觉。

可是他居然跟我说："南音，你能答应我，你要勇敢吗？"

他语气里有一种不寻常的悲凉，就好像我们俩在一起看一本书，可是他趁我离开的时候偷偷地翻看了结局。

一种不知从什么地方来的强烈的怨恨像龙卷风一样把我牢牢地捏在了手心里，我恐惧地跟他发了脾气，我叫嚷着说："你现在知道路了对不对？你一定是知道路了，可是你打算丢下我！你要丢下我一个人出去！苏远智你不想活了吧你休想不管去哪里你必须带着我……"

可是在睡梦中，人是没什么力气的，胸口被什么东西压着，怎么也发不出嘹亮的声音来——也许压迫我的，正是睡眠本身吧。周遭的雪原静静地回荡着我微弱的喊声，微弱到让我自己都觉得没什么意思了。

他对我笑了。他眼睛里似乎是有泪光悄悄地一闪。他说："你没有吃的东西，一个人是撑不下去的。"我难以置信地瞪着他，他拉开了滑雪衫的拉链，再拉开里面毛衣的拉链，他胸膛的皮肤上面也有一道拉链。

他把最后一道拉链轻松地拉开，拿出来他的心。

"撑不下去的时候，就把它吃掉。"他不由分说地盯着我，"可以在那堆火上烤一烤。吃完了如果还是撑不下去，就把自己的心也拿出来吃掉。会有人来救你的。我走了。"

他的心放在我冻僵的手上，是温热的。

然后我就醒了。在黑夜里胆战心惊，脖子里全是汗。仔细确认了一下，胸口那里确实没有拉链。为什么会做这样的梦呢？

我打开了房间的门，想去厨房找水喝。客厅里有光，还有隐约的声音。站在那道窄窄的楼梯中央，我看见昭昭在客厅里席地而坐，电视屏幕微弱的光打在她表情复杂的脸上。外婆居然也在她身后的沙发上坐着，也在看电视，不过脸上一如既往的祥和。

哥哥把昭昭带回了我们家。他在厨房里跟妈妈说了几句话，然后妈妈就满面春风地走出来招呼昭昭："就安心在这里住几天吧，和自己家一样的。"说也奇怪，自从我们搬到这里来，就不断地有人来住，先是外婆，再是昭昭，包括频繁留宿的雪碧。似乎老天爷知道我们家现在有多余的房间了，不好意思让它们空着。

"外婆，你不睡啊？"我说话的时候她们俩同时回了头。

"人老了，睡得就少。"外婆回答这句的时候看上去是无比正常的一个老人。

我端着水杯，也坐到了昭昭身边的地板上。"你这么喜欢看新闻啊。"我说。

电视里正在放的还是本省新闻，不过可能是夜间重播的专题吧。看着有点眼熟，仔细想想好像我们中午的时候在饭店里见过了类似的画面。给我留下印象的应该是那个女主播吧。屏幕上一群急匆匆的人在奔跑，救护车，红十字，警察的身影，然后镜头切到另外一个角落，那些人在用力地尖叫和号啕，似乎根本不知道摄像机存在着。

"是永宣的爆炸案。"我自言自语。

昭昭沉默了一会儿，突然说："那间工厂是我爸爸的。"

我侧过脸去看了看她，她的睫毛又垂下来了。"我知道的。"我装作若无其事地说。

她灼热地瞟了我一眼。我补充道："哥哥跟我妈妈说的话，我全听见了。"

她低声说："死了七八十个人，还有一些人被困在废墟里面。不过多半是救不出来的，那种气体有毒，他们在里面坚持不了多久。"

"别看了。"我寻找着遥控器，"你看了不会难受吗？"

她把遥控器紧紧地攥在手里，再把那只手看似无意地放在身边的靠垫下面："发生了的事情就是发生了，我看或者不看，又能怎么样呢？"

电视里传出来已经确认的死亡人数。一直很安静的外婆突然长长地叹了口气："真是糟糕啊。"

"对，外婆，是很糟糕。"我不得不回过头去鼓励一下外婆。

"有被困在里面的工人的家人打匿名电话给我爸，说要是不给个说法——"她居然笑了，"那个人说他知道我一个人在龙城上学，他能找到我。"

"我哥做得对，你应该在我们家待几天，他们不会想得到你在这儿的。"

"我宁愿他找到我，把我绑走，杀掉也可以。"她轻描淡写地说。

"你开什么玩笑。"我轻轻在她肩膀上推了一把，"发生这种事是要有人来负责，可是那个该负责的人不是你啊。怎么轮也轮不到你头上。"我从她手里抢过遥控器，不由分说地换了个频道。

外婆对于节目突然的调换没有表示任何异议，依旧心满意足地静默着。

"你这么说……"她认真地看着我的眼睛，还是不大懂得怎么做恰当的表情，"是因为你认识我，可你不认识电视里那些死掉的，和被困住的人。"

我一时间不知道该怎么回答。我在想，也许她说的是对的。我只好伸出手，像个真正的姐姐那样，揉揉她的头发——这个动作对我来说还真有点生疏，我只好尽力地，笨手笨脚地学习哥哥平时是怎么做的。她没有抗拒。她的脖颈似乎有点软了下来，抱紧了膝盖，把脑袋顺从地搭在了上面。于是我知道，此时她需要我。

"那个，那个威胁我爸爸的人。"她像是在和我交谈，也像是自言自语，"我觉得他也不是真心的吧。他只不过是心里恨，可是又不知道该怎么办。自己的亲人遇上这样的事情，他总得做点什么啊。哪怕是坏事，哪怕是完全救不了人的事情，哪怕是报复，都可以……"她停顿了下来，像只猫那样享受着我的手掌，接着她说："我想快一点长大。"

"你现在已经长大了。"我肯定地说，"一个小孩子哪会像你这样想这么多的事情啊。"

"我的意思是说，真的长大，真的独立。不再用我爸爸开那间工厂赚的钱，自己养活自己。做什么都好，我们家的工厂里面，很多工人的家人都在外面做工，有的在龙城，有的在更远更大的城市，我只是在想，如果我也能那么活下来，是不是，是不是就……"她在寻找合适的词汇，我知道她想说什么，但是很遗憾，我帮不了她，因为我也找不到这个词。

直到夜很深了，我都没能再重新睡着。我在想很多的事情。想我刚才的梦。想苏远智拿出来给我吃的那颗心。想电视里面那个惨不忍睹的爆炸现场。想那个没什么表情的女主播身后奔跑和哭泣的人们。想昭昭。也在想，那个威胁着说要来龙城绑架昭昭，为了给自己家人讨个公道的陌生人——其实在爆炸那一声巨响之前，他也过着和我们一样的平静生活吧。他也一样吃饭，喝水，等公交车，也许偏爱咸的口味但不怎么喜欢吃辣的，在太阳很好的午后也会百无聊赖地看他的朋友们打扑克……

我是个幸运的人。因为残忍、失去、流血，以及无助到只能同归于尽的绝望，对我而言，都只是电视新闻而已。我的世界，一直以来都只是那么一点点大，可是这一点点，在这个混乱的人世间，到底是安全的。再等几个小时，天亮了以后，世界就会重新降临。外婆会一如既往地把这一天当成是她生命开始的第一天来过，妈妈会不耐烦地命令我不要再总抱着手机发短信，哥哥因为有了昭昭的存在，会从一大早就正襟危坐地在那里扮演"郑老师"，邻居家那只肥猫会穿过院墙角落的洞，懒洋洋但是执着地卧在我家的落地窗前面——这只猫更喜欢吃我们家的东西，它品位其实不低的。

我突然开始莫名地盼望天快一点亮了。我需要用力地印证一下，我的那个世界是真实的。

我深呼吸一下，伸长了胳膊，从床头柜那里准确地摸到了我的手机。我发了个短信给苏远智："我们会永远在一起吗？"等他醒来看到这条短信之后，一定又会以为我在发神经吧。

我不知道我睡着了没有，总之，蒙眬中，听见了短信提示的铃铛声，窗外依旧全是夜色。

他回复我："当然会。"信息接收的时间，是凌晨四点。

周末的时候小叔一家像往常那样来吃晚餐了。我于是又有了机会隆重地把北北介绍给了昭昭。昭昭看到小叔，有些紧张地说："郑老师好。"还站得笔直。小叔都有点不好意思了，笑道："好，你好……还有，那个，我全都听说了，你这段日子就在这儿安心学习，别的不要想，那些都是大人的事情……"

其实当我在昭昭那个年纪的时候，包括现在，最讨厌听见的，就是这句话："这些都是大人的事情。"在我眼里，这个世界上没几个人是真正的"大人"。也许，哥哥算是的。

北北歪着脑袋，扶着沙发站立着，友好地对昭昭嫣然一笑。

昭昭蹲下了身子，有点紧张地伸出食指，试探着把指尖塞进北北面颊上那个小酒窝里，似乎还打算搅一搅。北北躲闪了一下，之后又十分大度地把另一面脸颊迎了上来，对着昭昭。那意思是，这边还有一个酒窝呢，千万别忘了啊。

昭昭的眼睛盯着地板，突然说："你们家，真好啊。"

我觉得这种时候还是装糊涂比较合理，于是我说："是吗？我觉得还好吧，搬家的时候挺匆忙的，我妈妈一直都觉得地板的颜色太深了，墙的颜色又太浅了……"

她轻轻地笑出了声，说："谢谢。"

吃饭的时候妈妈语气严肃，但是眼神兴奋地对大家宣布："今天很好，大家都来齐了，可是东霓不在，所以正是好机会，我们得一起讨论一件事情。"

　　"妈，你不会是又要姐姐去相亲吧？"我看她的表情就猜到了大概。

　　"什么叫'不会是'？"妈妈反驳我，"这是多重要的一件事情。等会儿吃完了饭，我给大家看照片。我辛辛苦苦打听了好几个月，才撞上这个人的。"妈妈的语气像是个鞠躬尽瘁的收藏家，踏破铁鞋，不经意间遇上了好货色。

　　"很好啊。"小叔热烈地回应，"做什么的？"

　　"多大年纪了？"陈嫣像是在说相声。

　　"是医生呢。还是大医院的，医学院附属医院。血液中心的主治医师，三十四岁。"妈妈骄傲地把资料背出来，"这个介绍人是绝对靠得住，不会撒谎的。我看了看照片，也觉得很顺眼。而且这个人去年刚刚离婚，小孩子也是跟着前妻，你们说，这是不是再好也没有了。"妈妈的语气简直越来越陶醉了，弄得雪碧在一边窃笑。

　　"听上去不错呀。"陈嫣环顾着大家，无意间看了哥哥一眼。哥哥却是不动声色的，似乎周围的谈话与他一点关系也没有。漠不关心的程度和坐在他对面的昭昭相映成趣。

　　"但是……"爸爸的神色却有些为难，"人家是医生，"爸爸的声音弱了一下，然后又突然强调了起来，他看着妈妈说，"你别误会我的意思，我是说，我只是指出来一下客观的事实……人家一个大医院的医生，很好的职业，按道理讲是可以找一个……"他这次又转向大家寻求支持了，"你们千万别误会我的意思，我只是说我担心人家看不上东霓，那不就不好了吗？"

"没误会啊。"妈妈瞪起眼睛，"你的意思不就是想说，我们东霓配不上吗？你这叫什么你知道吗，你这叫长他人志气灭自己威风。我们东霓要什么有什么，赚的钱未必比他少，还是个美人儿，是我们东霓的人会给他跌份儿，还是我们家有什么地方拿不出去的？医生怎么样，医生了不起啊？"妈妈的语气接近愤怒了，似乎刚刚那个无辜的"医生"转眼就成了仇人。

"话不要说得那么难听，我的意思是说东霓已经吃过够多的亏了，我们不是应该更小心一点吗？"爸爸并没有喝酒，可是脸颊却有点泛红了。

"这话倒是有道理。"小叔急急地插嘴，"我也同意，还是谨慎点，别忙着就给东霓介绍这个人。而且，东霓那性格，也确实难相处——我倒觉得对对方的职业什么的也不用要求那么多，脾气好才是第一位的。"

"这是什么意思啊？"陈嬷慢悠悠地表示反对，"什么叫'对对方不用要求那么多，脾气好才是第一位的'——太难听了吧，你这口气好像东霓的这辈子就这样完了吗？早得很呢。"

"没错，陈嬷！"妈妈终于找到了同盟，"我完全同意你说的，我就是讨厌他们这种想法。"

"你……"小叔这下算是彻底认真了，就像他在讲台上一样，想要认真讲话是必须要加上手势的，"唐若琳你不要随便篡改我说的话，我可从来没有说过'对对方不用要求那么多'，我的原话是'对人家的职业不用要求那么多'，这是不一样的意思吧？我是想说没必要那么虚荣，要找个真正对东霓好的人才是最关键的，你那叫断章取义。"他终于觉得手里的筷子太妨碍他的手势了，于是用力地把它们立在了面前那碗几乎没动过的米饭里。

"什么叫虚荣？你这话我就不爱听……"妈妈此时的样子真像个斗士。可是，我们谁都没想到，是外婆慢条斯理地打断了所有人。"我说——"外婆指着小叔面前的碗，"你不能这样把筷子插在米饭上面，上坟的时候才这样呢，这太忌讳了，不吉利的……"

"好的好的，对不起，外婆。"小叔一面答应着，一面笑了。也不知道从什么时候开始，家里每个人都这么称呼外婆了——除了妈妈——她于是就变成了所有人的"外婆"。

"外婆，你要我帮你添汤吗？"哥哥的声音是平静的，也不知道是不是我的错觉，他一开口，我就觉得身边这张嘈杂的饭桌在一瞬间被过滤了一下，是什么东西被滤掉了，我也不清楚。总之大家都不再争执，又一团和气地开始传阅医生的照片了。

那男人长得非常普通——我是说，比热带植物还普通，热带植物至少算得上是有型，这个人完全就是路人甲乙丙丁。我现在才发现，我其实挺怀念热带植物的。不过，做人还是要往前看，这位医生，如果硬要说外表有什么优点的话——很瘦，但愿没有啤酒肚，脸颊是削下去的那种类型，比较干练，看上去一副蛮聪明的样子。

"要不要看啊？"我捏着那张照片，轻声地问坐在我身边的哥哥，也不道我自己在莫名地心虚什么。还好哥哥侧过脸，若无其事地扫了一眼，算是看过了。我像得了大赦那样，把照片递给了对面的昭昭。

她凝神看了看，抬起头，神秘地粲然一笑，有种欲言又止的表情。

这时候外婆也热心地把脑袋凑过来了，然后叹了口气，认真地对大家感叹着："我看，一般。"

爸爸第一个笑了，爸爸说："我同意外婆的意见。"

外婆也笑了："请问您——怎么称呼？"

01 陈宇呈医生

幕间休息

总会碰上一些病人，死在他内心清静的时刻。抢救是凌晨三点开始的，向家属宣布死亡的时候还不到五点。摘掉口罩，黎明将至。从ICU到办公室那一段路，他走得很慢，觉得自己踩在一个湖泊上面，一边走一边跟粼粼的涟漪道歉：打扰了。有的死亡就像是楼下随便停着的自行车，他经过的时候只觉得厌倦——若不是因为人生荒谬，他也不想扮演自行车存放处负责收费的管理员；可是有的死亡，让他柔情似水。

他们都以为那孩子熬不过新年，没想到，岂止是熬过了新年，还熬到了春节，安然度过了初一，并且躲过了十五。他记得，大年三十晚上，他在办公室里换上白大褂，把扣子一直扣到领口。值班护士惊诧地走进来："陈大夫你怎么来了？"他不苟言笑地说："被春晚逼得，宁愿来上班。"那女孩笑得花枝乱颤，他不明白，为什么她们总说"陈大夫那个人其实很幽默"——他只是说实话而已。

那孩子的病床离窗子很近。他走过去的时候并没有微笑，那孩子也没有。孩子的小脸仰着，盯着病房里面的电视屏幕，窗外焰火升起来了。"陈医生叔叔。"孩子平时就是这样称呼他，字字清晰，丝毫不觉得五个字麻烦跟冗长。他问："电视好看吗？"孩子惨白的小脸陷在枕头的雪地里，分外用力地摇晃两下。

"我也觉得没什么好看。"他回答。孩子平淡地笑笑——身患绝症的孩子到底不同些，当成年人恰好和他们观点一致时，他们不像普通孩子那般，兴奋得像是得到某种绝对的认同。上帝用一种残忍的方式站在了他们身后，让他们看清成年人没有那么强大。

"陈医生叔叔。"孩子注视着他，用一种郑重的口吻说，"我生日是3月18号。3月18号我就六岁了。"

"那你和我女儿一样大。"他看不见自己说这句话时候的眼神略微柔软，"不过，她的生日是在冬天，她要到12月才满六岁。"

"那她就是五岁半，比我小很多。"孩子的神情略微不屑。

"好吧。"

"妈妈说了，这一次我过六岁生日，她送我新的游戏机。"孩子局促地笑笑，像是在讲述一件让他难为情的事情。

"是吗？"——他其实已经在盘算着如何尽快结束这场谈话了，他知道自己不算是个特别有耐心的人。

"我真的很想玩这个游戏机。"孩子脸上泛起一阵潮红，再度强调着。

"很快就可以玩了，既然你妈妈已经答应你。"他往门口张望着，这孩子的父母刚才明明还在病床前的，怎么突然间一起消失了这么久——这两人总不会到洗手间做爱去了吧。

"叔叔。"孩子摘掉了机器猫图案的绒线帽，露出光秃秃的脑袋，因为没有头发，眼睛显得格外大，"妈妈说你很厉害，很会治病。我真的很想玩那个游戏机，你让我活到生日那天，好不好？3月18号以后，就不麻烦你啦，我可以死的。"

他知道这孩子此刻沉浸在一种平等地跟他谈论条件的兴奋里。孩子觉得自己是懂事的，所有的要求都非常合理。他看着孩子的眼睛，终于笑了笑。他说："知道了。"

然后他很想抽支烟。

他下到医院底层的大厅。这里像是火车站的候车室那样，长椅上坐着、躺着、歪斜着各种沉睡的躯体。清醒着的人们，都让自己的脖颈微微扬起，看似无意识地注视着悬挂在他们脑袋上面的电视屏幕。在春晚观众席上响起笑声的时候，轻轻地跟着哄笑。也未必真的觉得好笑，当你必须仰起头来注视一样东西的时候，就会错觉那是真理。

他面无表情地越过他们。他走到大厅的外面，忍着寒冷。一个裹着羽绒衣的小伙子站在不远处的路灯下，看着他："这位大夫，借个火行吗？"

他把打火机丢给他，小伙子轻快地接住了，当打火机重新画着弧线丢回来的时候，他没有伸手去接。他看着打火机清脆地落在他脚下的水泥地面上，然后弯下腰捡起来。小伙子略带惊愕地看着他，耸耸肩，说："谢谢大夫了。"白衣加身的时候，他就是觉得自己无法平等地对待他们。

他拿出手机拨通了电话。

"喂？——"电话那头，尾音拖得很长，有种全心全意的认真。

"喂？你好。"他微笑着说，"我想和陈至臻小姐说话。"

"爸爸！"陈至臻小姐欢呼了起来，然后又一板一眼地回答他，"我就是陈至臻小姐，请问你是不是陈宇呈先生？"

"没错，真聪明。"他急急地把一口还没来得及吸进去的烟吐掉，他必须立刻回答臻臻，他不愿意延迟哪怕一秒钟，"陈至臻，今天过年，开不开心？"

"开！"陈至臻斩钉截铁地笑着。

"看到焰火了吧？焰火漂亮不漂亮？"

"漂！"陈至臻打定主意要玩这个游戏到底了。

"想爸爸了没有？"

她停顿了一瞬间，然后像宣布比分那样自豪地说："没！"

"坏丫头。"他终于意识到了户外的寒冷，因为他开始真正笑起来的时候，嘴角一阵战栗的麻木。

"妈妈来了，爸爸，你要不要和她说话？"

他迅速地加入了陈至臻的游戏规则，说："不。"

除夕过后六个星期，那个生于 3 月 18 号的孩子死了。他还差几天就可以满六岁了——阅读他墓志铭的人会在他的生卒年月的等式两旁发现这个刺目的不圆满。

他出神地坐在办公桌前面，突然想：自己是不是应该，在那个年三十的晚上告诉那孩子的父母，要他们早一点为他买下游戏机呢？若是在几年前，他一定会告诉他们的，不过现在，他厌倦了这种举手之劳的善意。这种事做了又能怎样，除了让那对父母在漫长的岁月中，疼痛减轻的间隙里，回忆起一位颇有人情味的医生，除此之外，又真能帮上谁的忙？

"陈大夫？"护士长笑盈盈地推开了门，"我还以为你睡着了，本来是想叫你醒来的。还有二十分钟，就要开始查房了。"

"上次那罐咖啡，你那里还有没有？"他看着她，这个永远表情清爽的女人。

"家里还有，明天帮你带来。"她动作轻巧地收拾堆满纸张的桌子，"我忘了，明天你休息。今天是周五，你不是每周都是今天接女儿？"

"对。"他疲倦地按自己的太阳穴，"我总觉得今天好像还有件什么事儿，下午……"

"想起来了。"护士长胸有成竹，"你下午要给那班来进修的乡村医生上课。我前天还帮你修改过 PPT。"

"那帮××。"他长叹一声。

"陈大夫，注意你的修养。"护士长回眸一笑。

"好。"他修改了措辞，"那班文盲。一个半小时的课能拖到四个小时去，其中一多半时间都在回答他们那些白痴问题。"

"子曰，有教无类。"

"我不明白。"他站起身，用力地伸展着双臂，小心活动着他脆弱的颈椎，"难道他们手底下的病人真的跟我们的病人是不同物种吗？为什么摊上水平这么可怕的医生，还都能安然无恙地活着？"

"不对。"护士长安然地回答他，"他们治不了的病人，要么就送到我们这里来，要么就让病人自己回去等死——对那些病人来说，可能等死是件自然的事儿，不像对城里人而言那么恐怖和憋屈。这才是唯一的区别。"

"天杨，你说话真像个老人。"他轻轻地说。

"跟得绝症的孩子们一起待八年，相当于外面的人的半辈子。"她用锉刀小心地磨着指甲，"这样吧，我今天下午三点就换班了，你上课来不及的话，我替你到幼儿园去，把臻臻接到这儿来等你，像过去那样，臻臻现在已经跟病房里两三个孩子玩得很好了。"

"总是麻烦你，多不好意思。"

"别那么虚伪了。"她戏谑地看着他，"其实你根本就是这么想的，只是等我自己说出来。"

"不愧认识了八年。"他笑道，"要是把所有夜班都统计一下，你我一起过夜的天数恐怕超过很多的夫妻。"

"你不觉得这不是什么好事儿吗？"

"所以干脆将错就错，你嫁给我吧。"他再一次地把白衣的扣子系到领口。

"好。"她把装着病历资料的文件夹递到他手里，"老公，现在我们要去查房了。"

他是八年前来到这间医院的。那是一个 10 月的早晨，他对着镜子别好了自己的胸牌，陈宇呈医师，他跟自己打了个招呼。这当然不是他的梦想。他曾经无数次地站在医学院的大镜子前面，微笑着，暗暗地在心里对自己说：你好，Dr. Chen。那年他不到二十六岁，早已在做硕士论文的时候拿到了执业医师资格。他胸有成竹地拒绝了那间沿海大城市的医院的聘书，每个人都难以置信地说：你开什么玩笑？万一你去不了美国了怎么办？或者是：你冷静一点好不好，美国也很苦的。他不置可否地对每个人笑笑，直笑到别人觉得自己被莫名地羞辱了。其实那是一场不动声色的战斗，战斗的双方是这个犬儒的、有序的、退而求其次的世界，和他孤注一掷的期待。

那张匹兹堡大学的 PhD 全奖通知书静悄悄地来临时，他略微颤抖的手指撕坏了整洁的信封。喜悦并没有像他曾经以为的那样坦荡地汹涌而至，他发现自己在用力地要求自己把那个信封平常地放在书桌上，像对待平日里所有那些信封一样——但是，还是情不自禁地，把桌上的水杯挪到了遥远的桌角——万一碰翻了就不好了，其实那杯子里只有一点点茶根，没什么水了。现在终于可以承认当初所有的恐惧了。终于可以。

当然，他知道 Ph.D 完全不是自己要的，一辈子待在实验室里，就算拿了绿卡，它也只是个好看的墓志铭。Ph.D 不过是一纸通行证，他真正要通过的考验是 USMLE：step 1, step 2……然后就是地狱般的可能长达十年的住院医师和专科医师培训，可是那是个多荣耀的地狱，resident, fellow……刷下去不知多少人，然后，他就脱胎换骨，成为顶端的那个 Dr. Chen——这一轮选拔和煎熬下来，每一个 doctor 都错觉自己曾经把灵魂卖给了魔鬼。他知道自己做得到所有事，比如通过层层考验，比如成为那块土地上的医生，比如把灵魂卖给——他知道还是应该承认灵魂是存在着的，只不过，没必要太呵护它。男人总归要战斗。

可是，谁叫那一年是 2001 年。不早，也不晚。

那一年，一场名叫"9·11"的恐怖袭击毁灭了那块土地上的双子星。也毁灭了很多中国学生拿到美国签证的机会。当那个意料之中的拒签章精确地盖在他的护照上，他才知道，不管他多么虔诚地锻造了自己，永远有些事情是不能预料的。公元 2001 年之前的人们，以及这一年之后的人们都不会碰上"9·11"，酩酊大醉的夜晚，他对自己嘲讽地笑笑——我原来中了人类历史上的一张大彩票。

他只不过是在孤军奋战的时候，被本·拉登打败了——公平地说，拉登的长相其实还不错，他也相信，这个长相不错的大胡子在策划他的"圣战"的时候只是想要教训美利坚合众国，并没有刻意针对他。毕竟，签证这东西，跟波澜壮阔的"圣战"相比，是可以忽略不计的误差。可是，他周围那个犬儒的、有序的、退而求其次的世界顿时觉得自己赢了，那些日子，每个对他表示同情和遗憾的人脸上都带着一种愚蠢的欣欣向荣。所有道听途说的人都津津乐道着一件事：心比天高的他错过的，是一生仅有一次的机会。就在那个夏天，他妈妈的病被确诊，而他弟弟考上了大学。既然不能给家里寄美刀，他就必须去工作——观众们当然都记得非常清楚，他曾那么不计后果地拒绝了所有工作的机会。

他也不知自己该恨谁，只是他很偶然地发现，当国际新闻又一次地播放耶路撒冷永远没有尽头的战斗和苦难时，就像看球赛那样，他内心深处隐隐偏向着以色列。

龙城的邀请就是在那个时候来临的，尽管在那之前，他完全没想过自己会和那个遥远的北方工业城市有什么关系。在他意气风发的大学时代，某个暑假，他曾经跟着系主任去龙城参加一个学术研讨会。他不知道，那位讲话带着很浓重的，说不上来是哪里方言口音的老院长，一直记得他。他会在那个差强人意的城市得到不少年轻人羡慕的东西，其中最重要的，就是在那座冰冷的白塔中，更多升迁的机会。

也许还有比"最重要"更为重要的事实，那就是，他没得选择。

他从没喜欢过龙城。这个对他雪中送炭的城市。或许正是因为雪中送炭的缘故，他不许自己喜欢它。这个城市没有任何一栋建筑物能够走进他心里，即使是被夕阳笼罩的时候也不能；这个城市没有任何一句方言的表达能让他惊喜地会心一笑，其实绝大多数年轻人都在讲普通话；这个城市夏天那么热，冬天那么冷，而春天，只要神一高兴就要撕扯漫天的风沙；这个城市的病人脸上的神情相似得令人恐惧，他这么想的时候其实忘记了：人原本都是麻木的，他没道理因为疾病突然降临，就要求他们突然拿出更微妙更丰沛的感情来应付生活。

后来，他遇见了一个龙城的女人。

那是一段特别低落的时光。所有的人对他的敬业叹为观止，他常常连着七十二个小时都在工作：查房，门诊，夜班，抢救，写病历，修改每一个来实习的医学院学生的报告……一个人想要令人敬畏原来那么容易，不睡觉就可以了。可是没人知道，他是真的睡不着，他意识深处突然多了个安眠药都打不垮的碉堡。睡意缺席的长夜就像一片看不见尽头的原野，曙光来临的时候他觉得自己是个茫然的士兵，自己的将军身首异处，敌军首领的肠子挂在树上，不知谁最终吞并了谁的领土。他环顾四周的时候发现自己羡慕那遍野的尸体，如果自己也能和他们一样，便不用再去困惑输赢。

所以他决定像个超人那样忙碌，不再顺从地躺在被子里，让睡眠把他玩弄于股掌之中。其实他清楚，严重的失眠或许是抑郁的前兆，但他不在乎。反正如果情况一直坏下去，他也不是那种能够被百忧解拯救的人。他准确的诊断是一层铠甲，身边同事之间的倾轧无法损伤到要害的地方。他也知道，病人家属认为他是一个好医生，还有一个荒谬的理由：他收红包的时候从来不笑，无论数字多少——这让他们产生了一点公正的错觉。人就是这么贱的。

没有人知道，那段日子他是多么期盼着死。他希望自己能死在不眠不休的医院里。他希望自己能像电池突然出问题的手机那样，前一分钟还在抢救病人，一瞬间觉得周遭的世界一片明晃晃的光，心脏准确地骤停。让他像棵被伐倒的树那样死。若是这个愿望真的能实现，他会怀着善意邀请这些他蔑视的人来参加他的葬礼，会诚恳地微笑着赞美他们送来的花。

想象有时候会很具体，栩栩如生。他低下头去阅读弟弟的短信，弟弟快乐地告诉他这个学期拿到了奖学金。他能嗅出那孩子跟他讲话的时候那股小心翼翼的气息，于是他叹口气，回复他，就算有了奖学金，他也照样还是会寄给他全年的学费。

那个女人是在一个清晨来到医院的。还不到六点钟，夜班的末尾，新的工作日还没正式开始。她是一家医药公司的销售代表，看到她无懈可击地出现在这个钟点让他略微吃惊，无论如何，敬业的人值得尊重。她唇红齿白地笑笑："陈大夫，我知道这个时候准能碰上你。"

她并不聒噪，说完这句话就自行安静了下来。她没再多说一句她想要推销的药品，以及商家允诺给他的回扣——因为该说的话她早就说完了。他不理会她，兀自盯着桌上的电脑屏幕。那天略微清闲，没有任何一个病人需要抢救，所以他有了一点时间，打开电脑里他收藏的美剧。很老的剧集：《急诊室的故事》——那一年，《实习医生格蕾》和《豪斯医生》都还没诞生。

剧情里面，此起彼伏的"Doctor这个""Doctor那个"的声音让他心折。黎明将至的时候他会比较心软，所以他总是比较容易记住死在破晓时分的病人。他觉得，英文中doctor这个词，配上姓氏，自有一种微妙的韵律。相比之下，Doctor Chen听起来稍微单调些，中文发音里没有那些灰尘一般附着在正经发音身后的小阴影。

他回过神来的时候，发现那女人专注地看着他的眼睛。

"你英语很好吧？"她问。

"还可以。"他笑笑——GRE几近满分，不过这些年真的退步很多了，他没必要跟她说那么清楚。

她笑笑，有些落寞地看着他的脸庞："陈大夫，在你心里，是不是这里面的病人，比你的病人都要高级呢？"

他心里重重地战栗了一下。

那天她离去之后，他第一次仔细地、翻来覆去地看了看她的名片。后来，他是在那一年的5月中第一次去拜访她父母的。她的家位于龙城的老街区，是一个异乡人很难有契机深入其中的地方。进宿舍院的大门的时候他才惊觉，按照礼节来说，自己至少该带去一点水果。他转过身去，寻找老街区里那种零星分布的小摊贩的时候，看到身后那条狭长的街上落满了槐花。

槐花混合着尘土，零落成泥地覆盖了地面上浓浓的晚霞。晚霞和槐花，一起斑驳着，说不清到底是谁葬了谁。有几个小区里的孩子快乐地从地上把槐花拾起来，其中一个蹒跚学步的小家伙还果断地塞进了嘴里。

那一瞬间，他觉得有什么东西改变了。他非常清楚，在这个瞬间，经过了旷日持久的挣扎，也许从此刻起他不会再失眠，不会再担心百忧解，不会再期盼神恩浩荡的末日——他终于放弃了自己。他终于觉得"自己"可以是一样略微柔软的东西，便于抛弃。他心情复杂地打量着这条静谧的街道，反正，终究不过是死——他在心里和这个城市说话：我允许你埋葬我了。

他们在那一年的夏天结了婚，她的母亲直到最后都念念不忘他是个书呆子——因为第一次去他们家吃晚饭的时候，他居然只拎来两袋水果。

在他年轻的时候，或者说，更年轻的时候，穿上白衣的那一瞬间，他会觉得自己变成了围棋里面的白子。但是他很快就知道自己错了，因为他面前的病人们，以及这些病人的家人——谁也不可能是黑子。他们都是灰蒙蒙的，他们的痛苦，他们的挣扎，他们的希望和绝望，是如此芜杂，全都裹着尘土、汗水的酸味，以及血腥气。白子被撒在棋盘上，八年了，才突然总结出来，需要对阵的是一把从河滩上随便抓来的，扭曲的鹅卵石。

人生怎么这么脏。就算是生死之间的庄严都不能让它清洁一点。

16床的患者十四岁，女，诊断为 AML-M3，急性骨髓系白血病中的一种。那女孩很瘦小，也许她曾经不那么瘦小的，不是个漂亮女孩子，可是有双深邃的眼睛。她轻声地，甚至是胆怯地说："我浑身疼。好像是……是肉里面在疼，像有什么东西轧过去。"她妈妈在一旁表情更加胆怯，似乎要说什么丢脸的事情："她昨晚疼得睡不着觉……"他没有注视那母女二人的脸，淡淡地转向身后，问其中一个实习医生："给她的治疗方案是亚砷酸联合维甲酸 45 天，45 天之后原始细胞 50%，执行标准 TA 方案化疗。化疗第二天开始注射瑞白，说说看，她为什么会骨痛？"实习医生咬了咬下嘴唇，翻着手里的病历，底气不足地说："因为……因为治疗后原始细胞还是 50%，瑞白会刺激，白细胞的生长，所以就增加了骨髓里的压力，导致——疼痛。"他点点头："不错。"跟着他望住了女孩的母亲："所以不要紧的，这不是病情加重，是药物反应。这个药我们今天不用了，就不会再疼。""好的好的，"母亲用力地点着头，"大夫，我们用更好的药行不行？用更贵的，只要她不再疼我们都愿意的……"他不由分说地打断她："不是贵不贵的问题。"他总觉得自己似乎永远学不会真正平静地面对他们诸如此类的渴望——如此无知，又如此热切。

"可是陈老师……"一个研究生问他，"已经治疗 45 天了，按道理讲，原始细胞不应该还是 50%……"那个母亲重新死死地盯住了他，他知道，"不应该"那三个字轻松地揪了她的心。他问一个刚刚值完夜班、带着黑眼圈的住院医师："她现在有没有粒缺？""没有。""血小板呢？""一万。"他沉默了几秒钟，其实他比谁都厌恶那个在这种情形下沉默的自己，接着他说："暂停化疗吧。""陈大夫？"那住院医师惊讶地看着他。"暂停化疗，给她输血小板。然后重新作一个基因检测，另外检测一下ETO。""你是说——""她有可能不是 M3，是 M2 的 b 型。""可是——当初 M3 的诊断是叶主任给的。"他静静地看着这个懦弱的货色，说："那就下午再做检测，等会儿叶主任来了，我去和他说。""好。"对方果然如释重负。

"大夫，您等等。"在他们离开病房的时候母亲叫住了他，"我们家有朋友认识一个老中医，可以给孩子吃点中药吗？"他觉得自己的耐心又一次被成功地逼到了临界点，他说："可以，不过那不科学。"

天杨就在此时笑着走了上去，悄声对她说："您放心好了，陈大夫很负责，您都看见了，他为了给您女儿检查……"她把声音刻意压低了，不过他依然隐约听得见，"为了给您女儿检查，他都不怕得罪我们主任的。您一定要相信他。"

他回过头去，对天杨微微一笑。他知道，此时此刻，又有两三个无聊的家伙要交换兴奋的眼神了。

他们总说，陈大夫只会对护士长一个人笑。

那是因为护士长比你们所有人加起来都聪明十倍。

"25 床人呢？"他合上手里的文件夹，冷冷地问。

"出院了。"薛大夫回答他，"家里钱都用完了，说是不治了。

唉，那孩子的情况原本是最有希望的，可是现在——不出三个月，十有八九，会死于颅内出血。"薛大夫的神情恻然。

"知道了。"他回答。

"25床就这么出院了，30床也说家里不想再负担，不治了，7床那个还差几天过生日的孩子也死了，还有19床越来越糟糕，今天起程到北京去看专家……"言语间，薛大夫像是又要叹气。

"所以今天的查房正好结束得早一点。也不是坏事。"他简短地打断薛大夫，"你别忘了，十点半，叶主任要咱们俩去医学院那边，给一个患者会诊。"

"什么情况？"

"有人觉得是 MDS，有人觉得不是。"他皱皱眉头，"你没看资料？"

"有你在，我什么都不怕。"薛大夫轻松地笑着，"对了，去医学院那边的话，正好是学院路那一带——顺便去那个咖啡馆，偷偷看一眼那个要和你相亲的女人嘛。其实我妈也觉得，那种唱夜总会出身的女人介绍给你实在不靠谱，可是她的亲戚跟我妈是朋友，我妈不想驳人家的面子，只好出头牵这个线。听说那是个大美女，看看也是好的……其实，是我想看看。"

他没有兴趣继续这个话题，薛大夫其实正是那种他无法信任的人——他们生来轻松愉快。于是他说："叶主任应该来了，我有事去找他。"

"你跟叶主任说想重作检查的时候委婉一点啊，千万别惹毛他——"薛大夫看着他的背影追加了一句，但他使用的语气，是唯恐天下不乱的。

对他有恩的老院长死于去年秋天。告别式的时候，他一边深深地鞠躬，一边无意识地瞟了一眼会场边上成堆的花篮。那里面有一束花是他送的，他真感激天杨在最后一刻提醒他还没有买花。仪式结束的时候，他没有像周围的人群那样，迫不及待地退场。天杨在那种轻微的喧嚣中走到他身边，微笑道："我选的百合，还不错吧？"

"哦，原来那种花就是百合。"他恍然大悟。

"你搬完家了？"她问他。

"嗯，很快，我除了那些书，本来也没多少东西。"他看上去若无其事，"这种情况下搬家没必要诏告天下吧？难不成，还要请你们都来替我'温锅'？"

"有什么不可以，单身派对嘛，庆祝你重获自由。"天杨轻轻地笑，"喂，我代表整个……青少年血液病研究中心的全体成员问你一个问题行么？"

他也笑："问我今年论文获全国奖，有什么感想？"

"问你……真的不是因为有了别的女人？"她的笑容在酝酿坏主意的情况下，都是真实可信的。

"不是。"他回答，"我们俩不是一种人，就这么简单。"

"哎，孟大夫，你好。"天杨跟一个擦肩而过的，也穿了深色西装的男人打招呼，随即向他转过脸，"你知道他吧？孟森严，去年刚刚调来龙城的，在肝移植中心。"

"当然知道。"他嘲讽地笑笑，"谁没听过他的大名呢？原本在一家全国都数得着的医院，因为一个女人把前程都毁了，我们这里的肝移植中心像什么话，根本就是个草台班子。"

"陈大夫。"她惊讶地瞪大了眼睛，"我以为你从来不关心八卦。"

"那么感情用事的人，不适合当医生。"他下了结论。

"你也不适合当医生。"天杨回敬他，"你根本没有爱心。"

"爱心是你们护士的事情。"他一边跟她开玩笑，心里却有点隐隐的不安，他察觉到，刚刚他说那句"那么感情用事的人"，言语间暴露无遗的轻蔑或许刺伤了她。他们所有人都对几年前天杨惊天动地的壮举记忆犹新。应该是四五年前的事情了，大家在办公室拿着她的喜帖讨论每个人周末该包多少红包的时候，她脸色平静地走进来，对他们说："你们，都不用来了。那个婚我不结了，对不起大家。"

其实她没有任何对不起大家的地方，"大家"都该感谢她，在相当长的一段时间内，令"大家"有了难以厌倦的话题。她在众人的流言蜚语里进进出出，那种不肯解释的平静差一点就犯了众怒。男人最该学会的事是准确，女人最该拥有的品质是勇敢——这是他一直以来都相信的事情。

某个深夜，他从办公室出来，看到她独自坐在走廊上，她垂着头，似乎是在用力地看自己穿着洁白的护士鞋的双脚，然后她在灯光里抬起头，眼睛不知道注视着哪里，她在哭。眼泪以一种惊人的速度在她脸庞上汹涌，她略微转头的时候，它们就在空气中抻长了自己，跌下来。她宁静地随它们去，即使是看到了他已经冲着她走过来，她的手也不肯去擦拭它们，只在她身体旁边，轻轻地保持着握拳的状态。

"陈大夫。"她知道他不知该怎么开口，于是她先说话了，嗓子微微有点颤抖，像是眼泪纷纷地滴落在了她的声音里面，"你刚刚让我去给2床输的血小板，已经输了。"

"你做事一向都很稳当。"他说。

她看着他笑笑，眼泪又被这突如其来的笑容撕扯着跌下来，她用纤长的手指轻轻地抹了一把。

"是因为刚才下班的时候，苏副主任跟你发脾气？"他当然知道她不是因为这个，所以他自顾自地说下去，"不要理他，完全是他没有道理。"

"也不是的。"她擦干了泪，清亮地看着他，"因为病人太多，他一时记混了。我跟他说，17床那个孩子有血友病，不能做骨穿。我不应该当着那么多人说这个，让他下不来台了，他觉得一个护士居然当众跟他顶——其实我是害怕，那孩子是薛大夫的病人，可是薛大夫和叶主任今天开会去了，我怕剩下的人不过脑子，只是听了他的话，就去把骨穿做了，会出大事的。"

"苏副主任本来就是个滥竽充数的白痴，他在医院里的前程也到头了，根本不用在意他。"他停顿了一下，突然非常用力地说，"不是你的错，你明白吗？不是你的错。"

她显然明白了。她心领神会地看他一眼，突然长长地叹了口气："陈大夫，你说，17床那个孩子怎么会那么倒霉呢，又有血友病，又得了骨髓瘤。我以前一直以为，一个人不会同时摊上两件这么坏的事。"

"他的血液太坏了。"他苦笑。

"看着这个孩子，我就问我自己，会不会太不知足？"

"好问题。"他由衷地说。

那一年，她还不是护士长。他也还在辛苦地准备着博士论文的答辩。

永远有那么一些人，生来就流着坏的血。一个医生，最不该相信的谎话，就是众生平等。当一个人满身的血液就像一条永远不肯正常流淌，并且污浊的河流，他的血管永远在藏污纳垢，你硬要告诉他，他和所有人都一样，他怎么可能不在某个时刻怀疑他自己是在自欺？除非他生性慈悲，或者他生性麻木——这两者都可能导致同一个结果，就是他做得到漠视自身的尊严。

龙城，对于学过中学地理的人而言，是个北方的枢纽，是个工业重镇，是个源源不断地产出狂风和钢铁的地方。对于生活在其中的人而言，是日出而作，日落而息，或者日落而作，日出而息的家乡——反正都一样，最终会在这里变成灵魂，变成墓地里盛开的野花，日出日落又有什么要紧。但是绝大多数的人不清楚，每一个中国的血液科医生，应该都知道龙城。

没有人解释得清楚为什么，以这座城市为中心，周边涵盖的一大片区域，没有成年的孩子患血液疾病的概率远远高出平均水平——大半个世纪以来一直如此。这城里曾经流传过各种各样的传闻，来解释这件事，那些解释的想象力丰富得很，科幻情节，悬疑情节，阴谋论……一应俱全。他们工作的地方，原本属于龙城儿童医院的血液科，他们总是能碰到一些经典又难得的病例，整间医院常年都有各个地方的专家出没其中，以及那些慕名而来的进修医生。他们的水准就是这样成就的，血液科早已成为整间医院的骄傲。后来，儿童医院被龙城医学院附属医院收纳旗下，跟那些委屈地被人合并的旧同事不同，他们则换了一个更加光辉的头衔：龙城医学院青少年血液病研究中心。他们搬离了原先的旧址，有了新的独立的大楼、更大的病房和更好的实验室，当然，也收获了别的同行更多的忌妒与不屑。

坏血生生世世，奔流不息，不知道会转世到哪一个无辜的躯体里。

因为这些坏血，他们才能存在。研究中心的建筑像个堤坝那样，铸造在坏血的涛声里。或者说，他们希望如此，他们希望自己能拥有这样的力量。只是有时候真的不清楚，这种荣耀，到底是神的期望，还是地狱的期望。

离龙城不远的地方，有一个更小的城市，叫作永宣，是个静谧的名字。多年来，龙城医学院都有一个固定的研究项目，定期到永宣来，跟踪血友病的发病率。他记得第一次到永宣来的时候是为了替叶主任操刀一篇论文，是 2003 年冬天，天气晴好。听说时至今日，永宣还有一些笃信因果鬼神的老妇，信誓旦旦地告诉别人，永宣人的血友病都是被冤魂折腾的。1937 年冬天，日本人攻占了龙城，顺路打到永宣。屠城了，然后，天下了一场很壮观的雪。

雪化了以后，永宣的很多人在突然之间丧失了让伤口凝血的能力。一点轻微的破损都可以赔上人命。在这个地方，一个小孩子奔跑嬉闹的时候，若是不小心被树枝划伤了腿，很有可能，第二天傍晚，这家人的院落里就传出哭丧的声音，然后有人端出来满满一脸盆的血，邻居们见怪不怪。

所以说，不是屠城时候的冤魂作祟，是什么呢？冤魂缠了这个城这么多年。来接待他们的人给他们讲起这个传说的时候，商务车里面荡漾起一群医生轻轻的、无奈的哄笑。

一定不是因为战争，不是因为屠杀，但是这个城市的人为何就如此密集地把这个基因里的缺陷世代相传呢？他忘不了那个十七岁的男孩子，他在永宣遇见的第一个病人。他的血液完全丧失了自我控制的能力，即使没有任何外伤，他的皮下组织、关节，以及很深很深处的脑膜——都在胡乱地流血。他半躺在床上，右腿的膝盖肿大得跟篮球一般，膝盖以下的骨头因为无法负担这个重量而扭曲变形，他脑袋里的一个什么地方，因为出血，形成的血肿硬生生地把他的左眼撑大了好几倍，他的左眼侵略了脸颊，几乎快要到达鼻翼那条线上。陈宇呈医生不动声色地走近他，以为自己遇上了《西游记》里的妖怪。

"大夫。"男孩说话有些吃力，"我现在其实特别想知道一件事，我睡着的时候，我的左眼到底能不能闭上呢？"

"你挺有幽默感的。"他说。

"我妈总在安慰我，她说再过些年，我可以找一个健康的女孩子结婚，我们一定要生一个男孩子——这样，整个家族里就再也不会有这种病了。"这男孩笑了，伴随着嘴角的抽动，右眼相应地闪现出笑的样子，可是巨大的左眼兀自岿然不动，像块石头被丢在了他脸上。

"她说得没错，遗传学上是这样的。"

"可是大夫，就算我有了一个健康的男孩子，又怎么样呢？对我而言，有什么用？"

"你说得对。"他点点头，那时候的陈宇呈医师比现在容易讲真话，"其实没什么意义。对于你的生命而言，那些，都是别人的生命。"

"您和别的大夫不太一样。"男孩和他巨型的左眼一起认真地看着他。

"因为我从来不觉得死是一件坏事情。"那是唯一的一次，他允许自己说了医生绝不该说的话。

一周后，陈至臻小姐来到了这个世界上。

她还不会睁眼睛，所以他可以肆无忌惮地打量她。不用担心她会觉得不好意思，不用担心她会不理解这代表什么——她睡在粉红色的婴儿毯子里，他不想违背事实地夸奖她像片幼小的花瓣，初生婴儿的外观真的没有那么美好，只不过，她细嫩得令他恐惧，就好像她的皮肤下面裹着的都是水。

你好，陈至臻。请你一定记得，当你长大以后，你有权利埋怨我们为何把你带到这个世界上，不管有多少人告诉你要心怀感激，你都有权利反驳他们，因为，这世界实在不是什么好地方。

陈至臻，所以你不必非得爱我不可，但是真糟糕，我已经开始爱你了。

要是没有前一年5月的那些落满老街的槐花，就不会有你。陈至臻，你真的是那些槐花里的一朵吗？你不动声色地睡在夕阳里面，然后你认出了我，所以你就找到这里来了。

第四章

姐姐

　　——郑老师，今天在公车上，有个男的一直在看我，看了我好几次，然后我就不敢在那辆车上待下去了。车到龙城广场，我就跟着人群跑下来，结果他追在我后面喊我，他说同学你的手机掉了。然后他还给我，就重新上车，走了。

　　——害怕了吧？

　　——真丢脸。

　　——不丢脸。承认自己害怕，有什么丢脸的？

　　——可是有一点害怕的时候，就敢承认；真的很害怕很害怕的时候，就不敢承认了。为什么呢？

　　——因为害怕变得太大的时候——也不只是害怕，高兴，伤心，期待……都一样，它们变得太大的时候，第一个伤害的就是你自己的尊严。

——郑老师，你怎么什么都知道呀？

——知道这个，未必是好事。不过安全起见，你还是每天放学以后跟我一起走。

——我才不要。同学看见了会问的。我现在每天放学后都在想办法躲着同学们，不让他们看见我没有回平时住的地方而是去等公车。你要是让他们看见我每天跟着你，那真的就丢死人了……

——对，我忘了，你们现在这个岁数，把"丢脸"看得比什么都严重。

——我不怕死的，郑老师。

——小孩子不要乱说话。

——真的，我没那么怕死。我小时候，得那场病的时候，我奶奶跟我说过，她说我实在觉得难熬，不想再忍的时候，说不定闭上眼睛，像睡觉一样，就不用受罪了，她还要我别担心他们，我们总有一天会再见面的。后来我的病治好了，可是奶奶死了。不过，我就确实没那么怕了。可是现在，我害怕那个人找到我。

——其实我倒是有种直觉，他不会真的对你怎么样的，他只是一时冲动才那么说……不过安全起见，把你藏起来也没错。

——他要是痛快地把我杀掉，为了报复我爸爸，我可以接受。但是我怕他打我，怕他把我关起来，怕他不给我吃东西喝水，怕他强暴我，怕他表示他有多么恨——就算这一切都不会发生，我也怕他在杀我之前跟我说话——比方说，他告诉我他有多么爱他的爸爸，可是他被埋在废墟底下；他告诉我是我爸爸造成的；他告诉我他也没有那么恨我，但是他必须这么做；他告诉我他知道我是无辜的，可是在这种时候无辜真的没那么重要……说不定他还会哭。那我该怎么办呢，我怕我自己会特别为难地跟他说，那好吧，看来你只能把我杀掉了……

——你这孩子脑袋里的东西怎么这么怪。

至此，哥哥终于笑了。他们俩的对白在寂静的夜里从阳台上清晰，并且源源不断地传到我耳朵里来。夜风也跟着不客气地灌进来了——当我非常想打个喷嚏的时候，才意识到了这一点。于是我只好死死地咬住牙，让那个喷嚏继续骚动地待在我的脑袋里面——把眼眶逼出一阵热潮，然后赶紧把窗子轻轻关上——没法偷听他们说话了，全怪这个该死的喷嚏。

夜晚把整个世界变得荒凉了，荒凉到让我觉得头发丝轻轻撒在枕头上的声音都是亲切的。昭昭只有跟哥哥待在一起的时候，才有那么多话说。或者说，她只有跟哥哥讲话的时候，脸上才会生动起来。似乎平日那张脸上有张透明的面具被拿掉了，她鲜活的五官终于可以毫无障碍地做出各种表情，不再惧怕用自己的眼神，用自己的眉毛，用自己嘴角到脸颊的线条，跟这个世界打交道。

我有点不喜欢这样。不过，算了，这个小孩子心里其实承受着很多事，怪可怜的，我让着她。而且，她毕竟是跟哥哥最熟悉啊。闭上眼睛，睡吧，寒假结束，明天我也要回学校去了，虽然我无比舍不得家里这张美好的床。

就在这个夜晚，苏远智正在去往广州的火车上。我有点想念他，因为旅途中的他一定比平时更寂寞。我慢慢地把身体紧密地蜷缩成一团，觉得这样可以积攒起来一点热度，温暖想象中，他漫长的风尘仆仆。

也温暖我自己。

白天的时候，昭昭放学回来，非常发愁地托着腮看天花板，因为语文老师的作业让她觉得天理何在。这个语文老师当然是小叔。有那么几个作业，是小叔会留给每一年的学生的。比如昭昭遇上的这个，小叔手上每届高二的学生都会碰到。惠特曼的诗，《哦船长，我的船长》——并不是课本里的东西，但是要背下来，然后写一篇读后感，怎么写都可以。

　　我还记得，那时候，我们谁都不觉得这首看上去很土的诗有什么好。大家都是一边打趣，一边嬉笑着恶搞它，用各种方言，表情夸张地咏叹：哦，船长，我的船长……昭昭苦恼地咬着手指的样子，让我想起几年前的自己。

　　"哦，船长，我的船长；我们艰苦的航程已经终结，这只船渡过了一切风险……"

　　下面就记不清了，总之我至今觉得，这些句子读起来真的很土，用英文念也没有什么好听的。但是不知为何，有时候，有几句话还是总会突如其来地闯到我脑子里：

　　"在甲板上，躺着我的船长，他已经倒下，已经死去，已经冰凉。"——印象中，书里面似乎不是这么翻译的，但是小叔告诉我们说，就是要这样翻译才好听。

　　在甲板上，躺着我的船长。

　　苏远智第一次亲吻我的时候，我的脑子里反反复复地闪烁着这句话，大脑像是一张卡住了的盗版CD，这句话的几个字就在那里来回地跑来跑去，后来，我在一个瞬间里明白了那是为什么，因为那种时刻的眩晕，来自身体最深处，已经深得把身体钻出一个伤口的地方——带着外界的风一起降临，这让我联想起海浪，让我觉得我在坐船。虽然我并没有真的坐过轮船，但我相信，航行就是这样的。

在甲板上。

他把我的身体变成了甲板。然后我们一起成为海浪。

人们都说，这样的时刻是两个人融为了一体，可我从来不相信这个。我的灵魂像悬挂在上方的惊慌失措的月亮，悄悄注视着这两个人。海浪把月光搅乱了，或者说，月光照在不平静的浪涛上面，必然会跟着颠簸起来，我的灵魂成了个摇晃的镜头，除了他忽近忽远的脸，什么都看不清。

我们没有融为一体。我们只不过是一起跳海去了。

那时候，我十八岁。他问我："你怕吗？"我轻轻地点点头，觉得脖子那里好僵硬。他有点紧张地笑笑，说："你害怕，就算了吧。"我说："其实你也怕，对不对？"他用力地摇头。我抱住了他的脖子，他的嘴唇离我那样近，我只要开口说话，就摩擦得到它。我说："知道你也怕，我就安心了，来吧。"

想想看，那都已经是将近四年前的事情了。

现在的我们，到底有些不同。至少我们已经能够非常熟悉和安心地跟对方缠绕在一起。其实我还是从心里坚定地认为，那是一件坏的事情。因为我总是能在最开心最炽热的时候，听见一阵强劲的风声。它在我们俩皮肤碰触的间隙中间呼啸着，非常严厉的腔调。就像我们龙城的春天里，那种永远不近情理，却脆弱无辜的狂风。那是在白天的时候，他上火车之前。假期马上就要结束了，我们又去了那间很熟悉的小旅店。我忘记了带身份证，不过前台的小姐还是把房间给我们了。

"警察会冲进来抓我们吗？"我笑着问他，"因为我没有身份证，就把我们带走。"

他看着我，答非所问地说："这种时候就觉得你真的一点儿没变，我是说，跟高中的时候比，没变。"

"真的一点点都没变吗？"我把自己裹紧在被子里，轻轻仰视着他的脸。

"也变了一些。"他皱皱眉头，在找合适的词汇，"那个时候，你高兴了就笑，不高兴了就哭，所有的高兴不高兴都在外面。现在，你的高兴、不高兴好像很多都跑到了里面，在这儿——"他用手指戳了一下我的胸口。

"可能吧。"我认真地想想，"也说不上那么夸张。我饿了，我们去吃烧烤好不好？"

原来他看得出来，其实这就够了。

昭昭那个倒霉的孩子居然在敲我的门："南音姐，我知道你没睡。"

我只好倒抽了一口凉气，起来把门打开："你又知道了。"

她笑容可掬，灵巧地蹿进来，非常大方地钻到了我的被子里面："因为刚才你的窗户一直开着啊，那盏小灯的光都透出来了。"真该死，我以为我非常巧妙地完成了窃听，结果我忘记了关灯。

刚跟哥哥聊完天，那种鲜艳的神情还在她脸上暗暗地存着余香，让她的笑容看上去轻而易举。"别挤我。"灯光熄灭，房间像一块方糖那样瞬间融化进了黑夜里。我稍微有点用力地对着她肩膀的方向挤了回去。

"谁挤你。你都占了那么大的地方。"有趣，黑暗中单听她的声音，真觉得是一个男孩子睡到了我床上——如果忽略她语气中那种柔软的、喜气洋洋的嗔怪。

"随你便吧。"我说，"反正明天我就回学校去了，看你明晚还能怎么办。"

"真舍不得你。"——我原先还以为她根本不会跟人直白地表达感情呢。

"我周末还是会回来的笨蛋。"我继续用力地靠近她，在她的肩膀上拍了一下。

"南音姐。"她安静地问我，"你那个时候，是不是也写过郑老师的作文，我说的是郑鸿老师，写船长？"

"对啊。那个题目小叔出了快二十年呢，还真是偏执。"

"你还记得那个时候你写了什么吗？"她轻轻地侧过脑袋，脸颊的肌肤蹭着我的手臂。

"忘了。"我笑笑，"小孩子，对我来说，高二是上辈子的事情。"

"他说，我们想写什么就写什么，其实这才麻烦呢。"她轻轻地叹气。但是她这种愁苦的语气却让我放了心，既然已经开始认真地为这种事情烦恼了，说明她已经在渐渐地习惯着家乡的爆炸。

这几天的本省新闻里不再报道关于昭昭家的工厂的事情。那些埋起来的人全体被挖了出来。有的还活着，绝大多数都死了。工厂眼下自然是暂时关门，她家的大人们每一个都焦头烂额，当然，更坏的事情也许还在后头。但是我们生活的这个龙城，依旧车水马龙，依旧熙熙攘攘，姐姐店里的客人从来就未曾减少，每一个服务生都在一边听着姐姐的骂，一边对满室的客人微笑。可是听说，这几天的永宣变成了一座葬礼的城市。有罹难者的家人带着送葬的队伍聚集在昭昭家的门口，静静地捧着一长串的黑白遗像。似乎龙城的人们和永宣的人们完全没有活在同一个世界上。怕是只有昭昭自己同时活在这两个世界吧。这两个世界中间有一道非常深的深渊，昭昭就被一道细得几乎看不见的钢丝悬在那个深渊的正上方。阳光明晃晃的，把那钢丝变成了一道妖气十足的线。可怜的孩子，她得学会把恐惧当成是生活的一部分了。也许正是因为如此，她偶尔会盼着那个恐吓她的人找到她——有个人干脆利落地挑断那道钢丝也是好的，她可以闭上眼睛坠落下去，说不定坠到了底还能惊醒，发现是场梦。

"南音姐，要是在过去，拿到像《船长》这种题目的作文，我一定会写我爸。"

"你现在也可以写啊。"

"算了，我现在有点恨他。"她突然不好意思地笑笑。

"昭昭。"我使用的是抗议的语气。

"真的。"她翻了一下身，背对着我，顺便把被子又往她的方向扯走很多。

"谁都可以恨他。那些没有了亲人的人都应该恨他，但是你不行。"我一边说，一边再把属于我的那部分被子抢回来。

"我知道是他的错。那些大人什么都不告诉我，但是我知道。他为了省钱没有维修过那些机器，为了省钱他没有给任何一个人买保险。这就是错。"她倔强地丢出来这一连串的话，不肯回过头来看我，停顿了一会儿，突然说，"但是，他们不该说他是杀人凶手。那些人，他们说得不对。他不想让任何人死，他只是想省钱。"

"你说得都没错。"我无奈地叹气，"可是昭昭，他是你爸爸。如果我爸爸做了错事，或者说，犯了罪，杀了人，别人都可以觉得他十恶不赦，可是对我来说他就永远是爸爸，我永远可以帮着他逃跑，不让他被警察抓到，不让他受审判。这不就是家人的意义吗？还是你只是觉得，你爸爸让你丢脸了，所以你才要恨他？"

"你胡说。"她激烈地转过身，用力地朝着黑暗里，她想象中的我的方向，"你凭什么这么说啊！"

"好嘛，对不起，昭昭，我道歉行不行？我并不真的是那个意思，不就是打个比方……"我不假思索地就示弱了，我有点后悔在她神经脆弱的时候刺激到她，我觉得本来我是姐姐，应该对她好——算了，坦白承认吧，她身上有种让我害怕的东西，我就是这么犯。

她果然用沉默回应我。那种寂静真是难耐。她在盘算什么东西呢，难不成是在考虑要不要断然爬起来给我一拳吗？还是打算就这样翻身从床上下去，离开，把满满一个房间的尴尬都丢给我呢？时间在滴水成冰，我也有点恼火了。如果换作是我，即使对方说了刺伤我的话，我也会因为惧怕给别人造成的尴尬，选择一笑了之的。何况我自己的神经没有那么强悍，我也忍受不了别人道歉之后由我自己造成的蛮横的寂静。终究还是我首先弄出了一点声音，我叹了口气，把脑袋埋进了被子里。我对自己失望——为什么我就不能像块石头那样死扛着，连叹气都代表屈服呢？不管了，就用那层温暖的棉被制造的、比黑夜更黑的黑暗来逃避现实吧，我还懒得伺候你呢。

她的身体在我身边略微动了动，床铺弄出来一种温暖的、类似稻草垛的声响。她用很轻、很轻的声音说："南音姐，你不是我。在这件事发生之前，我也一直这么想。可是现在我才明白，没那么容易的。"

"什么东西不容易啊？"我犹豫了片刻，还是闷闷地接了话，一边在心里气自己，居然还在担心是不是犹豫得有点久了，会让她察觉到我不开心。

"我知道的，你说得对，他是爸爸，是家人，可是在这个之外，有更大的、更重要的对错，不是吗？"

"是。"我有些心虚，不知该怎么跟她解释，"但是就看你怎么选择了。要是选择了你爸爸，你就得暂时忘记你说的那种更重要的对错，我知道这也很难，所以我告诉你了，维护家人的那种意义，也不是那么容易的。"

"那你说，等我长大了，我是不是就知道该怎么选择了？"

"这个，不可能。"我遗憾地摇摇头，"有些事，长大了就会自然而然地明白；可是有些事，永远不行。在那些事面前，一百岁的人也像小孩子。"

"一百岁的人本来就像小孩子，用不着一百岁，你看外婆。"她嘟哝着。

"你知道我的意思，不要鸡蛋里挑骨头啦。"

"我们最早不是在说那个'船长'的作文吗？"她惊愕地拍了拍自己的脑袋，"为什么绕到这里来了？"

"小姐，是因为你说你想写你爸爸的。"

"船长，应该是一个了不起的人，对不对？"她似乎在微笑。

"应该吧，反正那首诗，不是在讲林肯总统吗？"我漫不经心地回答她，睡意已经渐渐地袭上来了。

"你说，要是我写……我写我暗恋的人，郑老师看了，会不会骂？"

"当然不会啦，我小叔最想得开了。"可能是因为困倦，完全清醒的时候绝对不会说的话自然而然地滑了出来，"不过，你喜欢的……真的是男生吗？"

"你在说什么呀。"她气恼地、重重地靠近我，她的头颅很生硬地撞到了我的脸颊，"告诉你算了，我喜欢的人——"她的声音混合着呼出来的热气，像梦境里的暗示那样，扫在我的耳膜上，很痒。

我顿时清醒了，就像有人突然粗暴地打开了窗子，让寒夜的空气迎面砸进来。

"昭昭！"我深呼吸了一下，"怎么可能？"

她心满意足地把自己蜷缩回枕头上，蛮不讲理地宣布着："睡吧，我困了。"

这个世界很容易就可以沧海桑田，不过有些东西是不会改变的，比如，我姐姐的家永远那么乱。一双穿破了的丝袜会挂在厨房冰箱的门上，被子里面像刀刃那样猝不及防划伤人的DVD也许是三个月前就在那个位置上的，两袋垃圾有可能跟新买回来没拆封的购物袋团结一致地堆在门边——她总是喜欢用崭新的服装店的袋子来充当垃圾袋，所以在她睡眼惺忪的时刻，什么都有可能发生，然后她就得尖叫着拖着雪碧一起从小区的垃圾箱里把她新买的衣服捡回来。

"你给我打回来好了，我手机该充值了。"她一面漫无目的地在房间里转来转去，一面跟江薏姐说，"那当然，今天是你无聊所以想跟我聊天，电话费自然要你来付的。"

雪碧安静地坐在堆满了东西的餐桌边，找到一块空出来的地方写作业。电视机的声音跟姐姐的说话声此起彼伏，但是她完全无动于衷——我早说过了，雪碧是她们家的顶梁柱。

"雪碧。"我凑到她身边去推推她的胳膊，"你昨天看到那个陈医生了没？"

她装腔作势地用一种正经的表情扫我一眼："没啊，他们吃饭又不会带着我去。"那种冷淡的口吻好像是在嘲讽我有多么八卦。不过我一向是不吃她这一套的。

"笨不笨。"我长叹一声，"人家是相亲，带着你干吗？我是想问，他跟姐姐吃完了晚饭有没有送姐姐回家。如果有的话，你不会从窗户看一眼啊。"

"看不到！"雪碧直直地把脖子一梗，"他根本就没下车，是姑姑一个人从车里出来的，你以为我那么笨连这个都想不到……"

"那照这么说……"我心满意足地笑了，"你不是也挺八卦的嘛，干吗还要假装不在乎啊。"

她悻悻然地瞪着我，不过还好，她一向是个识时务的人，两秒钟就软化了，孺子可教地说："帮我做一下今天的代数作业，行不行啊？我去店里给你拿新做的提拉米苏。"

我探头看了一眼她的作业本："不就是二元一次方程组嘛，小事一桩。"

"别让姑姑看到。"她紧张地追加了一句。

"怕什么啊。"我说，"她正在跟江薏姐熬电话粥呢，没有一个半小时完不了的。而且，那个时候，她自己的数学作业，还不是我哥哥帮她做。"

"真的？"雪碧犹疑地扯了扯可乐脑袋上那顶红彤彤的帽子——那是我送给可乐的生日礼物——可乐想什么时候过生日就什么时候过生日，全看雪碧的心情。

"当然了，那个时候哥哥学习好得不得了，姐姐上高中的时候哥哥初中还没毕业呢，可是为了帮她写作业，哥哥就只好先自己看她的课本，结果居然就替她做出来了。后来姐姐就养成习惯了，不知不觉间，哥哥就几乎是把姐姐她们的数学课本自己学了一遍……"

"这也太厉害了吧？"雪碧惊呼道。

"谁说不是。"我悲哀地点点头，"不过毕竟是自己看课本，哥哥其实每次只能替她做六七成，总会有不少错吧，她还不满意，说哥哥是笨蛋，一点不用心，你自己想象她的语气好了。然后有一次我实在看不下去了，我就跟姐姐说你不会做就去抄你们班同学的嘛，干吗要这样为难哥哥，结果这句话不小心被我爸爸听见了，还把我骂了一顿，说我怎么那么小就觉得抄人家作业那么理所当然——反正，我小时候夹在他们俩中间，从来就是倒霉催的。"

"西决叔叔好久都没来我们店里了。"她沉默了一下，突然这么说。

"是。"我淡淡地说，"他最近成了昭昭的保镖，每天上学放学都负责押送她。也不知道那个倒霉孩子家里的事情什么时候才能过去。"

"我不喜欢她。"雪碧像是在和谁赌气，"有什么了不起的，总是一副理直气壮的样子。到底还要住多久啊？"

餐桌上的座机铃声突然响起来了，雪碧扫了一眼来电显示的屏幕："是小弟弟的爸爸，你先接起来，我去叫一下姑姑好了。"

热带植物的声音真是久违了："是你啊南音，最近好吗？好久都没联络了。"

"挺好的。"我有点尴尬——自从我们俩合谋偷了东西以后，我哪里还好意思跟他联络呢？他这个人的存在就是在提醒我，我是个没用的家伙，我做不到拒绝别人，尤其是这个人在特别认真地拜托我一件事情，并且搬出来大妈告诉我这件事是没错的——我就，我就无论如何也不能说"不"了，不对，还是坦率一点的好，我是不敢说"不"。啊呀算了吧，我不想再去想这件事，我允许自己暂时不要面对它，总可以吧？

姐姐从屋子里出来，面无表情地把电话从我手里夺去了，然后拿着它重新走回了房间里。里面安静了好一会儿，我和雪碧面面相觑：不容易，他们居然没有吵架。

这个时候姐姐咬牙切齿地说："好吧，两周，就两周，我不管我也没有时间，你不要再和我讨价还价了我只能带他两周，因为我要去一下外地进咖啡豆，现在家里多了南音的外婆，三婶也不可能再帮任何忙了——所以，两周可以，然后你就自己想办法吧……"

我和雪碧手握着手，互相摇晃着对方尖叫了起来。我们听明白了台词，亲爱的小外星人郑成功要回来了，虽然只有两周，也是好的。可是姐姐的声音终于盖过了我们的，她晚节不保地对着电话愤怒地尖叫道："方靖晖你无耻！我就知道你没安好心，要是过了两周你还是不来接他我要你好看。"

不是说母爱是伟大的吗？

我不可能忘记那个4月的下午。准确地说，是4月初。那几天，幸运的是，龙城没有沙尘暴。北方的春天晴好起来就好得不得了，呼吸间，都是一种辽阔的迷醉。我有的时候告诉别人我最喜欢秋天，有时候说我最热爱的季节是冬天——但那其实都是心血来潮，想要显示自己与众不同，在我心里，春天的地位是不可取代的。它就像是一个烂大街并且没灵魂的偶像明星那样，让我心花怒放却又不好意思承认我是那么喜欢它。

那天，为了表达我对春天这季节的歉疚，我决定逃课半天去姐姐店里玩。

姐姐有些懒散地靠在吧台后面："晚上跟我去吃饭好不好？"

"好啊。"我同样懒散地盯着她的脸，"你的妆越画越好了。可是，眼妆会不会有点重啊，大白天的……"

"再重的眼妆，随它自己在那里晕着晕着……就自然了。"她似乎懒得用力气讲话，"不过我告诉你，画完了下眼线再上一点散粉，会维持得久一点。"

"不懂。"我把下巴放在冰冷的桌面上，看着她，"姐，你干吗要我去跟你吃饭，你不是应该邀请陈医生么？"

"娘的，做做好事，别再提他了，根本没戏的事情。"她啐了一口，"你肯定不记得，后天是我生日。"

"啊呀对了，后天是清明节。"我惊喜地叫了出来。

"但是那天我得去给我爸扫墓。"她嘲讽地笑笑，"今天客人少，就今天吧。也不知道怎么回事，我突然有点想过生日了。"

"只有我们俩吗？加上雪碧？"我试探地问她。

"你要还想叫上别人，也可以啊。"她不动声色。

"懂了。"我故意用一种唯恐天下不乱的口吻，"那我要叫冷杉学长。"

"小蹄子。"她的笑容里有种难得的温柔。

后来我们去了学院路上一家新开的湘菜馆，姐姐、雪碧，还有我——我自然没有叫冷杉学长，我只是说说的。我给哥哥发短信了，跟他说："姐姐今天打算过生日，有空就来吧。"然后他就带着昭昭一起来了——满满一桌子菜，几乎都是昭昭和雪碧两个人吃光的。那晚姐姐吃得少，喝了不少酒，她总是说说笑笑的，是真的很开心的那种笑，笑着笑着，眼角偶尔都会有泪，灯光浸染着，眼线还是不幸地散开了一点点在眼角，可是看上去不落魄。我也不知为什么，她说什么我都跟着她笑，一开始是觉得，如果我不笑场面就会太尴尬，到后来就真心觉得这个夜晚如此美好了。昭昭永远在一边不为所动地玩她的手机，雪碧只好凑到哥哥身边去，夸张着自己的兴奋——为了在这张寂寞的饭桌边找个人示好："你知道吗？小弟弟很快会回来龙城待几天的。"哥哥没有作声，但是惊讶地看了雪碧一眼，然后轻轻地笑了。

他的笑意像脆弱的波纹，被双眼小心翼翼地盛着，眼光犹疑地移动着，像是怕把它们弄碎了。他终于望住姐姐的眼睛，停顿了，那笑容算是岌岌可危地存留到了此刻。姐姐毫不吝惜地用一个美丽并且坦荡的笑容回应他，嘴里却在骂脏话："方靖晖那个婊子养的又在耍花招。""姐——"我推了一下她的肩膀，"我觉得他人并不坏的。"

"还不坏？"她转过脸来瞪着我，"我有今天全是他害的。"

"这是什么话啊？"我被她荒谬的逻辑逗笑了。

"因为他明明知道，我配不上他。"她的睫毛闪了一下，轻柔地说，"当你明明知道一个人配不上你的时候，还硬要跟他在一起，就是你的错。"

"你也不是小孩子，你也一样是大人，他要和你在一起，你可以拒绝啊。"我胆战心惊，但还是说了出来。

姐姐又一次地笑了，今晚的她真是风情万种。她已经完全不打算理会满桌的寂静："我拒绝不了，你满意了吗？我知道我其实配不上他，所以我拒绝不了。我知道那对我来说无论如何都是个机会，就因为这样才不公平。南音你不懂。"

她突然紧紧地抱住我："小兔子，你用不着懂这个。不过你记得，永远不要和你瞧不起的人在一起，永远不要去爱你瞧不起的人，因为你会害了他。谁能够做到永远善待自己瞧不起的人呢？是圣人吧。可你不是圣人你是活人……"她讲话的声音越来越轻了，像是耳语。

她捧起我的脸，直直地看着我："要是有一天，你发现，你发现苏远智其实是瞧不起你的，那么再舍不得，也要离开他你懂吗？不要给他机会让他觉得自己伟大，也不要给他机会让他觉得自己委屈，那种时候你会觉得自己是一个白痴。你会觉得这个人永远当你是一个白痴。南音……"她的表情就像是小时候，打算带着我一起做什么坏事，"那种滋味你一旦尝过了，一辈子都忘不了。"

"你醉了。"我小声说，眼泪就毫无防备地涌出来，没有办法，我总是这么丢脸，"姐姐，对不起，对不起——"我用力地强迫着自己把这句话说出来，可是我却再也没有力气说清楚对不起什么，只好用力地哭，似乎这样就什么都能解释了。

我听见雪碧叹了一口气，然后见怪不怪地招呼昭昭道："别理她们，习惯了就好了。我们一起把这盘剩下的吃完吧，浪费是不好的。"我用力地拿手背在脸上磨蹭了几下，眼泪全掉在了手指上，渐渐地，又似乎忘记了在哭什么。

哥哥终于站起身来，绕过了半张桌子，朝我们走过来了，此时的餐馆已经没有什么客人，挺安静的，哥哥停在我和姐姐之间，从空着的邻座拉了一张椅子坐了下来。就像我预料的那样，他用力地揉了揉我的脑袋，然后终于伸出胳膊，搂住了姐姐的肩膀。

"喝多了。"他说，他的手掌似乎是在姐姐的胳膊上用力按了一下，"别这样，你看，你吓到南音了。"

姐姐的双臂就像生动的花瓣那样，从哥哥的手臂里面奋力地伸展出来，紧紧环住了他的背。姐姐什么话都没有说，可是她迫不及待地闭上了眼睛，就像一个受尽折磨的人终于盼到姗姗来迟的死亡。她的整个脸庞就在这一瞬间放松了，嘴角都像是迎着灯光微微地上扬，我知道，她等很久了。

"你都恨死我了吧？"她这么说，然后深深地吸了一口气，一个笑就随着这深呼吸迸裂了出来。只有在姐姐身上，我才看得到，有时候贪婪也是美丽的。

"郑老师。"我听见昭昭的声音异常清澈地响起来，她注视着饭店的角落，我觉得，或许她的声音并不是清澈吧，说不定是因为里面含着点前所未有的陌生。

有个年轻的男人从饭店的洗手间里走了出来，缓缓地走向屋角一张只设了两个位子的小餐桌。那上面放着两个空了的啤酒瓶，有一个可怜巴巴的杯子，还有一碟海带丝。他穿着一件深蓝色的拉链帽衫，很旧的牛仔裤和运动鞋。我看不出来这个人有多大年龄，我觉得，说二十三四，我信；说二十七八，也没什么不可相信的。

"他……"昭昭用力地甩甩头，"他什么时候进来的？"

我带着满脸没干的泪痕，忠实地转过头去又看了那人一眼。

"别回头，你别去看他。"昭昭急促地命令我，声音发颤。然后她像是快要哭出来那样说："郑老师，你别回头看他呀，我求你了，他就是那天我在公车上看见的人。"

我恍然大悟。我其实还没真正意识到发生了什么。但是我离开了自己的椅子，走到昭昭身后去，把她的手握在我的手心里——这么凉。

那人安然地给了我们几秒钟他的背影。最终缓缓地转过身。

"过来坐吧。"哥哥的语调轻松得像是招呼一个人打牌。昭昭的手就在这一刻重重地痉挛了一下。

他没有表情地扫了我们大家一眼，眼神像个拖把那样粗糙地把每个人掠一遍。

哥哥指了指昭昭："你都跟了这么久了，你不累吗？"说完他叹口气，像是刚刚完成一场风尘仆仆的长途旅行。

第五章 陌生人

他是坏人吧？至少算是个敌人。反正，现在的我既然握着昭昭的手，这么冰凉和无助的手。我也没得选择，只能把他推到对面去，当他是个坏人算了——不然，眼前的这一切，到底算是什么呢？他额头很宽，这个陌生人，搞得五官都被迫堆在了一起。眼睛还蛮大的，就更让人觉得，在跟他对视的时候不知道自己的视线该集中到什么地方——可能还是因为，我不敢看他的眼睛。该用什么样的表情和他对视呢？尤其是，我不是不知道，他说不定在酝酿着一场攻击；也因为，我不是不知道，他心里有那么多的痛苦。

没有人讲话。在那种寂静中，我模糊地发现，原来店里除了我们，其他客人都走了。我毫无道理地幻想到了一个场景，就是店里的服务生跟陌生人是一伙的，他们此刻会毫不犹豫地把店门关上，灯也关上，做出打烊的假象。卷闸门会在我们耳朵边轰轰烈烈地一泻千里，是鬼门关响起的掌声。

当然了，这些都没有发生。服务生照旧没有表情地穿梭于餐桌之间，还有一个，拿着拖把拖地的时候经过了陌生人，他迟疑地靠近我们的时候，笨拙地被拖把绊了一下，然后他小声地对那个已经走得很远的服务生说了一句："对不起。"——这个踩到别人拖把还会道歉的人，真的会杀了昭昭吗？

他站在我们的桌子旁边的时候，我才发现，原来我心里的尴尬远远多于恐惧。其实我没那么害怕的，不知为何，虽然我心跳加速了，手也在昭昭的肩膀上微微颤抖，但是心里还是有一种沉下来的东西，让我觉得没必要恐惧。也许，从出生起，我就是靠着这种莫名其妙的信任活到今天的。信任什么东西呢？我说不好，也许是信任这世界放给我看的电影，永远不会那么糟糕。

"坐吧。"哥哥亲切地招呼他，就好像他不是昭昭的仇人，而是昭昭羞涩的小男友。

昭昭的肩膀在我的手掌下面剧烈地抽动了一下，就像急匆匆地要破土而出的新鲜植物似的，混乱惶恐却又势不可当。就在她直直地站起来的时候，我非常默契地把手从她的手上移开了——她总是这样，在无助的时候以为挺身而出才能保护自己。

她嗫嚅着说："对不起。"

周围的人谁也不会在乎，我其实略微倒退了几步。我难以置信地盯着自己悬在空气中的右手，我想问它，为何这么顺理成章地在第一时间放弃了昭昭呢？为什么我在挪开它的时候竟是如此的如释重负呢？难道我自己也觉得昭昭至少应该面对一下眼前逼近的现实吗？昭昭不是无辜的吗？还是，我自己也觉得，她有一点活该呢？

不对，昭昭没有错，所以是我忌妒她吗？——没有，没有，不会，我从没有真的从心里忌妒过什么人的，就是在我第一次听说她其实是个大小姐的时候，也只是蜻蜓点水地忌妒了一下，然后火速就忘记了。

是因为我一直不肯承认，我没有我以为的那么喜欢昭昭吧？我甚至从来不允许自己像雪碧那样大胆地冷笑一声，说："我不喜欢她。"她从来没有回馈过我希望和她交换的情感，或者说，很少。再准确点，她所有和人相处的方式让我看不出什么"交换"的迹象。所以我便只能当她同样不怎么喜欢我。她浑身上下那种暗藏的力量又在隐隐威胁着所有人，让我必须极力地告诉自己"我是姐姐，所以我得有一点风度"才能和她维持友好的局面——终于全都承认了，真不容易呢。

就在这对自己坦然的一秒钟里，我看见了昭昭像雕塑一样线条分明的侧脸。因为线条分明，所以那么多的哀伤就像是被熟练的匠人迅速地涂抹其上的水泥，均匀地笼罩着，没有在额头那里厚一分，也没有在鼻尖那里薄一分，这也是她让我觉得不可接近的原因之一吧。如果此时她能允许自己的脸庞或者表情被哀伤弄得不体面，我会更同情她。好吧，我的心其实又在软化了。真是个没有出息的人呀。

哥哥不慌不忙地把原本属于我的那把椅子拉出来，对陌生人说："坐。有没有想吃的东西，自己点。"服务生的声音从墙角不满地传过来："厨房下班了。"然后哥哥又看了昭昭一眼："又没人说上课，谁叫你起立的？"

因为无法下班而怨气冲天的服务生重新经过了我们的桌子，身后那个无精打采的拖把就像是个没出息的坐骑。哥哥淡淡地看着她，说："啤酒总是有吧？"说完，微笑了一下。她看了哥哥一眼，转过身从陌生人刚刚起身的桌子上，拿起了那只空杯子，笃定地放在我们这里——那表情，简直是想要打情骂俏了。

姐姐眨了眨蒙眬的醉眼，暗暗地说："小蹄子，要是在我店里上班，看我怎么修理她。"

听完这句话，哥哥自然地拍拍陌生人的肩膀："你知道吗？这孩子——"目光转到了昭昭身上。"这孩子她自从出了事情以后，就离开家逃出来，还去咖啡店应聘过服务生，不过……"他看着半个身子都伏在桌上的姐姐笑了笑，"人家老板不要她。"

陌生人一直都没有看昭昭的脸，不过倒是勇敢地盯着哥哥的眼睛。

哥哥说："我忘了自我介绍了吧。我是昭昭这孩子的班主任。她离家出走，并且还被你威胁到人身安全了。所以暂时住在我们家……"

"我知道。"陌生人突然说，他嗓音沙哑，像是还没从变声的青春期里走出来，带着一点点仔细听还是能察觉的永宣口音，"我知道您是老师。"

"我也知道你知道。"哥哥轻轻地笑笑，"都跟了这么多天了，恕我直言，你不大专业，我其实看见过你好几次。学校门口，公车上……早就是熟人了。"也不知道是不是因为酒精，总觉得哥哥今天有点不一样，虽然说话的语调一如既往地不紧不慢，可是有种罕见的鲜活，似乎是在他皮肤下面宁静地泛着波澜。让我觉得，此刻，他所有的话，都是命令。

"老师。"陌生人悲哀地笑笑，"给您添麻烦了。"

"拜托，你比我小不了多少，别总是您长您短的。喝酒吧。"哥哥用力地在他肩膀上拍了一下。

陌生人没有喝酒，只是捏着玻璃杯。就像是那里面的半杯啤酒被冻成了冰，他不得不这样用力地拿手掌的温度融化它。

　　"被埋在废墟里面的，是你的什么人？"哥哥问。

　　"我哥。"陌生人说，"我爸爸也受了伤，左胳膊被炸掉了一半。他已经上了救护车的时候还醒着，还没来得及觉得疼，低头一看才发现自己少了只手。"他居然笑了。

　　哥哥也在微笑："可能是因为，自己的手，毕竟太熟了。以为它永远都在那儿，突然之间不见了，也发现不了。"

　　"对。"陌生人端起面前的杯子来，似乎犹豫了一下，还是喝了很小的一口，"我爸说，他是想要抬起手来抹一下左边额头上的汗，才发现它不见了。就像是我们想拿钱包的时候，才发现被偷了——差不多的意思。"

　　"你哥哥……还活着吗？"我胆战心惊地问，因为我知道，昭昭最想问这个，但是她不敢。我没有什么不敢的，这个忙我愿意帮。

　　"活着。"陌生人看着我，他看我的神情几乎是友善的，虽然在我的记忆中，初次见面的人绝大多数都会不带恶意地注视我，尤其是男生，可是他此刻的友好让我感动。我一向都相信，第一眼就讨厌我的人一定是坏人，因为没有人会讨厌我的。陌生人其实不是坏人，至少，不是个可怕的人。

　　"那太好了！"我由衷地对他笑了起来。

　　"我哥运气好，是第一个被挖出来的。我妈当时就站在警戒线的外面，远远地看着我哥哥出来了，而且活着，我妈跟我说，特别奇怪，她第一个感觉其实是，周围那些跟她一样等消息的人，都在齐刷刷地恨她。"

　　"你哥哥没事了，你爸爸虽然少了一只手，可是毕竟也活着，那你这些天为什么还一直要跟着昭昭呢？"我想我真的是完全放松了吧，居然很有兴致地跟他聊了起来。

他看着我，摇了摇头，什么也没说。

我想，他其实说不好自己为什么吧。但是，不是所有人都能在这种时候勇敢地说"我不知道"的。

"因为你从一开始，就没想真的杀她。"哥哥平淡地说，然后若无其事地问姐姐，"打火机呢？你刚才扔哪儿了？"

昭昭终于开口说话了，声音似乎因为在嗓子里闷了太久，有点见不得光的迟钝："那天，在公车上，你把手机还给我——是你偷的吗？不然，它怎么会掉呢？"

"是我偷的。"陌生人几乎是羞涩了。

姐姐开心得前仰后合："你还挺坦率的。"

昭昭不动声色地环顾四周，脸上有一些不满，不明白为什么突然之间，没有人跟她同仇敌忾了。

"别再跟踪她了。"哥哥认真地注视着他，那眼神是有热度的。

陌生人突然低下头去，给自己倒上了满满一杯。

"答应我吧，别再跟了，行吗？"哥哥端起自己的杯子，悬在半空中，神色宁静地等待着陌生人的杯子撞上来，"发生的事情就是发生了。我不讲那些不疼不痒的话，比方说她是无辜的她爸爸才有错……我知道你听不进去。可是，杀人偿命，你以为你哥哥会死，现在他没有。跟很多人比起来，你的情况算是幸运的。于情于理，这笔账都该到此为止，你说对不对？"

陌生人的表情就像是有人突然在他的鼻尖前面打开了冰柜。他的下嘴唇凛凛地颤抖了一下，押起来，包裹住了他的上嘴唇，他的眼神钝钝的，很用力，似乎这两片嘴唇之间的争端是一个凝重的问题。

他也举杯，但是跟哥哥的杯子还是保持着矜持的距离。他说："老师，你是说——因为我哥哥没有死，所以我不该杀她。那我是不是可以这样理解……如果这次我哥哥死了，我就可以杀她了？"

哥哥胸有成竹地笑笑："我当然不是这个意思。一个命题是真命题的时候，它的否命题未必成立。你犯了一个非常简单的逻辑错误。"

陌生人惊讶地凝视着哥哥的眼睛，几秒钟，突然他笑了，他允许自己的杯子清脆地碰到了哥哥的，然后他扬起头，费力地清空了自己那杯，他用手背抹着下巴，对哥哥说："老师，幸会。"

哥哥也把自己的空杯子轻轻地放在桌上，温和地问："您怎么称呼？"

"我叫李渊。"陌生人——不，李渊的脸突然变红了，他其实没什么酒量的吧。

"我知道你为什么。"哥哥叹了一口气，"我知道你为什么，你其实也不全是为了威胁她爸爸，你甚至不全是为了报仇。如果亲人没了，你却只能在一边眼睁睁地看，没什么比这个更屈辱的了。给你讲一件事好么……"他的眼光突然游离了，似乎在笼罩斜前方另一张空荡荡的四人餐桌。"从前——"他似乎被自己逗笑了，但是随即他还是板起脸，认真地说，"从前有个女人。有一天，她老公死了。死得特别突然，她像平常那样在家里做晚饭的时候，知道了这个消息。她老公死在单位里，突发心脏病，走得没有痛苦，但是吧，问题在于，谁也不知道这个男人有心脏病，包括他自己。然后，她知道了消息，想也没想，就从厨房的阳台上跳下去了。我觉得，她那时候的心情跟你有点像。她什么都做不了，就已经全都来不及了。可能人到了这种时候，觉得不管怎么样都得做点什么维持一下尊严吧，什么筹码都没有，只剩下生命了。那就杀个人，或者杀掉自己，突然容忍不了自己这么渺小了，总得做点什么，你是不是这么想的？"

"喂，你有毛病啊？"姐姐瞪大了眼睛，声音却是胆怯的。

"不一样。"陌生人摇了摇头（还是叫他陌生人吧，我叫惯了），"那个女人，她毕竟只是输给了老天爷。可是，我们不同。"他凝视着昭昭的脸："我们不同，昭昭，你说对不对？"

"要是我跟你说，我现在也很恨我爸爸，能让你好受一点儿吗？"昭昭缓缓地直起了身子，把双手静静地放在了桌子下面，那种刻意为之的正襟危坐真的快把人逗笑了，可是，她不肯逃避。

"不能。"陌生人的嘴角微微地翘起来。

"可是，这是我现在唯一能为你做的事情了。"昭昭的笑容突然间无助了起来，这无助是自然而然的，就像月光突然间绕过了一片云，就毋庸置疑地洒下来，"其实不瞒你说，我小时候很崇拜我爸爸。那时候他还没有开工厂，他是警察。我对我妈妈没有什么印象，每天早上，都是爸爸叫我起床，盯着我喝完牛奶，再开着警车送我去上学，他对别人都很凶，可是只要眼睛一落到我身上，就会马上笑起来，那个时候我觉得他好威风——我上学怎么都不会迟到的，因为爸爸永远可以随便闯红灯。他还可以一边闯红灯，一边把车窗摇下来，很有礼貌地跟值班的交警叔叔挥挥手——那时候我觉得每天早晨上学的那段路就像是在拍电影。"

陌生人又一次嘲讽地微笑了："在永宣，谁会不知道你爸爸？"

"我只是想跟你说……"昭昭咬了一下嘴唇，"那个时候，我不知道他做的事，其实是错的。"

"你的意思是，你以为你爸爸做错的事，只不过是闯红灯？"陌生人把胳膊放在了桌子上，深深地看着昭昭，哥哥不动声色地注视着陌生人轻轻捏起来的拳头。

"我的意思是，直到爆炸的那天——"昭昭真挚地笑了笑，"那天早上我在家里，我听见了'轰隆'一声响，我爸爸被电话叫出去了，我隔着窗玻璃看见很多人往工厂的方向挤……我突然就想起来小时候他送我上学的那些早晨，我才想到，也不知道那些被埋在废墟里的人，有多少，曾经在马路边看着为了送我上学，一路闯红灯的爸爸。那时候我就觉得爸爸骗了我，他只让我看见了他的威风，我那么相信他，可是他从来不告诉我，这种威风——其实会让别的人死。……然后，我就趁着家里没人，到龙城来了。"

陌生人的手背略微地抽动了两下，拳头还是松开了。他盯着自己平摊着的，微微发白的手掌，他说："肯定没人告诉过你吧。你爸爸，除了闯红灯之外，还做过什么。我刚上初中的时候，每天早晨上学路上，都去等我的一个同学。我眼睁睁地看着三四个人把他家的店铺的玻璃用斧头敲碎，然后满不在乎地走掉，我的同学踩着一地的玻璃碴出来，有那么一段时间，每隔两三天，只要他家的橱窗玻璃配好了，那几个人就准时出现再敲一遍，我站在街角的时候只是觉得不可思议，为什么周围来来往往的人都视而不见，好像那块玻璃只在我眼里碎了，在他们眼里都是完好无损的。终于有一天，那几个人不再来了，我同学家的店铺总算是贴上了封条。——那些都是你爸爸的人，因为你爸爸想把那条街上的所有店铺都买下来，可是我那个同学，他爸爸不愿意卖，只是这么简单。"

"喂。"姐姐饶有兴致地托着腮，神秘地笑笑，"你说的这个同学，是个女孩子，对不对？你喜欢她，所以才每天早上上学的路上，偷偷等在那儿。你别否认了，脸都红了！"姐姐顺势又喝干了自己那杯，把杯底轻轻亮给陌生人看的时候，那只托着杯子的手就像朵姿态复杂的昙花："我对这种事情最敏感了，你可能自己都不知道，你说起那个同学的时候，语气不一样吧？瞒不了我的。"

陌生人有些恼怒地瞪着姐姐，因为在姐姐的注视下，他言语间所有的沉重听起来都有点令人发笑了。

"所以我才想离开家。"昭昭似乎完全没有理会姐姐给这场对话加进来的破折号，"你懂我的意思吗？我想离开家，我想自己一个人活下来。我想证明给爸爸看，一个人不用非得伤害别人，也可以活得很好。"

"你知道我最恨你爸爸什么地方吗？"陌生人说这句话的时候没有看着昭昭，他神经质地盯着架在盘子边缘的一双筷子，似乎在犹豫着要不要把它们拿起来，以及拿起来又能做什么，"其实在永宣，也有不少人喜欢他，他算是个不错的东家，我哥哥就属于喜欢他的那部分人——他总说你爸爸从不克扣工人的工资，他总说工厂食堂里的饭很好吃，他还总说你爸爸人很豪爽……"陌生人笑了，摇了摇头："可是我不一样，每次我看到你，我就最恨他。其实你很好，很单纯，你是无辜的。可是你凭什么那么单纯啊？"

"对不起。"昭昭像个考试作弊被抓到的孩子，柔柔地垂下了眼睑。哥哥不动声色地重新斟满了陌生人的杯子，他非常配合地抓起来一饮而尽。他的眼眶红红的，看上去很凶，但是说话的语气却像是在怀念着什么。

"凭什么你可以一边踩着别人长大，一边那么单纯地对所有被你踩在脚底下的人笑？你爸爸无论怎样，得到了什么，手上总归还是沾过血，或者别的脏东西。可是你连这一关都不用过。你他妈，你他妈真的是无辜的。无辜得我都没办法恨你所以我只好恨你爸爸，凭什么你天生就一点错都没有？每次想到这儿我就觉得你该死。"

他停顿了一下，又恶狠狠地喝完了一杯，酒精染红了他的脸，也给了他勇气说这些——一般情况下，人们心碎了以后才会思考的事情，"就算我一点都没办法恨你，我也觉得你该死。"

就在此时，哥哥抓住了陌生人手上的杯子。然后轻轻地抽走它。哥哥说："碰她一下，你试试看。我是认真的，你试试看。"

我觉得有什么地方不一样了，我是说，哥哥。

陌生人伸出手掌去，抓抓头发，有那么一小撮头发无知无觉地在他的头顶竖了起来。让他看上去不那么认真了，他就这样滑稽地笑着，笑着，笑到眼泪出来，他一边笑一边说话，听上去像是咳嗽，他说："老师，放心吧。我就是说说的，我已经告诉她我觉得她该死，就够了。我还能做什么呢？你以为……你以为我真的能做什么吗？"

"你想告诉她她该死。"哥哥认真地看着满脸通红、笑容狼狈的陌生人，"可是她现在只想自己试着去过一种可以不用伤害任何人的生活。也许她做不到，也许等她再长大一点她就不会再这么想。但至少，现在，她知道她要赎罪。我也并不是想说——请你原谅她，只不过，请你相信她是真诚的……"

"有个屁用。"陌生人几乎是喷出来这句话，他不得不下意识地用手背擦擦嘴边的皮肤，"她赎罪？我也不是第一天出生的，我不指望这世上能有多么公平。可是，可是……"眼泪从他眼角渗出来，"能不能别再这么野蛮呢？一只老虎对着自己啃剩的骨头说它要赎罪——我宁愿她跟我说我活该，我宁愿她觉得我就是全家被炸死在那间工厂里也是活该。"

"对。如果她真的是那样的人，其实对你来说就更容易——放心大胆地去仇恨就好了。我知道你就是这么想的。"哥哥的目光是有温度的，"但是你不要不相信，人和老虎说到底还是有区别的，有的人，是为了赎罪而生。你们当然应该去告她爸爸，去争取你们应该得到的——但是那是另外一回事，你看看她，她还是个孩子，可是她已经懂得做取舍。你以为她恨她爸爸，想要离开家，她会没有负罪感？可是她忍着这种负罪感在坚持另外的事，我是在请求你尊重这个。这没那么容易的。"

"郑老师，如果我杀了她，不说杀了那么夸张，就算是伤害了她，我也有负罪感，但是我也在忍着负罪感坚持另外的，我认为对的事。"李渊微微一笑，笑得又腼腆，又真诚。

"只是如果。"哥哥笑了，用力地注视着他，似乎是想用灼热的视线去温他杯子里剩下的酒，"但是你没做。所以我说了，这种取舍不容易，对不对？而且，你刚才承认了，杀了她其实也太夸张——你只是想惩罚她，但是我告诉你，她一直在罚自己。"

我听见桌子下面轻微的"咔嚓"一声，有什么东西掉在地面上清脆地碎裂了。然后我才看到，昭昭的右手里捏着半截白色的陶瓷汤匙。而左边的手腕上，有一个鲜红的，红到发紫的小小的痕迹。原来，她像个小学生那样挺直了腰板——我还在笑她正襟危坐的样子未免幼稚，她是在桌子下面用这把汤匙抵着自己的皮肤，逼着自己和陌生人对话。也不知究竟使了多大的力气，汤匙都不堪重负了。她非常抱歉地微笑着，说："好吧，我告诉你，我其实……也许本来就活不了多久的，你是不是可以好受一点了呢？"

陌生人看着她的手臂，咬了咬嘴唇，说："你的血也是坏血，永宣的特产，对不对？你爸爸再怎么一手遮天，你也永远都是永宣人。"

"昭昭——"我抓起她的胳膊仔细地盯着，"流血没啊？"

哥哥像是触了电那样站起来，从我的手里不容分说地夺走了昭昭的胳膊："你开什么玩笑？"——哥哥居然真的在呵斥她，"还好没流血，你这孩子怎么这么傻啊？流血了怎么办，是闹着玩的么……"

"大呼小叫什么呀？这可是公共场合。"姐姐慵懒地从椅子上站起来，笑吟吟的。"哎？"她惊讶地盯着陌生人的脸，"你为什么哭？那个你暗恋的女生不理你有什么的啊？这能是多大的事情呢，天涯何处无芳草，你没听过这句话么？"——她是真的醉了，记忆明显断篇，还停留在"陌生人暗恋女同学"那节，后来的所有对白显然都是没有印象的。也可能是，她本质上从不关心男欢女爱之外的任何事情吧。我身旁还传来一阵均匀的呼吸，雪碧不知何时，趴在桌上酣然入梦了。长期一起生活的人习性就是这样日益接近的。

我试着让自己的目光牢牢追随着姐姐——跟着她起身，跟着她慢慢地摆着腰肢走到陌生人身边去，跟着她俯下身子，跟着她那两只涂着粉紫色指甲油的手，像蝴蝶那样停留在陌生人的双肩上。我承认，我用力地看着姐姐，只是因为，我不想注视着哥哥抓着昭昭的胳膊，我希望能通过这种彻底的无视而真的不那么在乎。他那么紧张昭昭，我觉得这过分了，我不舒服。

"她不喜欢你，对不对？"姐姐微笑着把脸靠近陌生人的耳朵，她这副样子可真叫我难为情，只要她愿意，她永远可以驾轻就熟地和一个男人这么亲昵，哪怕她完全不认识他。不过还好陌生人也半醉了，所以似乎没觉得这有什么不妥。

姐姐轻轻地拍了拍陌生人的肩膀，再假装用力地摇晃它们几下，陌生人的肩膀就这样跟着她醉意蒙眬的眼睛变得风骚了起来，似乎瞬间不再属于这个男人。她愉快地叹着气说："你那么好，会有更好的女孩子来喜欢你的，我一定比你大，你相不相信姐姐的话？"

陌生人的五官刹那间就挤成了一团，如果我把他现在的表情拍下来，他自己一定会想要撕掉那张照片。他的表情这样扭曲着一挤，眼泪就毫无障碍地流下来，流了一脸。他像个孩子那样用力地呼吸着，姐姐的手轻轻地抚弄着他的头发："好啦，乖，我告诉你个秘密算了，女人其实都是没什么良心的。可怜的，你是真的很喜欢她，对不对？"

"有人告诉我说，他们强暴了她。"陌生人艰难地说，"因为她爸爸不肯卖店铺，他们在放学路上把她劫走了……然后第二天，她家的店铺就卖掉了，她们家搬走，我就再也没见过她，我再也没见过她，你明白吗？"

"那也不可以杀人，傻孩子，杀人的话，最终吃亏的还是你啊。"我很少见到姐姐如此有耐心的样子，其实我也真佩服姐姐，任何事情经她的逻辑过滤之后，都能简单得蛮不讲理。

"你看这样好不好，听我说，姐姐今天心情好，所以嘛，答应我，放掉杀人的念头……"然后她把嘴唇凑到陌生人耳边，不知说了句什么。

陌生人愣了一下，难以置信地笑了笑，整个脸庞泛上来一种说不清的光芒。然后他温柔地看着姐姐，摇了摇头，跟着他胡乱地用手掌在自己脸上抹了一把，对昭昭说："我不会再跟踪你了。你不用再怕我。不过我告诉你一件事，我也是今天下午才知道的。你爸爸被公安局抓走了。你家的房子也被贴了封条。我估计明天早上，你的那些亲戚会来找你的。你加油吧，可能……才刚刚开始呢。"

说完，他站起身，悄无声息地踩着满室寂静，推开了饭店的门，融进外面的夜色里。

"姐，你刚才和他说了什么呀？"我问。

她苦恼地撑着自己的脑袋："我醉了，想不起来那么多。"

昭昭安静地在一瓶饮料后面找到了自己的手机，她开始拨号，然后把手机凑到耳朵边去。隔一会儿，再拨号，再把手机紧紧地贴在面颊上；如此这般反复了三四次，她看上去像是要把这个手机塞进耳朵里去撑破自己狭窄的耳道。然后，我们都听见了她细碎的，哭泣的声音。

"爸爸，快点接呀，爸爸，接电话……你为什么不接电话了，爸爸……"

春天的气味总是在夜晚变得浓郁。我记得我第一次发现这件事的时候，只有七八岁，我很开心地叼着一支巧克力雪糕告诉哥哥：春天的晚上比白天更香。已经这么多年了，还是没有改变。

昭昭在我身后的床上酣然入睡，我还以为她今晚会失眠呢，已经准备好了要舍命陪君子，跟她聊到天亮，但是她从那家餐馆出来之后就不肯说一句话，连我都还沉浸在刚刚惊心动魄的剧情中，她这个主演径自沉睡，不肯给我们观众一个交代。

还好，哥哥一个人在阳台上。哥哥总是不令人失望。

"好香呀。"我像做贼那样溜到他身边去，一边用力地深呼吸，跟他并排站着，像是打算欣赏日出那样，饶有兴致地，盯着眼前这一大片无边无际的黑。

他声音里含着微笑，他说："昭昭睡了？"

我沉静了一瞬间，终于说了出来："干吗第一句话就问她啊？你就不能问问我最近在干什么，过得好不好吗？"

"有什么好问的？"他终于笑了出来，"你……显而易见，没有任何不好的地方。"

我不得不沮丧地承认，他是对的。

"现在警报也解除了，昭昭是不是就可以……"我吞吞吐吐地问出来这半句话，然后突然间意识到在此刻想起这个比较没有人性。

他回答我："不好说。要是她爸爸真的被抓起来，就得看她们家其他人怎么安排她了。"——哥哥就是这点好，永远不会大惊小怪，所以他平静地用一种责备的语气问我："你急什么？真是没有同情心。"

"你该不会真的……"我叹了口气，终于觉得把我脑子里面的东西不加修饰地说出来是最舒服的办法，"拜托，你只是她的老师而已，你用不着那么投入的，她还是个孩子，我们家有一个小叔已经够了，你用不着什么事情都走他的路吧。"

于是他依然平静地伸出右手来用力拧我左边的耳朵。

"狗嘴吐不出象牙，就是说你。"

"本来嘛。你看你多紧张她。不就是那么一点小伤口么，瞧把你急得……我在旁边看着，鸡皮疙瘩都掉了一地。"刚才的那一幕又在我脑子里呈慢镜头回放了，那图像很硬，硌得我心里有种说不出的不适，就像是躺下睡觉的时候，酸困的脖子硬是撞上了一个不合适的枕头。

"你知道什么。"他淡淡地叹气，"那孩子有病。她身体里的血小板比正常人少很多，那种病的名字叫什么，我也记不住，好像挺长的，她只要有一点点小伤，就会止不住地流血，不是开玩笑的。"

好吧，哥哥又一次代表了真理，成功地衬托出我的猥琐。

我们都沉默了好一会儿。有件事情很奇怪，跟别人在一起的时候，我通常会很怕那种大家都不知道该说什么好，所以只能沉默的瞬间。但是跟哥哥在一起，我就不怕因为尴尬而寂静。这种蕴涵着故事情节的寂静甚至还让我挺享受的。

"怪不得呢。"我终于神往地说，"这下我就能对上号了，错不了的。"

"你又知道什么了？"哥哥无可奈何地笑。

"前段时间，有一次，昭昭跟我聊天的时候说，她暗恋一个人，你想知道是谁吗？"虽然哥哥不配合我，但是我还是兴奋地停顿了一下，"是陈医生，就是那个，跟姐姐相亲的家伙。我当时以为小姑娘是在乱说，现在看，可能是真的。那个陈医生可能给她看过病吧？天哪，又不是在演韩剧，这情节真俗。"

"陈医生给她看过病，这倒是很有可能的。我听昭昭说过，在她们永宣，血液有问题的人很多的。"

"永宣到底是个什么地方啊？听上去那么多的故事……"我把胳膊支撑在单薄的栏杆上，肘关节像颗不听话的鹅卵石那样来回滚动着，"还好你不喜欢昭昭，不然你看，昭昭喜欢陈医生，你和陈医生就成了对手，然后陈医生又在和姐姐相亲，这样昭昭和姐姐已经是敌人了，再加上……"我夸张地感叹了一下："要死了，这种剧情已经不是韩剧了，是《绝望主妇》还差不多。"

"郑南音，你的脑子里能多想一些正经事吗？"

"其实我也知道，你才不会喜欢昭昭，你喜欢坏女人。不是放荡不检点的那种，是真的没良心的那种。"我说完这句话，很不自然地把脸轻轻转到了侧面，似乎那边的黑夜和正面的黑夜能有什么不同。

"你是想让我揍你吗？"我灵敏的后脑勺已经感觉到他的手掌带起来的轻微气流了。

"不过我也得谢谢昭昭呢。"我非常识时务地转移了话题，"有她在，你就没空总是想着要搬出去。"

"最近也没那么想搬走了。"

"这就对了嘛——喂，哥……"我非常自觉地察觉出来，我此刻的语气又是"狗嘴吐不出象牙"的那种，"问你件事行吗？"

"哪儿那么多废话。"

"你就……从来不想知道，你爸爸妈妈是什么人吗？你知道我的意思的。"我用指尖尴尬地蹭着下巴。

"不想。"他干脆地说，"郑南音，因为我没有你那么八卦。"

"可是我觉得，你现在不想搬走了，还真的是因为昭昭。"我不用看他的脸，也知道，他在沉默中淡淡地笑了笑，"她是个大麻烦，这个麻烦占了你的心，你就不去想搬家不搬家这种蠢问题了，对不对啊？"

"我觉得她需要我。"哥哥的声音似乎有点不好意思，"我说不好，我觉得，这孩子，需要我带着她上战场。"

我惊讶地沉默了很久。后来还是决定问他："哥哥，你现在真的觉得这个家里的人，我们所有人，对你都没有意义了吗？"一旦问题真的变成完整的句子脱口而出，它带给我的悲凉就成了极为确定，又没法消除的东西。

"我不是那个意思。"他说。

"你就是那个意思！"眼泪涌上了我的眼眶，可是我又知道，这不是我哭一下就会迎刃而解的问题，"你不讲理。你完全不讲理嘛。又不是我们的错，没有人有错，可是你现在就想丢下我们了，凭什么呀，早就告诉你当那件事没有发生过嘛，要是爸爸不说，姐姐也不说，谁知道呢？你耍赖，不带这样的……"小时候我跟他玩五子棋，总是输，逼急了，我才会说这句话——"你耍赖，不带这样的"。

他慢慢地抚摩我的脖颈，然后稍微用力地捏了一把，他笑了：

"再哭，就把你像只兔子那样，拎起来，挂到门背后那个钉子上去。"然后他很安静地说，"真的不是你想的那个意思。我就是觉得，心里很空，看着那个孩子，就好些。"

我只好相信他吧。没有别的选择了。

　　姐姐的生日过去没几天，昭昭就搬走了，说是会住到亲戚家里去。
眼下，照她家的状况，反正也不知道什么时候能再回永宣。更不知
道，什么时候才能见她爸爸一面。她家的亲戚说，一切都要她跟他
们一起从长计议，又不知道这长度到底长到多久。我现在倒是不大
愿意昭昭搬走了，昭昭走了，哥哥又会发现什么事情来吸引他的注
意呢？——先是去四川灾区，然后是昭昭，他如果一直觉得心里很
空该怎么办啊，总不能，突然有一天想要去登珠穆朗玛峰吧？——
如果真是那样也好啊，只要他还会回来，不会永远离开我们，就好了。

　　我坐在昭昭的身后，一边看着她收拾东西，一边发呆。我也懒
得问她要不要我帮忙——东西本来就很少，她也一定会冷硬地跟我
说"不"。

"你，周末常来吃饭。"我自己都觉得，我的语调像是在和什么人怄气。

"知道了。"她却心无芥蒂地回头来，灿烂地笑笑。

"你能记得照顾自己吃药吧？你不是有病吗？"——我真的没有想要骂她，我只是说完这句话才觉得味道不对的。

她毫不厌倦地给了我一个跟刚才一模一样的笑容，只不过，刚才，她是转了左半边的身子回头；这次，转的是右半边的："嗯，我知道，郑老师把我每天要吃的药画了一张图，要我不管住到哪里，都要贴在墙上。他把那张图画得好漂亮呢，你要不要看看？"

"不用了。"我非常沮丧。我知道她说的那张精美的图一定会以一种莫名其妙的方式打击到我。所以，不看也罢。你只不过是出现在了一个最恰当的时候。我在心里狠狠地想着。有什么了不起。要不是因为，你家的工厂正好在哥哥知道自己身世以后爆炸了，哥哥才不会对你那么好。不可能的。

哥哥会被夺走吗？这个问题可真折磨人，最折磨人的地方在于，我不可能和任何人聊起这件事——因为，想要他们不觉得我的担心是无稽之谈，就必须让他们明白一个前提，我指的当然是哥哥的身世了。这是必须要保守的秘密，退一万步讲，就算我跟别人解释了这个前提，他们也未必能懂这二者之间的联系。我也不知道该怎么表达、形容和概括，总之这就是我看见的活生生的事实——哥哥是那么急着想证明自己没有被打垮，于是他用力地抓紧了这个在他看来同样倒霉的孩子。

不对，也许，也许我应该说，他用力抓紧了这个比他倒霉的孩子。有时候，哥哥似乎是需要别人的困难和问题的——我绝对不是说他幸灾乐祸，不是那么回事。他不是那种攻击型的人，他不会去跟人争战，抢夺，不喜欢靠着把别人打垮圈出来自己的疆土。但是他喜欢救治别人，未必需要多么高明的技术，不过当他看着他身边的人因为他而获得一点力量，他才能维持一贯平静的表情，笃定地活下去。我永远不会忘记，当我倚靠着他的胳膊，哭着哭着，就睡着了，我在睡意降临的时刻清晰地知道，他就像我需要他那样，需要这个挣扎中的我。

他也需要昭昭。

我自然也清楚他不会因为身世的关系而不再爱我们大家，我也清楚他已经说服了自己血缘在此刻早就成了最次要的事情。可是，他还是孤独。我只能眼睁睁地看着，看着他像过去一样微笑，像过去一样在饭桌上跟姐姐或者爸爸妈妈聊天，像过去一样告诉外婆他姓什么——似乎怀着永无止境的耐心。他一个人在那片看不见的，孤独的原野上疾驰。没有对手，没有阻碍，领地圈得越大，属于"自我"的那个核心就越是像块通红的炭，红成了灰，渐渐冷却。冥冥之中有个声音对他说：看啊，这么大一片地方，全是你的。全是你的。是啊，全是他的，可他恨自己不能变成这片原野上随便一株荒草，却只能做它的拥有者。

我只能看着。我无能为力。

"南音姐。"昭昭伸展了五指在我眼前晃动着，好像我中了邪。

"干吗！"我挥手打了一下她的手背。

"你在发呆。"她笑着，"郑老师说了，要是我这学期期末考试成绩说得过去的话，就带我去绵山玩。你也一起去吧，好吗？"

绵山离龙城，走高速的话，差不多两个半小时。也许是三个小时，起程的时候我在晨光中睡着了，所以我也说不准在路上耗了多久。关于那次短途旅行，这就是我先想起来的事情。其实，没有什么好玩的，只不过是座山而已。可是当我醒来的时候，我们正沿着盘山的公路艰难地螺旋上升，满眼苍松翠柏，昭昭打开了车窗，松针的气味就进来了，这座山把空气吸进去，然后吐出来树木的香味。

哥哥把车停在了山脚下新建的游客停车场，我们爬了上去，在山里逛了一天，我说了，真的就是一座山而已，除了这些树我自己也忘记了我们为什么一定要走这么远的路来这儿。后来——在所有的回忆对我而言都无比珍贵的后来，我想起我们在山里的那天，只记得那股松针的香味。也许，还记得昭昭说："这儿到了晚上，会有林涛声吗？"——书本上似乎讲过，林涛无非是一种共振，但是昭昭无限神往地坐在一块大石头上，托着腮道："我爸爸说过，林涛来的时候，那种波浪声像是在自己的心脏里面响起来的。"

那是她第一次，如此平和地说起她爸爸。

我还记得什么呢？在山里的那天，似乎一切都好。天气不冷不热，跟树木们擦肩而过的时候还得穿上在城里面早就用不着的外套。我们三个人聊天，开玩笑，中午在山间的小馆子吃了很新鲜的蘑菇。那天真是安详。

"我们到底为什么要来这儿？"昭昭问。其实这也是我想问的。我还以为他们俩已经说好了，所以我就知趣地没有对旅行的目的表达任何质疑。

哥哥无奈地笑笑："你们现在的小孩子真是没有文化。这儿是介子推死的地方。"

介子推是另一个活在 2000 多年前的倒霉鬼。他和他的国王重耳被人追杀，逃窜在荒野中。（那时候的人为什么都叫这么奇怪的名字呢，他们的父母在想些什么呀？还是，在那种久远荒莽的年代里，每个人都可以在长大之后随便给自己起名字的？）准确地说，重耳当时还不是国王，只不过是在宫廷斗争中倒霉的王子。他割掉自己腿上的肉，煮熟了给重耳吃。重耳很开心地就吃了，也不知道有没有记得邀请介子推分享。后来重耳成了晋文公，介子推就躲到了山里隐居，不再介入任何跟权力有关的争斗，他什么都不要。不过重耳不允许他什么都不要，于是这个缺心眼儿的国王用了一个猎兔子的时候才会用的办法，他让士兵把绵山围了起来，放火，觉得介子推一定会被这场火逼出来的。当然了，据说给国王想出这个办法的人，原本就是反派——你看，那个时候，就连反派都如此单纯。大火烧了三天，就在这座接纳我们的山里。三天后，火灭了，他们找到了介子推的尸体。

于是，人们开始过"寒食节"了，就是——在这个节日里不生火，只吃冷食，是为了提醒一下，若没有那场三天三夜的火，介子推这个高贵的人就还活着。

古人还真是逻辑混乱。我望着满眼的松柏，愉快地想。不过他们到底给我们留下了这满山的苍翠。我叹着气，真是难以想象，那时候的人可能比树还要天真。但是我没有想到，昭昭却无比忧伤地笑了，她问："郑老师，你觉得，如果当时被人追杀的是我们俩，我们谁会先割自己腿上的肉呢？"

"一定是我。"哥哥轻松地说，"你是女孩子啊。"

"算了吧，那是两千年前，那时候的人懂得让着女孩子吗？"昭昭把一根细弱的树枝折断了，"一定是我。"

"你们俩真是无聊死了。"我难以置信地笑，"不过，昭昭，为什么一定是你呢？"

"因为，我知道，如果是我拿肉来给他，他无论如何都会问我这是哪里来的。要是他拿给我，我在饿极了的时候，未必想得起那

129

么多。"她的睫毛垂了下来，此刻她的侧影真像一个山林里的精灵。

"喂，所以你就算是割了肉给人家吃，你心里也还是希望别人知道你为他做了什么，对吧？"我嘲笑她。

"郑老师，你说，介子推割肉给重耳的时候，他心里希望那个人知道吗？"昭昭期盼地看着哥哥的眼睛。哥哥笑着做了个投降的手势："我输了，我回答不了。"

"所以啊，割肉的人一定得是我。"她坚定地抱紧了自己的膝盖，"如果是我的话，那你肯定会知道我做了什么；若是你来割肉，有可能除了你自己，根本没人知道你做过什么了。你不会告诉我的。那可不行——不能让你在我不知道的时候，为我做那么多的。"

"等一下，你都不知道了，你完全不知道他做了什么，你又怎么能阻止他在你不知道的前提下做什么呢？你上面那句话逻辑是错的。"我居然跟她争论了起来——我隐约觉得有点不安，但是又说不出是为什么。

"郑南音，一个脑子里全是糨糊的女人说出'逻辑'两个字，才是最可怕的事。"哥哥弯曲着手指弹了一下我的额头。

然后，一阵风吹过来，我们都听见了温柔似水、摄人心魄、把人的灵魂变成风铃的林涛。

"郑老师，我想问你个问题。"昭昭认真起来的时候，那副样子根本是容不得人拒绝的。

"问吧。"看来哥哥早就习惯类似的场景了。

"你能不能告诉我，什么是圆周率？"她看上去一点不像在开玩笑。

"有没有搞错啊！"我开心地笑了起来，"不就是 π 吗？3.1415926……"

"对，我知道的，π，就是 3.1415926 什么的，但是那究竟是什么呢？"昭昭毫不屈服地面对着我嘲笑的脸，"我也知道，计算圆周长的时候是需要这个的，可是为什么呢？从小学六年级的时候，我就在问大家，这是什么，可是每个人都跟你说的一样，你说的我也知道，但是，但是，那东西究竟是什么嘛！"

"你想知道的其实是它的意义，对吗？"哥哥笑了。

昭昭用力地点头，夸张得像卡通片。

"你看。"哥哥捡起一枝树枝，在坚硬的石头上画了一个不存在的圆，"这世界上有无数个圆，大的，小的，不管多巨大，也不管多小，你把这个圆切断，变成一条直线，然后除以它的直径的长度，这个比值永远都是 3.1415926，并且小数点后面是循环不完的。你想象一下，一个永远没有尽头的数字，但是世界上所有的圆都因为它才能存在。所以，π，就是永恒。"

"原来是永恒呀。"昭昭心满意足地叹了口气。

我们从绵山上下来的时候，龙城的夏天就真的来了。

我似乎又回到了小学时代的操场，体育老师站在主席台上拿着喇叭要我们全体保持一臂距离。我是现在的我，略带尴尬地站在童年时代的位置，从前往后数，第五排，我那么高，但是我前后左右的那些小学同学丝毫不觉得这有什么不对劲——我知道这是梦。但是，也许这不过是再平凡不过的某个阴天的上午，二十二岁的郑南音原本就该出现在那里，他们不问七岁的郑南音到哪里去了，他们也不在乎这个突如其来的大家伙为何就这样出现在了队伍里——是的，他们不在乎，这就是我对"童年"最为深刻的记忆。他们不在乎那些令我觉得不安的事情，他们不在乎别人的恐惧和羞怯，甚至连自己的恐惧跟羞怯也不在乎。下课铃一响，他们就会像潮水那样汹涌到操场的任何一个大人们甚至无法想象的角落，但是荡秋千的人完全不会在乎跷跷板那边在发生谋杀案，在树荫下因为沙包游戏的胜负争吵的人早就忘记了课堂上刚刚被老师屈辱地拽着红领巾拖出教室，就像是拖一头牲口。因此，童年的郑南音知道，自己是斗不过他们的。

能够满不在乎地像丢垃圾一样丢掉自己的屈辱，这些人真是厉害呵。

有一个音色奇怪，听上去带着莫名喜悦的女声像闷雷一样从头顶上涌动过去："为革命，保护视力，预防近视，眼保健操，开始——"他们，我身边所有的小孩子，就顺从地在音乐声中闭上了眼睛。为什么啊？你们都困了吗？你们都能这样站立着睡着吗？是的，我上小学的第一天，心里的疑问完全就是这样的，可我不敢开口问身边的任何一个小朋友，直到今天，我已经二十二岁了，还是不敢。

他们闭上眼睛，一个接一个地，像多米诺骨牌那样，于是后来，我也跟着把眼睛闭上了。我命令自己不要问"为什么"，不然，会被当成胆小鬼的。不对，我毕竟已经二十二岁了我是大人了啊，不可以那么快就回到小时候的，否则，中间那么多年的岁月算什么呢？"郑南音。"我身边的小男孩叫我，他居然毫无障碍地认出了我，他说，"郑南音，你还傻站着干吗啊？你要是不快点按睛明穴，被巡查老师发现了会给班里扣分的。"

然后我就醒了，夏天的光芒粗粗地蹭着我的睫毛。我心里不知是澄明还是混沌地闪过了一个念头："我的红领巾放到什么地方去了呢？如果我又忘记了戴上它，会给班里扣分的。妈妈，你把它收到哪里去了？"随即我就嘲笑起自己来。我想我一定是因为最近有些紧张才会做这种梦的。这是我大学时代最后一个暑假了，我下个星期起就要去实习——我有点怕。其实我的老师本来推荐我去上海一个公司实习的，可是最终我还是让给了别人，选择了龙城的事务所。因为如果苏远智假期是要回家的，我一个人去上海又有什么意思呢？我本来以为这是一件非常简单的事情，可是妈妈知道了以后，足足骂了我两个礼拜——我都害怕看见她了。

其实我知道，妈妈也不全是因为恨我没出息，在这个夏天她的精神也紧张得一触即发，所以才需要时不时地迁怒到我身上。

昨天下午，妈妈看着窗外的层层阴霾，慢慢地叹气说："快要下雨了吧？天暗成这样，搞不好是雷阵雨。"——可是她美好的愿望终究没能实现，天空从头到尾死扛着，只是阴霾而已，没有雷声，没有闪电——于是，舅舅的航班安然地降落在了龙城，甚至没有晚点。

舅舅说，他是来看外婆的。只可惜，外婆不大认识他——其实外婆有时候还会跟妈妈说起舅舅，比方说，会突然问妈妈舅舅是不是出差去了，为什么这么久都没再来。可惜今天舅舅的运气不大好，赶上了外婆不认得他的时候。但是外婆非常尽心地对他笑着，在一个小时里说了七八次："天要下雨了，你要留下吃晚饭。"其实跟外婆相处久了，我越来越倾向于相信：在她每次重复自己刚刚说过的话的时候，她并不是真的完全忘记了，她只是需要确定一下她的确说过而已。

如果是我妈妈，她一定会以同样的语气和表情回答外婆七八次："好的。"但是舅舅不同，他只在外婆第一次邀请的时候点头回应了一句。当外婆开始不厌其烦地重复时，他就装作没听到了。他们面对面地坐在两张沙发里，外婆含着笑意的声音一遍遍地响起来：

"天要下雨了，你要留下来吃晚饭。"像是自己和自己玩名叫"回音壁"的游戏。

还好那天的晚餐，姐姐回来了——当然不是只有她自己，还有雪碧，以及郑成功这个吉祥物。

郑成功的到来拯救了妈妈，妈妈夸张地把他抱起来，大呼小叫地说"宝贝儿你长高了"，然后毋庸置疑地命令姐姐："今晚说不定会下大雨，你们就在这儿住一晚，你也不要去店里了，雨天开车不安全的。"郑成功眼睛斜着，并且一如既往地啃着拳头，表示赞同。

郑成功小朋友只是个子稍微长高了一点，其他的什么都没变，就连头发也还是稀疏，严格地说，那几撮细软的毛谈不上是"头发"。他不像北北，北北那样的小朋友生来就是为了让大人们赞叹生命是个奇迹。可是郑成功是外星人。所以对郑成功来说，"时间"这东西怕是在遵守爱因斯坦的神奇定律，流动的速度是不同的。每一次，我看着他胸有成竹地啃拳头，就总是在心里问他：郑成功，你真的永远不会变吗？

北北是赞美诗。你是个寓言。

我知道妈妈看到郑成功是开心的，尤其是当她觉得这种开心可以成功地遮掩住她对舅舅的不欢迎，她就更加开心了。晚餐桌上她专门给郑成功准备了肉粥——因为他长得慢，只有两颗牙，这两颗牙一上一下，孤零零的，完全帮不上任何忙。

大家都心照不宣地让话题围绕着郑成功，也围绕着姐姐，愉快地听姐姐恶狠狠地讲述她和陈医生的相亲是不顺利的——因为那个书呆子只会盯着她发呆，都不会讲话。我说："那是因为你漂亮嘛，他都看傻了呗。"姐姐"咻咻"地笑："真是没见过世面。"

妈妈在晚餐还没结束的时候就到厨房去洗碗了。所以，爸爸只好对着满桌子的残羹，有些紧张地邀请舅舅去看电视。从进门到现在，舅舅几乎一句话都没讲。他对爸爸客气地笑了笑，爸爸说："泡点茶？"他说："不用。"然后爸爸说："我想喝。"舅舅只好说："那好。"爸爸又问："毛尖还是普洱？"舅舅说："都行。"爸爸执着地问："你喜欢什么？夏天是不是喝绿茶比较好？所以，毛尖？"舅舅无奈地说："随便，真的都一样的。"爸爸叹了口气："那我去泡普洱了，别人刚送给我的，很新鲜。"舅舅一脸无辜地说："那就还是毛尖吧，我喜欢绿茶。"

这种对话真是让人坐不住。我无奈地站了起来，捧起桌上那些脏盘子，看似无动于衷。妈妈在水槽前面，给我她的背影。她刷锅的力道未免太凶猛了些。我把那些盘子放在她身边，生硬地说："妈妈，我来吧。"她没有抬头看我，她只是说："你洗不干净的。"

妈妈今天根本就不正常。整整一顿饭，她居然没有注意到，哥哥没回来。她站在水槽边那么久了，居然一直没发现，郑成功一个人伫立在阳台上硕大的冰箱前面，很久了——我是说，他和他的学步车一起站在那里，安静得令人以为冰箱是个镜子，能让他细细地端详自己——那个在他这个年纪，还完全是陌生人的自己。

"外星人，冰箱在我们地球是件很常见的东西。"我走到他身边蹲了下来，跟他说，"要我带你参观一下吗？"我说话的声音很轻，是因为，我不确定他是不是真的全神贯注，我不想我的声音吓到他。他迟缓地转过了小脸，认真地看着我，我知道他是在跟我说：好的。我弯下身子抱他的时候觉得他变重了，不能再像过去那样，轻松地就能拎起来。冰箱门打开的时候，里面那道光伴随着冷气，晃得他眼睛眨了一下。他那只萝卜一样的小手很认真地放在了脸庞上。

外星人，其实这个不是太阳光的。也不是能带你回家的飞碟，真抱歉。

"这个是花生酱，这个是沙拉酱，这个……红红的，里面有好多小碎屑，是辣酱，没事不要随便碰它哦，因为如果你不小心用舌头去舔了它，会觉得脑袋里面在着火的。……那几个盒子没什么好摸的，全是昨天的剩菜而已。这是碳酸饮料，小朋友喝了对身体不好，要长大了才可以。这个是西瓜，小家伙，哦，西瓜平时不是长这样的，是圆球，你懂么，就和你的脑袋形状一样——好吧，比你的脑袋要更圆一点。可是为了能吃里面红色的东西，所以才要切开，你看见的只是西瓜的一半——没有什么为什么，大家都这么做的，没有人吃西瓜皮啊。绿色的部分是不能吃的。这个是吐司面包，可惜得等你的牙再长多几颗……对了，这个你可以，果冻，小家伙，你知道什么叫果冻吗？……真难解释啊，果冻要比西瓜复杂多了。"这最后一句话，我是在恍然大悟地说给自己听。

我只是想让郑成功知道，冰箱是亲切和安全的。对于他来说，这个世界上已经有太多的危机和陷阱，但是，他可以信任冰箱。"有点冷，对吗？"我问他。他依然以那种非常合作的眼神看着我，嘴巴嘟起来，在矜持地表示对我的观点不予置评。我轻轻地把冰箱门关了起来，"等一下再带你看，不然会冻感冒的。"

就这样，另外一个世界消失了，我们又重新回到了熟悉的地方。应该不是我太敏感吧，郑成功的眼睛里其实是有一点失望的，不过他有的是办法让自己重新愉快起来。

身后的对白就这样猝不及防地响起来，伴随着水槽里细细的水声。

我不知道舅舅是什么时候来到厨房里的，在我听到他声音的那一瞬间，我惊讶自己居然如此轻车熟路地带着外星人闪到了冰箱后面，煤气灶旁边。他们不会注意到我们的，只要郑成功配合一点，不要突然哭起来，也不要总是像他此刻这样，孜孜不倦地用他的小手拍打玻璃窗。仔细一想，从进门到现在，郑成功还没有哭过，真是了不起，外星人长大了，不再是婴儿了呢。

舅舅说："你也，挺辛苦的。"——他断句的方式果然奇怪。其实我和他不算熟，小时候去外公外婆家过暑假的时候，并不是每天都能见到他，他也只是隔好几天才会回来。

妈妈沉默了片刻，我听见碗和盘子"叮叮当当"碰在一起的声音。妈妈平稳地说："不然呢，又能怎么办？"

舅舅说："我带来了药，是朋友从加拿大带来的，说是国内还没正式投产，对脑细胞有好处，延缓老人大脑衰退……你给她吃着，一天三次，一次一片……我怕你看不懂上面的英文。看看效果，等我过去了那边，再寄给你，要是邮局不准寄药品的话，我拜托人带回来。"

妈妈猝不及防地关上了水龙头，那一瞬间，寂静像只突然蹿出来的，身手矫健的野猫，在空气中，谁都感觉到了它划出的弧线。

然后妈妈说："知道了。"

舅舅似乎是加重了语气："其实在南京的时候，我带她去医院看过。医生说，没什么办法。但是家里人多跟她说话，对她会是有用的刺激。看见你这里进进出出的人不少，一大家子人都挺热闹，我就放心了。"

妈妈突然问："谁是'她'？'她'是谁？不至于吧，连称呼一下都舍不得吗？她一辈子并不容易，好歹带大了我们几个。"

"她只带大了你一个人，你别忘了，她嫁给爸爸的时候我已经十岁，她没有带大过我。"舅舅短促地笑笑，"你那时候是小孩子什么都不懂，所以我和姐姐，我们谁都没有把账算在你头上。"

"这么说我是要谢谢你们了？"妈妈用力地把一把筷子齐齐地顿在了桌上，筷子似乎散开了，那声音像是在流动，"你们公平一点行吗？你们自己的亲妈去世了不是任何人的错。她已经尽力做了所有她能做的事，她也不容易的！"

"你当然可以这么说，"舅舅的声调里也有了战斗的味道，"只有你才是她的女儿，她没有任何对不起你的地方所以你当然可以站着说话不腰疼，你当然可以表扬她不容易，我们呢？我们是多余的，我刚刚上初中就去住校了就因为她看我不顺眼，周末回次家她也是能不跟我讲话就不跟我讲话，你知道姐姐十六岁去工厂，到她二十四岁要结婚的时候，整整八年，她几乎没回过家，你小时候都不大记得姐姐长什么样吧？你当然不知道是为什么，其实回家有什么用？大年三十，有新衣服的永远只是你，最后几个饺子，你一个小孩子就算是吃得撑到吐出来，她也照样全都留给你……"

"你说话不能不讲良心的。"妈妈忍无可忍地打断了他，"为什么我一直都记得，我上小学的时候总是看着她一点一点地攒粮票，然后告诉我说那是要寄给哥哥的，因为你当时在乡下，她总说你那里没有什么东西吃——你为什么就不记得这些了？"

"我只记得，姐姐结婚那年的清明，本来说好了我们大家一起去给我妈妈扫墓，她说你突然生病发高烧了——不早不晚，偏偏就是那天，她还说听邻居讲你说不定得的是猩红热，然后爸爸就真的跟着你们去了医院……我和姐姐两个人在墓地等着，我们都不敢相信，他真的没来。"

"她不会的。"妈妈用力地说，"她为什么要撒这种谎？你的意思是说，我一个小孩子也在被她教着装病骗人了？发烧出疹子那是装得出来的吗？你们恨我就算了不用这样糟蹋人吧……这样有什么意思？有什么意思？"她的声音开始涣散了，就像是突然被抽去了核心的部分，变成了一种雾状的东西，轻飘飘地开始弥漫。

"是，没什么意思，都是过去的事情了，真没什么意思。"舅舅突然笑了。

他们终于一起和平地沉默了很久。其间，我听见了开水壶里那种沸腾的声音。

"你们什么时候动身？"妈妈问。

"年底。"舅舅回答，接着他又说，"有事情你就跟我联络。我一旦安顿好了，就打电话给你。"

"你自己当心。"妈妈轻轻地笑了笑，"那边毕竟是人家的地盘。不是自己家。"

"我知道。还有……等明年南南毕业了，要是想出来念书，我都可以帮她办。"

"算了吧，不用你费心。"

姐姐的高跟鞋急匆匆地闯了进来，姐姐说："我来冲茶。"我想她一定是感觉到了气氛有些不寻常，说话的调子都不似平时那么理直气壮了，"三婶，这些碗你就放着吧，我待会儿来弄。"——原来这么久，妈妈始终没有去洗那一池子的碗。

"不用。"妈妈的声音有点累了，"很快就弄好了。你赶紧去看着小家伙。"

"哦。"姐姐回答得十分心虚，我敢打赌，她刚刚才开始问自己，小家伙到哪里去了。

舅舅是在第二天清早离开的，其实在前一天的夜晚，龙城还是下了一场暴雨。所以，舅舅是闻着所有的青草香气起程的。可能是因为那场雨，我一夜都没怎么睡好，所以当我听见客厅里有行李箱拖动的声音，就立刻醒了。

经过外婆房间的时候，我发现外婆也醒着。她站在打开的柜子前面，认真地寻找着什么。

"外婆。"我叫她的时候，她都没回头看我。她只是把那件过春节时穿的红毛衣仔细地摊开来，手微微颤抖着，一个一个地解开那上面的扣子。

"外婆，现在是 7 月……"当我看着她一丝不苟地把红毛衣穿在夏天的衬衫外面的时候，终于觉得还是要阻止她。

她看了看我，仿佛我说了一句不可理喻的话。她拉平了衣领，然后凝视着里面那件灰蓝色的衬衫露出来的下摆，似乎在思考到底该拿这两种不协调的颜色怎么办。

"外婆，你不热吗？"

她终于把衬衫露出来的部分塞了回去，对着镜子，露出满意的神情，然后严肃地回答我："得去送客人啊。"

"但是送客人也用不着在夏天穿冬天的衣服的。"说出这句话的时候，我简直不知道自己该不该笑了。我只好走过去，慢慢地帮她解开红毛衣的扣子，一边小心翼翼地做这件事，一边在心里蛮自豪地陶醉着——因为我觉得此刻的自己非常有那种很……温柔的味道。

可是外婆非常不捧场，她生气了，恼火地推开了我的手，还很认真地倒退了几步："你干吗？"她十分珍爱地抚摸着毛衣袖子，"这是我的。"

然后就转过身，骄傲地走了出去。

外婆，你真的是舅舅嘴里的那个外婆吗？你真的对舅舅做过那些伤人的，至少是冷漠的事情吗？

舅舅站在门口，难以置信地看着外婆走了出来。外婆停在了舅舅面前，突然轻轻地拉起了他的手，在他手背上拍了两下，跟他说："有空就常来玩。"

舅舅淡淡地笑了，把自己的手从外婆的双手中挣脱出来，他说："好。下次再来。"

准备送舅舅去机场的爸爸在一边对舅舅解释着："她现在就是这样的，我们都习惯了。"外婆一直站在原地，看着爸爸的车走远，然后又整了整她的红毛衣。

我问她："外婆，你刚才认出来那个是舅舅了，对不对？"

她不回答。

只不过，从那天起，外婆的生活多了一样乐趣，就是时不时地，从柜子里拿出来她的红毛衣，有滋有味地穿上——我们谁也总结不出来她到底是什么情况下会想得起来红毛衣，或者，什么契机。家里的每一个人都用不同的语气跟她说过一句话："外婆，现在是夏天，用不着的……"但是这显然没用。外婆似乎把红毛衣当成了一个相熟的故人，想念它了，就一定要和它一起待一会儿，季节温度什么的都是不值一提的小事情。

就像是做一个游戏。

算了吧，我真瞧不起这样的自己。郑南音，你为什么要故作镇静地描述外婆和她的红毛衣呢？你真让我替你脸红，你居然还好意思避重就轻地，在你的回忆里面强化舅舅出门时候的青草味道，装得好像那个雨夜里什么都没有发生。郑南音，你是个胆小鬼。

难道我真的以为，只要我自己若无其事，我就可以安全了吗？

那个雨夜，我偷听完妈妈和舅舅的谈话的晚上之后，外婆穿上她的红毛衣去送舅舅出门之前，那个夜晚，下了很大的雨。我不是被雷声吵得没法入睡，不是的。在我似睡非睡的时候，书桌上电脑的屏幕还在静静地闪着湖泊一样的光。我可以不管它，就随便睡意稚嫩地杀过来的，我通常都是这么做的。但是那晚，我没有。

我奇怪地清醒了，我爬起来走到了电脑旁边，我满怀着倦怠以为万事俱备只欠关机，然后我就热切地扑向我的床给它一个大大的拥抱。鼠标轻轻地一划，把屏保的那片蓝色划出来一阵涟漪，然后MSN的小窗口就像块水底的石头那样浮了出来，那个绿色的，张着双臂的小人儿是附着在这石头上的青苔吧，又木讷，又无辜，又顽固。郑南音，你为什么突然坐了下来，为什么突然输入了苏远智的用户名呢？

我为什么呢？

我一边嘲笑自己这么做实在不高级，一边凝视着那个天真的小绿人欢欣地转圈圈。我跟自己说，郑南音，你很丢脸，如果苏远智对你做同样的事情，你会怎么想？好吧，其实我不知道他的密码，我从来没问过，我们都觉得这一点点隐私还是要留给对方的。这个密码，是有一回，他登录MSN的时候，我不小心在他身后看到的。我真的是不小心看到的，我发誓……所以我只模糊地记得他的手指在键盘上移动的方向，我知道那个密码是六位的因为我在"密码输入"的那个小方块里面看到了六个星号，这种记忆一定是不准确的对吧？

但是我为什么记住了呢？

小绿人停止了旋转，我成功了。郑南音，你为什么记得这个密码了呢？

一个对话框立刻跳了出来，像水珠那样，清脆地一响。我条件反射一般地把电脑按了"静音"，就好像周遭的空气都是注视着我的，无处不在的目光。这个跟苏远智讲话的人，在 MSN 上的名字叫"懦弱的小勇姐姐"，其实那句话很简单的，只是说："你来啦。上次你说的那个……"是的，我甚至没有看完那句话，我没看完上次苏远智跟她说了什么，就像手指被烫到，把对话框关掉了，然后像毁尸灭迹那样地，点击了"退出"。

在"懦弱的小勇姐姐"这个名字后面，是一个括号。括号里面，地球人都知道，是她的邮箱地址，真遗憾，我只是扫了一眼，只是那一瞬间，可是也足够我把那个邮箱地址的拼音拼出来：端木芳。

所以，那天夜里的雨声，格外清晰。

所以，我一大早就像只狂躁的动物那样离开了我的房间，整整一夜，我无数次地凝望着门把手，直到它在我眼里活生生地变成了一件冷硬的凶器。

舅舅离开的时候，我毫不犹豫地推开了哥哥房间的门。我得跟哥哥聊聊这个，马上，我一分钟也不想等了。

可是房间里没人。哥哥没有回来。

他一直没有回来。

我得找到他。

02 陈宇呈医生
幕间休息

　　那些初次见面的女人总会问："陈医生，你是不是总要给人动手术的？"这个问题大致可以衍生出几个变种，有些故作大方的女人会说："你们医生总是要开膛破肚的，吓死人。"有些故作小鸟依人的女人会说："您真是了不起，整天把人割开都不害怕的，我想都不敢想，我看见血就头晕，好可怕。"——每到这种时候，他需要动用自己全部的教养，来按捺住一个冲动，就是问问她每个月那个固定的时候是怎么处理自己的——如果她真如她自己所说的那般娇羞。还有一些自认为自己对男人很有经验的女人会说："你第一次拿起刀子切开人体的时候，怕不怕？"——她们认定了所有的男人都是长不大的，因此争先恐后地想要扮演仁厚慈母，以为只要这个男人肯在她面前袒露恐惧，或者关于恐惧的记忆，便再也不愿离开她。

他永远只有淡淡的一句话，以不变应万变："我是血液科的大夫，动手术是外科的事情。"

这种时候他会稍微怀念一下前妻，至少，医药公司的销售代表懂得一些基本常识，不会沾沾自喜并且进退得体地展示她们其实是白痴。不，他并不是苛刻，不是要求每个跟他约会的女人都是医学院毕业，他只希望她们能够对自己完全不了解的事情保持适当的沉默。或许这个要求还是太高了，不只是这些女人吧，整个世界没几个人能做到这件事的。

所以每逢这种时候，他就会怨自己，为什么没有一个更为强大或者更为残酷的灵魂，袒露所有的厌恶。

不过这一次，这个女人，的确不同些。

他以为既然她已经像别人那样搔首弄姿地迟到了一刻钟，就一定会搔首弄姿地落座，搔首弄姿地点一杯焦糖玛奇朵，然后搔首弄姿地开口说那些搔首弄姿的蠢话——然而事实违背了他的想象，她在他对面坐好，漫不经心地笑笑，眼光在周遭景物上静静地转了几圈，说："陈医生，我是郑东霓。"

他没来得及坐回沙发椅里面，顺势把右手伸给她："陈宇呈。"

她依然在那里坐着，身体似乎来不及反应，她的双腿并拢，斜斜地以一个美好的弧度伸出来，高跟鞋的鞋尖岌岌可危地快要蹭到了他的裤管。她迟疑地握了握他的手，准确地说，是指尖。可她的眼神是慌乱的，一点不像她的身体那样端庄和傲慢。

他叫来服务生点餐的时候，装作浑然不觉——她在桌子下面轻轻地拉了一下她的短裙，估计是为了提防大腿部位，丝袜顶端的那道线露出来。功夫了得，除了左臂，身体其他部分都纹丝不动，包括放在咖啡杯柄上的那几根右手的手指。见面超过三十分钟，他们都没讲什么话，她似乎对这种冷场怡然自得。突然由衷地抬起头来对他说："今天的沙拉酱味道很正。"——似乎是在感谢他保持沉默，而这种安静可以让她安心地享受味道很正的酱汁。

他不喜欢西餐，所以他大半的时间都没理会自己的盘子，看着她吃。她吃东西的样子很野。她在尽力勉强自己不要发出任何咀嚼的声响，可是她的刀叉用力划过盘子发出的那种刺耳的声音泄露了她所有的压抑。她凝视着自己溅上汁液的手指——几乎是深情但是茫然地凝视着，这令他确信，若不是顾及对面还坐个初次见面的男人，她一定会毫不犹豫地把这手指送到嘴边去，用舌尖舔一舔。她终于四下寻找着早就被扔到沙发椅上的餐巾，抓到餐巾的时候手上的脏污也就若无其事地消失了。他饶有兴致地盯着她，想看看若是她觉出来自己在观察这一系列的举动，该怎么收场。她猛然间扬起脸，那一脸的笑让他猝不及防，她像是迷蒙地注视着他，但其实不是那么回事，她眼睛里的水光已经转了个方向，她清脆地说："可以上甜品了。"

然后她拿出了一支烟，放在唇边，冲他用力地扬了一下眉毛，他心领神会地从衣袋里翻出了打火机，替她点上。还是和刚才握手的时候一样，她像所有美丽女人那样心安理得地接受着男人的殷勤，并且将之视为理所当然。可是自始至终，火苗燃起，熄灭，一缕长长的烟从她嘴里吐出来……她精致的手横在他们二人的脸颊之间，她就是不肯正视他。

不过她神态倒是轻松了，这让她开始想要聊天。果然不是什么好兆头。她认真地问他："你从没想过自己当老板，开个诊所？"他愣了一下，冷静地说："那不可能。""为什么不可能啊？那些整形医师不都是自己开诊所？各个号称是从韩国留学回来的。"见他无意再继续这个话题，她看似善解人意地点点头，"那么你们做医生的，多久能加一次薪？"他说："很久。"她再度点点头，用一种路见不平的语气说："真不公平，难道每治好一个病人，不可以拿提成吗？"此时此刻，他尽管心存遗憾，但还是决定，今晚结束之后，就没有下一次约会了。餐厅的钢琴声就在此刻响起，她似乎凝神片刻，转头看着钢琴手，他心里长叹一声，谢天谢地，她可以暂停说话。

她粲然一笑。晶莹的门牙玩弄着下嘴唇："弹成这样，还敢出来现眼，现在人们真是越来越不要脸喽。""哪里不好？"他倒是真的起了一点好奇心，不过是那首他们这个年龄的人都应该熟悉的《不让我的眼泪陪我过夜》，听烂了的旋律，变成了钢琴曲，他不觉得这有什么不妥。她淡淡地说："弹得上气不接下气的，又不是在做贼。就算是做贼，也只能是毛贼才那么慌。"在他犹豫着要不要请她解释一下这句话的时候，甜点恰到好处地来救场了。

救场如救火。

她不知道自己唇边粘着一点点巧克力慕斯。她专心地看着他，说："你一定是那种很会念书的学生吧？从小到大，成绩都好得吓人的那种？"他笑笑："还好。算得上优秀，不至于吓人。"她说："不用谦虚了，一定是的。你和我过去的老公一样，我就是羡慕你们这些会念书的人，你们这样的人，就算是穷死，也有股真傲气。"

他允许自己被她逗笑了。觉得自己此时应该表达一下幽默感，于是他说："谢谢夸奖。"

"你还要不要再来杯咖啡？"她问。见他摇头，她说："我再要一杯 Espresso，然后你就可以埋单了。"

晚餐结束，他没有提议去看电影。他说："我送你回家。"非常幸运的是，她一路上都很安静，放弃了寻找话题。当他们停在一个红绿灯前面静止的时候，她突然轻轻地转过脸："陈医生，我想介绍人肯定没跟你说清楚，我其实有两个小孩。"他也轻轻地把脸转到她那边去，一言不发。"所以陈医生……"她嫣然一笑，"我们是不合适的。不过，我一直都是真的特别佩服你们这样的人。你可不可以，帮我一个忙？"

她不再理会他是否回应，自顾自地说下去："下个月，我妈妈要结婚。我爸爸死的时候她差点疯掉，她把我爸爸的尸体在家里放了三天，还告诉亲戚说他刚刚醒来过……不过现在她要结婚了，她认识了一个跟她一起学《圣经》的老头子……你可以跟我一起去一下婚礼吗？不会占你多久的时间，你去坐半个小时都可以的……别误会，就是借你充充场面，当然不勉强的。我不想一个人去，陈医生，她都可以再嫁一次，我不能让她看不起我呵。"

还好这个时候，绿灯终于亮起来了。

他礼貌地回答她："没什么不可以，但是我不敢肯定，要看我那天值班不值班。"——只需要在那天来临的时候告诉她必须值班就行了，医生的工作就是这点好，"值班"这一件事，就躲得掉大多数他不想看见的人。

"谢谢你哦。"她不知道她此时媚态横生的笑容的边角处，溢出来的全是若隐若现的自卑。他一直以为，一个又美丽又愚蠢的女人，应该会有非常顺利的人生，但她显然是个例外。

然后他在心里对自己说，无论如何，这是最后一次相亲。

2009 年的龙城，夏天来得格外早。这几天半梦半醒的时候，他总是梦见童年时代的操场，每个孩子都闭着眼睛，有一些很从容地，只是把眼睛合上；有一些紧紧地让眼部的肌肉和脸颊那里的扭作一团，似乎是在听天由命地等待着"恐惧"慢慢地碾过去。一个应该算是女孩子的声音，带着一种奇怪的喜悦，像浪涛一样柔软地翻滚过了双杠，翻滚过了操场边上的灌木丛，不过，似乎无力波及到那面孤独的、和刺眼阳光待在一起的国旗。

"为革命，保护视力，预防近视，眼保健操，开始——"

很多年后，某天，他无意间路过一所小学校，发现这个声音依然如昔地回荡在另一群闭着眼睛的孩子们头顶。恍惚间，他很想知道，对于今天的孩子们而言，"为革命保护视力"究竟是怎样的含义。"革命"是一江奔腾着、凝结了的水，已成了冰川，有时候，一两根冰柱负载不了自己的重量，跌落下来。就像眼保健操的配乐那样，突兀地跌落在孩子们中央。

梦总是在此刻惊醒。在他觉得马上就要找到童年时那个自己的瞬间。这操场真是荒凉，每一个闭着眼睛的孩子被种植于此，站在高处往下看，会错觉他们终将成为一片秀丽的森林。但是这永远不会发生，他们在音乐声结束以后就会被一阵自己的行走带起来的狂风连根拔起。他们不知道，四散雀跃的自己像是一片片被扫帚赶开的灰。这便是童年最诱人的地方，你还学不会鄙视自己。

他看着天花板上的吊灯，允许自己的四肢再凝固一会儿。有电话打进来了，答录机善解人意地开始工作。"喂？你是不是还没有值完夜班……"来电者是——医药代表，"今天晚上你无论如何要回个电话给我，我们得商量臻臻上小学的事情了。"安静了一下，那声音又知根知底地响起来，"我知道，你觉得那是明年的事情，现在还早。我告诉你，不早了，我们得从现在开始准备，我问了很多人……"

他真舍不得让陈至臻去学校。因为孩子们都是在那里学会自相残杀的。

这些日子里，护士们突然之间不约而同地喜欢上了一首歌，这种情况以前也发生过，一夜之间，同样的旋律在这群姑娘口中此起彼伏着，他就在这种不约而同中听熟了这首歌的前奏、副歌，以及歌词的不同段落。往往，在这种时候，他会暂时忘记这些姑娘平日里的无知和挑逗，忘记她们在聚餐时三三两两霸占着麦克风的聒噪和轻薄。这么容易就可以和一群人喜欢上一样的歌——这些姑娘空洞的内心也恐惧着寂寞。

那首歌很怪，名叫《过路人》。歌手更是个他从未听过的名字。

想起你，海浪的声音就在回荡；
吻我吧，别在乎那个过路人的眼光。
过路人，你为什么不走远，
难道说，看见一对恋人让你黯然神伤。
……

不知是哪个，又在轻轻哼着这调子，从敞开的窗子里传进来。有人敲门，还没等他应答，门就自己开了。一个刚刚毕业没多久的护士愉快地站在门口："早，陈副主任。"

"别乱讲。"他尽力想做出一副紧张的表情，但还是微笑了。

"不算是乱讲了。现在这根本不是什么秘密了嘛。"走廊上另一个护士急急地凑了进来，也许，刚刚唱歌的人就是她，"陈大夫，我们说好了，再过三个月，假如苏副主任早上退休，那你晚上就得请客。"

"说不定我职称考试会考砸呢。"他不动声色地笑。

"怎么可能?"天杨的声音浮现在这些喜气洋洋的小女孩身后,听上去比他自己还要胸有成竹。

"听说了吗——不好了……"另一个声音奔跑着雀跃而至,"泌尿科的袁大夫被患者家属捅了一刀,说是因为治疗出了点什么问题,刚刚,就在医学院的西门口……"

"死了没啊死了没啊?"走廊上这些女孩子像是一群突然学会了尖厉鸣叫的粉蝶,单听那声音里的兴奋,也不确定是否在盼着那人死。

"缝十几针的事情而已,死是死不了的,不然警察也不会现在才来。那患者脑子也进水了,当初知道了自己得的是癌症就拿了块砖砸烂了袁大夫办公室的玻璃……真是有什么样的患者就有什么样的家人。一家疯子。"

"才没疯呢,清醒得很,不就是想要挟医院,不就是想抓住医院的短处要钱嘛。"

"想要钱的话应该拿着刀跑到院长办公室里去捅自己两下,把医生捅了还要什么钱,等着坐牢就对了。"

"不一定坐牢哦,要是伤得不重,袁大夫说不定不会告他们,医院也不想惹这种麻烦的。"

"凭什么不告,哎,凭什么觉得自己得了病就一定得被治好啊,就因为他付了钱?你去和老天爷谈价钱啊,去死吧这些……杂种崽子。"

"死全家。"

女人们通常不看球赛,但是此情此景,确实让他联想起什么球迷俱乐部的聚会来。她们兴奋地夸张着自己的愤懑和诅咒,像男人们常做的那样,非常荣幸和开心地成为正义的恶人。天杨在这个时候淡然地对她们说："好了，都散了，别在走廊里堵着，现在都到值班室去，五分钟以后开周会。"

她总是这样，恰到好处地出现在他对眼前的世界厌倦的时刻。他受够了人们的野蛮，他也受够了自己不那么野蛮。"野蛮"总是连绵不断地横亘在他们眼前，但她为何总是可以做到如此平静地视而不见？

人群散尽，她走进来，把一罐新的咖啡放在他桌上，盯着桌上那罐旧的犹豫了一下，仰起脸对他笑笑，还是把新的打开了，给自己泡了一杯。

热水浇在咖啡上的声音，翻滚出了轻俏的花边。她说："那个袁大夫，是我高中同学。"

他说："哦，是么。"

她继续说："我们当初考上的是同一个医学院，他念临床，我念护理。然后就一起坐火车去大学报到。那时候，我跟高中时候的男朋友分了手，我以为，我要去上大学了，不管怎么样他都还是会来送我一下，结果他没有。"她轻轻地笑，"火车开了以后我一直在哭，袁大夫他就坐在我对面，紧张得不敢看我，只好一直装作没事的样子，看窗外，后来他跟我说，他一直觉得他左边的脖子比较容易落枕都是那天之后的事情——实在是扭着脸看了太久的景色了。"

他也笑了笑。虽然也觉得这样笑并不那么合适，可是想不到有什么是更合适的。

她拿起了咖啡杯："我去开会了。"

他说："好。"

公平地说，他倒是相信，有些患者或者患者的家人，疯狂地想要清算医生的时候，在背后推着他们的，是恐惧。当然了，除了婴儿，没有什么人的恐惧是纯洁无瑕的，恐惧里面，若是掺进来一点对赔偿金的渴望，若是掺进来一点莫名坚定的怨恨，便所向披靡。是，上苍无道，天地不仁，所以有人可以活着，有人必须得死。这个不必再去追究了。但是医生原本是群不值得信任的陌生人，你不得已只能依靠他们。可是这些身怀绝技的陌生人是那么傲慢，你告诉他们："这个人死了，我也活不下去。"他们用矜持的表情和满嘴你听不懂的术语，暗示着你："所以呢？"

所以他们当然就是有罪的。

对于陈宇呈医生来说，这并没什么难以理解。其实他清楚得很，比如，当那个孩子拜托他想活到六岁生日的时候，当那个母亲恳求他一定要用贵一点的药的时候，他静静地注视着他们丢给他的，孤注一掷的希望，虽然无法解释，但是他明白这种时候他心里蒸腾上来的东西是什么。

是恨。

他恨那种赤裸裸的，绝望的期盼。他恨这期盼把人们弄得丑态百出。他恨这些丑态百出的人。一边恨，一边用尽全力拯救他们。他这样的人，对"职业"这个东西，向来都怀着毋庸置疑的服从。"职业"是个巨大的香炉，如果你热爱它，只需要用诚恳乃至虔诚的态度点燃每一支香，或者说，点燃这个已成信徒的自己，让自己一点点坠落下来，落在脚下那片供自己立足的，温热的灰色雪地里。至于这香炉供奉的究竟是神还是鬼，你可以不在乎。

你们搞错对象了。他总是在心里默默地对所有的病人说。别再用羔羊一般的眼神看着我，也别再用恶鬼一般的眼神看着我了。我，我们——不过只是那些你们亲手点燃的白色蜡烛而已，可你们总是错把我们当成神父。

今天的门诊安静得有些低落，聒噪的护士姑娘们没有像惯常那样调戏实习医生。而他身边的实习医生站在书桌旁边，替他把患者的病历本按照顺序排好，在里面夹上不同的化验单或者缴费凭据。他对他说："搬把椅子坐下吧。"实习医生眼神淡漠，当作没有听见。他知道是袁大夫的事情让大家都有种物伤其类的索然。不过他倒是一如既往，礼貌地询问患者，完全不微笑。

实习医生对着门口叫了一声患者的名字："昭昭。"没有人回应。门边一个护士转身对着走廊，用更加元气十足的声音喊起来："昭昭——"她嗓音很尖厉，普通话带着点口音，"昭昭"这两个音节在她口中有点像"遭遭"，听起来是什么奇怪的鸟的鸣叫声。实习医生低下头嘟哝着："什么名字，像个 ID。"

那女孩终于出现了，坐在他对面。看上去真像个男孩子——脸庞瘦得削下去的样子，尤其像。头发短得似乎贴在头皮上，黑色 T 恤下面，却穿着条松松垮垮、滚满了花边的牛仔布裙。"我五年前来过这儿，陈大夫。"她一边说话，手指一边抚弄着耳垂边缘上那个闪烁的米粒一般的耳钉。

他看了她一眼，继续低头看她的病历。她此刻的体温是39.5℃，怪不得面颊上的鲜艳很不自然。"陈大夫，你不记得我了吗？"她讲话听上去像一个很会唱歌，还没来得及变声的小男孩，"那时候，我小学还没毕业，是你把我从永宣带到这儿来的呀。你和我爸爸说我应该来龙城治……"

他是用眼神打断她的。等她彻底安静了以后，他才开始说话："我每年都会去永宣，每年都从永宣带几个病人过来治疗，有时候

155

一年还不止去一次,所以你把你当年的病历,还有记录拿来给我看看,我也许就想起你了。"

她灼热地看了他半晌,用力咬了咬右手大拇指的指甲。他觉得她似乎是暗自翘了一下嘴角,她说: "那些过去的资料都在永宣的家里,现在我回不去。"

"今天先去作个化验,病历的话,让你家人晚点拿来也可以。"他从白衣的领口拿下了圆珠笔。

她猛然站了起来。木头椅子在她身后地板上酸楚地拖拉了几下。实习医生不可思议地看着这女孩,也许,让他感觉突兀的,是随着她起身,那半截突然出现在他视线内的裙子。她倒退了两步,然后似乎突然醒悟了自己是可以转身的。于是她转了身,把脸轻轻地偏向他书桌的方向,像是在担心,他的目光和自己的背影相撞之后的交通事故。她说: "陈大夫,我拿不到以前的病历,我已经没有家了,所以才来找你的。"然后她像是绊了一跤那样摔在地上,背包砸在门框上一声碎裂的声响——也不知里面装了什么玻璃制的东西。牛仔布裙以一个尴尬的、未曾被设计过的方式乱七八糟地堆在她身体的一侧,她的左腿因此修长地袒露无遗。如果这不是在医院,怕是人人都会以为这女孩是刚从夜店出来,她闭着眼睛的样子有种说不出的酣畅,像是宿醉。

实习医生和两个护士即刻冲了上去,他也跟着冲过去,蹲下来听她的心脏和脉搏: "有房颤。"他仰起脸命令周围的人, "推去急救室,先除颤,然后输液降温,化验血相。快。"走廊上其他候诊的人是不肯错过这样的戏码的,他们早就像杂草那样窸窸窣窣地围了上来。他只能无视他们,并且让自己的语气更短促些,让自己的命令更锋利些,幻想此刻的自己是把冷静、正确,并且闪着光的铡刀，这样，天地间就重归寂静了。

他其实记得她，一直都记得。不过，没必要让她知道这个。

被确诊为慢性再生障碍性贫血的时候，她是个小学快毕业的小姑娘——情况不算凶险，却也棘手。但是因为这是在永宣，所以她周遭的气氛相对淡然。大人们按照一切女孩子的样子打扮她，给她梳了两条辫子。她住院的时候，在病房里，总是咬着嘴唇把那两条辫子胡乱地盘在耳朵上方，像是《封神演义》里面，姜子牙身边的童子。她看人的眼神总是直直的，似乎因着这种更为用力的聚焦，慢慢就泛上来了一股热度。她不爱说话，不擅长准确地描述她身体的感觉，有时候，问她疼还是不疼，得到的回答会是："好像有点疼，但是也不疼。"

多年来，每个病房总有那么一个"明星病人"，俗话会称他们为模范的斗士。他们忍耐痛苦的时候也保持着微笑，他们垂危之际也不忘了鼓励身边的人，他们是病人之中的精神领袖，他们最受所有医生护士的喜欢，他们出院的时候病房里欢乐得像是一个节日——因为每个病人都有种错觉：如果我像他一样乐观一样坚强一样讨人喜欢，我也能活下去；他们离世的时候总是得到最多的眼泪，那些哭泣的人不知道自己正在揭示一个非常残忍的逻辑：正因为死者乐观，坚强，讨人喜欢，所以他的生命自然比别人的更珍贵。

他从不参与这样的演出。绝不。他鄙视那些毫不犹豫地成为"明星病人"的拥趸的同行。对所有病人而言，这世界已经足够不公平，何必再在这种"不公平"里铸造出等级？所以，他对那个名叫昭昭的孩子印象深刻。治疗时候的种种痛苦她都在忍耐，她羞于让人们看见她在被恐惧折磨，她不哭，不吵，可也绝对不是个讨人喜欢的病人——当别的孩子的父母把她作为榜样鼓励自己的孩子时，她的表情让他明白了，她羞于被人们称赞为"坚强"或者"勇敢"，她以此为耻。才十二岁，只能相信这种秉性是天生的。

他不知道她的性格是否遗传自她那个土匪一般的父亲。在一个夜晚，那个父亲找到了他住的招待所的房间，厚厚的两摞钱丢在茶几上，故意弄出沉闷的声响："陈大夫，不要嫌少。我就这一个女儿。拜托您，带昭昭去龙城，好好照顾她。她这次要是能平安，您放心，绝不会亏待您。"他简直要被这地头蛇逗笑了——他还不如再幽默一点，直接说："这两摞是订金，事成之后，一定补齐全款。"他把钱慢慢地放进了自己的箱子，说："我不敢保证一定能治好她，但是就算治好了，也不会再多要任何东西，没有这个道理。"地头蛇强作豪迈道："陈大夫真是医者仁心。"

豪迈的父亲不知道，他的女儿常常一个人坐在窗帘后面，若是你突然走进病房，会惊觉原本行云流水的窗帘无缘由地鼓出来一个肿块。那孩子把自己的皮肤粘在窗子上，像是以为玻璃是可以被体温融化的。他走进去，把窗帘拉到一边，女孩子在他的视线里无所遁形。——他后来也想过，这究竟跟那两摞钱有关系没有，他觉得没有。

是的，没有。因为那一天，当他把窗帘扯到一边，他发现女孩把窗子打开了。她身体的一侧依靠着窗帘的瀑布，另一侧，紧紧贴着五层楼的悬崖边，薄如蝉翼的清新空气。她终于想通了，不再用自己的体温温暖玻璃，不再希求靠这样的热传递来证明自己的渴望是合理的。她似乎很羞涩，只是看着他，不说话。

"我知道你想干什么。"他把手伸给她，"现在，下来。"

她的脸颊轻轻地收缩了一下，让她的表情看上去更显得伶仃。

她似乎是用两侧的牙齿咬了一下舌头两旁，口腔内壁的肌肉。

"我没有想干什么。"她说，然后她终于补充了一句，"我不敢。"

"你这么想一点错都没有，可是不行。"他完全没有把她当成是孩子。

"为什么？"她垂下眼睑，"我又没真的想做——我就是，想想。"

"可以想，但是，不能行动，比如打开窗户这种事，就不要做，记得提醒自己，想想就好了。一点点举动都不要有。"他专注地看着她，"等你熬过了这段日子，你想起来也会笑话自己。因为怕死，所以想死，这逻辑说不通，你说对不对？"

她认真地盯着他的眼睛。似乎是被冒犯了。她没有准备好，他居然这么轻松地说出来她本来想方设法回避的字，死。其实，这段重重躲闪的对话本来是他先开的头，是他先使用了一种心照不宣的指代方式。现在，他突然宣布，游戏规则改变了。

"我不是因为怕死所以想死。"她语调很恼火，"我就是不想再等了。我想快点知道后来会怎么样。"她笨拙又强硬地解释着。然后，她看了一眼他伸给她的手，将她的整只手覆盖了上来，却只是轻轻抓住了他右手的食指。

他微笑道："等我知道了后来会怎么样，我告诉你。"

她不服气地瞪着他的脸："神气什么嘛，医生有什么了不起，你总有一天也会死。"

"那当然，谁都会死。"他抻着她的手臂，但那其实是不必要的，她轻巧地跃下来，让蓝白条纹的病号服顷刻间有了种莫名的灵秀。

"说不定你死得比我还早。"她脸上终于有了一个孩童该有的气急败坏。

"我死得比你还早，谁给你治病？"

"别得意太早了。"她不知道自己的语气就像一个动画片里的反派角色，"比比看好了，等我们都死了，到天上去，活得短的那个人请吃饭。"

后来，经过了一段时间的治疗，病情得到了控制，她自然是没有死。出院的时候，护士们都来恭喜她，但是她板着小脸，一个人轻手轻脚地去敲他办公室的门。她伤心地看着他，委屈地说："他们告诉我，你给我吃的药，会把我变成一个男孩子。"

"胡说八道。谁跟你说的？"他无可奈何地冷笑。

"我才不要变成男孩子呢，站着撒尿难看死了！"她眼睛里有了泪光。

"那只不过是雄激素，是为了治你的病，没有办法，用药的过程中，是有可能声音变粗，有可能毛孔增大，但是不会让你站着撒尿的。所有副作用只要停药了就会消失。"

"什么时候才能停药呢？"她嘟哝着。

"说不好，有的病人会对雄激素有依赖，停了药就会复发，所以只好一直吃。能把你变成男孩子的药不存在，你最多就是月经会不正常而已。但是你可以活下来。"

"什么是月经？"她很困惑。

"算了，你可以问你妈妈。"他耐心地叹气。

"我没有妈妈。"她不满地摇摇头，转身打算离开的时候，突然又回头看了他一眼，"你刚才的意思是说，假设我必须一直不停地吃那个药的话，我会长得有点像个男孩子，但是我还是女孩子的，对不对？"

"没错。"他笑了。

"那等我长大一点，再回来的时候，要是我真的会变得像个男孩子一样，你会认得我吧？"她也对着他笑，非常不好意思。

"会。"他打开了面前另一个病人的病历记录，"出去的时候帮我关上门。"

她把一直攥成拳头的左手摊开来，手心里有只用一张病历本上撕下来的纸叠成的鸟。鸟的翅膀上，她歪歪扭扭地写着："接头暗号"。

"这只鸟看上去有病。"他说。

"这不是鸟，是纸鹤！"她仔细地把它放在他桌上，"我叠了两只，你一只，我一只，要是以后你认不出我了，拿出来这个，就对上了。"然后她像是做了什么恶作剧那样，急匆匆地跑掉了。

那只"纸鹤"在桌子上放了两天，有天早上，他不小心碰翻了笔筒，几只散落出来的圆珠笔把它划到了地上，他懒得再起身绕到桌子前面捡起它了，于是他对正好来他办公室拿病历的实习医生说："麻烦你，帮我把地上那只鸟扔掉。"

他也想象过，等昭昭长大了以后，是不是也会变成那种令他恐惧的女人。那段时间，他和医药代表相处得无比艰难，也许坦白承认自己的婚姻一败涂地，并不是那么丢脸的。他认为自己没有做错任何事，客观地说，她似乎也没做错过什么。两个洁白无瑕的人撞到了一起，却发现对方的那片洁白无瑕和自己的亮度不同，这"不同"硬是把两片洁白无瑕映衬成了两片赤裸裸的脏。他日益刻薄，她越来越怨毒。渐渐地，他认为自己修炼出了一点成绩，比方说，在她声泪俱下地抱怨他，并且深深沉浸在这种怨气逼人的快感中的时候，他做得到集中精神，想一些和眼前情境完全无关的事情。一时间，他不知道她正在一遍又一遍，以一种逐渐加重的腔调说："你在乎过我在想什么吗？你在乎过吗？……"

就在此时，他突然想到了行李箱夹层忘记打开。他猛然站起身拉开了壁橱，她在他身后目瞪口呆地看着，然后她说："你走啊，你等着我求你留下么，你吓唬谁啊？……"拉链的声音耀武扬威，他把昭昭的父亲给他的两个信封轻描淡写地丢在桌上，淡淡地说："我没数是多少，明天你拿去存银行。"

室内寂静了片刻，然后她爆出来一阵忍无可忍的哭泣："陈宇呈，你是不是冷血动物？你到底有没有心啊——"

他站起身出去，把她和她的声音一起关在了客厅里面。他们的喧嚣并没有吵醒陈至臻。在四面都是护栏的小床里，她像个君王那样心安理得地熟睡着。两只小小的拳头对称地摆在耳朵旁边。

他认为她应该是在做梦，但是他没有证据。

你是世界上唯一纯洁善良的女人，亲爱的陈至臻小姐。

黄昏快要结束了，可是十七岁的昭昭仍然没有醒来。他并不急，反正今天轮到他夜班；反正他确信，那个土豪父亲很快就会出现的。

可是眼前的这个年轻男人却让他意外——就好像是看到一个演员上错了舞台。他不那么像龙城人，哪里不像却又说不好，也许是他身上那种远行的气息。

他身材中等，很瘦，有对让人过目不忘的眼睛。

他说："陈大夫，您好，我是昭昭的老师，我姓郑。"

第
七
章

大
妈

　　如果不在房间，那应该在姐姐店里。

　　姐姐瞪大了眼睛看着我，大清早的，她居然已经把眼线画得这么一丝不苟。"你神经啊……"她说，"我中午才开门，你觉得他现在会来做什么？难道帮忙打扫……"我愣了一下，转身的同时觉得有点不妥，我是不是该跟姐姐说点什么，不过算了吧，既然我已经转过了身，无论如何找不到理由再转回去，我的身体仿佛是被一种僵硬的力量不甚熟练地控制着，似乎当"转头说几句不相干的话"这个念头稍微浮上来的瞬间，胃里就泛上来一股似是而非的恶心，就像晕车没那么严重的时刻。我只好由着自己飞奔出门，姐姐对着我的后背追加了一句："而且昨天晚上我也睡在家里啊，你要是没看见他，我怎么可能看见他呢……"

如果不在房间，不在姐姐店里，那应该在学校。

学校紧闭的大门不动声色地嘲笑了我。我显然忽略了一个小问题，现在是暑假。

如果不在房间，不在姐姐店里，不在学校，那应该在小叔家里。

小叔去外地一个什么重点中学开教师研讨会了——据说那个城市今年夏天持续高温，几近四十摄氏度，所以小叔作为代表出席会议，其余的老师没有任何意见。陈嬷对我说："南音，你进来坐。"我摇摇头，理智提醒自己不要在此刻倒退两步。陈嬷说："西决没来啊，他上一次来我们这里是去年秋天吧……你打他手机试试看嘛。"我看了她一眼，我想说我已经打过无数次了，是关机的状态。但她在我开口之前就开始叹气："明白了，一定是没人接。"北北在一旁无邪地对我表示欢迎，用力咬着她的绒布小海豚，两只新长出来的门牙孤独地露在小小的下巴上面。

如果不在房间，不在姐姐店里，不在学校，不在小叔家里——昭昭说过，暑假一开始就要回永宣去的，那么哥哥也不可能跟昭昭在一起了，他会——我突然发现一件事，哥哥没有朋友。因为我问自己，会不会他在什么朋友那里，可是谁是他的朋友呢？每个人都觉得他是个不错的人，不少人都觉得他值得信任，我无论如何也想象不出来，这世界上如果有人讨厌他是为了什么原因。但是我从来没有什么——朋友到家里来找他的记忆。他没有的。至少没有可以一起通宵玩牌，打游戏，看球赛，喝啤酒，然后天快亮的时候胡乱睡在人家客厅沙发上的——那种朋友。

现在只剩下了最后一个可能的地方。我站在小叔家的楼下，慢吞吞地在手机上按出几个字：姐，问你件事，江薏姐这几天是不是回来了……手指一颤，本来该选择的问号变成了感叹号。随即我又把这句话全体删掉了。不远处一辆公车缓缓靠近我，我知道，只要我跳上去，坐两站地，再换另一条线的公车，走两到三站地，就是江蕙姐的家，或者说，江蕙姐以前在龙城的家。

直到现在我才惊觉，为了找到哥哥，整个上午，我已经在龙城的西边、东边和北边画出来一个粗糙的三角形，现在，我在南边。我来过这里一次，只是一次而已。其实一般情况下，我是个路痴，但这里，我记得怎么走。

还得回到去年那个倒霉的夏天。在江蕙姐离开之后，哥哥去震区之前，姐姐说出来那个秘密的当晚。真不想再回忆那天的事情，我不得已只好冲进那间酒吧的男厕所。因为哥哥离开位子太久了，久得让我胆战心惊。所以我只好握着拳头在四周男生们诧异的目光里乘风破浪，找到那个正确的白瓷马桶——哥哥像它的老朋友那样倚靠着它，任由自己穿牛仔裤的双腿大方地蹭着地板上可疑的水迹——就让我相信那些只不过是水迹而已吧，我实在没勇气把它们揣测成别的东西了。他一边尽情地呕吐，一边把裤子当成拖把，清除着自己在瓷砖地上弄出来的脏污的鞋印。

"哥……"我手足无措，只好蹲下来，紧紧地从他身后抱住他——因为我没醉，我不能允许自己也坐到那个地面上。"你怎么样了？"我没法控制自己，往下看了一眼，他吐出来的东西全是伏特加混了琴酒的颜色，看上去……别再看了！我崩溃地命令自己。手上一阵温热，我知道，他吐在了那上面。

我当时第一个反应是把手缩了回去，像被烫到那样。人们都说，你要是特别爱一个人，就不会嫌弃他脏——那是谎话，千万别信。只不过，我只犹豫了一下，就还是重新抱紧了他。我可怜的哥哥，他一直都是那么干净的，整洁，清醒，一丝不苟，所有的人都乱了阵脚的时候他也会游刃有余，从来不会允许自己狼狈不堪，乱七八糟——到底还是让我看见了今天啊。他喉咙里在干呕，就好像吞下了滚烫的煤块。其实他知道的，无论怎样，不管他是不是我们家的孩子，不管那个姐姐嘴里的见鬼的故事是不是真的，他都不可能失去我——但就算是这样，他也依然觉得自己像个孤魂野鬼。这才是我最难过的事情。

"美女，放过他吧。"我身后站着一个戴着一只硕大的银色耳环，留长发的男人，一边胡乱地把水龙头里的水拍在脸上，一边凝视着镜子里自己的醉眼，"你就算是追到男厕所也没用。他都已经醉成这样了，硬不起来的，你可怜可怜他……"不知何时他已经弯下腰，凑了过来，我学着印象里姐姐的样子，狠狠地对他说："滚远点。"我的声音听起来那么丢人，好在灵光乍现，我猝不及防地把染着颜色、散发着刺鼻酸味的拳头伸到他脸前。那人哈哈大笑着离开，我突然哭了。我意识到了在这种地方，一个紧紧捏着拳头的人是多么愚蠢和笨拙。夜生活的原则也许就是如此，你可以破口大骂任何你不认识的人，因为你讨厌他牛仔裤的颜色；你可以跟随便什么人在灯光昏暗处深深地接吻——一旦酒醒了你就会和他永别，因为你不再记得爱情曾经凄楚地来临过；你也可以微笑着，狂笑着，冷笑着欣赏那些玻璃瓶、玻璃杯、玻璃烟灰缸碎成一簇又一簇的花……但你就是不该握紧你的拳头，那是不合时宜的。

"咱们走了。"我知道他完全听不见我在说什么，我看得见自己滴下来的泪在灯光里扯成了一丝闪着光的线，"你看人家都在笑话我们，咱们走嘛，哥哥，你听话……"

我和一股从背后吹过来的夜风一起，合力把哥哥推到了出租车的后座上，然后我也坐进去，这一次，换他的脑袋紧紧贴着我的肩膀。去哪里呢？这个样子说什么也不能回家的。不如去姐姐家里好了，我赌气地想，让她也看看她都做了什么。哥哥突然间莫名地清醒了一下，对司机清晰地报出了一个我听都没听过的地址，然后又立刻陷入昏睡，简直就像回光返照——呸，这么晦气，郑南音，你要死哦。

　　我总是会在需要的时候，碰到好心人。比如，这个出租车司机看我可怜，就帮着我一起把哥哥拖上了楼。"几楼呢？"他问我。可是这正好也是我想问的问题。这个时候哥哥的手上突然颤巍巍地摇晃着一把钥匙，就像是个笨孩子在努力玩一项完全不擅长的游戏。我抓过来一看，钥匙上刻着门牌号。我感觉自己就像《一千零一夜》里的人，带着陌生人装作胸有成竹，其实毫无把握地去闯未知的山洞，载我们到这儿的出租车兀自停在一棵美丽的杨树下面，车灯一闪一闪，是温柔的骆驼。

　　打开门，我就知道了这是谁的家。我只是惊讶，哥哥居然一直没有把钥匙还给她。

　　他立刻就把自己扔在了地板上，也不知道疼。只好随他去了，我叹口气，关上那扇敞开得肆无忌惮，也像是喝多了酒的门。门锁那一声轻轻的声音还是提醒了他什么。他的声音从我背后传过来："小薏？是你吗？不可能的吧？"

　　在彻底入睡之前，他轻轻地深呼吸了一下，似乎是想要微笑了，他重复道："不可能的吧——"就像是在咏叹着什么。

　　不可能的吧？可能吗？江薏姐真的回来了吗？重点是，她真的可以对哥哥这样招之即来挥之即去吗？还有更重的重点，门后面，真的会是哥哥和江薏姐一起出现吗？我用力地深呼吸，似乎是要把眼前那道陈旧暗淡的楼梯吸进我的肺里——它在我灼热的注视下，已经在微妙地轻轻颤抖，轮廓都乱了。

门开了，那个开门的人令我觉得措手不及，我不知道该使用什么样的表情。

昭昭看了我半晌。然后侧了一下身子，把我让了进去。

"我哥哥在哪儿？"我决定单刀直入。

"他回家了。"昭昭淡淡地蜷缩在沙发上，裸露着修长的小麦色的双腿。地板上居然扔着一条牛仔布的半身裙——真没法想象她穿裙子会是什么样。

"他没回去。他昨晚就没回去。"

"昨晚郑老师和我都在医院里面，然后天亮了。"她的逻辑重音加得很奇怪，似乎"天亮了"是件了不得的大事情，"他就把我送回来这边，接着就回家去了。刚刚走，你们错过了。"

"医院——他怎么了？"我脱口而出，但是看着她的表情，我立刻就意识到了一件事，慢慢地问，"你怎么了，昭昭？"

"没什么，不过是老毛病。"她说这句话的语气活似一个老人，"我的身体不大会自己造新鲜的血液，现在的血都用旧了，流来流去都是那些脏的血，所以得吃药。"——她像是开玩笑那样，说自己身体里"流来流去都是脏的血"，那一瞬间她淡漠的神色中浮上来了一点点鲜明的情感，是对自己的厌弃。

这间房间空荡荡的，所有的架子都是空的，没有摆设，没有装饰，只有一只壳子上落着灰尘，并且时间不对的小闹钟——江蘙姐离开之前曾经处理掉了大部分东西，姐姐还来帮过忙。昭昭对面的电视机原本像个旧式新娘那样，从上到下覆盖着一层布，现在被掀起一半，我捡起身边的遥控器打开它，财经频道几个面目可憎的人在解说股票走向，我想要换一个频道，却发现不管多用力，遥控器的按键都像是死了那般，似乎电视机打定了主意，要死死抱着那几个财经评论员不放。

昭昭终于微笑了："我早试过，遥控器该换电池了。"然后她从我手里拿走固执的遥控器，以一种熟练的姿态，倒过来，冲着沙发扶手那个凸起的硬角用力地砸过去——她满不在乎的表情和手上毫不犹豫的力度，令我不由自主地把那倒霉的遥控器想象成一个活人的太阳穴。"你看，现在好了。"她轻松地对准了电视机，不同的频道欺软怕硬地轮流出现了，她笑笑，似乎是在炫耀她的灵巧。

暴力终于也失效了，遥控器再一次地不肯合作，这一次电视屏幕停顿在了一个音乐节目上，昭昭气急败坏地按照刚才的办法，接连砸了十几下，弄出来的噪声令我开始没法掩饰自己脸上流露的厌恶，遥控器像是铁了心地不再怕死，一小块塑料片从它身体上飞翔着剥离出去，没有电的电池也随着一起轻盈地降落在地板上，真正的粉身碎骨。昭昭颓然地往后一靠，闭上了眼睛。

一句不可思议的话从我嘴里冲了出来："我告诉你个秘密算了，我哥哥——他为什么要去灾区那边教书你知道吗？你知道他为什么……那时候，那时候他知道了一件事……"郑南音，我在用一种鄙视的口吻询问自己：你知道你在干什么吗？不管你知不知道这都很幼稚很低级你明白……好吧这句话我在心里重复过很多次了，所以，我迟早会对她说的。

但是她甚至眼皮都没抬一下，安宁地说："我知道。郑老师跟我说过的。那是他的秘密吧，你干吗这么随便就跟别人讲？"

我很恼火。我必须告诫自己要保持冷静。现在我们不得已，只能听这档音乐节目播放的歌了。屏幕上，那个女歌手的眼神里有种说不出的空洞：

> 我只想让他抱紧我，带着我飞翔；
> 我只想从天上掉下来，掉进深深的海洋。
> 过路人，你是否了解眷恋的另一个名字叫绝望。
> 哀伤的过路人，你是不是我死去亲人的灵魂，
> 贫穷的过路人，你潦倒的衣襟上有颗纽扣在摇晃，
> 就像地平线上，苍白的太阳。

昭昭突然慢慢地说："南音姐，你说人生，为什么那么长呢？"

她的问题在我耳边毫无意义地划了过去，我看着她，终于下定了决心问出来我想问的问题："你昨晚，一整晚，都跟我哥哥在一起吗？"

她笑容里有一丝讽刺："医院里的人跟我说，我昨天昏倒了，等我醒来时，已经是早晨，我也是睁开眼睛才看到郑老师。本来，他是打算带着我去医院拿药的——我上一次开的药都吃完了，可我没等他，我自己跑到医院去了，没想到不争气，真的昏倒在医院里面，就这样。"

"你从什么时候起，住在这儿的？你假期不是要回永宣去吗？"我其实想问，哥哥为什么从来没告诉过我你还在龙城呢——可是，这个问题问她也是没有意义的。

"郑老师说这个地方是他一个朋友的家，我可以暂时住在这儿，他那个朋友也同意的。"她把膝盖蜷缩起来，托住了腮。

"才不是什么朋友呢，是哥哥以前的女朋友，你知道吗？"我盯住了她的眼睛。

"哦。"她看似无动于衷。然后她看着我，嫣然一笑："我没

地方去了。我家里的房子被封了，在龙城的房子也被封了，我也不懂为什么，他们说这些也都算是需要调查的不明资产。那些亲戚，我也知道他们不想看见我，我还不想看见他们呢。郑老师就把我带到这儿来了。"

"你到底，需不需要住院啊？"其实我心里掠过了一点歉意，居然这么久才想到问这个。

她点点头："不过医生就会吓唬人，其实我觉得也没什么大不了的，继续吃药就好。那些医生只会骗你住院。"

"既然医生都说了，那你就去住嘛。"

"你怎么那么笨。"昭昭叹着气，"都跟你说了钱全被冻结起来了。我现在唯一能用的一张卡，就是平时在学校里的那张，现在里面的钱只够我吃几个月的饭，我都不知道下个学期要怎么办，那个时候我想去打工，你们都拦着我，现在好了吧？"她耍赖一样地嘟起嘴巴，好像这是一件撒一下娇就能过去的事情。

"那么……"我倒抽一口冷气，"我能为你做什么呢？我看……我恐怕只能多请你吃几顿饭。就这么定了吧，下个星期起我就要去上班了，虽然只是实习而已，不过我上班的地方离这儿很近的，我每天过来请你吃饭，好不好？"

"那不好吧。"昭昭还在故作矜持，"放暑假了，只要你老公一回龙城，你哪里还会记得我。我这人很有自知之明的。"

我深深地看着她的眼睛，摇摇头，笑道："不会的。"我是不是希望她能从我的注视里面读出来一些疼痛呢，我说不好。我只是才意识到而已，我折腾了一上午，坚持不懈地想要找到哥哥，却早已忘记了我为什么一定要找到他。现在好了，我终于想了起来。伴随着心里面像道光芒那样疾速划过来的一刀刺痛，想了起来。我

171

已经不怎么想和任何人聊昨晚那件事情了，我甚至不想和苏远智本人聊，我知道那或许并不能说明什么，最重要的是，无论苏远智有没有真的和端木芳发生什么，那道疼痛的感觉都会永远在那里，永远从里面照亮我——这个怀疑的，妒忌的，躲在暗处偷窥别人隐私的自己。

我讨厌这样的自己。但我终于明白了，这样的自己就是我未来的人生——因为我想要抓住那个男人不让他被别人抢走，因为我想要人们俗称的那种"永远"。

我就像小时候相信红领巾是神圣的那样，相信爱情应该是永远的。

但是现在，这种"相信"的后果，就是漫长的，猥琐的，我自己也不想要的人生。

"南音姐，我们俩，算不算是朋友？"昭昭的手掌用力地托着脸颊，故意把自己的眼睛挤成往上翘的形状，像只小狐狸。

"当然算。"我非常严肃地点头，尽管我心里觉得，严格地说我们算不上是朋友的，可是从小时候我就是如此，每当遇上类似誓言般的气氛时，我总是不假思索地选择配合。

"那你答应我一件事好不好？"昭昭的手突然用力地按在了我的肩膀上，"我跟郑老师说，医生要看完我之前的病历，过段时间，才能正式通知我要不要住院。当然啦，过段时间，我再告诉他我只要吃药就好了，你帮我保密，好不好？"

"可是昭昭——"

"你说了，我们是朋友的。"她打断我。

"万一吃药也好不了呢？你现在需要有大人帮你，我哥哥是唯一一个能帮你的大人了……"

她又一次轻松地打断了我："就因为是这样，所以我才不想让他知道。万一郑老师真的很努力了，也帮不了我，怎么办？"

　　我懂她的意思，她表达得或许不够准确，她其实是想说，她不愿意因为自己的存在，让身边的人体会什么叫"无能为力"。

　　"昭昭。"我费力地问，"你的病，到底严重到什么程度？"

　　她的左手绕到脖颈后面，抓乱了耳朵旁边的头发："有的人，一直吃药，从不复发，和所有人一样活很久；有的人，时不时复发，隔几年去次医院，担惊受怕地活很久；还有的人，复发的时候会突然从慢性病转成急性的，那就……"她淘气地笑笑，"差不多该挂了。不过，我不相信我自己真的那么倒霉的。"

　　"我也不信。"我脑子里掠过的是年初电视里永宣爆炸案的新闻，还有小饭馆里那个悲怆的陌生人，当然还有想象中，她那个传奇一般关在高墙里的爸爸，"你都经历过这么多坏事情了，好事一定会在后面跟着的。"

　　后来我才知道，我说了一句多么愚蠢的话。但是在那个明媚的夏日的上午，我只是浑然不觉地和她一起肩并肩地从阳台上往下看——我们俩一时兴起想要比试一下胆量，看谁敢把身子探出去多一点——结果她赢了。她像个精灵那样，随意地把自己的躯体变成一个曼妙的跷跷板，几近水平地，一半悬在空中，在我的尖叫声中展示什么叫"艺高人胆大"。她的头发散乱地垂下来，遮住了眼睛，她的手臂像做俯卧撑那样用力地支撑着自己，那肩膀看上去真美。但是她望着地面说："楼下那个摊子卖的西瓜，一点都不好吃。"

　　"我有办法。"我在一边自豪地宣布，"你不会把那种不怎么甜的西瓜切成小块，然后拌上香草冰激凌吗？"

　　于是我们雀跃着奔到楼下去，去买西瓜，以及香草冰激凌。那个瞬间里，我真心觉得，我们都是幸福的。

我是在办公室里接到苏远智的电话的。没错，就是办公室。实习开始之前，妈妈硬拖着我去买了套装和那种黑色尖头的高跟鞋，我全副武装地出现在公司里的时候，觉得自己像个白痴——因为几乎每个人都穿着球鞋和牛仔裤，但是我这个主要负责复印传真的小妹却穿着七厘米高的鞋子在办公室之间一瘸一拐地奔跑。一个星期之后，我发现大家都很喜欢我——我一向都相信一件事，第一眼看见我就不喜欢我的人，多半是坏人。由此可见，我们办公室里，坏人不多。我们的主管总是说，看到我就觉得心情很好，因为当她交代我做事情的时候，非常喜欢看我很用力地点头，用力地说："好。"——她总是笑："你这孩子真有趣，我们这里又不是军队。"

我非常喜欢这样的时刻：一天开始于马上就要迟到的清早，我全速冲刺着飞奔到写字楼的底层，电梯前面人头攒动，我凑过去就成了其中的一分子。尤其是，当我被挤在电梯门边，七嘴八舌的声音像飞镖那样从背后掷过来："七层，谢谢。""帮我按一下十二层，谢谢。""十五层有人按过了吗……"我知道所有这些请求和感谢都是给我的，心里就有种微微的喜悦。因为我变成大人了。"那个妹妹，也帮我按一下九层吧——"我愉快地将我的手指放在那个"9"上面，看它发光发亮，暗暗默念着：谁是妹妹啊，别小看人了，我也有结婚证呢。只不过，有个小问题，我也恨自己为什么不能再坚强一点，为什么一定要赖床赖到快要迟到才有动力爬起来——实习生每个月有1000块的工资拿，乐观点说，每天上班、下班打两次车的话，如果不塞车，够用了。还以为暑期实习能存下来一点钱呢，唉，生活真是件不容易的事情。

下午五点，主管来到我的电脑跟前："郑小南。"——她总是叫错我的名字，"办公室的复印机突然坏了，你现在到走廊那边去，把这几份标书复印一下，绿色文件夹里的印两份，红色夹子里的印一份，黄色夹子里除了标书印三份，还有一张表格也印一份来给我。记清楚了没？"我抱起那几个看上去像是交通灯的文件夹："知道了。""不准弄错哦。"主管又加上了一句，"快点，我要给人家发传真用的，别磨蹭。"于是我习惯性地飞奔出门，自我感觉矫健地掠过走廊里一个又一个从容不迫的人。心里还在默诵着到底什么颜色的夹子里的东西印几份。

我是在飞奔回办公室的时候，才发现手机上苏远智的"未接来电"的。主管的位子上是空的，我想在她回来检查我复印的东西有没有出错之前，我应该有时间跟他说上几句话。这样很好，我可以在谈话不那么容易进行的时候，随时告诉他，主管回来了，然后把电话挂上。

"南音，公司那边有没有人欺负你？"他的声音一如既往。

"没有啦，每天都要问这个，你盼着我受人欺负吗？"我觉得，我的声音，也是一如既往的，谁知道。

"什么话，我是不放心你啊，你脑袋转得那么慢。"

一时冲动之下，我想问："你会用同样的语气、同样的措辞跟她讲话吗？"当然，冲动而已，我没有那么做。我只是笑了笑，很害怕自己一不小心就笑出来冷笑的味道。

"我是想跟你说，我可能……得晚几天回龙城。"

"哦，知道了。晚几天呢？"我甚至有点开心，他短暂的停顿后面没有接更糟糕的内容。

"你怎么了兔子？"他语气惊愕。

"什么怎么啦，你说要晚几天回来，我问你日期嘛……"

"你居然没有尖叫、耍赖，还有发脾气。太阳肯定是从四面八方出来了。"他夸张地感叹着。

"人家在办公室嘛——"对着空无一人的办公室，我居然不由自主地压低了嗓音，"主管跟同事都在啊。"——你看，跟至爱的人撒谎，原来如此简单。

"郑南音，你也有今天啊。"他笑了，"我帮一个师兄做程序，没想到那么复杂，但是再推迟一个礼拜就一定可以回家去了，乖乖地等我，好吗？"

"知道了。现在我得去做事情了，得去楼下拿人家做好的标书。"我当然没有任何标书要去拿，我只是想给双方一个挂断电话的理由。

"南音？"

"干吗？"我咬紧了下嘴唇。

"我想你。"

"我也一样。"

是的，我想你。这件事情，我没有撒谎。

一个同事走进来，诧异地说："哎，妹妹，你还没走？"我茫然地把眼睛从手机上挪开，看着他："没有。"我自己也不知道为什么，突然间那么真诚地跟他微笑着，"主管让我去做事情，她说了回来要检查我有没有弄错的。"

同事开心得像是在听相声："你刚才跑出去复印以后，她就下班走人了。妹妹，你也太可爱了吧？要不是我把手机忘在这儿回来拿，你打算等多久啊？"

那个同事总是会把手机忘在办公室里，然后再折回来拿。一年半以后的某天，他一如既往地转回办公室拿手机，那一天有不少人在加班，还有人取笑他，说他好不容易逃掉了，为了个手机再返回来，也不怕被经理撞到又派下来活儿，究竟是怕错过谁的电话。他就这样一边跟大家调笑着，一边躲避着经理下了楼，在距离写字楼不到三百米的路口，被一辆失控开上人行道的越野车撞死了。

我知道这个消息的时候，突然想起那个2009年盛夏的黄昏。他笑着对我说："妹妹，要不是我把手机忘在这儿回来拿，你打算等多久啊？"

要不是他又把手机忘在那儿回去拿，他能活多久啊？

又到了周末的晚上，大家都到齐了。小叔刚刚开会回来，跟大家不停地讲着外地的见闻。告一段落之后又仿佛觉得，应该对家里近期内的状况表示一下适度的关心。于是仰起脸，天真地看着姐姐，问："东霓，后来你又去跟那个医生见面了吗？姓什么来着……我现在的记性真是退化了……"陈嫣不动声色地用肘关节撞了一下他的胳膊。

姐姐懒洋洋地环顾着大家，眼睛在我爸爸和我妈妈之间游离了一会儿，最终还是选择了妈妈。"三婶，三叔，明天，我妈妈结婚。她要我……邀请你们。当然了，"她急忙补充道，"我就是带个话而已，你们不想去，一点问题都没有的。"

"我和你三婶的意思是……"爸爸放下了筷子，没忘记跟妈妈略略地对看一眼，"我们还是不去了，没别的意思，但是我们去的话，怎么说也还是别扭。就让你们这几个孩子去算了。""是。"妈妈极为顺手地用筷子敲了一下我的头，"这个丫头就代表我们了，西决要是有空的话，也可以跟着。孩子们替我们上红包，你妈妈看

177

到也明白的，我们的意思都到了。"

"也不知道……"小叔的视线落在那盘香酥鸡和凉拌海带丝的碟子之间，不知他在看什么，"大嫂这次找的那个人，脾气好不好？"

"那个人"是个六十多岁，瘦得皮包骨的小老头——我不是故意的，我只是实在不知道，该怎么称呼大妈的现任丈夫。大妈倒是镇定，眼光在我、哥哥、姐姐，以及雪碧身上晃了一圈，简短地说："那个最大的是我女儿，剩下的，也都是我们家的孩子。"那男人尴尬地点点头，冲我们弯腰的样子很像一只略成人形的虾精——修行得还不到家。我们几个人也一样尴尬地冲他点头，哥哥带头说了句："您好。"——鬼知道该称呼他什么，总之，使用"您"这个字是不会错的。

大妈比去年胖了一点，看上去气色就跟着匀净了起来，但是轮廓依旧有种松松的颓气，不过她很努力地涂了茶色眼影和棕红色的唇膏。并且，勇敢而毫不含糊地穿上了大红色的裙子。花饰中的满天星有意无意地扫着她胸口的肌肤——那里布满了浅浅的色斑。其实我是刚刚才发现一件事情，曾经的大妈，有让我害怕的时候，有让我觉得想躲远点的时候，有让我不可思议的时候……但是，她脸上从没有过暮气的。即便是大伯去世的时候，那种深入骨髓的哀伤也没能让她的眼睛里浮上来暮气。她一直都是个色彩明亮的女人——即便早已色衰。但是现在，它们就在那里笼罩着，她越勇敢，暮气聚集得就越深。它们拖着她，让她的嘴角下垂，让她的发际线下垂，让她的法令纹下垂，总有一天把她整个人不动声色地拖到柏油路下面去。

她拍了拍我的肩膀："南南，今天要吃好，随便一点。"——她没有招呼任何人，除了我，好在漫长的岁月中，所有的人都渐渐习惯了不跟她要求什么"礼数"。"其实今天没请什么人，"大妈补充了一句，"那一桌是他家的亲戚，另外两桌都是教友，最后一桌就是你们几个。"然后她就离开了，挽着"虾精"去招呼那两桌教友。

姐姐跟我说过，大妈和"虾精"是一起念《圣经》的时候认识的。——还是别叫人家"虾精"了吧，我们毕竟坐在人家的餐馆里，这间开在龙城市郊的小餐馆看上去险些就要湮没在周围的汽车修理厂和轮胎铺子之间，估计那些坐在一堆堆废弃轮胎上吃盒饭的工人们怎么也不会想到，我们这儿在举办喜宴。所以，或许可以称他为"虾老板"？

我希望虾老板是个真正的平庸的男人。我也希望《圣经》能够真的教会大妈一些事情，比如，真的学会忍耐平庸的男人，以及他身后的那种荒凉的生活。仔细想想，其实姐姐和大妈，真的很像。公平地说，我的爸爸妈妈之所以能幸福地生活着，恰恰因为他们都是普通人。他们丝毫不觉得脚下的大地荒芜，所以他们可以在那上面很轻易地种出缤纷的花朵。并且相信，花开就是唯一的意义。但是大妈不是那种人，姐姐也不行，在等待花开的时间里，她们就已经被这满目苍茫击垮了，即使花会如期开放也没用，她们早已不再相信任何良辰美景。不愧是母女。

那么郑南音，你自己是哪一种呢？我不知道。

姐姐百无聊赖地轻轻推了一下面前空的玻璃杯，它沿着桌布上多铺的那一层塑料薄膜滑行了一点点，像台球那样，跟雪碧面前的杯子撞了一下。挪出来的那一点点空隙，正好足够让姐姐把她的手机放在上面。她又有意无意地，朝屏幕上看了一眼。"你手机又换新的啦？"我凑过去想看仔细，雪碧在旁边笑笑，突然过来趴在我

179

的耳朵边说："上一个手机，是前几天跟小弟弟的爸爸打电话的时候被她摔裂了。"雪碧言语间那种神秘的兴奋立刻传染给了我，我也觉得开心了起来——只要想象一下那个场景，以及倒霉的方靖晖。

雪碧又补充了一句："这一个，今天说不定也会摔坏的。""发生了什么事？"我低声地问雪碧，"快点讲嘛。""陈医生说了可能会跟姑姑一起来婚礼，但是今天早上出门的时候才说有事情，赶不上了。"

姐姐的眼神冷冷地冲我们这边斜了过来，不紧不慢地说："当心我撕烂你的嘴。"我跟雪碧窃笑着对看，估计彼此都认为"你的嘴"指的是对方的，跟自己无关。不远处那两桌的教友似乎是为什么事情争执了起来，好像是主持婚礼的牧师打来电话说，要晚到一会儿。有人说："冯牧师是个好人，就是没什么时间观念。"还有人说："不然先开席算了，冯牧师来之前不要喝酒就好。"立刻有人七嘴八舌地反对道："那怎么行。"不知是谁，抬高了嗓门提议着，在牧师赶来之前，大家先唱唱歌好了，也算是恭喜新人。这个提议倒是赢得了大家的赞同。姐姐突然坐正了身子："西决到哪里去了？"哥哥的位子不知什么时候空了，就连刚刚说要去洗手间的昭昭也一直没回来。雪碧像个小妇人那样娴熟地撇撇嘴："干吗要带她一起来嘛，又不是我们家的人。"

邻桌的教友们参差不齐地站了起来。椅子拖着地面，那种声响和尘世间的所有喧嚣别无二致。他们自然而然地手挽着手，围着圆桌站成一圈。这群人的平均年龄估计是大妈那个岁数吧，歌声猝不及防地响起来的时候，那种整齐的喑哑是我从未遇到过的。

你为什么爱我，你究竟看到什么？

站在镜子面前我都想躲。

连我自己都不爱我。

你为什么爱我，你究竟看到什么？

站在你面前满是过错。

为什么不让我就这么堕落。

……

"这首歌还真的很适合婚礼唱呢。"我诧异地自言自语。"拜托！"姐姐冲我翻白眼，"这首歌里的'你'指的是基督。"它的曲调真的很简单，多听他们重复两遍，我自己也快要会唱了。

你为什么爱我，你究竟看到什么？

站在镜子面前我都想躲。

连我自己都不爱我。

你为什么爱我，你究竟看到什么？

站在你面前满是过错。

为什么不让我就这么堕落。

那个站在大妈身边的女人微微垂着头倾力歌唱的时候，没注意到她胸前那根很粗的金链子，或者是镀金的链子不知为何松开了，像条蛰伏的蜈蚣那样钩住了她领口的花边；那个男人微闭着双眼，他的酒糟鼻上的毛孔大得像痣；那个最为矮小的老太太怕是受邀的这群教友里年纪最大的，说她七十岁我也相信的，她左脚和右脚的丝袜一定不是一对，乍一看没什么问题，但是仔细看就知道深浅是不一样的；穿一身已经走了形的灰色西装的男人年轻时候应该是俊朗的，他的声音算是这群人里最令人印象深刻的，他陶醉在自己鹤立鸡群的歌声里，没注意到他谢顶的、油腻腻的脑袋上有一缕头发松散地飘到了额前，他面前那堆花生壳里，还插着半支并没有完全熄灭的烟。

等我活到这个年纪，我也会像他们这样，整个人都折旧了吗？满身陈旧的污垢让我自己都确信，自己一定是有罪孽的。否则，该如何解释那种像是寄生在指甲缝里，眼皮下面，或者牙缝之间的羞耻感呢？

饭店的门似乎被什么强劲的风吹开了一样，毫无准备地，透进来一道光。刚刚还在歌唱的人们突然之间回到了尘世间，那种因为虔诚导致的整齐划一顷刻间瓦解。他们笑着说，冯牧师终于来了。可是，我明明看到，有两个人同时走了进来。其中一个人走上去跟所有人朗声地道歉，应该就是他们说的冯牧师。另一个，站在离我们的餐桌不远的地方。瘦瘦高高的男人，穿得也很随便，不像是特意来出席仪式的样子，也说不出挂着什么样的表情。

冯牧师突然转向他，把他介绍给大伙儿："多亏了今天在医院门口碰到陈医生，要不是搭了他的车，还不知道什么时候才能赶来。"

我终于明白了为什么我会觉得这个男人有点眼熟，姐姐的眼睛抬了起来，绝对不能说是羞涩，但是那光泽是兴奋的。"这么巧？"姐姐淡淡地，但是微笑着说——习惯性地，拿捏出了她跟男人说话时候那种不大一样的调子。

那是我第一次见到陈医生。

第
八
章

哥
哥

　　我趁着所有人的眼光都集中在陈医生的身上,悄悄地站了起来。
是绕到饭店的后面,才看到哥哥和昭昭的。虾老板的饭店所在的街道,
应该是一直存在的老街,我的意思是说,不是那种在郊区经常见到
的新修出来的街道,路面的交通灯全都是崭新的,可作为一个路人
行走其上的时候,却总是有种甩不掉的怀疑,觉得自己可能是来错
了人生。我的视野突然间就宽阔了起来,原来这饭店后面还有这么
大的一片空地,似乎属于旁边那家卖轮胎的店,或者是间汽车修理
厂。因为大大小小的轮胎堆成了好几座山。离我最近的那几个轮胎
不知道是供什么庞然大物使用的,总之它们比我都高,歪歪斜斜地,
彼此以一种奇妙的角度相互依靠,似乎是在向我揭示一件事情:轮
胎这东西,平时看起来司空见惯了,可是只要它们像是长个儿那样

地大到了一定程度，便会活过来，胸有成竹地看着你——似乎它们也是虾老板那间饭店的常客。

哥哥和昭昭居然一起坐在更远处那座轮胎的山顶。那个山丘由无数个面孔呆板的普通大小的轮胎组成。不用说，准是昭昭的主意。认识她半年了，我算是总结出一件事：她对一切可以让她离开地面的东西怀着巨大的好感，可以是吧台前面的高脚凳，也可以是飞机。站在橡胶的山脚下，轮胎们身上凹凸的花纹渐渐地从黑色里浮现出来，似乎是想要流动着延展出去，嵌进我脸颊的皮肤里。那种气味让我觉得安心——我从小就喜欢橡胶，还有汽油的气味。一阵风吹过来，原来我的头发已经这么长了，像是这荒山下面的蒲草。

"郑老师，要是我考不上大学，你会不会觉得丢脸？"轮胎完全挡住了我的视野，我看不见昭昭的脸，但她的声音倒是没有一点起伏。

"为什么要觉得丢脸？"哥哥笑了，"当然不会。"

"你是因为我身体不好，所以才觉得我考不上也是自然的吧？"

"不，不是。"哥哥这次没有笑。

"如果我没有病呢？我没有病，我也没有考上大学，几年以后，你也会像记得那些最聪明的学生一样记得我吗？我才不信。"昭昭的语气简直像是耍赖了，"好，那我再加上一个条件，如果我没有一个可能马上就要被判刑的爸爸，也没有病，也没有考上大学，你也还会记得我吗？"

"这种假设没有意义。"哥哥悠闲地叹着气，"如果你没有一个这样的爸爸，没有病，没有被那个李渊跟踪过……什么都没有的话，你就不是今天的昭昭。"

"今天的昭昭有什么好啊？"

"今天的你才会一直问自己，是不是有什么东西错了。"

"不对，郑老师。"昭昭停顿了比较长的时间——语气终于轻快起来，找到了自己要说的话，"我不是在问自己有什么东西错了，我知道一定有什么东西是错的，我只是总在想，那些一定错了的事情里面，到底有多少是我的错。有多少，是我故意的。"

"这就是你不一样的地方，你不相信自己没错。"

"所以郑老师，你会记得，对不对？我很怕别人忘了我。"话音刚落的时候，她终于垂下脸，看见了我。

我只好做出寻找路途往上爬的样子。"你们俩是怎么上去的啊？"我知道我语气里的轻快多少有点儿假，所以我低下头，像是在确认脚下的那一小块带着花纹的橡胶是否牢固——装作完全没注意到昭昭垂下脸那个瞬间的眼神。我想只要我装作忽略掉了，过不了多久就会真的忘记的。那是一种真正的俯视，不是因为距离，不是因为她此刻坐在高处，她似乎更瘦了些，脸上的线条更有锐气，那种目光就沿着这道天作之合的轨迹准确地滑下来，弹到我这里的时候像是冰珠子。

除了哥哥，她其实瞧不起所有人吧。

但是我心里突然在窃笑了，小丫头，你以为我真的在乎能否被你瞧得起吗？也许，几个月前，我还真的在乎——那时她还住在我们家里，在深夜，我们俩一起挤在我的小床上闹别扭。但是现在，不一样了，我觉得现在的我，心里似乎有个很小的地方被倒扣上了一个玻璃杯。透明的，不冷不热的，看上去没给我造成任何的损害，但是这让我自己不能准确地感受到我的心的温度了，好像怎么都行，好像什么都可以。

哥哥支起了身子，踩在一个突出的轮胎边上，维持了平衡之后，用力地把手臂伸给我："当心，你的鞋可不合适这么往上爬。"——于是我顺水推舟地把手伸给他，多少带点夸张地摇晃了两下，顺便尖叫道："哥你抓牢人家嘛。"——昭昭略带轻蔑的笑又像潮水一样不动声色地涨满了眼睛，我踩着一个很瘪的轮胎，坐到了她的身边，另一个轮胎的圆心里，坐下的时候没有忘记把腿并拢，非常小心地蜷起膝盖，让它们像两只长长的马蹄莲那样叠放在身体的一侧——没错，我是带点故意，想要做给昭昭看的。

让她看什么呢？说不好。看看——她其实不怎么知道什么才算"女人"，让她看看，其实"轻蔑"都是互相的。我承认，这有点肤浅了。

但是我没有想到，等我坐到了这么高的地方，我才发现，原来虾老板的饭店屋檐上，嵌着一枚精巧的十字架，十字架的正北方向延伸出去，就是护城河。

"你们龙城的护城河其实是从我们永宣流出来的。"昭昭得意地说。

"乱讲。"这一次是哥哥在反驳她。

"真的。是我妈妈说的。"昭昭认真地歪着头，"你们不知道的，我妈妈本来是有可能成为一个科学家……"她此时此刻的神情真是可爱得要死，尤其是说出"科学家"那三个字的时候，"别笑，我没骗你们，当年我妈妈是我们永宣第一个考上研究生的女孩子，我妈妈跟我说，她有个老师一辈子都在做一件事，就是证明龙城的这条河不是地理书上写的那样，不是黄河的支流，是我们永宣河的支流才对，那个老师还说，永宣河在古时候是条特别壮观的大河，不像现在这样……可惜我妈妈没有念完书，就生病了。"她看着远处阳光下像是凝固了的河流，忧伤地笑笑。

"你妈妈，她是……"其实在这句话出口的时候，我大致已经模糊地猜到了。

"和我差不多吧。"昭昭转过脸，看着我，毫无敌意的那种眼神，"也是血液的问题，不过好像比我严重得多。没办法，只好退了学回家。然后，就嫁给了我爸爸。"她重新把脸庞转过去，她的视线似乎是落在右前方另一座轮胎的山丘上，"我爸爸喝了酒以后，很喜欢跟人说这段——那时候我爸爸已经在跟着别人合伙做生意了，他们想低价从国家手里买一个煤矿的开采权，那时候，那个煤矿是我外公管着的，有好多人都想去给我外公送钱，我爸爸的那个合伙人也比不过人家，后来有一天，我妈妈被医院下了病危通知，我爸爸找到医院里，在重症监护室外面跟我外公说，他愿意娶我妈妈，好好照顾她到最后。再后来，我妈妈出院了，我爸爸拿到了那个煤矿，他总说这是他这辈子做的最得意的事情。"昭昭抬起睫毛，跟哥哥相视一笑。

饭店里的人们突然之间全体出来了，星星点点地，散落在轮胎们的视线中。冯牧师抬起手背抹了一下额头，略微抬了一下头，那表情似乎是在谦和地跟太阳商量：借过一下可以吗？所有的来宾都不约而同地选择了相对算是阴凉的地方站着，所谓阴凉，无非是那些硕大的轮胎投下来的，岩石一般的影子。牧师开始说话了，说的倒是平时电视上常常会听到的那些：无论贫穷还是富裕，无论疾病还是健康……什么的。我刚刚想到我们也应该下去和那些客人站在一起，才算进到了礼数——简短的仪式就结束了。牧师已经说到了"阿门"。客人们都在这炽烈的光芒下保持寂静，轮胎们最寂静，它们也是来宾，对这场婚礼予以尊重的态度。

"结婚不要去教堂的吗？"昭昭好奇地问，"这怎么和电影里演的不一样呢？"

"天主教徒一定会去教堂，新教徒——哦，就是基督徒未必的，只要是在十字架下面就可以。"有个声音从下面传过来，陈医生站在我们这座小山丘的阴影里，把他自己的影子埋了进去。

"是您？"哥哥有点意外，"您也是客人吗？"我看似无意地，转头望了昭昭一眼，无奈地发现，这丫头的眼睛就在此时陡然变得水汪汪的，就好像不是在看着陈医生，而是突然来到了护城河跟前的河滩上，水波都映进去了。

"我只认识冯牧师。今天无意中碰到他，就载他过来。几年前冯牧师是我的病人，他被别人误诊了，是我发现的。"他淡淡地说。

"您也是基督徒？"哥哥跟陌生人寒暄的时候讲话的语气多少疏离些，有点不像他。

"我不算吧。"他把眼睛从哥哥身上挪开了，"我爸爸是。我只能说是被逼着受过洗礼。"

"那是在你小的时候，对吧？"我插嘴问了一句。

"那都是电影。"他眼睛里含着一点笑意，"中国的基督徒是十八岁以后才受洗的。"

我不喜欢这个人。他当所有的人是白痴——至少他给我的感觉就是如此。可是真正骄傲跟自信的人不会是这样的。我想起了方靖晖，方靖晖身上是有一股傲气，也会把那种嘲弄的笑容挂在脸上——但那只是在他和我姐姐吵架的时候。他跟人——至少是跟我讲话的时候，那种平和跟爽朗可以让人非常舒服地忘记追问他是否真诚。而眼前的这个陈医生，我怀疑就算是他照镜子的时候，那种冷冷的蔑视都会像抛给别人那样抛给对面的自己。这就不是自视甚高那么简单了，他要么是个内心真正痛苦的人，要么就是个色厉内荏坐井观天的蠢货——我看多半是后者，长得一点都不帅有什么资格扮酷啊。

当所有人回到饭馆里面开始灌虾老板喝酒的时候，一片混浊的聒噪声中，姐姐凑过来，把她的车钥匙轻轻塞给我："等会儿叫西决开我的车走。"我什么也没说，只是让那把钥匙照旧躺在桌面上。待到陈医生跟冯牧师告别完毕，姐姐的手指一挑，把一缕头发从额前拨过去，然后借着这缕头发的弧度，腰也微妙地扭了一下。目光精确地和陈医生刚刚掉转过来的脸庞撞个正着。陈医生怔了一下，只好略略欠一下身子，算是跟我们这桌看到他的人道了再见。姐姐笑了："闹酒没什么意思，我也想走了。"——她真的喜欢陈医生吗？我看也未必，只不过，她养成习惯了，她需要不断地证明什么。

陈医生略微迟疑了一下。姐姐说："我喝了酒，不能开车。"陈医生问："你去哪里？"姐姐的眼睛从下往上缠绵地扫了一下，说："你要回医院去吗？我家在城东新区，方向上倒是顺的。"陈医生终于微笑了，那可能是我第一次，或者唯一的一次在他脸上看见这样舒展，甚至可以说是温情的笑容，他说："我不回医院，我去接我女儿，跟医院的方向完全是反的。其实我也喝了酒，我的车等会儿冯牧师来开，我打车走，再见了。"

姐姐的笑容深得简直带上了醉意，可是嘴角却有点僵硬，她说："好。那么下次见。"等他走远的时候，她用力地喝干了面前那半杯啤酒，放下杯子的时候我听见她用一种轻柔得近乎耳语的音量对自己说："我×他妈。"

姐，不是你自己告诉我，不要爱上瞧不起你的人吗？不是你自己跟我说的，不要给他机会让他觉得自己伟大也不要给他机会让他觉得自己委屈吗？你说那种滋味只要一旦尝过了就一辈子也忘不了——但是你自己已经忘了吧？或者说，你喝多了的时候，说的话，没有一句能算数呢？

我轻轻地从我的椅子上走开了，躲远她，并且，让她刚刚给我的钥匙遗留在桌布上，那个最初的地方——这样她就可以若无其事地再拿起来收好，就好像她从未曾把它交给我，带着那种诡秘而笃定的神色。苏远智的短信是在这个时候进来的，他说：南音，我到龙城了。

又来到了那家小旅馆。

差不多和关门的声音同时，他几乎是蛮横地亲吻我。他的气息从头顶笼罩了下来，把我和那几件他正在脱的衣服牢牢地绑在一起。天花板突然以一个倾斜的角度闯进我眼睛里，他没有刮胡子吧，下巴粗糙地划过我的脖子，似乎不留下几条血印是不甘心的。我突然间回过神来，觉得自己不能就这样发呆，于是伸出了手臂，环住他的脊背。

他撞击我，带着新鲜的怒气，那频率通常能和上他的心跳。

好几个月没见面的时候，重逢时分，第一次，通常会结束得很快的。

一阵寒冷从脊背那里蹿上来，我确定，不是因为空调。吓住我的，是我自己脑子里那种冷静的，嘲弄的念头，以及自己心里轻轻响起的冷笑声。"南音？"他叫我。

"嗯？"

"你不想？"他其实一向都不是个迟钝的人。

"没有。"我静静地注视他，右手的食指轻柔地滑过他的眉毛，我对他笑了，是真心的，可是不知道为什么，虽然对面没有镜子，我知道自己的笑容有点惨，"前面两天睡得不好，我可能是有点累了。"

他一言不发地离开了我的身体，我知道，他有点不开心。浴室里花洒的声音传出来，水珠跌碎在肮脏的地面上。我长长地叹了口气，像只蜗牛那样熟练地蜷缩成一团。终于可以和自己待一会儿了。我一边享受地闭上眼睛，一边觉得悲哀像个哈欠那样，慢慢地沿着喉咙爬上来，再紧紧攫住我的大脑，把我的意识像个塑料袋那样从里到外地翻了个面——是的，就是悲哀，为了我此刻的如释重负。

我暂时什么都不想去想，什么都不想问，什么都不想知道。事实是怎么样的已经不那么重要，因为我知道，就算一切都是我自己的误会跟猜想，随之而来的也不可能是那种澄明的，阳光照进来的喜悦。所以，有一件事情是更重要的：我为什么会在一瞬间对关于他的一切都这么倦怠呢？

当你听着别人洗澡，经常会在淋浴喷头被关上的时候，错觉整个世界都结束了。他走出来，捡起丢在地上的牛仔裤，胡乱地套上，顺手打开了房间里的电视。是体育频道，美国网球公开赛，也不知道是不是现场直播。他坐到我身边来，像是逗弄一只猫那样，抚着我的脑袋，还有裸露在空气里的后背。"不去洗澡啊？"他轻声问。我翻过身来把自己蜷成方向相反的一团，抬起眼睛看着他："我冷。"

他笑笑，抱紧我，我蜷曲的膝盖凉凉地抵着他的肌肤。他亲了一下我的额头，说："你才不冷，你只是想撒娇。"我心里面那种短促的冷笑声又转瞬即逝地响了起来。我要在心里面用尽全身力气压制它，不让它巨大的阴影投到我明明是真正温柔的笑容里。

我累了。

"我妈那天还在跟我说……"他拍了拍我的脑袋，"明年我们俩就大学毕业了。她说，得从现在开始，准备咱们俩的婚礼——你还记得这码事吗？"

"对的。"我想起去年那个惊心动魄的春节，真的只过了一年多而已吗？为什么我觉得已经那么久了，"我妈妈昨天也说过，要是我们到了明年夏天，居然还没分开，就真的该办婚礼了。"

"居然。"他笑了出来，"你妈妈用的是这个词啊？"

"是。"我故作惨痛地点点头，"不过她经常这样，我都习惯了。"

"你真的决定了？考研？很苦的，你到时候别反悔。"他说。

"不要小看人。"我轻轻地冲他的鼻子挥了一下拳头，"你总是喜欢把我想得很笨，很没用，然后你就开心了。其实昨天，我们经理还问过我，明年毕了业，愿不愿意正式留在这间公司上班。只有你才觉得我什么都做不好……"我枕在他的腿上，用力地往后仰了一下脑袋，努力做出仇恨的表情来，他皮带上那个金属的扣子贴着我的后脑，很硬。

他突然俯下脸来，坏笑着，在我耳朵边说："干吗？又想招我？"

"流氓。"我像被烫到那样坐了起来，我想我是脸红了吧。但是我心里有一个鬼魅一般的声音在问自己：为什么告诉了他那件事呢？就是……经理问过我，愿不愿意留下来上班？不是决定了先不说的吗？是我自己也知道，"不说"的念头无论如何都是不好的吗？

"今晚去我家好不好？"

"不好。"我用力地否决，"你去我家嘛。"

"我们家今晚没人。"他夸张着"没人"两个字，像是小学时代的男同学在炫耀一样新鲜的玩具，"都不在的，我爸最近常常不回来，所以我妈就跟她以前的同学一起报团旅游去了。"

"你爸为什么常常不回来啊？"

"接了个大案子呗。"他轻轻地抬起眉毛，"我也不大清楚是什么案子，我跟他又不怎么讲话。都是我妈跟人家聊电话的时候，我偶尔听见几句。好像是一个特有钱的人，现在成了被告，关键是，这个人被抓起来以后，家里那班亲戚就如狼似虎地跑去瓜分他们家剩下的东西，他的公司被这班人搞得一塌糊涂，现在，这个倒霉鬼的律师费都快没有人来付了。所以我妈在抱怨。"

"真倒霉……"我抱紧了膝盖，"我是说你爸。"

"案子都接了，总得出庭的——那个被告在龙城算是个很有名的人吗？听我妈那个语气，好像很多人都该知道他。"

"跟我说有什么用啊，在龙城，我知道的唯一一个算得上是有钱人的名字……就是我们老板。"

"反正姓一个特别奇怪的姓，像武侠小说似的。"他不紧不慢地套上了 T 恤。

我心里重重地跳了两下："是不是，姓昭？"

他转过脸，倒吸一口冷气："这个人……真有这么红吗？"

在这个夏天里，如果找不到哥哥，去江薏姐那里总是没错的。准确地说，是去江薏姐借给昭昭的临时藏身的地方，总是没错的。姐姐把电话打过去，跟江薏姐按照惯例互相羞辱一番，再关切地打探一下对方最近有没有新的男人，然后姐姐说："喂，别怪我没有警告你，我第一次看见那个怪胎孩子的时候，她眼睛直勾勾地盯着我，看得我心里都害怕。也不知怎么搞得，那孩子浑身上下就是一股难民劲儿，煞气特别重……我没夸张你看见她就知道了，换了我是你，我才不敢把自己家借给她，我怕招来什么东西……"

后来，姐姐气急败坏地跟我说，江薏姐非常柔顺地回答她："西决跟我开了口，我怎么能说不？"我笑到肚子痛了，因为姐姐学得惟妙惟肖，深得精髓。

"装什么装。"姐姐愤怒地"呸"了一口，似乎我的开心给了她莫大的鼓励，"二叔的遗产八字都没一撇，就已经'不能说不'了。"

"姐……"我用的是一种劝阻的口吻，虽然她的妙语连珠让我觉得由衷过瘾，但是面对这种刻薄我总觉得不忍心——江薏姐和陈嫣到底是不同的，成为江薏姐那样的女人，曾经是我的梦想。那种偷偷地想一想就算了的梦想。

哥哥把几乎所有的时间都用在了昭昭身上——不，用不着"几乎"，就是所有的时间。他看着她写暑期作业，他盯着她吃药，他给她补习那永远只能挣扎在及格线上的数学和物理——回家以后再神情愉悦地对我说："她简直比你还笨。"偶尔，晚上，他会带着她回到我们家来吃饭。有一次我回家晚了，就看到昭昭理直气壮地坐在哥哥左手边，那个平时属于我的位置上。又有一天，晚饭后，哥哥要带着她去看暑期档的电影，我说我也想去，在哥哥的口型已经是"好"，但是声音还没出来之前，昭昭灿烂地笑着说："南音姐，你不需要去陪着你老公吗？"

我用力地看着她，大约几秒钟吧，我幻想我的目光是把精准和有力的锤子，可以把我沸腾着浓浓敌意的眼睛像图钉一样敲到她脑袋里面。我非常清晰地告诉她："不需要。"觉得依旧不解气，又追加了一句，"我需要干什么，不需要干什么，是我自己的事，不用你操那么多心。"——话音落下去的时候才发现自己的喉咙里面不由自主地微微发颤——你有点出息好不好啊？难道还真怕她吗？

她讪讪地扫了我一眼，垂下了眼睛。哥哥像是什么都没觉察那样对我一笑："那就一起去，动作快点，不然来不及了。"我看了他一眼，不知道为何，觉得似乎眼中仍然充满了怨气。我爸爸从我们三个身后经过，露出了一副看热闹的笑容，然后跟我说："南音，身上带钱了吗？"

于是我愤怒地跟着他们二人出了门，愤怒地一言不发上了电车，愤怒地找到了一个单人的位置，愤怒地看着他们俩并排坐在了我的前面，愤怒地在电影院门口买了一桶大号的爆米花——自然是没有昭昭的份，我一个人紧紧地抱在怀里，再愤怒地坐在了哥哥和昭昭中间的位子上——只要在大家对号入座的时候存心挤过去就行了。后来，整个放映厅沉入了黑暗的水底。身后那排座位上有两个人还在若无其事地聊着天，这让我觉得即使船沉了也不是什么大事情。字幕像海火那样亮了起来，那周遭的黑暗让人觉得这些字幕是生命里此刻唯一值得盼望的东西。

我觉得我可以安静下来了。

我想起小的时候，哥哥学校里组织他们看电影，他就会带上我——反正在当时，我那种身高的小孩子是不要票的。可是没有票，我就只能和他挤在一个窄窄的座位里。放映厅的灯光暗下来，我就会条件反射一般地抓住他的手。因为在家里，停电的时候，我总是这么做。也许是因为那时候我太小了吧，我是说我占据的空间太微不足道了，那个空旷的放映厅跟我们塞满家具的家到底是不同的，所以，放映厅的灯光熄灭的时候，我会觉得，是我的眼睛停电了。不过只要我转过头去，借着一点点高处传过来的微光，我就还能看见哥哥的脸，这让我相信，即使眼球停电了也不是一个解决不了的问题。这对我来说是极为重要的事情。

我再一次转过头，还是我习惯了的左边，时隔多年，他的脸庞依然在那里。其实在我眼里，跟小的时候比起来，他的样子并没有改变。算了吧，我深呼吸了一下，把爆米花的大桶伸到了他面前。他笑了，悄声说："我不要，你自己慢慢吃吧。"

不知好歹。我坐正了身子，面前屏幕上开始放的是别的影片的片花，怎么能如此不知好歹，但是我想我已经没有力气再对什么人愤怒下去了。"哥。"我听见我自己悄声说，"我怀疑，我觉得……苏远智其实还和端木芳在一起。我不知道该跟谁说，我也不知道……"他的手轻轻按在了我的肩膀上，他在我耳边，毋庸置疑地说："专心看电影，回头，我去揍他。""你听我说完——"我急急地想甩掉他磁铁一般温暖的手掌，"我只是怀疑，怀疑你懂么，我想跟他聊聊这个，但是又不愿意开口，我不是害怕他骗我我只是……"他再一次轻松地打断了我："我懂，可他还是欠揍。"

我们要看的电影终于开始了，——只是隆重的开场音乐而已，哥哥把嗓音压得更低："你还不让我揍他的话，我们就要错过片头了。"

我轻轻地笑了出来，终于。

然后我不计前嫌地把爆米花桶伸到了我的右边，自然是昭昭的位置。倒是不出我预料，我的手悬空了半晌，也没有感觉到来自她那边的力量把这只桶微妙地向下压，也听不到爆米花在另外一个人手中被翻动的那种喜庆的声音，在我重新把爆米花狠狠地抱回来的时候，我看见昭昭坐在那里，低垂着头。她没办法伸手来拿爆米花，是因为她的双手都在紧紧地抱着头，她的胳膊肘像两只锥子那样深深地陷进腿上的肌肉里面，原来一个人的手也是可以有如此丰富的表情的。

"昭昭。你怎么了？"我胆战心惊地伸出手去，轻轻摇晃她的肩膀，完全不敢用力，似乎是害怕稍微一用力，她整个人就会火花四溅地在我眼前爆炸。"你哪里不舒服？"

她像是说梦话那样，用气息吐出两个模糊的音节："头疼。"

"哥。"我求救一般地推了推左边，结果只推到了座椅的扶手，"我们得走了，现在马上去医院。"

"不要。"昭昭艰难地仰起脸，看着我，有一行眼泪映在银幕上那道光线里，"我只想看完这场电影。看完一场电影，都不行吗？"

这句话，不是在跟我说吧？我知道不是的。她在跟她的疼痛说话，她在跟她的病说话，她在告诉那道从头顶照下来的光，她只想看完一场电影。

第九章
还是昭昭

我床头的 Hello Kitty 脑袋大大的，有身躯的两倍那么长。头重
脚轻地栖息在两个枕头之间的缝隙里，粉红色的蝴蝶结像个伤员的
绷带那样斜斜地扎在雪白的额头上。她稚拙地看着我，没轻没重地
问："郑南音，你怕死吗？"我对她笑笑，我知道这又是那种浅尝
辄止的小睡眠，我可以强作镇定地不搭理她，然后我就真的清醒了。
满室灯光像是一盆橙汁，缓慢地淋下来，浇到了我的视线里。Kitty
固执地维持着刚才的表情，一定是不打算承认她开口跟我说过话。

只不过十二点，是我自己看着书，就不小心打了个盹儿。外面
一声门响，是哥哥回来了。自从昭昭住院以后，他每天都是这个时
候回来，有时候更晚。昭昭的病到底怎样了？我每天都在想这件事，
甚至是每个小时，但是我和哥哥心照不宣地不去聊这个。我们聊我

上班的地方那些讨人嫌的同事，聊昭昭今天在医院里又闹了什么笑话，顺便在她不在场的情况下取笑她对那个陈医生莫名其妙的花痴，有时候话题扯远了也问问哥哥——下一次，他希望找到一个什么样的女朋友。

只是，昭昭会死吗？

郑南音，你怕死吗？

你怕死吗？

苏远智，你怕死吗？——这是我曾经对他说过的话。如今，我们都不再提了。很早以前，还是哥哥跟我说的，有些事，如果我们都装作没发生过，那就是真的没发生过。

还是去年的春节之前，2008 年，那个原本没有冬天，当时却莫名其妙下了雪的南方城市。在飞机上的时候我问自己：我在干什么？然后就问：我为什么？再然后，就问：我为什么要问自己在干什么啊？所有的时间都用在让这三个问题交替出现上，空姐广播飞机要降落的时候，才发现，我忘记了要回答。

来不及回答了，那么，就这么去吧。当你已经无法思考和追问的时候，就让行动成为唯一的意义，反正，日后漫长的岁月里，你有的是时间去阐释它，去整理它，去把它当成历史来纪念，甚至是缅怀。真相一定早就面目全非了，说不定连"真相"自己都嗅不出当初的气味——那又怎么样呢，反正我爱自己。

满街熙熙攘攘的人们都在说着我听不懂的语言，这是远在天边的陌生城市吧？就是我们大家在高中毕业留言册上写的，"天各一方"那个词所指的另一边——值得庆幸的是，天空的样子还没变。这样我就没那么怕了。我知道心脏正在那里蓄势待发地颤动着，似乎我这个人的身体已经融化了，就剩下了那颗忠于节奏的心。其实我动身之前，一直都想给姐姐打个电话。有生以来第一次，我发现我是那么需要姐姐，我需要姐姐用她那种一贯的挑衅的语气跟我说："要上战场喽。"可是那个时候，姐姐每天都把自己蜷缩在房间的角落里，执意要把她自己和她的婴儿变成两件新房子里的家具。大伯的葬礼打垮了她，郑成功打垮了她，那个最终心照不宣地放任她离开的热带植物也打垮了她。

若不是见过了那个时候的姐姐，我想我不会来广州的。她让我发现"勇气"其实是朝露一般脆弱的东西，所以我一定要抓住它，就算是最终它只能被我自己捏碎在手心里。我不能就那么认输，哪怕我还是可以说服自己平静地再去跟别人恋爱然后沉浸在幸福中终于可以笑着回忆当初的痛苦和眼泪自言自语地说感情这种事情没有对错没有输赢——也是认输。姐，你同意的吧？

他看着我。我知道他在极力地让自己看上去平静如初，这样很好。那间大学附近全是学生出没的小馆子对于我们来说，变成了一个搏击的场地。他说："南音你怎么一个人跑这么远？你知不知道现在很危险？"我说："你觉得我来干什么？我难道会是来祝你们永远幸福的么？我要你跟我一起回家。"

他沉默了好一会儿，突然笑了笑。他说："郑老师知道你来这儿么？——算了，我一会儿打给他……"

我说："你敢。"

他说："我有什么不敢？"

若是在平时，我不知道接下来该怎么把对白接上——我一定会哭的吧，眼泪并不是万能的，但是在很多情况下确实可以让自己不要那么尴尬。可是，谁让雪灾把这城市变成了一个乱世呢？我就不要脸地扮演一次乱世佳人算了。我抓过来桌上一张干净的餐巾纸，对照着手边那张旅馆的信笺，把地址一笔一画地写在上面。"我的房号是703。"我慢慢地说，"你看见了，这个是房卡，703的意思就是，房间在七楼。我现在回去等你，到十二点。过了十二点你要是还不来的话，我就打开窗子跳下去。你不信啊？"我笑了，"不信就不信吧。你可以打电话给我哥哥，但是又有什么意思呢？现在机场都封了，他就算是想要赶过来，怎么也得是明天晚上——还得是在火车正常的情况下，那时候，十二点早就过了，你就做做好事，不要让我哥哥十万火急地过来，只是替我收尸，好不好呢？"

晚上十点半，我想我应该把房间里的电视机打开。因为等他来的时候，他若看见了我呆坐在一片死寂里，我会很丢脸吧——我是说，如果他真来的话。

十点四十七分，我从背包里拿出那本我随手装进去，原本打算在路上看的书——从中间打开，不小心瞟到左下角，是第一百零七页，我把它倒过来扣在枕头上面。这样可以表示，我在等待的期间，一直都有事情做。

十一点十二分，我把电视关上了，那里面的声音搅得我心烦意乱，还是安静一点的好。他不来就不来好了，我明天回家去——只是我该怎么买票呢？我走到窗子前面，打开它，夜风涌进来的时候像烫手那样迅速地把它关上了。隐隐约约映出我对自己微笑的脸：才怪，谁会真的跳下去啊，当我那么傻。

十一点三十八分，我打电话给前台，说我房间里的枕套不大干净，我想要换一下。前台的人很客气地说，服务员马上会给我拿新的来。——挂上电话的时候，我轻轻的深呼吸听起来格外清楚，像一根抖动着闪着亮光的蜘蛛丝。其实，我只是想在十二点之前听见敲门的声音。听见了，我便可以提着一颗心去开门，就算外面站着的果然是服务生，我至少可以有几秒钟的时间用来隐隐地欣喜。

十一点四十五分，服务生来过，又走了。

十一点五十六分，我一个人坐到了窗台上——不，当然不是……窗子是关着的，我根本就没打开。玻璃真凉呀。我开始后悔我刚才为什么要关上电视机呢，现在好了，我的心跳声是那么清晰。没什么不好意思的，郑南音，你自己的心脏怎么会嘲笑你呢。我把额头抵在了蜷曲的膝盖上面。外面在下雪。雪整整齐齐地落在地上，葬了自己。我记得小时候有一回我梦见一片整齐得没有一个脚印的雪地，天亮以后我告诉妈妈，妈妈说：这个梦可不大好啊。第二天，奶奶就死了。我开始幻想自己站在窗台上，背后是清澈的夜晚，我轻盈地张开手，像跳水冠军那样胸有成竹地纵身一跃，然后就笔直地坠下去，像根削尖了的铅笔，把地面上厚厚的白毯子砸出一个小洞，飞溅出来的雪沫如花。也许我不会死吧。这场雪那么大，半个中国都被埋在了它下面，它说不定会温柔松软地托住我，让我相信绝望它只是一个去处而已，不会是末路。

十二点。我的手机屏幕上已经是四个看上去大惊小怪的"0"，可是手表的表盘上还差了两分钟。这是常有的事情。时间在这种需要精确刻度的时候总是不值得信任的。应该以电视上的时间为准吧。早知道刚才还是不关电视机了——还是算了，蜷缩得久了，我像是长在了窗台上，没有力气走过去了。

十二点十分，我突然觉得这样背靠着窗子的形象有点蠢。就算我仰去了，也不可能是优美的。那种幻想里面美好纯净的死法也许只会属于姐姐那样的女孩子，不会是我的。也许我注定了只能以一种笨拙的姿态丢脸地下坠，我注定了一无所有——除了偶尔冒出来的不怕被羞辱和嘲弄的勇气。

十二点十五分，我挪回到床上去，用被子把自己裹成了一个蚕茧。我开始觉得有点冷了。我终于还是打开了电视机，按下遥控器的时候才发现手指僵硬。就让我在法制节目的声音里睡着吧。一个女人乱刀砍死了喝醉的老公然后企图溺死他们的小孩——现在我不会觉得电视机的声音让我坐立不安了，因为我有的是时间。这漫长的一夜过去之后，我一觉醒来——或许会在睡梦中，不知情的状况下流一些眼泪，明天就是下辈子。

敲门声响起来的时候，我怔怔地盯着门注视了几秒，我又浪费了几秒说服自己也许是服务生尽管我知道那不大可能，我站起来去开门的时候腿在发抖——是渴望教会了我什么叫卑躬屈膝——我忘记了看一眼那一刻的准确时间，所以我说了，时间是不可靠的。他的脸撞到了我的眼睛里来，我冲口而出的第一句话是："你迟到了。我没死。你输了。"

他说："有意思吗？"

我说："有意思。"

他用力地推了我一把，我倒退了好几步，险些撞到床脚。他逼近我，抓着我的肩膀说："你去死啊。你不是豁得出去吗？那你就去死啊……"我脑子里一片空白，只是想着他是不是真的要打开窗子把我丢出去了。在这个时候他突然抱住了我，他咬牙切齿的声音像是在诅咒："你够狠。"

我长长地松了一口气。神其实是仁慈的，他看出来我是真的在赌，所以允许我赢。眼泪涌了上来，我谦卑地跟神保证这种恩典我不会滥用的。我当然知道他不会相信我真的能在十二点的时候跳下去——但是他会犹豫，他会害怕万一，他心里还是有不忍，我赌的就是那点负罪感。他一定只是想来看我一眼，一定跟自己说他只是想劝我别做蠢事快点回家——我的嘴唇缓缓地在他脖颈上滑行，它在装糊涂，似乎认真地以为它想要寻找的另一张嘴唇长在那里。他叹息着，回应了我，接吻的时候我几乎能够听到，他的心裂了一道缝隙。

我相信，赴约之前，他隐隐觉得也许从今晚以后，他再不会回到端木芳那里了——但在此时此刻之前，他还不愿意相信这是真的。

我问他："你还爱我吗？"

他眼睛里闪过一丝我从未见过的痛苦，我几乎要因为这陌生的眼神重温最初那种单纯的怦然心动。他说："爱。"那个字像是一滴鲜红的血一样落下来。我知道，我们终于属于彼此了。有种厚重难言的东西把我们捆绑在了一起，所以我没有问他是否还爱着端木芳。赶尽杀绝是不好的。

其实，上个周末，我们曾经的一个高中同学跟我聊 MSN 的时候提起过，端木芳最近常跟他抱怨，她和苏远智总在吵架，她知道他们的感情出了什么问题却又不知出在哪里。所以我就临时决定帮她诊断一下了。我其实没有自己以为的那么勇敢，我只不过是抓住了一个我认为对的机会。

现在，当我注视着日渐消瘦的昭昭，那个晚上会在我脑子里回放着。有一种说不出的愧疚总在折磨我。因为看着昭昭凝视着窗外树叶的神情，我才知道，生死是一件如此严重的事情。至少，"死"是件有尊严的事情，无论如何，我当初都不该用它来要挟苏远智，那不公平。这种温柔像若隐若现的音乐声那样回荡在我心里，它来临的时候我会突然觉得我应该对苏远智好一点。

就这样，直到暑假结束，我们都很好。甚至没有为了什么细小的事情争执过。我们是曾经向彼此低过头的人啊。只不过有时候，我们自己忘记了。

"跟我一起去看看昭昭吧。"我跟他说，"我原本每隔两三天就会过去陪她吃顿饭。现在她住院了，我就只能带一点她喜欢吃的东西进去，有时候还得躲着护士，一边替她望风，一边看着她吃完。很好玩的。"

"学会照顾人了。"他笑着在我脑门上弹了一下。

有两个不认识的人坐在昭昭的病床前面。他们三个人都互相不讲话。是个奇怪的场景——因为两个都是男人，一个年长些，可能四十多岁呢——谁看得准中年男人的年龄呢，反正我觉得他们都差不多；另一个年轻些，可能比我大几岁吧——好吧我其实也经常看不准年轻人的年纪，总之，这两个人坐在那里，都不讲话。昭昭的眼睛漠然地盯着那二人之间的空气中一个恰到好处的点。我们进去的时候，听见的最后一句话是那个中年人讲的："我帮你在医院又交了一笔押金——不是公司的钱，公司的账现在一塌糊涂，人人都来逼债，没有钱了，我拿的都是自己的。你正在难处，我今后也不用你还……我在你爸爸这里做了这么多年，这点忙也该帮。不过我也有我的难处，你接下来治病、上学都需要钱，我尽快吧——我去想想办法，跟那几个股东说说，他们这样不管你也不像话……你家在龙城不是有亲戚吗？他们能不能照顾你？"

昭昭不说话。眼光轻微地躲闪着，像是小心翼翼地寻找到了一个干净的落脚的空地——那两人的脸是一左一右的两个泥水坑。

那人叹了口气："也对。这种时候，人家躲都来不及。你爸爸得罪过的人如今都抖起来了，在永宣，现在真的是墙倒众人推。不过有件事情应该算是好的，我们也找了点关系，你们家在龙城的那间房子应该可以还给你们，你耐心点，再等几个月。"

昭昭眼睛一亮，得救似的说："南音姐。"

那两人也如释重负地站起身告辞了，一切都顺水推舟。其实我很想问问他们，他们说的"几个月"究竟是多久。三个月也算几个月，九个月也是几个月。可是对昭昭来讲，这就是不一样的。我问过她们病房的护士长——那是个温柔漂亮的姐姐，她说昭昭现在的状况其实是，她原先的慢性病已经恶化成了急性的——可能我表达不准确，总之，就是很危险的意思——按照现在的情形，很多突发状况都有可能。至于"突发状况"指的是什么，我也不愿仔细想了。每当我把手伸进背包里，偷偷地摸一摸我藏在那儿的冰激凌盒子，想象着昭昭淘气地舔掉唇边那抹奶油的样子，我就觉得，"突发状况"也可以包括她偷吃冰激凌吃坏了肚子，会给治疗造成些障碍——说不定真的仅此而已呢，也不能全听医生护士的。苏远智非常无奈地摇头道："南音，你不能不相信科学。"

但科学总是在危言耸听——不对吗？科学一直告诉人们世界完全不是我们以为的那样，但是又不肯对我们说哪怕一句"其实不用害怕的"。

后来，我的意思是说，很后来——当沧海桑田真的在我眼前发生过之后的后来，我常常会想起 2009 年的那些夏末的夜晚。昭昭的眼睛就像萤火虫。想起它们，我就有种冲动，想说一句"从前呀——"用来当作回忆往事的开头。

也不知是不是在医院待久了，医院里面那种不由分说的白色就渐渐地侵袭了她。第一次见到她的时候，她倔强地盯着我，那张脸明明是小麦色的。现在不同了。

"郑老师。"有一天她问哥哥，"你觉得，我爸爸的案子会怎么判呢？"

"这个，真的说不好。"哥哥真是从来都不撒谎的。

"爸爸会死吗？"她平静地笑笑，像是一个小孩子想要隐藏一张考坏了的试卷。

"这个应该不至于的。"哥哥也笑着摇摇头，好像她的问题是："晚上会下暴雨吗？"我想，也许哥哥是故意的。他不知该用什么方式来安慰昭昭，于是他选择了平淡地对待她所有的恐惧——敢承认的，和不敢承认的。

"昭昭。"我在旁边插嘴道，"你为什么喜欢陈医生啊？"我一边说，一边仔细地把切好的苹果瓣摆成一朵整齐的花——是我自己乐在其中，我总是能在这些无聊的小事情上找到快乐的。

她故作凶恶地瞪了我一眼。

"你说嘛，你告诉我他什么地方好，也启发我一下啊。"我打趣她，"因为我实在看不出来那人好在哪里，长得又不帅，又总是一副很屌的德行。"

"不许你这么说！"她果然气急败坏了，"他是个了不起的人。"

"哪里了不起嘛。"我笑着欣赏她中计的模样。哥哥在一旁悠闲地伸了个懒腰，表示女孩子之间的争端他不参与。

"他救过我，还有……跟你说不清楚，说了你也不懂。"她咬了咬嘴唇，像是不计后果那样追加了一句，"以为谁都像你啊，只喜欢长得好看的人，那么肤浅。"

"你深刻！"我冲她嚷起来，我们已经有那么久没有这样互相斗嘴了。

就是次日黄昏，昭昭被推进了重症监护室，她在里面待了48小时。但是，最初，我们谁都不知道那场刑罚48小时就可以结束。我并没有跟哥哥——不，我没有跟任何人讲过我心里在想什么。我没法解释那种偶尔幽静地滋生的期盼是为什么。没有办法，我只能艰难而不情愿地承认那就是期盼，我没有期盼昭昭死掉，我只是期盼结局能快一点来临。没有多少人的生命是一场精彩的球赛吧，到了末尾处，观众和场上的球员都已不约而同地意兴阑珊，只等着哨声吹响了。也许有的人的生命可以精彩纷呈地变成众人记忆中，时间荒原上的纪念碑。但，那真的不是我们能说了算的事情。

在第 30 个小时的时候，我把苏远智送上了回学校的火车。8 月就要结束，早已立了秋。我在站台上死命地拥抱他，他在我耳边说："我很快就会回来了，国庆节而已。"一种不知从哪里来的恐惧和离别的缠绵狠狠地纠缠在了一起，我紧紧抓着他的胳膊，就像是那个怎么也舍不得离开地球的夏天。

从火车站回来，我就径直去了医院。我知道，哥哥一直在那里。

我看到他一个人坐在走廊的另一端，凝视着自己的双手，也许还有供双手停泊的膝盖。原先我总在问，为何对他而言，昭昭那么重要，现在，我不去问了。我知道他总是希望凭一己之力，让他在乎的人觉得这个世界还没那么糟糕。他一直都是这样对我的。只是，昭昭不是我，昭昭完全不懂得配合他——准确地讲，无法配合他的，是昭昭的命运。可我知道怎么配合他，比如说，我从没有跟他提过我去广州那几天发生的所有事，我觉得我可以和姐姐聊，但是我不能跟他聊。因为——那样的南音会给他造成困扰，在他眼里，南音是那样单纯和美好，以至于所有的缺点都可以当成优点那样去欣赏。他也许不知道，我也一直在恪守着这个默契。

每到这种时候我就觉得，他只有我。可是我又会觉得，有我还不够吗？

陈医生的白袍出现在那一排蓝色的塑料椅子之间。不知为何，他在哥哥的对面坐下了。

"她这次挺过去了。"陈医生说，"再过一会儿，就可以送回普通病房。"

"您无论如何都得救她。"哥哥说。

陈医生轻轻地点了点头："我会。"

"这孩子的爸爸已经要进监狱了，无论如何，请您治好她。"哥哥的声音听上去平稳而没有起伏，所有的热切都像是弹力十足的口香糖那样，粘在字里行间。

可是陈医生却无动于衷，他非常礼貌地笑笑："每个病人都是一样的，我都会尽全力。"

哥哥略微抬起眼睛，用力地看着他的脸："可是她至少需要活到她爸爸的判决下来那天，他们得再见一面。"

陈医生站起身，两手随意地放在白衣的兜里——他穿白衣的样子比着便装的时候看上去笃定很多——他说："我不过是个医生，您不过是个老师，咱们谁也不是圣诞老人。"

说完，他就转身走了，色泽略微黯淡的墙上突然奇迹般地张开一张没有牙齿的嘴——因为门和墙是一模一样的颜色，他走进了那张苍老无力的大嘴里面。哥哥依旧坐在那里，维持着略略仰着头的姿势。

这个可恶的家伙他怎么不去死呢。其实我知道他说的话不是没有道理，只是，我恨他那种挑衅一般的从容。他有什么权力把别人的期待像球一样击出去，只因为他有能力救人的性命，可我们没有？

我终于坐在了哥哥旁边。我想要假装我完全没有听到刚才的对白，可是我随后发现，哥哥完全不在意我听到没有，准确地说，他没有在意我已经来到了他身边。我叹了口气，把我的手心缓缓地覆盖在他青筋微露的手背上。

"哥，你这段日子瘦了。"我说。

他侧过脸来看了我一眼，像是叹气那样笑了笑，他说："没有。"

昭昭醒来的时候，是第二天的深夜。她睁开眼睛以后，第一句话是："陈医生呢？"

不知道在沉睡的鬼门关那里发生过什么，总之，她的脸庞看上去就像一个七八岁的小姑娘。有种什么强大的东西漂洗过了她，在它面前，她毫无障碍地袒露了自己所有的稚气。

哥哥对她笑了，慢慢地说出来四个让我都深感意外的字："生日快乐。"

"昭昭你十八岁了呢！"我跟着欢呼起来。她诧异地望着哥哥，害羞地垂下睫毛，她垂下眼睛的样子总能让我心里一阵凄凉。

"有礼物给你。"哥哥说着拿出来他的手机，开始在通讯录里面翻找，拨号的同时，按下了"扬声器"。电话接通的长音单调地响彻了房间，信号可能不大好吧，带着一点"沙沙"的杂质，像是某种为了活着而活着的昆虫。

"喂？昭昭？"电话那头的声音重重地撞击了一下我的胸口，连我的耳朵里面都在轻微震颤着它的余音，那个声音停顿了一会儿，似乎也有点不好意思，"昭昭，生日快乐，你要加油，把病治好。"

是那个曾经说要杀她的陌生人。李渊。

昭昭的胸口剧烈地起伏着，似乎不知道该拿掌心里那个手机怎么办了。哥哥的手按在她的肩膀上，胸有成竹。"昭昭，就这样吧。"李渊的声音也不似刚刚那么生硬了，"你不用跟我讲话，我就是想跟你说，你得相信自己，你很快就会出院了。"

他就这样，突兀地挂了机。哥哥看着我，满脸得意之色："其实我跟这个家伙一直都有联系。我好不容易才说动他。"

昭昭突然丢掉了手机，像只小动物那样钻到了哥哥怀里。她的声音似乎全都被一股强大的力量憋在了喉咙里面，她倔强地说："这人真没出息……不是想杀我吗？放马过来呀，我又不怕……"就在哥哥的手掌像雨点那样轻轻在她脊背上着陆的瞬间，她哭了。

昭昭的眼泪迎接了9月的来临，零点报时的提示声恰好响起来。那时候我突然想到了一个无关紧要的问题：昭昭的生日究竟是8月31号，还是9月1号呢？因为哥哥给她送礼物的时候，恰好是两个日子就要交接的时候呀。我甩甩头，觉得面对此情此景，我还在想这个，真是无聊。

可是第二天的黄昏，当我重新回去医院的时候，昭昭已经不见了。

雪白的床铺叠得整整齐齐，就像一场梦中倏忽而降的大雪，掩盖了所有昭昭的气息。护士告诉我，她出院了。我说这怎么可能，她刚刚才被抢救过。那个护士淡淡地说："对啊，她前两天住ICU，押金全都用完了。我们给她在龙城的亲戚打电话，要他们来交钱，结果来了一个人，给她办了出院手续，刚走没多久吧。"

"她怎么可以出院嘛！"我像是耍赖那样对这个没有表情的女人喊了起来，"你明明知道她不能出院的！你直接杀了她算了！"

她用一种"见怪不怪"的眼神看着我："我有什么权力决定病人出院不出院？是她家的人说不治了，主治医生也签了字……"

我听不下去了，转身跑出了病房，在门口撞到了那个我最喜欢的护士长，我犹豫了一下，又跑了回去，不容分说地抢过来她手里的一个笔记本，写下了我的电话："对不起，要是昭昭又回来了，我是说，万一您又看到她了，给我打电话，谢谢您，拜托啦。"然后我又开始奔跑，因为我害怕听到她拒绝我。

我需要穿过半个城市，才能到达她之前借住的，江荟姐的家。初临的夜幕让我胆怯。要是她不在这里怎么办呢？鬼知道她的亲戚把她带到什么地方去了？我到底要不要给哥哥打电话呢？今天是开学的第一天，哥哥一定很忙的……实在找不到的时候再说吧，总不能什么都依靠哥哥。郑南音我命令你冷静一点，你听见没有你给我冷静一点，你再这样像个强盗一样砸门邻居该报警了，你就算是把门拆下来她不在就是不在啊……

门突然打开的时候我像个丢人的木偶那样一头栽进了屋里。几乎半跪在地上，像是在给昭昭请安。我揉着膝盖爬起来，恼羞成怒地盯着她："谁叫你出院的，你有没有脑子啊，你这样会把我哥哥急死的你为什么一点都不懂事呢？你家的亲戚没有人性你以为谁都像他们一样啊，哥哥今天去学校里帮你想办法了！学校有救助困难学生的基金的一定可以弄到一点钱，你现在给我滚回医院去你听到没有啊……"

她安静地打断了我："我用不着学校，没有人会帮我的。"

她整张脸都洋溢着一种干净的，温度很低的凄迷。真奇怪，此时此刻的她比平时的任何时候都像个女孩子。她穿了一件领口很大的白色裙子，短短的裙摆像是层层叠叠的香草圣代。她的短发长长了些，有点蓬松地遮挡住了她的额头。她居然涂了口红——我认识这个颜色，这口红是她在我们家住的时候，我送给她的。

客厅深处半开着的房门边匆匆闪过了一个人影。我希望我没看清楚那是谁，但是，我就是看见了。

她由衷地对我笑着，她说："南音姐，你走吧，我真的约了人，我有事情。"

我不相信。

03 陈宇呈医生

幕间休息

高贵的人打得赢自己的欲望，无论那欲望有多么高级。陈宇呈医生一直相信这个。他当然不符合这个标准，只不过，他认为自己不像大多数人那么热衷于自圆其说。不过吧，还是要宽容些，人类本来就是在一边做婊子一边立牌坊的过程里慢慢建立文明的。

凌晨五点，家乡的弟弟发来了短信，短短的一句话：奶奶死了，刚才，走得很安详，没有痛苦。——那短信里自然是有一个错别字，弟弟把"安详"打成了"安祥"，他讨厌这样的错误，他觉得宣布死亡的短信都要写错字，十分低级——准确地说，居然在这种时候都不肯遮掩一下自己的低级。在他眼里，弟弟一直都是这么低级的人，尽管他们其实感情深厚。

所以他六点半就抵达了医院，这个钟点，找个好车位就不难。

他需要提早安排一些事情，然后等大家都来上班之后再去请假回去奔丧，一天的假就够了，加上首尾的两夜，他刚好能在一个非常重要的会诊之前赶回来。他沿着斜坡走上来，发现地库平时的出口还没有开，于是只好从一个肮脏角落绕行，那里有一个踹一脚就自动敞开的铁栅栏，每根铁条都裹满了脏得可疑的锈迹。于是他就撞到了那群早起锻炼的老人。这栅栏开出来的门，通向和医院一墙之隔的专家宿舍区，也就是说，这群老人都曾为这间医院工作过半个世纪。

他们对擦肩而过的他视而不见，成群结队地，一边甩手，一边沿着小径倒着走——据说是为了锻炼小脑吧，不过这让他们看上去像一群邪教徒。他们中过半的人已经忘记了毕生的知识和经验；忘记了他们在某些荒诞的年代里需要抵上前程甚至生命去保护的科学；忘记了那些从俄文翻译过来，原著者是前苏联人的厚厚的故纸堆；忘记了他们曾经一遍一遍跟病人们重复的话——他们如今只知道打听，传播，共享，并笃信任何一个可以让他们活得更长的食谱或者偏方。行医一生，尚且如此。在陈宇呈医生更年轻的时候，他也曾恐慌地想过这是否就是他此生的尽头。现在，他却只在心里微微一笑：这个国家的人民快要疯了，如此锲而不舍，孜孜以求，只是为了活得更久——所有对"尊严"略有渴望和要求的人都会被视为"不知死活"，然后被他们不费吹灰之力地淹没。

他偶尔也觉得寂寞。当他在心里像此刻那样微微一笑的时候，他也希望脑子里能浮现一张脸孔，可以跟他相视一笑。其实——那张脸孔或许是天杨的，但是他没有往深里想。

因为他想起了奶奶。她九十三岁，所以，"安祥"地离去是幸福的。

童年时曾有那么一个傍晚，母亲出差了，父亲单位里有事情走不开，因此他只能去奶奶家里写作业。他故意放慢了做功课的速度——功课从来没难住过他，能难倒他的总是时间。童年里，岁月漫长得令人恐惧，他不知道这些时间究竟什么时候才能过完。只有过完了，他才能长大。奶奶看到他已经开始对着文具盒出神，就跟他说：过来吧，和我一起祷告。

奶奶说："我们在天上的父，愿人都尊你的名为圣。愿你的国降临。愿你的旨意行在地上，如同行在天上。我们日用的饮食，今日赐给我们。免我们的债，如同我们免了人的债……"其实除了她自己的名字，奶奶基本上只认得三个字，就是"毛泽东"——所以，她究竟是怎么背下来这些听上去绕口的主祷文的呢？上帝难道也像他的小学老师那样，谁背不会主祷文就要留在教堂里罚抄 50 遍吗？行不通的，奶奶不会写那么多的字。他只好闭上眼睛，在心里跟那个或许比他的老师要好脾气的上帝说："请你让我爸爸快点来接我回家。"——但是父亲终究没有来。那晚他甚至不得不留宿在奶奶那里。

在生命的最后十年里，奶奶跟人聊天只有两个话题：第一，要信基督；第二，我的儿媳妇是一个坏人。这个饶舌、刻薄、没什么同情心的奶奶唯一的可爱之处，就是——她是真的不怎么怕死，病入膏肓也泰然处之。所以，他是在过了三十岁以后才开始真正尊敬她。尤其是当他越来越了解自己，发现自己尖刻和寡情的一面跟奶奶非常神似的时候，他就希望，他也能遗传到她沉淀在骨头里的，那一点点由衷的骄傲。

愿她安息。

昭昭站在楼群之间，喷泉的旁边。她白底蓝条的病号服下面，穿了一双鲜红的球鞋。她突然一跃而起，然后就踩在了喷泉池的边缘上，又闪电般地跳了回去，落地的时候几乎没有声音。如此这般反复了好几次，那道大理石画出来的冷硬的线一直无动于衷，红鞋却也毫不在意。似乎是这样的清晨太过沉寂，只剩下了女孩和时间两个人相处。所以她只好想想办法，跟重力做个游戏。

他本想和她擦肩而过，可是女孩扬起脸，凝神静气地注视着他走过来。看着她突然间羞涩起来的面孔，他不由自主地对她点了点头。女孩说："我今天醒得特别早，我在等着七点。"应该是看到了他眼里很茫然，她补充道："这个喷泉，一般是七点开始喷水的。"她笑了，"住在这儿这些天，要是我醒得早，我就喜欢等着它喷水。今天，我醒得有点太早了，病房里好无聊，我就下来等它。"

他也笑笑："等吧。"然后他终于可以经过她，他感觉到女孩的眼睛专注地凝在他的背影上面，是热的。他其实知道，他在这孩子心里是有分量的。他也知道，那种期盼是一个女人对男人的期盼。她心里盛满了因为青春期和绝境激发的柔情和欲望，然后他就不幸地被选作了载体。她和一般女孩子到底不同些，她骨头里有比她们更多的凄楚——因为病，也因为倔强，所以她的伤心倒也不会像她们的那般廉价。每一次带着学生查房，他都需要对她的眼睛视而不见。言语间，她总会提起当年。"那个时候您给我的药，现在还要吃吗？""您在我小的时候就这么说，为什么到现在还是这样呢？不是说，医学发展得很快吗？"……她以为因为五年前他们就已相识，他就理所当然地应该另眼看待她。也不仅是她吧，人们都会犯这种错，自以为自己在别人眼中是不同的——如果她是那些就连情感都粗制滥造的人，倒也罢了，可她不是。

有时他心里也会暗暗地想：孩子，你为什么不去喜欢你那个倒霉的老师？他才是最理想的，陪你演对手戏的人——还是太年轻，经验不足，所以选角失误。

他知道她眼下处境艰难。用不着听护士们嚼舌头，就凭她这次住院以后她爸爸从未出现，便能判断出异状。当然了，那些护士充满热情的讨论更加从各个侧面丰富了他的信息量：那起前段时间也算公共话题的爆炸案，那个自身难保的父亲，那群冷漠或者说冷酷的亲戚，还有，那个善良得如同传奇的郑老师。就像是一支烂得令人叹为观止的球队却拥有一个布冯那种水准的守门员——"郑老师"就在女人们口口相传且无限夸大的世态炎凉里，被神化成一个悲壮的形象。

无数次，在傍晚的时候，经过病房，他看到郑老师随意地坐在女孩面前的椅子上，整个身体已经自如得像是医院的常住人口。他们俩并不总是在交谈，很多时候，女孩坐在床上发呆，注视着吊瓶，液体一点点从藤蔓一样的管子里流进她的血管，于是她确信自己是活着的。郑老师就坐在对面，经常是在看书，从书页翻动的速度和书本打开时候左右两边的厚度差可以看出，他是真的在气定神闲地阅读。偶尔，他会抬起头问女孩："喝水吗？"甚至是突如其来地问一句："你知不知道谁是奥本海默？"——也许那是他正在阅读的内容。他的微笑里有种力道——此时此刻，他分明知道自己是不可或缺的，他知道女孩需要他。

他对这个老师有种天然的反感。因为他天生不相信那些好得离谱的人，他总觉得他们散发着可疑的气息。也不是可疑吧，是不真实。郑老师简直就是一个活生生的，标准化的例子。他非常随和，不到两周的时间里他能够叫得上来病房里所有护士的名字——也许这是班主任的工作强迫他拥有的特长，可是这分明就会让那些女孩子觉得，自己是被重视的。看见郑老师，她们各个都会给出来最诚恳的笑容，她们对他的热情无形中就带到了昭昭身上，即使是郑老师不在场的时候，昭昭也能得到一些特别的照顾——不用多么特别，换吊瓶的时候，动作轻柔些，再顺便聊上几句，这对于一个病人就会产生不一样的影响。病房里其他小患者的家长也由衷地尊重他，他们愿意跟他聊聊在教育自己孩子时候遇上的问题——说真的他不明白，对于这些父母来说，除了死神，还有什么更大的问题。他相信，郑老师在漫长的人生里，对此已经驾轻就熟：令自己的善意为核心，不管走到哪儿，让善意像蜘蛛一样吐丝，静静地，以润物细无声的方式，黏着谁就算谁，然后突然之间，就结成了一张精妙、整齐、自有其规律在内的网。那个小世界就这样围着他转了起来，巧妙地攫取着每个人身上那么少一点点光明的力量。这是他的本事。

　　但是那些被他收编在内的人不会意识得到，这小世界是个假象。如郑老师这样的人，也不会意识得到，这张网对于旁人来说，同样是一种不公平。如果说这个地球上，残酷和温暖的比例是9∶1，那么当一个人竭尽全力，想要把那残存的百分之十集中起来给他身边的人，这无形中会搅乱别的地方残酷和温暖的资源配置，就是这么简单的一个道理。

　　郑老师不知道，他不在的时候，那女孩的眼神才会恢复到往日去，恢复到她童年时那种锃亮的水果刀的光芒。其实这孩子原本就是陈宇呈医生的同盟，但是她毕竟幼小，她抵御不了郑老师的力量，她不知道她在跟从着郑老师背叛原本的自己。

　　她一个人静静地抱着膝盖，坐在病房的走廊上。他看着她，想起她小时候，也曾以一模一样的姿势跟表情，坐在敞开的窗子旁边。他甚至不想去打扰她，她需要这种时刻，和自己静静地待一会儿。暂时逃离那个谦逊而强大的独裁者的光芒，像童年时一样呼吸。可是她把脸静静地转了过来，她脆弱地笑了一下，她说："陈医生，我现在为什么觉得越来越累呢？"

他走到她身边坐下。是因为她身体里的那些坏血，它们已经流不动了。她的脸庞、她的嘴唇、她蜷缩成一团的身体都那么年轻，可是她的血管里住着一个风烛残年的老人。他当然不能这么回答她，他知道她问这问题只是在表达恐惧，并不是期待人回答。她也知道，他无论如何也不能像她的郑老师那样，对她笃定地说："别怕。"她有时候需要这个，有时候不需要。

她说："他们说，你昨天请假了，你去干什么？"

他答得无比自然："回家。奔丧。我奶奶死了。"

"哦——"她拖长的尾音细细地颤抖，"她多大岁数？"

"九十三岁。"他一边说，一边重新别紧了白衣兜上的签字笔。

她轻轻地笑了笑："那你应该……没有那么难过吧？"

他想了想，很诚实地说："比我当初想象的，要难过一点儿。不过，还好。"

她似乎是更加发力地，又抱紧了自己："活到九十三岁，好不好？"

他知道，她其实想问："活到九十三岁才死，和活到十八岁就死，到底相差多少？"

他说："我怎么知道，头七的时候我回去上炷香，帮你问问我奶奶吧。"

她笑了起来，那笑容灿烂得就连她下巴下面的膝盖似乎都跟着荡漾了起来："好啊，帮我问问吧。或者，到时候，我自己问她。"短暂的静默过去后，她清亮的声音又响了起来，她说："陈医生，你可以把你的电话给我吗？"

他说："可以。"

次日，他参加过会诊的病人住进了病房，在昭昭隔壁的那间。那孩子的状况复杂，他们一时间也无从确诊。他被这个病例搞得心力交瘁。每当碰到无从确诊的状况，他都会莫名焦躁。天杨在午餐的时候淡淡地取笑他："你强迫症又犯了吧？"他没讲话，甚至没有像平时那样回复一个微笑给她。叹了口气，把面前那个几乎没动过的餐盒盖好，用力地让筷子准确地戳破盒盖。

如果能确诊出患者已无可救药，那他就是见证着这个患者的沉沦；如果连确诊都不能做到，那就是和患者一起沉沦。他不大能接受这样的自己。他不管黄昏已经降临，他也知道他的学生里面有人已经将近48小时没有睡觉，他把他们召集起来，把资料派发下去，对他们说："明天上班之前，谁能给我一个有用的想法，真的帮这个患者确诊——不管你们是在等实习鉴定，还是在等着我的课的分数，我都给最好的。"

"陈老师，如果我回去问我爸爸，算不算作弊？"这个问话的女孩的父亲曾经是叶主任的同窗，劲敌，眼中钉，在他彻底放弃医生这个职业之前，在整个华北的血液科医生里，都是个仿佛镀过金的名字。他摇摇头，简短地说："不算。""陈大夫……我今晚值夜班……"讲话的是一个修读在职硕士学位的住院医生。他笑笑，看着他："那不是正好吗？你随时都可以查所有你需要的资料。"

他是在办公室过的夜。闹钟没能吵醒他，他以为外面不过曙光微露，其实查房马上就要开始了。他微微转了个身，高度不合适的沙发靠垫在考验他的颈椎。他模糊地想：今天有什么特别的吗？似乎是星期五，是星期五吗？他艰难地坐起来，四处寻找手机，没找到，算了，是不是星期五，等下可以问问天杨。

一个护士破门而入："陈大夫，昭昭突然昏迷了，心率是……"

　　他喜欢类似的时刻，那种醍醐灌顶一般降临的冷静和清醒，仿佛有一只手为他的大脑里撒了一把冰块，让冰凉的警觉一直沿着他的脊柱蔓延下去。

　　那女孩在重症监护室里待了48小时。他知道，照这种情况，无法控制的内出血几乎是必然的结局。郑老师坐在ICU的外面，从早晨，直至黄昏。黄昏的时候他缓慢地站起来，没有表情，他并没有立刻转身行走，他只是站在那儿，站在窗外的夕照的前面。似乎是在等待鸟雀落在他肩膀上。他不知道郑老师是什么时候离去的，他只知道，第二天的清晨，他又来了。一时冲动之下，他简直想过去和这个人聊聊天，他想知道，这个人是对所有的学生都会如此，还是昭昭是特别的例子。

　　他也想知道，当一个人可以如此倾其所有地对别人好，那是否表明，他已经不屑于珍惜自己了。

　　又一个黄昏降临，他终于有一点空闲的时间，坐到了郑老师的对面。他说："她这次挺过去了。再过一会儿，就可以送回普通病房。"

　　那人说话的时候，盯牢了别人的眼睛："您无论如何都得救她。"

　　他静静地,有力地回望过去，他想告诉他不是每个人都吃那一套，他点头道："我会。"

　　郑老师的整个脸庞都散发着试图给人启蒙的讯息："这孩子的爸爸已经要进监狱了，无论如何，请您治好她。"

　　他知道自己面露微笑，和上了他内心深处的冷笑声，原来这个大家公认的好人并没什么不同——郑老师他自己一定意识不到的，他此刻要求的东西无非是"特权"，跟旁人没有任何本质的区别。他只是淡淡地说："每个病人都是一样的，我都会尽全力。"——说完这句，他饶有兴致地想，有的人听完这句话，会觉得潜台词是在要红包，只是不知道这老师会如何反应。

郑老师依然不为所动："可是她至少需要活到她爸爸的判决下来那天，他们得再见一面。"坦白地讲，他的腔调并不让人讨厌，相反地，诚恳而且令人信服。可是——他在心里问：你需要别人回答什么呢？你只是需要别人此刻虚情假意地适应你营造出来的煽情氛围，然后像那些骗小女孩的日本电视剧一样，用力地点头说好么？你究竟是在为你的学生尽力，还是只需要走一个无比投入的过场，好让你自己内心平静？

如果我按照你希望的方式配合过你，等她死了，这样的死亡是不是更合你的胃口？

这世界原本就是草菅人命的。比这个更糟糕的是，人们不愿意承认真相。

他站起身，慢慢地说："我不过是个医生，您不过是个老师，咱们谁也不是圣诞老人。"

那天晚上，其实昭昭苏醒的时候，他就站在病房的门口。他远远地看到了女孩漆黑的眼睛，他听见她犹疑地问："陈医生呢？"——别人不会懂得，当女孩在两个世界间挣扎撕扯的时候，他们之间共同分享过什么。

就在他想要走上去，跟这个了不起的小姑娘打个招呼的时候，他听见了郑老师含着笑的温暖的声音："昭昭，生日快乐。"然后就是恶俗程度堪比春晚的戏码，欢呼，惊诧，温馨洋溢，一个特别的生日礼物……所有这些，换来女孩向这个世界投降的眼泪。

他退回了阴影处。这场景只会令他想起童年时候的奶奶，对他说："过来吧，跟我一起祷告。"奶奶已经不在了，奶奶真的无处不在。

在她的出院手续上签字的时候，他庆幸自己没有跟女孩照面。事实上，这是他早已预料到的结果。当护士说因为她的住院押金已经用完，必须通知她的亲戚来续交的时候，他就知道那些亲戚一定会派出其中一个来，为她办理出院手续。他见过太多类似的事情。

那天是9月1号，开学的日子。所以郑老师没有出现。

他好不容易可以在傍晚六点的时候下班。他的确已经想不起来，上一次和满城的人一样在傍晚归家是什么时候。有可能是一个半月以前，有可能更久。站在医院的楼下，他满心愉快地深深地呼吸着下班的空气。有个念头毫无防备地闯进他脑子里：真遗憾，天杨今天有夜班。他问自己：如果下一次，遇到两个人都能在傍晚时候下班，要不要顺便邀请她一起吃个晚饭？八年了，他几乎没在医院之外的地方跟她碰过面。随即他又苦笑着对自己摇摇头：谁知道要等多久，才能碰到两人都在六点下班？

一条短信进来了，内容跟那个孩子平日里说话的语气有种微妙的吻合："陈医生，我现在能见见你吗？我住在……（下面是她的地址）我等着你，谢谢。昭昭。"

他盯着手机犹豫了很久。夜幕降临时，他抵达短信上面说的地址，不知为何，他把车停在了离那个小区有一段距离的地方。

女孩站在空得荒凉的客厅里迎接他。她穿了一条非常像是女孩的裙子。白色的，很短，裙摆分了好几层。她修长的腿直接地袒露着。只可惜，她皮肤偏黑，所以这条裙子让她看上去像只鹭鸶。他尽量让自己不要去看她的胸口——其实也没什么可看的，开得很低的领口暴露出那里的一片平坦。可是正是因为这平坦，让他莫名地辛酸。这个夏天她头发长长了些，蓬松地垂在耳朵边，有几缕覆住她的额头，更是让人只会注意她的大眼睛。

女孩笑了，唇红齿白的笑："你来了。"

他安静地说："是，我来了。"

女孩说："我快死了，是吧？"

他没有回答。

女孩翩然转过了身，她不知道，正是她身上那种不知何时会爆发的轻盈令人觉得，她似乎永远也不可能变成女人。她转过脸，清亮地说："跟我来嘛，有好东西给你看。我都快死了，不会骗你的。"

那间公寓不大，走上几步就到了卧室的门边。

女孩说："进来呀。"

他只是摇头。

她径自走了进去，走到窗边。窗子上笼着一层薄薄的淡黄色的纱帘，她用力一拉，外边那层紫灰色的窗帘也阖住了，像幕布一样。然后她轻轻地打开了台灯。他伫立在门口，死守着门框那道界限，似乎那是划分观众席和舞台的标志。似乎他只要站在这里，房间里面发生的一切就和他无关，他只需要看着就好。

她一个人演出。

她俏皮地略微把脸一侧，睫毛的阴影就挪了过来，轻快地拉开了从左边腋窝以下，到腰部的拉链。然后蹙着眉头，像是不耐烦地挣脱了一下，那条裙子就像被撕破的粉蝶的翅膀那样离开了她的身体。他从没有见过那样纤细和美丽的腰。她赤着脚，踩着地上的裙子走了几步，然后停下了。其实她也完全不知道，这个时候该干什么。

她只好急匆匆地笑笑："你过来嘛，你都来了，难道还不知道要做什么吗？"

他说："别这样。"一股强大的悲凉紧紧地扼住了他的喉咙。为何总是如此？为何人们总是轻而易举地被"恐惧"玩弄于股掌之中？为何在还没见到神的时候，就已经急匆匆地下跪了？他想说孩子你会后悔。但是他不擅长讲这种话。他只会说："别这样。"

她靠近他，伸出手臂，尴尬地犹豫了片刻，右手还是落在了他的脸颊上——除了利落地脱掉衣服，她什么也不懂得。他不动声色地躲闪一下，就把她的手晾在了半空中。她稚拙地盯着他，眼泪涌了出来："陈医生，我只想你救救我。我现在必须出院了，可是我想治病。你救救我，只有你才能救我……"她抬高了声音，似乎是在使力让语言挣脱淹没它们的哭泣声，"我什么都可以给你，可是除了这个，我没有别的了。"她倔强地抬起手背，在脸上抹了几把。好像是她自己觉得此时此刻，除了那张哭泣的脸，全身上下没有什么地方是值得遮挡的。"我只要你救救我，我求你，我必须要活到我爸爸的官司打完的那天，我得再见他一面，陈医生，我真的好想爸爸……"

他瞬间就暴怒了，咬紧了牙克制住想给她一个耳光的冲动。他盯着她满脸是泪的脸吼道："谁教你用你爸爸做借口的？怕死就是怕死，连衣服都敢脱，这个也不敢承认吗！你就是想活，你为了活下去可以连脸都不要，这关你爸爸屁事！你们老师就教你们自欺欺人吗？"

她被吓到了。她噤若寒蝉地看着他，倒退了几步，然后慢慢地蹲了下去。自己抱紧了自己的身体，像只蘑菇那样缩到了墙角。眼泪像露珠那样，滴在膝盖上，奇迹般地，像凝在了荷叶上，圆圆地晶莹着，没被破坏。她手背上多了一道刺目的红印，原来她涂了唇膏，怪不得她刚刚的微笑如此炫目。

他捡起她的裙子，递给她，简短地命令她："穿回去。"

她不服气地斜睨了他一眼，哽咽着说："那你把眼睛闭上，我穿衣服的时候你不准看。"

他被她的逻辑逗笑了。他顺势在床沿坐下来："行，不看，你穿好了通知我。"他像是顺从一个游戏规则那样，闭上了眼睛。几秒钟后，他感觉到她在靠近他，她的身体莽撞地碰到了他的手臂。待他睁开眼睛的时候，她已经听话地把那条裙子套了回去，安静地挨着他躺了下来，蓬松的脑袋枕在他腿上。

"让我这么待一会儿。"她说，温热的呼吸吹着他的肚子，"就一会儿。"

他点头，俯视着她年轻、鲜嫩的脸："好。"

她把眼睛闭上了。

他突然想起了重要的事情，打开了身旁的背包，把几盒药，还有几盒针剂放在地板上："这些是我刚才从医院开出来的，就是你这些天用的药。你不用担心，我有办法搞定医院那边的账。你自己会不会打针？算了，我跟天杨说一声，就是护士长，她可以帮你打。"她安静得像是睡着了，于是他只好自顾自地说下去，"你眼下的情况算是暂时稳住了，按时用药会有用的。相信我，就算今天你和我做了你刚才想做的事，我也只能为你做这么多了。"

她呼吸得很平缓，完全不回应他。眼泪沿着她的太阳穴静静地流进了额前的发丛中。她额角的胎毛真是明显。那一刻，他突然很想弯下身子亲一下她的脸，就像亲吻熟睡中的陈至臻。

然后他们都听见了急促，沉重，到后来越发暴烈的敲门声。

『 南音 』

我记得那一天，公车已经开出去三四站地，我才发现，我坐错方向了。在车门差点就要夹住我脑袋的时候，我跟跄着逃了出去，真讨厌死了如此狼狈的自己。我站在马路的另一边，跟三四个陌生人一起，等待那辆因为乘客变少了，所以行驶得轻松莽撞的大家伙。这种时候就会由衷地庆幸，龙城不算是一个大城市——晚上八点之后，公车上基本不可能找不到座位的。我选了一个靠窗的位子，可以轻轻地把额头抵到玻璃上，让我沸腾着的大脑凉爽一点，有玻璃真好呀，我闭上眼睛就会觉得自己是把额头直接贴在了外面，如湖面般凉薄的夜色上。

手机上已经有六个未接来电了。全都是妈妈打来的。我知道我等下回家去一定逃不过她的骂——因为大家都在等着我吃晚饭我自己不管大家也不接电话不负责任没有组织纪律性不懂得关心别人……台词基本都是这样的。骂就骂吧，都是小事情。我现在回电话也好，不回也好，也不过是小事情。

跟我刚才看见的事情相比，所有的，都是小事情。

我心里突然就有一点恼火了。我可以装作什么都没看见——不是我自己愿意如此，是我知道你们都会要求我这样做；我也可以装作什么都没发生——我什么都不会，但装傻还是很有经验的。可是，这个隔三岔五就在要求我装瞎、装哑、装聋的世界，拜托你，在要求我之前，告诉我为什么，我只想知道为什么，这过分吗？

昭昭，我不知道你在想什么，这倒没什么奇怪的，我一向不知道你在想什么——好吧，你把……那个人……当成了你的梦想，可你知道他只是在乘人之危吗？难不成他是因为爱情吗？想到这里我都要把自己逗笑了。你去死吧——不，昭昭，我不是说你，我是说那个家伙，我现在恨死他了，恨得都没力气寻找合适的词语骂他了，要是姐姐在我身边就好了，姐姐那里总储备着数量惊人且无比生动准确的脏话。昭昭，你傻不傻？你明明已经孤立无援了，你还嫌不够么？还要亲手制造出一个情境供人落井下石吗？

好吧，其实我心里很难过——你是不是以为你自己一定要死了，所以无论怎样都要完成最后一件事情？或者说，你从心里相信"否极泰来"这回事，你让自己把所有的倒霉事情都经历过了，你就可以得救了？

那都是错觉呀。可是，我没有证据。

昭昭你背叛了哥哥，你背叛了我们。

我到家的时候已经八点一刻了，可是妈妈奇迹般地没有骂我。她从微波炉里拿出来热过一遍的汤，倦意十足地跟我说："去洗手，你哥哥马上就回来了，回来了就开饭。"爸爸说："饿了吗？不然你和外婆两个人先吃。"妈妈毋庸置疑地皱起了眉头："不行。"——好吧，今天又是哥哥救了我。作为一个完美无缺的人，晚回家自然是被正经事情绊住了，换作我就是另外一个问题，肯定是因为贪玩没时间观念不靠谱——这是我妈妈颠扑不破的价值观。

有个词听起来很绕口，似乎是很有文化的人才会说的，叫什么来着？对了，"话语权"，就是这个意思，太准确了吧。

我回到房间，刚刚把我在家里穿的那条粉红色的裙子从枕头旁边扯出来的时候，昭昭的电话就来了。我接起来，除了说"喂？昭昭"就不知道该说什么好。她比我更惨，因为我已经叫出来她的名字了，她就连"我是昭昭"这句废话都不好再搬出来救场，所以，只能沉默着。

不然，还是我先说话吧。我和她，我们俩像闹了别扭的情侣那样听着彼此的呼吸声，这场景可真的有些蠢。但是她抢在我前面开口了——她总是能比我抢先一步。

"南音姐，郑老师回来了吗？"她讲话的调子似乎就是在几天之内沉了下来，不再有以前那种会翘上去的尾音。

"没有。"我都没提哥哥，她还真是豁得出去。——说实在的我知道哥哥还没回家的时候松了口气，因为……守口如瓶也是需要力气的。可能是太饿了吧，我没有力气了。

"我打不通他的电话。"她停顿了一下，又立即拆穿了自己的谎话，"不是，南音姐，我知道现在我不管说什么，郑老师也不会听，你帮帮我，跟他说，不用再跟学校争了，别再为我的事情跟那些人吵，不值得的。"

"到底发生了什么？"我本来想说，"你好歹交代得清楚一点，我智商低。"——但是我觉得，眼下是不适合开玩笑的。

"你自己可以去看学校的论坛。"但是她自己也觉得如此故弄玄虚没什么意思了，于是她说，"学校不同意给我助学金，其实是，那些家长不同意，他们给基金会捐了钱，他们说不，学校当然不能不理。"

"这个……"我承认我听不懂了。

"因为我不算是贫困生啊。他们觉得我没有资格拿这个钱。所以南音姐，就算郑老师再怎么给他们解释我现在没有别的办法了，他们也不会信的。校长今天下午还打了电话给我，跟我说没有办法，助学基金也有标准和规定，谁都不能违反。还说学校会替我想别的办法。"她突然笑了起来，"算了，我不需要他们帮我。还有啊，陈医生愿意帮我，他已经给了我药，是他偷偷从医院开出来的。他说了，按我现在的情况，准时吃药，运气好的话，说不定能等到爸爸公司的人帮我把房子要回来的时候呢。他们不是说，等几个月吗？说不定，我真能撑过去几个月，就有钱回去住院了。"

"他凭什么帮你啊昭昭！"我忍无可忍地叫了出来，"你一个女孩子，你不觉得脸红吗？"——我也很诧异自己为什么在情急之下使用我妈的口吻说话。

"才不是你想的那样。"我能想象此刻的昭昭那种气急败坏的神情，"他喜欢我！"

"别开玩笑了他不过是……"

"你什么意思！他不可以喜欢我吗？懒得跟你说那么多。"电话那边已经换成了一声单调的，机器的长鸣，她已经收了线，似乎是她的电话机接替她来抗议我了。

妈妈在外面喊我吃饭了。我想，哥哥终于回来了。

饭桌上一直都是安静的。如果我没什么兴致说话，主动说话的人便少了。妈妈和爸爸轻声说了几句关于物业那边的事情，似乎是有人在小区里动工要开个饭馆，正对着好几家人的阳台，肯定会有油烟噪音什么的。有人就联系小区里所有的业主，说要大家一起联名写信给什么地方，让那间小饭馆开不起来。妈妈说："我们签还是不签？"爸爸说："我看还是算了，人家做小本生意的，也不容易。"妈妈说："我也是这个意思。"……哥哥没有表情地放下了碗筷，说："我吃好了。"站起来的时候外婆好奇地看着他说："别急着回去啊，刚吃完饭，好歹坐坐，喝杯茶什么的……"她是把哥哥当成客人了，不过今天外婆居然没有问他究竟怎么称呼。

晚上，我缩在自己的桌子前面，打开了电脑。原先登录高中的论坛的时候，输入用户名和密码的时候手指就像在做下意识的活动，现在不行了，我盯着那个熟悉的页面，用力地想了一下当年的密码，点击 Enter 的时候心里还在期盼千万别跳出来那个"用户名和密码不正确"的窗口。曾经自以为深入骨髓的习惯其实也这么轻易地就改变了。就像我过去每遇到一件事情，第一个反应就是拿起电话来拨给苏远智，如果他的手机关机或者无人接听的时候就会非常地恼火，觉得他又在故意地激怒我。但是，我不记得从什么时候起，这个习惯改掉了。它不知不觉，无声无息地离开了我的身体。

还有一件事，送他上火车之前，他去火车站旁边的超市买矿泉水，我等在外面的时候，看了他的手机。我就是闲着没事，或者说——闲着才找事——想看看端木芳会不会发短信给他。这次我很镇定地，驾轻就熟地进入他的收件箱，手指没有发颤，居然连心脏也没有"怦怦"地捣乱。

倒是有那么几条端木芳的短信，不过，内容还真没什么。

还有一条短信，是他爸爸发来的。的确是平日里那种板起面孔教训人的口吻："你这次回学校去，就是大学时代的最后一年，要加紧规划你的前途。南音那个女孩娇生惯养，只知享受，目光短浅，绝对不会懂得督促你奋斗，你自己对未来要端正态度，不要让她对你有任何负面的影响，谨记。"

我第一次知道，原来我有这么多的缺点。公文一般的语言，就给我定了罪。

算了，跟昭昭遇上的事情比，这都不算什么。

印象中，我读高中的三年里，论坛从来就没有这么热闹过。首页上，粗略一望，大半的帖子都跟昭昭有关。标题也都声势夺人：有老师，有家长，有学生；说理的，吵架的，八卦的——管理员今晚该兴奋死也忙死了吧。回帖数最多、最热闹的那条帖子是一个学校助学基金的创立者发的，他多年前毕业于我们学校，是我们大家的学长——至少他自己那么说。他还说他是中立的，但是他觉得原本用于捐助贫困学生的助学金拿来捐助一个家境优越，只是暂时遇到困难的学生是不妥当的，至少这违背了当时创立这个助学基金的规定——下面回帖子的人迅速分成了两派开始吵架了，有人说他只知道规定不讲人道，也有人叫好说谁都比昭昭有资格拿这笔捐助。然后争论迅速上升成为人身攻击，然后互相问候对方的身体器官和女性亲属……有的人觉得这里无聊就出去新开了帖子，在新的阵地里继续凝聚自己那边的力量，再迅速地看着新帖子以同样的节奏和步骤被搞得乌烟瘴气。——那个混战的帖子里有好几个眼熟的 ID，如果没记错的话，是教过我们的老师，也有几个是我的同学——虽然早已毕业，但还总是回来凑个热闹。

但是所有参与争端的人都没有跟对方讲清楚一个基本事实：没错，也许昭昭是如他们所说，只不过是暂时遇到了困难。可他们忘了，也许这个"暂时"和她的余生一样长。也许他们没忘，他们只是觉得那不是他们争论的重点。

另有一个帖子是开了为昭昭募捐的，发帖人说既然助学基金的规定确实不能违反，那我们就自己来帮助昭昭——这个地方很快就引来了另一场混战。在上面那个帖子里骂学校不讲人道的人，跑到这里来继续骂，说凭什么要给一个敲骨吸髓的罪犯的女儿捐钱——当然了，他们骂得更直白也更生动，我只不过是概括一下段落大意。立刻有热心观众把"永宣爆炸案"现场那些血肉模糊的图片贴出来示众，然后大家的兴奋点转移，开始八卦昭昭的家，以及她爸爸在永宣那个宁静小城里的势力和恶名——到群情激奋处不知是谁敲上来一句：她本来就该死。然后下面一呼百应，管理员跳出来维持秩序并匆忙删帖。

"该死"那两个汉字蔓延了整个屏幕。我关掉了电脑，不想再看下去了。

我突然很想给昭昭打个电话，叫她这几天不要上网不要去学校的论坛——可是，这么做很蠢，也许，她早就已经看到了，所以她才会宁愿相信，陈医生是真喜欢她的。

我把窗子整个推开，清凉的夜晚就进来了。龙城的9月，大半时间，已经不再需要空调。现在正是姐姐店里生意最忙的时候，姐姐真幸福，她店里来来往往的那些客人，此时此刻，谁也不用坐在电脑前面，胆战心惊地看着一个女孩子被那么多人说"该死"。

夜风里掺进来了一点烟味，于是我走到窗边，两手撑着窗台，这样双脚就离了地，把身子略微探出去，果然看到哥哥站在阳台上。

我又突然开心起来，悄声对着隔壁说："我过去喽？"黑夜中他的影子一般的轮廓对我微微点点头。

　　哥哥的房间有阳台，但是我的没有。搬家过来的时候，是妈妈分配的房间。我相信，如果哥哥当时不在四川的话，他一定会把这个房间让给我的，他知道我喜欢阳台，也不知什么时候知道的，总之他就是知道。

　　他就像知道我想要阳台一样，知道昭昭想要那个但愿能长点再长一点的余生。是，谁都想活，可是如果昭昭的爸爸没有出那件事也就罢了；如果昭昭还像当初那样，像个小公主一样躺在她精致的卧室里，闭上眼睛输给命运身边都是牵挂她或者假装牵挂她的人们，也就罢了；她曾经那么真诚地想要重活一次，她见过了罪恶，从自己和别人的仇恨里挣扎着想要重活一次，也许这世界上，只有哥哥认得出来她，只有哥哥和她一样珍惜那种渴望。

　　我轻手轻脚地打开了哥哥房间的门，溜到他身后，作势要吓他。但是未遂，他非常熟练地比我先一步转过身子，轻轻地捏住了我脖子后面那一小块地方，装成要把我拎起来的样子。"杀人啦……"我开心地嚷出来，结果夜空里传来妈妈的声音："郑南音你给我差不多点，不知道邻居们要睡觉啊！"然后她重重地把她的窗子关上了——也不知道是谁的音量更扰邻些。

　　哥哥按灭了烟蒂，我才注意到他把烟灰缸也带到了阳台上。他就是这样的，打死他也不肯乱丢烟头。并且，他摁烟蒂的时候总是狠狠地，不允许那上面还带着哪怕一丝的火星。"也给我一支，教我抽，好不好？"我拖着腮问郑老师。

　　"你别想。"果不其然，他还是打我的脑袋。

　　"哥……"我突然换了一种我自己都觉得肉麻的语气，"你，没有上论坛去跟他们吵架吧？"我想起了那一两个孱弱的替昭昭说话的标题，只要一想到陷入那一片攻击声的是哥哥，我的心就紧紧地揪成了一团。

"没有。"他淡淡地笑笑，"我又不擅长那个。你知道的。"

"嗯，要是换了姐姐就好了，姐姐说不定可以……把整个网站骂瘫痪。"——我为什么总是在这种时候由衷地想念姐姐呢——"你也不要总是想着这件事了。"我小心翼翼地看着他的侧脸，"你能做的都替她做了，所以你尽力了。"

"有什么用？"他转过脸来，看着我。

"烦死啦！"我瞪着他，"人家在安慰你嘛，配合一下不行啊？"——我不能告诉他我今天看见的事情，我决定了，怎么都不能。

"我想为那个孩子做点事。"他说，"我只是想让她知道……"他似乎是在寻找合适的表达，可是失败了，他此时浮起来的微笑明明白白地翻译着"失败"二字，"不知道为什么，我觉得那孩子身上，有些地方特别像我。"

"哪里像嘛。"我表示反对。但是，我知道他在说什么。

你们都是愿意拼尽力气，让自己干净的人。你们想得到的，是清洁。或者说，是那个永远在清洗自身的自己。以前，我也这么想。可是，你真的确定昭昭和你一样吗？因为你没有看见我看见的事情呀。

"睡吧。"哥哥温柔的叹息声像是在呼应远处的蝉鸣，"明天你也得早起上班。"

我的实习马上就要结束了，大学再下一周就要开学。在这两三天里，我每天都跟自己说，等到周五吧，周五我到公司去收拾东西，跟大家道个别，拿最后一个月的薪水——经理决定多给我 500 块，然后，就去看昭昭。对了对了，这个星期五哥哥不去学校，学校临时因为什么原因，那一天不上课。于是我心满意足地抱起我的纸箱，现在我的确必须回家去，把这个大家伙放回我房间，再跟哥哥一起去看昭昭，多么顺理成章的事情。

好吧，我现在很怕自己一个人面对昭昭。我承认了，行不行啊？

进门的时候，雪碧居然大方地坐在客厅的沙发上。抱着可乐，一边吃零食，一边给身旁的外婆讲解电视剧的剧情："外婆，这个是好人，那个是坏人，你记住这个，就能看懂了。"外婆用力地点头，伸出来的手指略微发颤："这个是好人？那，他旁边的这个女的呢？""啊呀她是好人啊，她上一个镜头刚出来过的。你刚才都问过啦。""我没有。"外婆坚定地表示。"快看，外婆，太后出来了，这个太后最坏了，其实人就是她杀的。""不像话！"外婆真是一个最认真的观众。

"你又逃学！"我把箱子放在茶几上，故意刺激雪碧。

"那又怎样啦！反正今天是周末。"她斜睨着人讲话的样子怎么那么像姐姐呢，真奇怪，"要是没人在旁边帮忙解说，外婆是看不懂电视的。"

"哥哥呢？"

"在房间上网。"她指了指楼梯。电视剧就在此刻中断了，开始插播广告，外婆疑惑地问雪碧："没有啦？"雪碧热心地回答："有的，外婆，他们等一下就回来啦。"然后冲着我做了个鬼脸，"不信你看着，等广告结束了，外婆一定又会以为自己在看一个新的电视剧。"

我的电话就在此刻响了，我手忙脚乱地找了很久，才把手机翻出来。是个陌生的号码，按下"接听"的那一刹那我还以为说不定是诈骗集团。

"你是昭昭的朋友，对不对？"这个声音很熟，对的，是那个美丽的护士长。

"嗯，我是。"

"赶紧来一趟医院，你，或者是你联络她家里的人，快点，不然来不及了。还有，记得带钱，至少带3500块。"

在我身后，外婆和雪碧的对话又无辜地响起来。"这个，还有这个，这两个都是坏人，旁边那个丫鬟，不好不坏吧，挺复杂的。"——雪碧像个小大人那样，认真地说"挺复杂的"。哥哥出现在了我的面前，他穿着很随意的牛仔裤和白色的麻布衬衣——衬衣很旧了，都在泛黄。他说："你回来了？"有个机械的声音的确是从我嘴里发出来的，但是我听上去却觉得它来自我身后："去医院，快点，是昭昭。"

路上，哥哥对红灯视而不见地闯过去的时候，却转过脸来镇定地对我说："别慌，把安全带绑好。"

"哥，那个护士，她为什么要说——不然就来不及了？她是什么意思？"我的声音很小，因为我觉得，一旦我抬高了声音，所有的事情就会变成真的。

他不回答我，保持静默。

"应该没那么糟的对吧？不会真的那么糟的。"我的膝盖不知为什么一阵酸软，所谓的关节炎是不是跟这种感觉差不多呢——天哪我为什么会想到这么无关紧要的事情呢，简直像是故意在跟老天爷开玩笑。"肯定不会有事的，陈医生一定会尽力救她。"我看着哥哥，像是在寻求肯定的答复，"他们俩已经在一起了，所以陈医生不可能不救她你说对吧？"

"你说什么呢，南音？"

"你别用那种语气我拜托你啦！"一阵烦躁涌上来，简直像是晕车时候的恶心，"我是在往好的方向上想你怎么就听不出来呢？好吧我也觉得那不算是真的在一起，那天我在昭昭那里看见了陈医生，他在房间，在卧室，然后昭昭就硬要赶我走——我不敢告诉你就是因为怕你用这种眼神看着我所以你现在专心开车好不好呢？你那种眼神很吓人的你自己不知道……"我闭上眼睛，一片泛红的金色里，太阳穴像两颗互相呼应的心脏那样，"我跟你说是因为……也许那不算是坏事吧，如果这样可以让陈医生更努力一点救昭昭的命，那就不算坏事吧。只能这么想了，我们应该这么想，我也是想让你放心一点啊，昭昭是对的……"

"闭嘴！"哥哥的声音被淹没在汽车喇叭里，但他还是威胁到我了。我懦弱地闭上了嘴，转脸看着窗外——不理他，从小时候起就是这样，如果是妈妈骂我，我只是会觉得憋屈和不服气；但若是他对我发脾气，我就会沉浸在一种说不出的悲伤里面。我想让自己就这样悲伤一会儿，因为这样可以让我错觉，除了我们俩在闹别扭，并没有发生别的事情。

美丽的护士姐姐把我们领到急诊室旁边一个叫作"观察室"的门外。然后她不由分说地伸出手臂，把我挡住了："你不要进去。"她这样说，"现在马上去交钱，这是单子，一袋血小板是2000块，一袋凝血酶是1500……她在大出血，可能有并发症，也许是DIC……但是没有缴费收据血库那边就不肯给我们，真的不能再等了，你跟上我，我们跑着去跑着回来，懂吗？"

其实我不懂，她的意思是说，因为没有交钱，这间医院就会听凭一个人在那里流血吗？但是我没有时间再去想这个了，我只记得我像是变成了一只麻雀，追着前面的一只白鹤不断地飞，我不需要认得路，只需要听着耳边空气呼啸的声音。真不简单，我居然还记得银行卡的密码。该死我拿错了卡，哥哥要我拿的是那张金黄色的，可是我拿成了蓝色的，这张蓝色的里面应该只有 2000 块多一点了。请输入密码，一袋血小板就有了；我包里还有那个信封，是我刚刚拿到的，难道我们经理那么有先见之明所以才多给我 500 块的么，不管了，总之有了凝血酶……护士姐姐说："我去叫陈医生和其他人来，马上就可以抢救了。"

推开那间怪诞的，"观察室"的门，我还以为里面在拍电影。

全是血。盖在昭昭身上的白色被单在一点一点地变红，我是说，那仅存的几片白色让我知道它是一点一点变红的。她有一只手臂垂在被子外面，白得近乎透明，血源源不断地沿着她的手，她的掌心中的脉络，她的指甲盖——滴下来，在床前汪成了一个小小的湖泊。我几乎都要听见它们像雨滴一样静谧的声音。哥哥跪在那摊血的中央，紧紧握住了她惨白的手。血就像一个顽童那样，在她干净的手臂上不停地涂鸦。哥哥把它贴在自己的胸口，就好像如果昭昭的血流到了他的身上会是个安全的去处，他就能把它们再全体还给昭昭。

"别睡，打起精神，马上就可以抢救了。"他笃定地告诉昭昭。

"真是丢脸呢。"昭昭的声音微弱，但是语气没变，"我今天早上来了大姨妈，郑老师我不该跟男生说这个的吧。但是血一直流一直流，我就害怕了，我就想陈医生给我留下的那些针，打一下也许管用的。我以为打针没什么难的，我总看着人家打针嘛，可是，她们说，我好像是扎破了血管……总之，糗大了。"

"别说那么多话，留点精神。"哥哥简短地命令她。

"算了吧，我累了。"她的声音在陶醉地微笑，"郑老师，认识过你，真好呀。"

"答应我一件事，昭昭。"哥哥捏紧了她的手，那只沾满血的手像掺了红色的花瓣一样，被哥哥攥在手心里，"要是你真的不想撑了，就睡吧。可是不要恨任何人，懂吗？不要恨你爸爸，不要恨李渊，不要恨学校那些不肯帮你的人，不要恨陈医生，也不要恨这个医院里一定要你交钱才肯抢救的人，更不要恨自己。"

"这么长，记不住……"她嘟哝着，长长的睫毛又一次垂下来。

"谁都不要恨。这是我要你做到的最后一件事。我知道这很难，昭昭，但是你要答应我。你做得到吗？"

"好。"她似乎是想点头，但是她没成功。门就在此刻开了，他们涌进来，像是要打群架那样把哥哥推到一边去，推走了那张带轮子的床，留下了那个血的湖泊。

当陈医生重新向我们走过来，摘掉口罩的时候，不，不用等到那个时候，其实我已经知道了，其实我们都知道的，包括昭昭自己。陈医生轻轻地摇了摇头："弥散性血管内凝血。我们尽力了，你们通知她家人吧，让他们来拿死亡证明。"

她穿着一条领口开得很低，有很多花边的裙子。白色的。刘海蓬松地遮住了眉毛。如果我知道那是我最后一次看见她，我不会那么慌不择路地逃跑，我会告诉她，口红不用涂那么重的，轻轻地涂一层就够了。

我刚才不敢靠近她，是怕踩到那一地的血。可是我还没有和她告别。

那些因为她是一个罪犯的女儿所以觉得她也有罪的人，那些认为她不值得帮助不配被帮助并且觉得她死不足惜的人，那些咒骂她应该去替爆炸案的罹难者偿命的人，那些背负仇恨恐吓她跟踪她扬言要杀她的人。你们赢了。

我祝你们度过平静幸福的余生。

『 陈宇呈医生 』

死亡时间是 14 点 27 分。9 月 4 日。2009 年。

他知道那个人一直在身后。他站在办公室门口的时候，叹了一口气，转过头对身后说："进来吧。"他觉得自己像是在主动窝藏一个逃犯，也许，因为他浑身是血。

"她是什么时候被送进来的？几点？"那人问道。

他不知道自己为什么要回答："中午的时候，十二点左右吧，具体的时间，我也记不清了。"

郑老师重重地呼吸："我是差不多一点一刻的时候来这儿的。也就是说，你，眼睁睁地看着她流血，一个多小时你什么也没做。"

他看着他："我并没有眼睁睁地看着她流血。在那一个多小时里我在救别人的命。我们的护士长在和血库交涉，但是没有手续的话之后会很麻烦，医院有医院的规章和制度，我只是在做我的工作。"

"对。你不过是个医生，我也不过是个老师，是这个意思吧？"那人笑了，笑容居然是明晃晃的。

"如果我们真的什么都没有做，你仔细想想，你这个老师是怎么到这儿来的？"

"那又是谁签字同意她出院的？又是谁在她出院以后给她药的？谁给她自己打针然后扎破血管的机会的？这就是你的规章你的制度？"

"我知道，你现在需要有个人为她的死承担责任。你可以去告我。不过你最好咨询一下律师，看看你有没有代表那孩子当原告的资格。"

"我不要任何人承担什么责任。"那人难以置信地逼近他，他几乎闻得到那件衬衫上的血腥气，"我只是要你知道那孩子一直到最后都相信你是那个能救她的人，我只是要你承认你手上有血……"

"我手上有血？"他打断了他，"我手上的确有血，我从来都没有否认过。八年了，要是算上研究所的那三年，整整十一年我的手就没离开过这些脏血和坏血。如果我手上没有血我又怎么去救那些最终活下来的人？我和你不一样，郑老师。你的工作里，最重要的事情不过是升学率，你有的是时间和小孩子们的心灵做游戏。可是我，我的工作里，要么活着，要么死，就是这么简单的事情容不得我去讨价还价。所以我没那么多闲情去假扮上帝。"

那人又是静静地，明亮地一笑："你手上有血，这关上帝什么事？"

他低下头去，胡乱地把手机和几样东西塞进公文包："现在请你出去吧。我要去幼儿园接我女儿。"

"如果今天，躺在观察室里的是你的女儿，你希不希望有人立刻去救她？"

"如果我知道我的女儿有躺在观察室里的危险，我无论如何，都不允许自己进监狱。"

说完这话，他推开门走了出去。天杨站在走廊的尽头处，像是非常惊诧地回眸望了他一眼。怀里抱着他刚刚脱下来的，沾着血的白衣。他慢慢地走近她，突然之间，满心苍凉。

"让我就这么待一会儿，就一会儿。"徘徊在脑子里的，却是昭昭的声音。她闭上眼睛，一滴泪滑下来流进了鬓角里。现在，坏血都流光了，她终于洁净如初。

"去接臻臻吗？"天杨问。

他点头。他终于说："下周，找一天，我们把班调一下，一起去吃晚饭，好不好？"片刻的静默里，他看着她眨了眨眼睛，有点尴尬地把目光移开，笑了笑。

"不用现在回答我，可以想想。"

『南音』

是我把他从那间办公室里拖出来的。他顺从得就像宿醉未醒。

我们俩就这样寂静地坐在医院走廊的长椅上。不动，不说话，连对视也没有。我偶尔会偷眼看看哥哥，从我们身边经过的人也都在诧异地注视他。我知道，不仅仅因为他就这样一身血迹地出现在明亮的阳光下，还因为，这些血痕让一向温和的他沾上了一种很奇怪的英气。就像是某个遥远年代里，刚刚接受了刑囚的革命者。

不知道过了多久，反正我记得，直到阳光不再那么刺眼。我想像平时那样推推他，但是终究有些畏惧。我只是对他说："你要不要去卫生间洗洗手？我们回家吧。还有很多事情要做呢。"

他对我笑了，那笑容就像是他遇到了什么东西，值得他沉醉其中。他说："好，我们回家吧。"

"你能开车吗？"我不安地看着他的眼睛，"要不然，我来开？"——其实我还差最后的路考才能拿到驾照，但是我觉得，现在的情况，还是我来开比较安全。

他说："不，用不着。"

我迫切地想要回家去。我希望我一进门就可以看见外婆依旧和雪碧坐在沙发上，雪碧耐心地教外婆辨认电视剧里的好人、坏人、不好也不坏的人。我们的车终于驶出了医院的地库，车水马龙的街道上，人们的脸一如既往地漠然。他们都不知道昭昭死了。他们不知道，真好啊。

"南音？"他把车停在了路边，但是没有熄火。我惶恐地看着四周，不知这里是否可以停车，但我很快就释然了，此时此刻，还在乎交通规则做什么？

"去对面的小卖部里，帮我买包烟，好吗？"他用沾满血痕的手递给我一张 20 元的钞票。也对，抽支烟，也许能帮了他。

"好。要什么牌子的？"我一边解开安全带，一边愉快地问。我为什么要勉强自己愉快呢，因为我们终于可以谈论一点跟昭昭没有关系的话题。比如香烟的品牌。

"都行。"他的口吻似乎恢复了一点安宁，"万宝路吧，红色的。"

我看着交通灯上的小人由红色变成了绿色，我数着斑马线走到了马路对面，但是数完了我立刻就忘记究竟有几条了，我走进那间小店铺的时候故意放慢了和店主说话的速度，我对他发自肺腑地笑并且在他递给我找回来的零钱的时候说了声"谢谢"，我把零钱一张一张，按照面额由大到小的顺序叠在一起，好像这是个仪式，我身边走来一个四五岁的小姑娘，穿着一套深蓝色的水手服，戴着小黄帽，她费力地踮起脚尖想要够柜台上的棒棒糖，我就问她要什么颜色的，然后帮她拿了并且弯下腰认真地递到她手上……我用尽全力做完每一桩每一件的小事情，因为在用力完成它们的时候我能感觉到时间一分一秒微弱地缠绕着我，我需要这蜘蛛丝一般的时光捆住我那个马上就要出窍的魂魄。

马路上传来一声轮胎滑过路面的尖锐的声音。我和那个小女孩一起转过了身。嘈杂惊呼的人声里，我看见一个男人呈弧线飞了出去，砸在路面上。我看到哥哥的车跟跄地停泊在那男人的身旁。我发现那男人是陈医生，因为他没有穿白衣，乍一看有些陌生。

身边的小女孩尖叫着跑了出去，却又在店铺的台阶上停下了，她捏着小拳头，两条小辫子像是被风吹得直立了起来，她的声音清亮得像是鸽哨："爸爸——"爸爸的车——不，是哥哥的车猛烈地倒退了一点，又对准了地上的陈医生开过去，陈医生像一截不慎从热狗里掉出来的香肠那样，在车轮底下的地面上翻滚，那种灵活的感觉很诡异。

路边的行人围住了哥哥的车，和躺在地上的陈医生。其实，这是多余的，在警车来到的两三分钟内，哥哥一直端坐在驾驶座上，没有出来，也没想过要逃走。

他从车里出来之后，走进警车之前，回头看了我一眼。

我想他也知道，从现在起，在这个世界上，除了我，没有人能原谅他。

对吧，船长？我的船长。

『 陈宇呈医生 』

他把车停在路边，走出来等臻臻。星期五总是如此，他必须要把臻臻带到医院里来待上几个小时，之后才能完全享受一个属于他们的周末。臻臻想要去买棒棒糖，并且她最近有个新习惯，就是买零食的时候不喜欢大人跟着，她要自己完成那个购物的全过程，以此证明她长大了。

所以他挑选了一个不错的位置，可以把她的一举一动都看在眼里。她如果真遇上什么无法解决的事情，只要一转身，就找得到爸爸。

一声尖厉的巨响，然后他就莫名地发现整个天空以一个前所未有的角度在他面前敞开了。似乎是要把他吸进去，但是最终还是地球赢了。

他倾听着自己的身体砸在地面上的时候，意识尚且是清醒的。他看见了那张挡风玻璃后面的脸庞。

你这个罪犯呵。我们本应该审判彼此，也被彼此审判的。但现在好了，你终于把我推到了一个安全的地方，把你自己推到了残忍的人群里。你真蠢，你不知道我们二人才是平等的。

他庆幸自己在人世间听到的最后的声音是臻臻的。"爸爸——"无比清亮，他早就觉得，该把她送到儿童合唱团里。

但他不知道他错过了一条短信，他迟钝的身体已经无力感受手机的微妙振动了。

发信人是天杨。短信内容很简单：好的。

　　我的小镇上的雪都化了。在一夜之间全都化了。房顶上红色的瓦片露出了粘着污垢的缝隙。不是应该满地都是脏水吗？——白的雪地会缩小，变成疮疤一样集聚着的小水泊。然后已经干净的路面上，会留下几个踩过污水的脚印——可是没有，雪似乎是在一瞬间融化并且蒸发的，干净得就好像我的小镇一直都是在夏天。

　　温驯如羊群一样的雪地，被阳光杀掉了。悬挂在我们都没可能看到的后厨房里面，等着进烤炉。

　　"杀"这个字一旦掠过，我是说，哪怕是在睡梦中模糊的潜意识里，它轻巧地闪一下，就会像个刀尖，划在我心里一块凭空出现的金属板上。那个尖厉的声响会酸倒我的牙，让我的脑袋里有黑暗骤然降临，让我周身寒冷，让我像现在这样，用尽全身的力气，像在闯大祸那样睁开眼睛。

手机上的时间是 12：46，我记得我刚才还看过一次，似乎是 12：38，也就是说，那个小镇上的梦，最多持续了八分钟。这已经是我五个晚上以来，最长的睡眠了。

警察问我："车撞过去的时候，你看见了吗？"他们问了好几遍，只不过是替换着词汇。我一遍又一遍地说："我没有看见，我只是听见响声才转过头去的。那时候事情全都发生了。"说得次数多了，就有了一种奇迹般的错觉。我完全不理解自己嘴里发出来的声音是什么意思了。我开始胆战心惊地怀疑着，我一定在撒谎，我其实全都看见了。怎么办郑南音，你在撒谎。不过有什么怎么办呢，反正谎已经撒了。

我却是真的忘记了哥哥在陈医生已经倒地的时候附加上去的碾压。但是，我忘记了也没什么要紧，那个路口有的是目击者。

姐姐站在公安局门口，她的嘴唇惨白干裂。看到我，她只是说："等着，我去开车，先回家，赶紧离这个鬼地方远一点。"可是哥哥不能跟着我们一起回家了。他既不能坐在方向盘后面，也不能坐在副驾座上，自然也不在后座。但我总觉得他在这辆车里，我觉得他在。姐姐突然说："我和雪碧搬回来住，三叔的车被拖走了，有我的车放在家，总是方便些。家里现在也需要人手，而且打官司什么的样样都是钱，所以我打算把房子卖掉。"我真佩服她，在这个时候，想到的都是最具体的事情。

她似乎是在自言自语："得马上给江薏打电话，还有方靖晖，看他们认不认得什么律师，或者是法院的人……"我抓紧了安全带："姐，你开慢点，我恶心，好像是晕车。"她转过脸，非常奇异地笑笑——我觉得一个人不需要对别人晕车这件事报以如此复杂的微笑，她悄声说：“现在，该我们所有人为了他忙死累死了。”

这就是她对哥哥杀了人的事情，做出的全部评价。

陈医生没有死。或者说，现在还没有。他凶多吉少地躺在重症监护室里，用呼吸机把哥哥的命运攥在他已然麻痹的手心里。冷血的人无论怎么样都会赢的。

当我知道这个的时候，如释重负地想，这下好了，你不死，哥哥就不是杀人犯。这是我现在唯一关心的事情。

我走到爸爸妈妈的房间里去，坐在妈妈身边。我认真地对她说：“妈，那个陈医生还活着。他是脑出血然后深度昏迷，他们医院的人都在尽力救他的。”她完全不理会我，所以我只好接着说，“你别担心妈妈，我相信陈医生不会死的，所以哥哥不会被……”

被什么呢？我不敢从自己嘴里说出来。被判死刑。心里把这四个字排列好顺序想一遍，就已经是我的极限了。

从事情发生到此刻，已经过去了快要一百个小时。妈妈病了。她一直躺在那里看着床对面的墙壁，不吃东西，不喝水，不说话——据爸爸说，她也不怎么睡觉，所以她一定是病了。爸爸只好拜托了一个朋友，到家里来给妈妈打点滴，让葡萄糖和生理盐水交替着滴落到她的身体里，客厅里的一个很旧的衣帽架被拿进来悬挂吊瓶。我不敢看妈妈的眼睛，只好注视着这根柔软的输液管。像葡萄藤，蜿蜒上去，尽头却是那个一点都不像葡萄的玻璃瓶。

“妈，你就相信我嘛。”若是在平时，这句话我会用更柔软的语气说出来，可是现在，我也没有力气了，“我直觉很灵的。你看，上次爸爸做手术，我就是预感到他一定没事，结果还不是没事。这次也一样。你们都说我运气最好，我肯定能把我的运气全都拿出来给你们大家平分。”

两行很短的眼泪从她眼角滑下来，沿着太阳穴，就消失了。可是她脸上还是一点表情都没有，似乎那不是眼泪，不过是因为输液输得太满，所以渗漏了出来。外婆推开门，不紧不慢地走了进来，外婆应该是唯一一个不知道发生了什么事情的人吧？不，也许还有北北和郑成功。外婆冲着我招招手，示意我过去。外婆说："你出来，让她睡觉，别吵她。"

外婆你真聪明。你知道妈妈现在其实跟沉睡差不多，对吧？

陈妈坐在厨房里，就是那把妈妈平时坐的椅子上面。不过炉灶一片宁静，几个番茄放在水池旁边，却是没有一丝将要被烹饪的迹象。她在哭。并且完全不介意让我看着她哭。我站在冰箱前面，注视她的侧影，就这么待了一会儿。此刻，我不会感到尴尬，因为我知道她也不会。跟那件凭空把地面砸出一个深坑的可怕事情比起来，所有的小情绪都会像是深秋时候的树叶，不知不觉就掉光了。

"我不相信这是真的，南音你相信吗？"她静静地说。她和我一样，已经来不及给自己说的话增添上任何意义上的语气。原来把情绪像涂颜色那样涂到自己的语言上面，也是个体力活儿。

我不知道该怎么回答她，我总不能说，我比你们谁都相信这是真的。

"肯定是搞错了。"陈妈摇了摇头，两滴泪一前一后落在她的裤子上，"西决……他一定是不小心，他一时冲动了所以不小心……"她没注意这句话的逻辑很有问题，"只不过是意外而已，是事故，谁都不想发生的，我们可以去给那家人道歉，跟他们协商，赔钱嘛，那些警察怎么能把西决当成杀人犯呢？"

警察告诉我们说，哥哥自己承认了他是故意撞上去的。但是他不肯讲他为什么那么做。

"南音，为什么呢？"她左手的食指和中指并拢，抹了一下流在下巴上的眼泪，这让我产生了一种……她哭得心满意足的错觉，"西决的脾气多好啊，他怎么可能？"

我诚实地低声说："我不知道。"但我并没有撒谎，我确实不知道该怎么解释。

"我们到底什么时候可以去看他？"陈嫣转过脸来看着我，似乎一想到现实的问题，眼泪就暂时不流了。

"我也不知道。"这几天来，其实这个问题每个人都问过每个人，然后每个人都回答给了每个人，"他们说，要等正式判决下来了以后，他才能见我们。"

听见"看守所"三个字，她眼神躲闪了一下，我知道，她又该哭了。

我似乎听见了我的手机在振动。似乎有那种类似黄蜂振翅的声音在我后脑那个方向隐隐地作祟。我知道那是不可能的。因为自我从公安局出来的那个晚上，我就把它关在了抽屉里，它一直在那里喋喋不休地振动，几十个未接来电有一半是苏远智的，剩下的一半来自我大学的同学，以及过去高中的同学们——他们看了新闻，或者报纸吧，这些没心没肺的人，我家的电视机已经好几天没有打开过了，我们不约而同地裁决自己坐了牢——不再有接触外界信息的资格。至于打开电脑上网，那更是想都不敢想的事情。

所以我的手机怎么可能还在振动呢？我记得我关了它，因为它激怒了我，让我觉得那些面不改色的振动是种带着蔑视的反抗。我关了，十几个小时以后又不放心地打开，短信们争先恐后地涌进来的时候，我咬了咬牙，直接翻了个面把电池抠了出来。

按道理讲，它应该不会再振动了对吧？那现在这个耳边的声音——我甩甩头，挺直了脊背，发现自己一直不自觉地靠在冰箱上。

是冰箱发出来的，没错，有时候冰箱运行起来，也有一种隐隐的"嗡嗡"声。

姐姐走进来，怀里还熟练地抱着北北，她装作没在意陈嬷通红的眼睛，跟我们说："出来吃饭了。"声音依然元气十足，她就靠着这个声音在一夜之间成了一家之主，"街对面那家外卖店越来越不像话，放那么多油，可是没人做饭了，只好将就着。"北北不像郑成功那么乖，在姐姐怀里一本正经地挣扎着，姐姐的手臂卡住了她的腿，于是她就完全不认命地张着两只胳膊在空气里奋力地划，就像是准备跳伞。

当我坐在饭桌旁边的时候，发现我还是听得见手机振动的声音。我像是应付什么必需的礼仪那样夹了一筷子青菜，然后跟自己说："是冰箱。"但是又不死心，只好抬起头问对面的雪碧，"你是不是把我手机里的电池装回去了，然后又开了机？"雪碧对我翻了一个白眼："我没事闲的……"随即她认真地跟姐姐说，"我明天不去学校行吗？""自己看着办。"姐姐一边给大家盛饭，一边淡淡地瞪她——但是，姐姐冲人瞪眼睛的神情也不再那么凶了，我们所有人都无法像曾经那样理直气壮地活着吗？雪碧悄声道："学校里大家都在传那张报纸嘛，都知道那是我们家的人，还好，我现在没在小学里，西决叔叔那时候总去学校接我的……"此时是小叔在说话："那就别去了，请几天假，老师应该也知道是怎么回事。"——小叔应该也有好几天没怎么讲话了，陈嬷必须要照顾北北，所以到了晚上还是会带着北北回去，但小叔就留在这里，和我们大家一起，像是我小时候那样。

妈妈总抱怨这个新家空荡荡的，现在，终于每个房间都住满了人，姐姐和雪碧分享了昭昭用过的房间，小叔……就住在哥哥的房间里，这个安排刚刚好，像是什么人在做填字游戏一样，替我们添满了这间屋子——姐姐说，这屋子的风水一定是有问题的。

"外婆。"雪碧说，"明天我在家里陪着你看电视，你有什么不懂的都可以问我啦。"外婆安详地答非所问："难吃。鸡肉太老了。所以客人走了，不肯在我们家吃饭。"外婆有进步，起码此刻觉得自己身处在"我们家"，不需要询问每个人"怎么称呼"了。外婆说的客人，指的是那个来家里帮妈妈输液的人。是爸爸的朋友，也是另外一间很小的医院的大夫。但是人家不愿意留在我们家吃饭，并不是因为鸡肉，是因为他很尴尬——他应该也不想他的同事们知道，他每天来帮我妈妈输液吧，也完全是冲着跟爸爸的交情——我们家毕竟已经变成整个龙城的医生护士心目中的敌人。

爸爸在和姐姐商量找律师的事情了。爸爸说，他接触过的律师都是负责民事诉讼的，经济方面的比较多，至于刑事方面的，只好再拜托别人帮忙介绍。姐姐说："我这几天一直在给江蕙打电话，她也会帮忙的。"爸爸突然叹了口气："要是……不说了。"

我知道"要是"的后面是什么，要是江蕙姐姐没有离开哥哥，是不是一切都不会发生？

我又听见了手机振动的声音，这一次很短促，像是短信的提示音。客厅里面的座机却突然响了，我跑过去接，来电显示是苏远智的手机号，我盯着这个号码愣了一下。轻轻地把听筒拎起来，就像是拎一只小兔子的耳朵，怕它疼，只拎起来一点点，就把它放回去了。然后我若无其事地回去饭桌那里坐下。爸爸问："谁啊？"我说："不知道，拿起来没有人讲话。"小叔说："这几天大家都要当心点，陌生号码就不要接了。"

苏远智不是陌生号码。但是我不知道该怎么面对他。当爸爸聊起"律师"的时候，我想提醒爸爸，苏远智的爸爸就是律师，而且负责的是昭昭的爸爸的案子，可不知为什么，我还是想装作没想起来这回事。

距离陈医生在路口飞起来，已经过去了一个夜晚加上四个整天，现在，第五个晚上来临了。经过了几个黑白颠倒的昼夜，大家终于睡了。我们偷偷地去看了一眼妈妈，她终于也睡着了——震惊，打击，伤心跟绝望通通被睡眠打败了。等太阳出来的时候，它们会手挽手团结地卷土重来。我闭上眼睛，然后又睁开，坐起来，打开抽屉——这个白色的欧式小桌子是新买的，黄铜把手还散发着一股新鲜的腥气。我的手机行尸走肉地躺在那里，身边的锂电池是它还没雕刻完毕的墓碑。我有点忧伤地看着它，你呀，电池都被拿出来了，你还不死心，为什么此刻还要在我耳边振动呢？

我隐约看见了我的小镇的街道。虽然没有积雪，但我确定那是我的小镇。我终于可以觉得愉快，因为只要我看见它，我就知道，快要睡着了。幼儿园的门加了一把大锁，幼儿园早就空无一人。可是卖风车的老爷爷又出现了。这么久没见，我心里突然有了乡愁。

"我以为你死了。"我在梦里讲话还真是直接，省去了所有清醒时候的规矩。

他对着我面前的地面吐出一口浓痰，然后他身后那堵绚烂的风车的墙倒塌了。不是轰然倒塌的，是先从中间裂开一个不规则的缝隙，然后向着两边歪歪扭扭地分开，最终弹跳着散落了一地，有一个粉红色和黄色相间的正巧落在那堆浓痰上。他恶毒地看着我，骂了一句我没听清的脏话，但我知道，是诅咒——第一次听见他讲话，原来是龙城话，而且是很老很纯正的那种腔调。

"你信不信我叫我哥哥来杀掉你啊？"我冲着他嚷起来，"反正杀一个是杀，杀两个也不多！"

然后我又睁开了眼睛。就算是梦，我也确信那句可怕的话是从我嘴里说出来的。更重要的是，在那个瞬间，我完全不觉得那是错的。心脏冷冰冰地挣扎了几下，像条被抛到案板上的鱼。不就是杀吗，不就是死吗，不就是手起刀落吗？

我蜷缩了起来，鼻尖似乎在冒汗，好像——我的手机不在我脑子里振动了，原来跟小镇老人吵架还有这样的功效。我一直以为，他是我的圣诞老人；我从来都相信，那整整一面墙的风车都是送给我的，原来不过是个侵略者。原来侵略者也不过如此。

"南音？是不是做噩梦了？"我听见姐姐扭开了门，"在喊什么呀？快点睡了。"

她难得这么温柔，只可惜，在她温柔的语调里，手机又开始振动了。

"姐，你过来好不好？"

她掀开了我的被子，躺在我身边，搂紧了我的肩膀："睡觉。没事的。睡着了就好了。"

"姐，我睡不着。"我熟练地钻到了她的怀里。让她的呼吸吹拂着我耳边的头发，也顺便吹拂着烙在耳膜上的手机振动声。我已经拿它完全没有办法了，所以跟它示好总行吧？

"乖。"她有些生硬地拍着我的脊背，"什么也不要想，想什么都没有用了你懂吗？你和我都得勇敢，这样全家人才有指望一起努力，否则的话，西决那个笨蛋怎么办啊？闭上眼睛，数数。"

"这已经是第五个晚上了。我不相信数数有用，姐，我们都别睡了行不行？"

"南音？"她的呼吸明显急促了，"你是说，你五天没睡觉了？"

"有什么好大惊小怪的？"我嘟哝了一句，似乎连清晰地发声都变得很累，"连哥哥都可以杀人，我五天不睡觉，又算什么大事情？"对我来说，这个世界上现在已经没有什么大事情了。

"天哪。"空气似乎在她的喉咙里跟跄地后退了几步，"那个蠢货，当老天爷当上了瘾的家伙……这样，明天早上，我带你去医院，好不好，咱们找医生看看，给你开一点镇定的药。"

"我才不要去医院，我才不要去找医生，他们一定会想办法毒死我。"我像小时候那样耍赖，是因为我没办法在听见"医院"这个词以后还保持冷静。

她突然用力地抱紧了我，我不知道她原来有那么大的力气。"王八蛋。"黑暗中她的咬牙切齿更显生动，"你现在痛快了，你开心了，你满意了，你看看你做的好事……"她突然无力地笑了笑，"他总算是为自己做了一件事情，可是，他怎么这么笨啊。"

"姐，我觉得，是我的错。"我仰起脸，习惯性地寻找她那双找不到的眼睛。

"别说傻话。"

"真的，我告诉你一件事，我，就是在昭昭……"我闭上眼睛，用眼前的黑暗把自己更彻底地溶解在黑暗之中，"昭昭最后那几天，你懂我的意思的，有一次，我去找她，我看见陈医生在那儿。你想既然昭昭都已经出院了，陈医生为什么会出现在病人住的地方呢……我跟你说过的，昭昭她是真的喜欢陈医生，因为陈医生救过她……"

"然后呢？"我知道她已经失去了听下去的耐心。

"然后我就把这件事告诉了哥哥。我原本打算不说的可是我还是说了，我是在最后的那天说的，在我们俩赶着去医院给昭昭交钱的路上……紧跟着，昭昭就死了。"我深深地呼吸了一下，"姐，是不是我的错？是不是如果我不告诉哥哥这件事，也许他就不会那么做了？他会那么恨陈医生，除了因为他没有及时救昭昭，会不会还因为……他觉得昭昭被欺负了？姐，你说会不会呢。"

她骤然坐起来的时候带出来一阵风："你看见他们俩在床上了吗？"

"姐！"

"你说呀，你看见了没有？你有没有证据？"

"我只是看见陈医生在那儿，我……"

"所以你没看见，你就告诉西决他们睡过了，是不是这个意思？"

"我没有那么说，我只是说——"我紧紧地把自己缩成一团，似乎这样就能离她的声音远一点。

她给了我一个耳光，清脆地落在我没能埋进枕头的半边脸上。可是那个瞬间，我只是微弱地对自己笑了笑，她打我，养成习惯了吧。

"姐，那你呢？"我低声说，"那个时候，要不是你跟哥哥说他不是我们家的孩子，你觉得他还会这么做吗？"

"胡扯些什么，那有什么关系？"她的声音也没有了惯常的恼怒。

"有关系，如果你没告诉他那件事，如果他不是因为知道了自己其实和我们家没有关系，他心里就不会那么孤单，就不会那么喜欢昭昭，他就是太喜欢昭昭了所以才会……"

姐姐静静地说："够了。"

她重新躺了回来，紧紧地挨着我，似乎是犹豫了一下，还是搂住了我的脑袋搁在她胸口。我们都没有说话。我知道她哭了，不过我没有，我闭上眼睛，我知道我得从现在开始习惯另一种生活，新生活的内容包括：即使在黑暗中顺从地闭上眼睛也等不来睡眠，像个没有脾气的母亲那样纵容着脑袋里面的手机不断振动，允许自己暂时忘记哥哥的命运并且骗自己就算他被押上刑场我也并没有失去他，然后让"负罪感"像睡眠那样就这么突然之间缺席并且习惯大脑深处那种干枯的焦渴。

当然，还包括，再也不相信，明天会更好。

第八个没有睡着的清晨，我终于被姐姐强行拖去了医院。她当然不可能选择医学院附属医院，她几乎把我带到了整个龙城的另一端。我们俩像童年时躲避奶奶家厨房里滚烫的热汤锅一样，躲避着通往案发现场的路径。在中途她不得不停下来，因为我差点就要吐在她车里了。她一边拍着我的脊背，一边说："你很小的时候，也晕过车，可能你都不记得了。"

这个早晨的阳光很好，我对着阳光用力伸展了五指，发现它们有些微的麻痹。我咬着嘴唇企图平息五脏六腑间的风暴，突然觉得，我似乎忘记了一件什么事情。

"姐，今天几号？"我问。

"鬼知道。"她戴着硕大的墨镜，我看不见她眼睛里嘲弄的冷笑，"怎么啦？"

"我就是想起来，学校应该是已经开学了，可我还没回去。不过，没什么的。"

那个女医生大约四十多岁的年纪，她很温和地对我笑。我也惊慌地对她笑笑，带着讨好。她问："最近遇上什么事情了吗？或者，压力大？"姐姐代替我回答："家里是出了事情。"——"事情"，真是一个绝妙的好词。可以轻松地把杀人案指代过去，并且不算撒谎。

"服过药之后要观察，能睡着就算了，要是还睡不着，并且睡眠障碍超过两周，就一定得再回来。"

我很想知道，哥哥现在，能不能睡着——他现在没有家里那么舒服的床。是的，眼下睡眠也许是小事情，因为他已经毁了他自己的人生。可是现在我只在乎一件事，就是我要他活着。跟这个比起来，人生毁掉也没那么难以接受了。

哥哥，不管怎么样，请你无论如何都要按时睡着。不要像我这么狼狈。睡梦对每个人都是公平的。普通人眼前的那片黑暗，跟犯人眼前的那片比起来，并没有什么特别的质地。所以你要好好睡觉，但是，别做梦就好了。不要梦到我们。尤其不要在梦到我们的时候错觉什么都没有发生——否则你醒来的时候会很难过的。

我不敢想念你。

"把你送回家以后，我得去趟店里。"姐姐利落地发动了车，"现在店里生意的好坏，对大家都很重要了，给你个任务，今天你在家里，要尽量劝你妈妈开始吃饭，哪怕吃一点点都好，知道了没有？还好，外婆现在有雪碧陪着，那丫头有时候还真的很顶用……"最后那句，她恢复了自言自语的习惯。

"知道。"我用力地点头。我现在才明白姐姐有多勇敢，她不问任何原因地，就把事实嚼碎了吞下去。甚至不肯留给自己一点时间，想清楚来龙去脉——似乎那成了奢侈品。

爸爸和小叔现在整日都在为哥哥的事情奔走，姐姐已经约了房产经纪去给她的家估价，她要卖掉那个我们已经很熟悉的地方，然后把钱拿回来给爸爸，去准备哥哥的官司，还有给陈医生的家人赔偿——我们总说，她的客厅宽敞得可以打羽毛球，但是我们从来没有真的那么试过，它就已经要被卖掉了。

客厅里电视开着，是广告。沙发上却空无一人——也不能那么说吧，可乐安然地躺在两个靠垫之间，小脑袋枕着遥控器。

"外婆，这个是油。盐在这里，啊呀算了，还是我替你拿着盐罐子吧，你要什么的时候，我递给你，不行啊你会把盐当成糖的……"厨房里是雪碧的声音，"油现在还没热呢，外婆，等一下等一下，听我口令，我说可以了才能放进去，好么……"

外婆站在炉子旁边，一小簇火苗在那里久违地燃烧。她很笃定地拿起台子上的碗，雪碧已经磕了两个鸡蛋进去，所以外婆只要用筷子把它们打散就好了。不管记忆如何消失，外婆打鸡蛋的动作还是娴熟的，就像是在梦中，也许就在这打蛋的几十秒里面，她安详得不需要分辨今时和往日有什么不同。"油马上就热了，外婆。"雪碧说。外婆抬起头，非常清晰地对雪碧说："葱花。"

"外婆你什么意思呀？"雪碧惊讶地瞪着眼睛。

外婆也惊讶地看着她，似乎不能确定自己刚才说了什么。"雪碧。"我在旁边提醒，"外婆的意思是说，要在这里面加一点葱花，对吧外婆……"

"懂了！外婆真了不起，是大厨！"雪碧飞奔着到阳台上去找葱，但是看着雪碧兴高采烈地举着一根葱拧开水龙头的时候，外婆的神情又明显地有些疑惑，可能记忆的障碍让她不明白这根长着胡须的葱和她嘴里的葱花有什么关系。雪碧把洗净的葱放在案板上，一刀把它分成两截："外婆，你还会用菜刀吗？就是这样，葱花是切出来的啊。"

外婆犹疑地放下碗，再端起这把刀，小心翼翼地端详。像是辨认所有似曾相识，却又不能确定的故人。她的手指细细地在刀刃上抹了一下，非常郑重其事地，把刀放在了绿色的葱叶上。切下来一截，再把滚落一旁的那截拿过来再切。不厌其烦地重复着这样的一分为二，切出来的并不是葱花，而更像是一堆绿白相间的纸屑。她的眼睛就在这堆纸屑里渐渐地凝了神，她看着雪碧说："南南，好了吗？"

她不知道，她此刻的语气，跟小时候逗我玩捉迷藏的时候，一模一样。我藏在她散发着樟脑气味的柜子里，她的声音闷闷地传进来："南南，好了吗？"

我推开了妈妈的房门。"妈妈，妈妈，你知道今天外婆居然在做饭吗？她其实还会做饭的，外婆多了不起，虽然只不过是西红柿炒蛋，可是外婆……"妈妈站在床边，面色平静地叠着被子。她终于换下了那套穿了一周的衣服。

"妈妈？"我看着她，"你今天没有输液吗？"

她看着床头柜上那个半满的瓶子："我自己把针头拔了。"

"那……"我突然觉得不必再多说什么了，"你出来我们一起吃饭？虽然只有一个菜，可是是外婆做的啊。"

她把枕头放回原来的位置，说："好。"

这样真好，虽然那个手机振动的声音到现在都不肯放过我。

我们都听见了门铃的声音。我听见雪碧过去开门了，应该是陈嬷带着北北回来了吧？这下不好办了，只有一个菜，够这么多人吃么。可是我一定要跟陈嬷分享这件事情，现在我很愿意跟陈嬷聊天了。哥哥知道了应该会开心的。

好像是有一块强大的磁石悬在我的心脏旁边，一想到哥哥，所有奋力挣扎出来的喜悦瞬间就被吸了去。我的脚步都在变得缓慢，说话的声音自然而然就沉了下来，整个人像是蜻蜓薄弱的翅膀，但是我还得死命地抵抗它。没有选择。

哥哥身上穿着的还是那件白衬衫，还沾着血呢。

门外站着的人不是陈嬷。我愣了一下，才明白过来他是谁。李渊。那个敌对的陌生人。

他有些尴尬地看着我。他说："我只有郑老师的电话，没有你的，所以我只好来这儿了。"

"你怎么知道我家在这儿？"我忘记了他不管怎么说都是个跟踪者。

"昭昭今天下午火化，你要不要一起去看看？"他眼睛盯着我身后的墙。

我想说那有什么可看的，不过我说："我去。"

我有点紧张地把他关在门外，然后去到厨房里告诉雪碧，我得走了，有同学来找我，我必须马上回去学校注册——别人都已经在上课了。不出我所料，她觉得这个说法非常合理。

于是我和陌生人李渊一起去了离市区很远的火葬场。

大伯去世的时候，我来过这里的，我是不是来得太频繁了些？龙城的9月，万里无云。我看着面前的那个大烟囱，以及它身后的蓝色天空，突然觉得，我好像是离开了这个世界一段时间，现在回来了——尽管我在今天早上才去过医院。

手机的振动声突然没有征兆地消失了。我不得不承认，现在也许只有静谧的死亡才能抚慰我。跟杀戮无关，跟仇恨无关，也不需要去想关于"复仇"或"惩罚"或"审判"或"偿还"的任何事——

那都是人类的事情，只有"死亡"的本质，这个干净的句号才和大自然有关。它应该就像9月的阳光一样，灿烂，但是绝不耀眼，也改变不了周围那股凉意。

那个振动声消失以后的世界真好啊，我看见那两个曾经在昭昭病房里出现过的人走出来，手里捧着一个盒子，脸上带着一种复杂的神情——就是沉痛里面含混着说不出的轻松。我走过去问他们："昭昭的骨灰能让我带回去吗？"他们发愣的瞬间我就补充了一句，"我是郑老师的妹妹。"他们对视了一下，就把盒子交给了我。

"只能让她继续住我的房间了。"我自言自语。这样也挺好的，我们曾经分享过一个房间，她不会不习惯。

李渊突然说："郑老师是个好人。"

我仰起脸，第一次有勇气直视他的眼睛，现在我们谁也不欠谁的了，他是曾经满怀杀意的跟踪者，我是凶手的亲人。我觉得这样的平衡很妙——我现在得学会欣赏人生里一切暗藏规律的对称和美感，忽略它们有多么残忍，只有这样才能生存下去。

我说："是不是好人，又有什么要紧。法官才不在乎凶手是好人还是坏人。"

他说："也不能这么说。至少我身边的人，我的同事们，看了报纸以后，都同情郑老师。"

"如果当时你真的杀了昭昭，他们也都会同情你的，你是不是好人，我还真的不知道；现在他们都去同情一个为昭昭报仇的人了。"我轻轻地笑了一下，惊讶自己居然还能这样畅快自如地微笑，因为我第一次发现，这些所谓的"同情"还真是贱，包括我自己，我曾经紧握住昭昭冰冷的手的时候，其实也暗自同情着李渊；就在我看着李渊用一种复杂的怨愤的神情注视着单薄的昭昭的时候，我心里也在同情昭昭——是，这没什么不对，但是这很贱。

"那时候我一直跟着她。"李渊似乎是在眺望地平线，"所以我知道你们家在哪儿，我也知道她去了好几次医院，我知道她有病，在我们那里她的病很多人都有。"我真不知道他为什么要说这些。也许他也在回忆当初的自己。停顿了一会儿，他说："我听说，昭昭的爸爸在看守所里知道了消息——他试着撞墙，但是自然是被救了。"

"你开心了对不对？"我抱紧了那个装着昭昭的盒子，"他得到惩罚了。"

"是。"他干脆地回答，"我就是恨他。他也该尝尝这种滋味。"

"但是你知道昭昭死了的时候，是不是很高兴？"

沉默了一会儿，他终于说："没有。一点也没有。"他不知道，在那个安静的瞬间里，我心里在拼命地哀求着：求求你，别告诉我你真的很高兴，别那么说，就算是念着她温热的灰烬正在暖我的手，你撒个谎——就像小时候，一点一点展开明知考砸了的试卷，恨不得在分数露出来的瞬间闭上眼睛——或者我已经不自觉地在等待回答的时候把眼睛闭上了，天上的神，你都看到了吧，所有这些卑微和脆弱。

但是我听清了，他说的是："没有。"

我说："谢谢。"尽管不知道在谢什么。

龙城的郊外，真荒凉呀。昭昭，我们回家吧。

李渊在我的身后静静地问："我不明白，郑老师……他为什么要这么做？"

我该怎么说？有种温热在眼眶中扩散，但我想它没能力凝结成泪水的，因为我的眼睛太冷了。我说哥哥他不过是一时冲动吗——

话是没错，但是太假了，我现在不需要应酬任何人；我说他是为了履行跟昭昭的承诺吗——不，昭昭当然没有希望哥哥去杀掉陈医生，所谓承诺，指的是那种彼此交换灵魂的信任，尽管如此我也知道哥哥其实不只是为了昭昭；我说他只是做了一件他认为必须要做的事吗——怎么可能，我难道不知道任何人都没有权力去拿别人的性命，不管手里握着多么冠冕堂皇的理由，正因为我知道那是错的，所以此刻我也不敢百分之百地承认我从一开始就原谅了哥哥；那么，我该怎么说呢？

打死我，我都不会跟任何人表达这个意思：哥哥和昭昭是做出了庄严约定的伙伴，他们相约一起去世界的尽头杀龙。他们一路披荆斩棘，互相取暖，千辛万苦中，昭昭死在了半路上。只剩下哥哥一个人面对没有尽头的荒凉旷野。窒息的孤独中，突然有那么一个人路过，冷冷地嘲弄地说："其实世界上根本就没有龙。"——这人并不是第一个告诉他们这件事的人，也不会是最后一个，但是他偏偏就出现在此刻，于是哥哥拔出那把和同伴一起锻造的剑，刺进了这过路人的胸口。

过路人的血滴落在雪地上的时候，哥哥的耳边回荡起了龙临死前悠长凄厉的哀鸣——其实他还是搞错了，那只不过是风。

就是这么简单的一回事，但是如果真的这么说了，谁会懂？这个世界不会再原谅哥哥，那就让世人用他们习惯的方式，把时间用在"同情"和"不同情"上吧。所以我只是转过脸，很认真地说："李渊，再见。"

到家的时候，我把所有从外面带回来的东西都放进了房间。没有关房门，因此外婆和雪碧的电视剧的声音断断续续地传上来。应该是片尾曲的歌声中，外婆义愤填膺地说："她怎么打人？"雪碧说：“啊呀外婆，她打人是不对，但是那是因为她知道她女儿跟仇人家的儿子谈恋爱了，所以很生气啊，她不是坏人，她是好人——还有，这个应该是过几天才会演的内容，我们今天看不到的……”

我想笑。也许已经笑了。然后我看见昭昭坐在我的书桌上，像过去那样，两只男孩子一样的手臂支撑着桌面，全身上下满溢着异样的力量。她有些羞涩地冲我一笑，她说：“南音姐，9月天气真好。”在发生了这么多的事情以后，也许除了天气，我们也没有别的话题好说。我只好跟她说：“喂，你那么重，别把我的桌子压塌了。”

当我睁开眼睛的时候，外面黑夜已经降临。我才知道，原来我睡着了。

没想到睡眠也会变成一种陌生的体验。我陷在黑暗里，陷在枕头和床铺的柔软里，觉得自己像是被埋葬了。撑着坐起来，骨头疼，身上不知被谁盖上了一件衣服，借着门外透进来的灯光看，是外婆的。

客厅里居然是很安详的气氛。爸爸和小叔坐在棋盘的两端，却是在交流对今天一起见过的那个律师的观感——似乎律师表示愿意接哥哥的案子，小叔说：“我怎么有种感觉，这个律师想借西决的案子掀起一点什么话题来，他想出名。”爸爸说：“管他想要什么，能帮到西决就是好的。”说着，按灭了手里的烟蒂，现在，没有人禁止爸爸在家里抽烟了。

厨房里有香味。陈妈还在陆续地把盘子端出来，我难以置信地探头看了一眼，惊喜地说：“大妈——”大妈不紧不慢地拿着锅铲回头道：“南南，醒来了？好久没吃过大妈烧的鸡翅了吧？你小时候有一次吃了整整一盘，还记得吗……”接着她又转过脸去跟冰箱旁边的妈妈说，“你去歇着吧，马上就好了，不用你帮忙……你们明天一定要把那些水饺吃完——那可不是超市里速冻的东西，都是店里的人今天上午才包好的——馅里面打进去了鸡汤冻，煮出来就是灌汤的，很鲜，我索性让他们多弄几百个给你们带来，这几天你们肯定都没怎么好好吃东西。"

看来大妈已经很适应饭馆老板娘的角色了。我忘记了，她有个本领，就是把小事看得特别大，又把大事看得特别小。满桌子的菜，一看就不是妈妈做的——妈妈不怎么喜欢勾芡，所以妈妈手底下的饭桌，看上去没这么紧凑和饱满。并且颜色也更清淡些。大妈实在太喜欢放油了，说不定是热爱菜倒进油锅那一刹那的爆裂声。我突然想起来，小时候有一次，大伯因为菜里放了太多油，筷子一摔就进厨房去揍她，然后他们就熟练地厮打到了一起，姐姐把厨房门关上，在门外抵了一张椅子，然后招呼我和哥哥说："趁热吃。"我觉得大妈做的菜很好吃啊，味道比我妈妈烧出来的要更复杂些——我不知该怎么解释这句话，总之就是好吃。所以我就认为，大伯一定只是单纯地想揍她。后来他们打完了，出来的时候，我们三个把菜全都吃光了，忘记了留下他们俩的份——也有一点故意的吧。仔细想想，如果回忆里那桌菜真的全是我们三个人吃完的，那这件事一定发生在哥哥拼命长个子的那几年——一种恍惚的酸楚就这样强烈地揪住了我的胸口。有什么东西在柔软并且犹疑地碰触我的膝盖，低头一看，是北北的小手。

大妈把围裙解下来，走出来径直坐到爸爸和小叔身边去。捡出面前烟盒里一支烟，小叔非常自然地凑过去替她点上。她笃定地看着爸爸，说："家里需要我做什么，你尽管告诉我，出了这么大的事情，你们现在缺人手吧，总得有人照看南南的外婆。"她用了"人手"这个词，自然地就把我们家形容成了一个店铺。爸爸只是叹气。

大妈接着说："你现在最该做的就是去跑西决的官司，这些事情我也不大懂，帮不上忙。不过说到帮忙干活儿，照顾老人的人手，我们店里有的是，还有家里其他的事情，你也尽管使唤东霓就好。"她磕烟灰的样子真像个男人。

爸爸说："行，都听你的。"

大妈笑笑："都去吃饭嘛，该凉了。你们千万得记得，明天一定把我今天拿来的那些水饺煮出来，真的很新鲜……"

就在此时，我们都被我房间传出来的喊声吓了一跳。"郑——南——音！"是妈妈的声音，因为凄厉，听着都不像了，我清楚地看见小叔的肩膀都跟着颤抖了一下。妈妈抱着昭昭的骨灰盒冲下来，直直地看着我，愤怒地说："什么乱七八糟的东西你都往家里带？你把家当成什么地方了？你现在就给我拿出去扔了。"

"妈妈——"我难以置信地看着她，"这不是乱七八糟的东西，这是昭昭呀。"

"说的就是她！我们被她害得还不够吗？西决脑子坏掉了，你也跟着坏是不是？我告诉你郑南音，你要是就是不肯把它丢出去，我就把你丢出去，我说得够清楚了吧？"她把手臂伸出来，骨灰盒就那样尴尬地悬空，我知道她想用力地丢在地上，但是，还是有什么东西拦住了她。爸爸从她手里把盒子拿下来，把它放在窗台上的花盆旁边，低声地说："先吃饭了，好不好？明天让南音把这个拿去交给那个孩子家里的人，不就行了？"

"就是南音。"小叔说，对我用力地眨眨眼睛，"听话，明天把这个给昭昭他们家人送去。"

"什么明天！"妈妈打断了小叔，"现在。郑南音，你现在就让它从咱们家里消失——我不想再看见关于这个人的任何东西，我不想再想起来这件事……"

"妈妈你知道的，昭昭家里已经没有人了，她要是还有哪怕一个亲人，哥哥当初也不会把她带到咱们家来。哥哥也一定愿意把她放在我们家的，我是在替哥哥做他想做的事情呀。"——昭昭，我心里回旋着一大片空荡荡的，寂静的凉意。我居然在保护你。我必须要保护你。

"我从现在起，当他死了。"妈妈使用着最普通的音量和语气，把这句话讲出来，"我说的是你哥哥，我当他死了。行不行？"她用力地深深吸一口气，整间屋子在她这句话之后，变得异常安静，似乎成了一片雪后初霁的原野，她必须倾听着自己马上就要结成霜的呼吸声。

"你这么说可就过分了。"小叔激动得声音都在发颤。爸爸不知道什么时候已经坐到了餐桌边，和外婆两个人对着，似乎完全和战场无关。"你怎么能这么说呢……"小叔在着急的时候一向不擅长说理，只会翻来覆去地重复同一句话。

"我怎么就不能这么说？"妈妈的神情像是在嘲笑小叔，"快要二十年了，我把他当成是我的孩子，可是他把我当成什么？他要是真的把我当成他妈妈，他怎么做得出这种事？他心里但凡存着点顾及，怎么能就为了一个学生去做那么伤天害理的事？"她匆忙地笑了笑，"所以我现在懂了，我当他死了，可以吧？他被枪毙也好，你们替他把官司打下来保住他也好，都跟我没关系……"

"他每件事都让你顺心满意的时候，才是你的孩子；他犯了错你就一笔勾销不承认他，你好自私呢！"说这句话的时候，我下意识地把脸偏了一点点，准备好了迎接她扇过来的耳光。

但是她只是盯着我，眼里有水光在黑暗深处闪动。她说："你也滚。"北北就在这个时候大哭了起来，不知是谁把她的绒布小海豚塞在她胸前的口袋里，小海豚的脑袋冲着她的脸仰起来，一颗一颗地，接着她的眼泪。

"妈妈，别当着北北大吼大叫的，你一定要让北北像我小时候那样，在大伯家里尿裤子吗？"

她转过身去，走到房间里，重新关上了门。

大妈把自己的包从沙发上拖过来，拿出来手机，一边跟我说："这样，南南，今晚你把那个……那孩子叫什么来着，先放到你姐姐那里，我来打电话给她，这就跟她说……"

昭昭，咱们走了。我从花盆的旁边把骨灰盒抱了起来。昭昭，没什么大不了，对吧？会有地方去的。

是虾老板来接我和大妈的，大妈说先把我送到姐姐那里，然后他们俩再一起回家。虾老板拘谨地冲我笑了笑，就像得了大赦那样把头转到方向盘那里，留给我他头发稀疏的后脑勺。我总觉得，这辆小货车里有股新鲜蔬菜的味道。应该是错觉。

大妈和我并排坐在后座上，她摇下来一点车窗，我有点神经质地抱紧了盒子——毕竟那里面盛放的是风一吹，就跟着灰飞烟灭的东西。然后我又觉得自己这种举动挺丢脸的，不过大妈一直神情笃定地看着窗外，完全没注意到我在那里手忙脚乱的。

过了很久，大妈说："我看报纸上说，这个孩子——"她的眼光扫了一眼盒盖上的雕花，"是因为医生耽误了给她输血？"

我点点头，又有点想摇头——听上去这句话没错的，但为什么我觉得这么说是不合适的呢？也许，"真相"这个东西是禁不起人们把它的骨架提出来的，一旦这么做了，你不能说那个骨架是错的，可是又的确不对。

"造孽。"大妈轻轻地叹了一声，"不过西决为什么就肯为了这个孩子拼命呢？难不成被鬼跟上了吗……"

一天里，我已经是第二次碰上这个问题了。李渊问的时候，我不会回答；现在，我还是不会。我只能期盼这几秒钟快点过去，让她用无数新的问题来掩盖掉这个最基本的——也许，她就可以忘了。

果然，她很快转移了话题："南南，你别怪你妈妈，她是心里难过。这几天，你顺着她就是了，她说什么就是什么，别跟她硬顶，你又不是不清楚，她只是说说。"

其实我不确定妈妈是不是真的只是说气话而已。不过，我回答："我知道。"

大妈看着我，笑了笑："委屈你了。西决那个孩子啊，从小，我也算是在旁边看着他长大。他们都说他最老实，最善良，最懂事，我懒得跟他们争——但是吧，我就一直觉得，他才是那种会干真正的糊涂事的孩子。你看，还是我说中了。你是不是有点冷，干吗缩着脖子？"

她转头把车窗关上。她不知道我不是缩着脖子，我是在打冷战。窗玻璃隔绝了所有的声音，似乎就连汽车自己也听不见它的身体行驶在路面上的声音，似乎"安静"这个东西像瘟疫一样一瞬间就蔓延了。

"他不计较自己是吃亏还是占便宜。"大妈继续缓缓地说，"大家都这么说。可我想他也不是真的不计较。他是不计较我们眼里的吃亏和占便宜，他计较另外的。这就麻烦了。一个人，计较的都是些看不见摸不着的东西——看在旁人眼里，就是不知好歹。他自己活得也太苦了。"

"大妈，你真的这么想？你真的觉得……"车窗里，一棵又一棵的杨树在我眼前后退着，路灯的光线也跟着奋力地往我看不见的地方游。

"当然啦。"她似乎是笑了笑，"一个人要是心里不够苦，怎么舍得把命都豁出去？"

姐姐的家到了。我站在小区的大门口，冲着小货车的窗子用力地挥手。它完全掉转头从我的影子上碾过去，我也还在挥手。因为我知道，大妈会在那辆车里，费力地转过身，借着路灯的光，看着我一点一点地变小，直到消失。

猜猜我看到了谁？姐姐家的客厅沙发旁边，安然停着一辆小小的手推车，那个熟悉的染成西瓜颜色的皮球也停在那里，就在手推车的轮子旁边，似乎从来就没有消失过。

"不会吧？"我真高兴我此时还是可以用惊喜的声音说话，郑成功小朋友从沙发的后面爬了出来，袖口上自然带着灰尘。

"外星人，你这么快就回来了？"我蹲下去，轻轻地拍了拍他的后脑勺，他的小脑袋还是覆盖着一层颜色不那么深的绒毛，完全看不出来就是人类的头发，"是你爸爸把你打包快递过来的吧？你有没有超重？"他友好地看着我，他和北北不同，没有那么丰富的表情，不怎么笑，可是我还是能看出他什么时候有点戒备，什么时候在困惑，什么时候完全信任。他认识我，至少他看到我会觉得开心愉快，并且他不知道这就代表了"认识"——突然间，悲从中来，我把昭昭放在沙发上，顺势在地板上坐下来，把郑成功抱在怀里，用我的手轻轻挥舞着他的两只小胳膊。

"地球上最近发生了一件很坏的事情，亲爱的。"我在他耳边告诉他，他神情依然镇定，似乎在嘲笑我少见多怪。

"是真的，很坏的事情。"我的下巴轻轻蹭了蹭他硕大的脑门，"坏到——我觉得我快要没有家了。但是郑成功，你放心，没有人会不喜欢你的。"

我看着他的眼睛，他也回望了我几秒钟，然后就觉得无聊了，他不大懂得在这个台词里面这样的对视是有意义的。他非常自然地把他的小脑袋抵在我的胸口，像是害羞一样地揉着眼睛。他的手不似正常人，像是一棵小小的白萝卜，白萝卜上凸起了几个小小的颗粒，就是他的手指。他用这棵小萝卜揉眼睛，他以为所有人的手都是这样的。

"乖乖你是不是困了？"我站起身的时候差点绊倒，因为多了他的重量，维持平衡困难了些。起来就看到屋角那个立起来放着的行李箱。姐姐终于走出来了，懒洋洋地看着我："他刚才不是还在房间里的吗？是你把他拿出来的？""不是我拿出来的。"我不知不觉随着她使用了这个奇怪的动词，"我进来的时候，他自己就在这儿，沙发后面。""你长本事了哦！"姐姐冲着怀里的外星人故作凶恶地瞪眼睛，就好像郑成功从来没有离开过。

"咖啡在哪儿？"厨房门口的声音很容易就吓到了我，"柜子里全是速溶的。"方靖晖从门框那里往外探着身子，一边愉快地对我笑着："Hi，南音。"

"只有柜子里那些，愿意喝就喝，不愿意我也没办法。"姐姐的目光落在骨灰盒上面，然后对我翻了个白眼，"你还嫌不够丧气，是不是？"

"不管，就存在你这里。等她爸爸出来以后，是要给人家还回去的。"我往厨房那里看了一眼，问姐姐，"他来做什么啊？"

"我来验收我的物业。"他拿着咖啡杯微笑着走出来，"郑东霓，你别告诉我你把我给你的那些咖啡豆全都拿去你们店里了，不过也对，你根本就喝不出来咖啡豆和速溶的区别……"

"你想得美。"姐姐完全不理会他后半句的揶揄，"你出的价钱比我买进来的时候还低，你当我是白痴吗？你这叫落井下石。"

"明明是雪中送炭。"他坐了下来，一脚踢到了郑成功的西瓜皮球，"虽然你没有脑子，但是拜托你用眼睛看看，你这里整栋楼到了晚上有几个窗子在亮灯？如果不卖给我，你真以为你卖得出去？"

"要不要脸啊你！"姐姐对着方靖晖的脸喊回去，"你以为我现在真的在乎赚多少？你明知道我现在需要钱去救西决的命。"

"你只知道开出来那种不合理的价钱，找不到人来买，怎么救西决的命？"他叹了口气，仰靠在沙发里面，"话说回来，原来你们家的人是遗传的——行为都不受大脑支配。"他也许是看到我的神色有点改变，非常不自在地补充了一句，"南音恐怕是唯一的正常人。"

这种补救很愚蠢。我原本还在心里感激他在第一时间赶来帮姐姐的忙，其实我知道他是无心的，但我还是淡淡地跟姐姐说了句："你们俩慢慢吵吧，我去洗澡了，今天晚上我得睡在这儿，因为妈妈叫我滚。晚安。"

我听见类似一本书掉落在地上的声音，然后郑成功就笑了。姐姐咬牙切齿地低声骂："我叫你胡说八道，你以为谁都是我啊，你想说什么就说什么？"——不得不承认，他们俩直到现在，都还是很像夫妻。

我打开雪碧的房门，她坐在书桌前面，台灯的光幽幽地笼着她。"今晚我分你的床。"我不由分说地躺了下来，"你白天不是还跟外婆在一起么？我以为你会在家吃晚饭的。"

"老师去姑姑的店里了。"她听上去心情很糟糕，"要我明天去上学。姑姑就要我回来，说如果明天不去上学就打断我的腿。可是，要真打断了，不还是没法上学吗？"

"同情你。"我叹了口气，"其实我也该去学校了。"我用力地用被子蒙住脑袋，被子似乎变得凶猛起来。我不想走出家门去面对外面的人群，我宁愿让被子把我像堆面粉那样憋死在这片黑暗里。

"你手机里有好多的短信。"雪碧的声音迟疑地传送进来。

我不理会她。我知道这个家伙一定趁我睡着的时候去我抽屉里拿走手机，并且把电池装了回去。随便吧，我倒是很开心现在有个人接管那个躁郁的玩意儿。这样我就不必总想着它，它也不必总在我脑袋里振动了。

"也不用非得关机，我都替你调成静音了。"她自作聪明地说，随即她像是被烫了一下，语气变得惊悚，"你老公的电话又打进来了，你就接一下嘛。"

我深呼吸了一下，坐起来，从雪碧晃动的手里把电话拿了过来，有她在旁边，我不至于那么怯场。"你终于肯接电话了。"他的声音里有那么一点埋怨，不过，还好。

"我怎么都找不到你，前天我妈妈打电话到你们家去，是你爸爸接的，你告诉我到底是怎么回事——郑老师为什么……"求求你了，别再问为什么，"我们家的人都是看报纸才知道的，是真的都像报纸上说的么？"

我沉默了好一会儿，什么也讲不出来。雪碧无辜地盯着我看，然后深感无聊地把脸转了回去。"你说话。"他静静地笑一下，"你知道我有多担心你？害怕了吧，南音？我明天去买车票，我回去龙城几天，不告诉我家里，你等着我。"

"别，你不是也在实习吗？"我的声音听上去像是弥漫着沙子，怎么都清亮不起来。

"哪儿还顾得上那么多。"他像是在说一件不值得一提的事情，"但是你得答应我，明天回学校去一趟，可以少上点课，但是你不能不毕业吧？"

"苏远智。"我叫他。

"听着呢。"

"我不想考研了。等毕业以后，不管你去哪儿，我都跟着，好不好？"我突然很想哭。

"当然好。我也可以回龙城去，只要你愿意。"

"不要。"我猛烈地摇摇头，忘记了他其实是看不见的，"我不要你爸爸总说我会拖累你。"

"南音？"雪碧也在此时回头看着我，做出一脸惊恐的神情，然后冲着我比了一个大拇指朝下的手势。

"告诉我一件事好不好，别骗我。"既然不小心开了头，我决定继续下去了，"你爸爸妈妈知道了我家发生的事情以后，是不是要你离开我？"

"你在乱说什么呀。"——听着他的语气，我知道我是对的。

"我，也是随便说说的。"其实此刻我还真的有点开心，因为眼泪静静地淌下来了，我还担心过我以后再也哭不出来了呢。

"我爱你，南音。"他自己不知道，他声音里充满了告别的味道。

"我也爱你。不过你还是别回来了，现在我家里很乱，你就算来了，也帮不了什么忙的。等过段时间，稍微好一点的时候再说，好不好？"

"不准不接我电话了。"他想装作一切如常,我知道的,辛苦他了。

"好。明天我打给你。"

收线以后我火速地关了灯,把雪碧丢在了光的外面。她轻微地抗议了一下,但是很快就安静了,我听到了她摸索着挪开椅子的声音。这些天我不想联络他,就是因为这个。我至少应该给他一点时间,让他跟他爸爸妈妈斗争一下。至于最后结局怎样,我没有力气再想了。他当然不会在这个时候离开我,他眼下会认为他的父母自私跟荒谬,他会一直坚强勇敢地认为自己是我的骑士,直到结局来临。我允许我自己软弱一点可以么?允许自己在他来说"再见"之前,相信他永远都不会走。

黑暗中我抱紧了自己,眼泪滑到了膝盖上。哥哥,你别误会,我没有怪你,完全没有。

雪碧像是只猫那样利落地钻到了被子里面。不过我没理会她,静了一会儿,她突然说:"其实吧,我一直不觉得你老公长得帅。"然后她吃力地补充道,"他鼻子有点大。"

我一边流泪,一边笑了笑。

"我问你个问题嘛,你帮我想想好不好?"她翻了个身,言语间充满兴奋。

"不好。"我用手背在脸上用力地蹭了一下,觉得没有必要刻意地控制声音的颤抖了。

"你说,小弟弟的爸爸来了,他睡在哪里?"她无比严肃和认真。

"当然是睡在客厅的沙发。"我慢慢地打开了蜷曲的身体,挪回到了枕头上面。

"我们俩明天早晨起得早点,偷偷开门看看怎么样?"她兴奋了,"看看他究竟有没有睡客厅……"

"小姐，你真的刚刚上初一而已吗？"我彻底投降。

"初二了！这个学期以后就是初二了。"雪碧骄傲地宣布，然后，她安静了下来，忧伤地说，"上初二以后，就要学物理了。姑姑一直跟我说，不用怕的，我们家里就有人可以教我——可是现在，真的该怕了，没有人教我了。"

哥哥，你还真是无处不在呢。

　　遗憾的是，还是要出门的。爸爸除了见律师和警察，必须要回去公司，面对所有人强压在眼睛后面的那些好奇和兴奋；小叔也必须要回到学校里，装作若无其事地应付学生们小心翼翼营造出来的若无其事；姐姐最幸运，因为咖啡店来来往往的都是陌生人，而她的服务生们则早已同心协力地表示过对发生的事情的惋惜——她们只是把这当成了一件祸事而没有看成是罪行——当然了，姐姐的铁腕或许在此刻起了些作用，大家都知趣地不去讲任何她不爱听的话；妈妈最彻底，她跟单位请了长假，索性关在家里连卧室都很少出。

　　我也要把自己粗暴地推到门外去了。下定决心去学校的前一晚，我居然在厨房里跟陈嫣聊了很久——灾难让我们突然接近了，并且诞生了一种温暖的情感。妈妈对整件事情一直都是拒绝跟否定，姐姐又太过坚强和毫无问题，我突然觉得，此时的陈嬷跟我有些地方是很像的。"明天我去学校。"我就是如此生硬地讲出来开场白，"不能不去了。"陈嬷笑笑："是啊，不能不去。咬咬牙就好。"共同的脆弱让我们相互扶持了起来，她让我见过了她的眼泪，我也不会羞于让她看见我的胆怯。"可是我不想去。"我把几个洗好的杯子在餐桌上一字排开，让把手统一对着我——我总是在焦灼的时候做些类似此刻的无意义的事情。

"都一样的。"陈嬷此刻的默契简直让我感动了，"我也不想去上班。不过我后来发现，我就坐在自己的位子上面，不跟任何人讲话，自然也没人来跟我讲话。只要你先做出不想理他们的姿态，他们会配合的。""可是……"我叹了口气，"让我做出不理人的样子，好难呢。我完全不知道要怎么样才能不跟人说话……"陈嬷此刻的笑容居然有了些愉悦："也对。你一直都是大家眼里的小甜心。不像我，我从中学的时候起，就是不说话也不被人注意的那种孤僻小孩。""糟糕了。"我咬着嘴唇，"早知道有今天，我也该早点学着装酷。"

"南音？"她突然心事重重地把脸转过去，看着煤气灶，"问你件事好吗？我就随便问问，你也随便听听。"我不作声，继续挪动着那排杯子，还嫌它们排出的直线不够直，害怕自己的视觉是有偏差的，恨不能让它们个个都对齐一条根本不存在的准线才好。"西决，是真的喜欢昭昭那孩子吗？你，懂我的意思。"我用力地说："不，没有，才不是那些人想的那样。"——到这个时候我才想起来，其实平日里的陈嬷本身就是"那些人"的一分子。这可真是令人恼火，温暖的幻象这么容易就被戳破了吗？

她神色明显地放轻松了："那么，苏远智的父母那边，对我们家，现在是什么态度啊？"

我看着她，心突然软了一下，也只有她会在此时想到这件事情吧。我轻轻地笑了笑："你别问了吧，我也不怎么想知道。"

她心领神会："好。"

北北的声音从外面传进来，是一长串没有意义——或者我们不懂意义的音节，但是她没在哭，像是在急迫地表达着什么。陈妈自然是立刻冲了出去，我也跟着去看热闹了。北北和郑成功两个小朋友面对面坐在地板上，可乐无辜地躺在他们中间，当郑成功把可乐拖到自己身边的时候，北北抿着小嘴，面无表情地拖回来；然后郑成功再抓住可乐的耳朵，慢慢地让可乐滑行到自己的膝盖上面；北北总归比较聪明，她抓住可乐把她抱在怀里了，很紧很紧地抱着；郑成功神色丝毫不为所动，他抓住可乐的一条腿，不紧不慢地，也不用力，但是就是不肯松手。北北也不松手，一开始还在发出一些声音表示不满，可是看到郑成功一直沉默，于是便也跟着安静起来了——这场战斗真是文明，并且讲究礼数，成年人们应该好好学习。

船不会沉的，我们谁也不会允许它沉下去。看着他们俩，这就是我此刻最想说的话。

虽然船长已经跳到海里去了。你们俩即使长大了，也别问为什么，可以吗？

我在学校里看到了冷杉学长。这可真的让我尴尬了一下。我本来想躲到楼梯拐角的墙后面，但是来不及了，我的视线不小心还是和他的对上了，因此只能一面注视着他朝我的方向走过来，带着那种"就是要和你说话"的表情；一面在心里绝望地想他为什么还会在这儿，难道是没拿到奖学金么——那姐姐跟他分开也太亏了吧……

"南音。"他终于开口叫我了。

"你怎么还没去美国？"我觉得我现在可以不跟任何人寒暄了。

"下个星期动身，周一去北京，周三一大早的飞机。"他还是老样子，跟人讲话的时候要附加很多的细节。

"去哪个学校？"我想好了，当他回答了我之后，我还要再跟着问那是在哪个州，算是东岸还是西岸还是南部，之后——也许会问问飞机要飞多久或者时差究竟多少小时，总之，我是打定主意要让话题停留在他身上了。

"你们都还好吗？"——算他狠，姐姐曾经说过的，别指望他会沿着一般人的逻辑聊天。

"我们……"我看着他俊朗的眼睛，突然间觉得不如坦率一点，"你觉得，我们现在，怎么就算好，怎么就算不好呢？"

他果然也笑了起来，尽管笑得一点都不自然："说得也是。我看报纸上说，那个医生还活着，其实这样我就放心了，他活着，你哥哥就也能活着——"看来大家关注的地方还真是不一样的，"等有了什么新的消息，你写邮件给我。"

"好。"

"不能敷衍我，我是认真的。"他端详着我，"给我写信，南音，告诉我大家的情况。不管我去多久，多少年，一开始每个月给我一封信，哪怕以后你保证不了这个频率，至少每年新年的时候，告诉我大家怎么样了。"

"我保证。"我轻轻地说。

"雪碧和可乐那两个家伙还好吗？"他问。

我沉默了几秒钟，为的是"雪碧和可乐"。我终于对他笑了，我说："雪碧除了功课不好之外，一切都好；可乐那家伙的鼻子又被拽掉了一次，不过是被我妹妹北北拽掉的。"

"她还好吗？"——我一直在等，你终于说出来了。

"她很好。"当他听完我这句话的时候，脸上的神情，就像是怀着乡愁。

在去医院的路上，我一直都想着冷杉学长。因为我需要一遍遍地回忆我们对话的场景，来告诉自己，我能面对他，就也能面对医院里那些眼睛。——我当然知道这是不一样的，是本质的区别，可是除此之外，我也想不到更好的办法了。

爸爸已经去过那间医院道歉了，这一次是为了看看那个 ICU 里的陈医生，还有——陈医生外地的父母已经赶来了，爸爸必须得跟他们商量赔偿的事情——我是说，在对话能够进行的情况下。其实本来是爸爸和小叔要一起去的，可是就在前一晚，小叔说他今年带的高一新生第二天正好有摸底考，他得监考。陈妈问："不能跟别的老师换一下吗？你告诉他们你要去做什么，他们不会没人跟你换的。"小叔说："那好，我打个电话给……"爸爸就在此时抬起了头："不用了，别换，你去监考。"满屋子寂静里，爸爸笑了笑，"真不用，又不是什么好事情，我一个人就行了。你明天监考完了，记得再给人家律师打电话。这几天你盯着这个律师，负责这一件事情就好。"然后我听见了妈妈关上卧室门的声音——那个关门的声音一听就是妈妈，不是外婆，因为很简短，没有任何拖泥带水。妈妈这几天，基本上连饭都是在房间里吃的。自从大妈来过的第二天起，她会按时做好全家人的饭——但是放在厨房里，然后把她自己的那份拿到房间去，她端着碗筷和一只盘子的样子，就好像她在房间里养了一只生病受伤的小动物。我们到家以后，就自己开饭，大家都一起默契地接受了这个——她做的菜其实都比平时的分量多，包括了小叔一家的。

所以，站在学校门口，我给爸爸发了短信："爸爸，你等着我，我现在到医院去。"

然后我就把手机关了，因为我不想接到爸爸的电话，告诉我不准过去。我不能让爸爸一个人面对陈医生的家人，我不能让爸爸一个人面对医院里那些我闭上眼睛就能想象的寒冷的目光，自闭的人继续自闭吧，监考的人继续监考吧，忙着卖房子的人也的确是真的很忙，可是不能让他一个人面对那些最难堪的事情——即使他是爸爸。

医院的大厅里其实没我想象的那么危机四伏，我长驱直入的时候根本没人注意到我，所有等着挂号等着就诊的病人们把那些穿白大褂的人变成了零星的白点，这样很好。直到我走进电梯，我都可以是一个最普通的路人。后来回想起来的时候，我还是太紧张了吧，紧张到——我甚至忘记了把手机打开，我忘记了我此刻需要打个电话给爸爸问问他具体在哪里。我任由自己按下了电梯内一个数字的按钮，就像我当时来看昭昭的时候。电梯门在我眼前缓缓打开，扑面而来的空气的味道都是惊心动魄的熟悉。

有人认识我吗？真的没有吗？你们为何都那么行色匆匆地从我眼前走过去呢？你们怎么不认得我呢？不认得那个杀人犯的妹妹吗？你们都来仇恨地看着我呀，都来用刀子一般的眼神对付我呀，别再装作若无其事地酝酿杀机了，别再用漠不关心来掩饰你们的同盟了——他差点就杀死了你们的同类，你们怎么能装作一切都没发生过？对你们来说，所有的血迹都可以被掩盖吗？你们早就清洗干净了昭昭的血对吗？你们仁慈地把陈医生放在重症监护室里，他的血都残留在了外面的大街上所以对你们来说就没意义了吗？你们现在就来把我撕成碎片好了我不会怪你们的——别再让我脑袋里的手机振动了。它又开始振动了。

一个浑身洁白的女人站在我的面前。就连头发都仔细秀丽地包裹在三角形的护士帽里。她静静的脸上渗透出来一种非常清淡的哀戚。天使的表情应该都是如此吧？她问我："你来干什么？"——我想起来了，她是那个护士长，是打电话告诉我昭昭垂危的人。

"我爸爸在哪里？"凡人跟审判者说话的时候就是有这点好处吧，不用任何铺垫，也不用解释什么背景。

"你爸爸？"她的疑问和沉思看上去都是高高在上的。然后她缓缓地舒了口气："明白了，他应该是在院长办公室，和陈大夫的父母在一起谈判。院长也在的。"

"我也要去。"——昭昭，你发现了没有？我现在讲话的语气越来越像你了。

"你……"她突然摇了摇头，伸出手臂把我拉到了墙角处，"你就别去了，等他出来吧，他们已经过去好一会儿了，而且，你也没必要看见那种场面的。"

"我就是为了看见那种场面才来的。"我终于做得到毫无畏惧地直视她的眼睛了，"不能让我爸爸一个人在那里，他要道歉，我跟着他一起道歉；他要低头，我跟着他一起低头；他要鞠躬，我跟着他一起鞠躬。人家就是不肯原谅我们的话，我得去站在旁边替我爸爸擦干净人家吐在他脸上的唾沫。"

她轻轻地拍了拍我的肩膀。她的手真是柔软。她说："这样吧，你跟着我，我带你去看一个人。"

我好像记得，上次，也是她带着我，在医院曲折的走廊里奔跑着为昭昭抢时间。后来，我才发现，每逢她对我说"跟我走"的时候，就会把我带到生命的另一个境遇里。她总是一身洁白，一身哀戚地出现在我生命的转角处，从不告诉我绝境在哪儿。但是，在当时，我是不可能知道这些的。在她面前，我总觉得顺从是理所当然的事。

那个小女孩站在病床前面，就像是临着透明的窗玻璃。她身上穿的还是水手服——不过似乎是换了一套，因为裙子领口的样子是不一样的——我为什么知道这个呢？好吧，我记得她，只是我这些天来一直不允许自己想起她。只要想起她，我就必须要想起她那两条被恐惧的风刮得几乎竖起来的小辫子，就必须要想起她那声鸽哨一般的喊叫："爸爸——"我再怎么回避那个场景都没有用，我知道她喊的是"爸爸"。

病床上那个人沉睡着，脸色是种奇怪的蜡黄，看上去一点都不像陈医生。自然是满身的管子，其中的几条管子连通着身边一个比台式电脑略大些的机器。机器屏幕上有数字，有字母，还有些红红绿绿的线条。那小女孩静默地站在机器的旁边，让人觉得她其实是机器的另一部分。

"她叫臻臻。"天使告诉我，"年底满六岁。从事情发生的那天起，她就一句话都没说过。但是她有时候会尖叫，会满屋子乱跑，跌跌撞撞地磕到桌角上，青一块紫一块也不知道疼。后来她们家的人发现，把她带到这里来，到她爸爸身边，她就能安静下来。我们昨天把陈医生从 ICU 转到这里来的，他暂时是不会死了，不过，也不知道什么时候醒来，就算醒来了，大脑的功能一定是严重受损，不知道还能剩下点什么——我是说，作为正常人，活下去的能力不知道还剩多少，就看老天的心情了。"

我转过头去，看着她的脸。我想我的表情一定是在恳求她停止这种描述，但是她还是一如既往地温柔，让我觉得如果我此刻大声地告诉她"别再说了"会是一种冒犯。

"她妈妈准备带她到北京去，或者别的什么大城市看看专家，儿童心理科的专家。其实她明年就要上小学了。你知道吗？其实陈大夫跟这孩子的妈妈去年就分开了，她平时跟着妈妈生活，陈大夫只是在每个星期五去接她，跟她一起过一个周末——当然了，并不是每个周末都可以，要在不加班的时候。可是那天，正好是星期五。"她悠长地叹息了一声，"为什么偏偏是星期五呢？你哥哥有的是时间可以做他想做的事，如果他就是铁了心要替昭昭报仇，可以晚一点啊，可以选在下一周里陈大夫上班的任何一天，但是，为什么偏偏就是星期五呢？"

臻臻的睫毛好长啊。可是几乎完全静止。就像沉睡的蝴蝶那样。蝴蝶沉睡在不疾不徐的讲述的声音里，对窗子里照射进来的阳光无动于衷。好美的小女孩，皮肤就像是玻璃杯里的牛奶——已经盯着她看了这么久，我居然才发现这个。

"要是你愿意，就跟她待一会儿吧，你也帮忙想想办法，要怎么样才能让她开口说话。"天使转身走到了门边，"我还有病人，我得走了。"

"姐姐……"我不知道该怎么称呼她，总不能真的叫她"天使"。

"叫我天杨就可以。"她说——居然真的带着一个"天"字。

"我是南音。"难以相信，我居然那么笨拙。

"我知道。"她终于笑了，"昭昭常常提起你的。"

我没有选择，我必须在这间病房里待着，就像我爸爸此时必须和陈医生的父母待在一起。我现在终于模糊地意识到，哥哥做的事情对我而言意味着什么。从此以后，我心里有一个地方，永远都在恐惧，永远都如坐针毡，永远都在用最粗鲁的话训斥自己怎么可以逃避。我再也没有了"不害怕"的资格。别人自然看不出，甚至我自己都会偶尔遗忘。但是我还是识相一点，从现在起，跟它和平共处吧。

哥哥，你到底都做了什么呀？

你又要受多少苦啊？我甚至希望你能在监狱里待得久一点——前提是，一定要真的被关进监狱里，千万不能是别的情况——你在那里待久一点吧，这样等你出来了，臻臻就长大了。她说不定会痊愈，至少，表面上痊愈，你就永远不会看见我今天看见的事情了。

"臻臻？"我自己的声音虚弱得吓到了自己。像是一个噩梦中的人的梦呓。

她自然是没有回头。

"臻臻，对不起。"她的安静给了我勇气把这句话说出来。

门开了。我以为是风。

那个闯进来的人有一双很深的眼睛。我可以告诉你们的是，当他于未来的某一天，出现在我梦里的小镇上的时候，戴着滑雪帽，穿着很厚的防寒服——因为我的小镇永远是冬天嘛，我是说，他只露出来了这双第一次见面时候的眼睛。

"你是不是走错了？"他的声音比他的眼睛要明亮很多。但是不像哥哥，不像哥哥那么平稳和让人安心，他讲话的时候总像是在开玩笑，但其实，他通常不怎么笑的。

"我没走错，你才走错了。"我不由自主地往后挪了两步，似乎觉得自己应该在他面前离那个小女孩远一点。

"我是这孩子的叔叔，你是谁？"他挑了挑眉毛。

"我……"对啊，我是谁呢？我迟疑着，终于说了一句懦弱得无以复加的话，"我是来看陈医生和臻臻的。"

他沉默了一下——可是说真的，他在沉默的时候都不给人安静的感觉："我知道了。"他有些黯然，"你是那个犯人的家人。对不对？那个现在在院长那里见我爸妈的——"

"是我爸爸。"他不知道，他这么快就猜对了，其实是帮我解了围。

"你是那犯人的什么人？"他一口一个"犯人"，像是在挑衅一样，听着真令人受不了。但是——从现在起，习惯吧。

"我是他妹妹。"

"亲妹妹？"看来他表示怀疑的时候总要挑一下眉毛。

我摇了摇头，但我说："是的。"

"哦。这么巧。"他看了看躺在床上的人，"他是我哥哥。"

"我走了。"我急匆匆地丢下这一句，然后似乎是怕被烫到那样，绕过他站立的那一小片地方。

他在我的身后说："不送。"

他不是"被害者家属"吗？坐在医院的花园里，我才如梦初醒地想到这件事。但我居然没有害怕面对他。因为他从一开始就没给我应有的敌意。从头到尾，都像是在和我开玩笑那样，尤其是那句"你是那犯人的什么人？"

远远地，我居然看见了小叔。我冲他挥手，他就跑了过来，跑到一半似乎是觉得太难为情了，于是就还是走着。刚才奔跑的痕迹却还残留在他的身体里，让他的手脚看上去都不那么对劲。"南音，你爸爸呢？"他额头上覆着一层细细的汗珠，"给你打电话，你都一直关机，手机没电了吧？"

"你不是监考吗？"

"最后一场我找到别的老师帮忙了。"他似乎很不耐烦说起这个。

"他在院长的办公室里……"我指了指身后那栋楼，"他们还没说完呢，我也不知道在几楼。"

"没事。"他迅速地掐断了我讲话的尾音，"我进去问问，那个出租车司机给我停在了这个西门，要不是看见你差点就要走错了……我自己去找他们，谈得时间久，其实是好现象。"最后他回过头来嘱咐我："你就在这里等我们，不要乱跑，知道了没有？"

他把我当成孩子那样嘱咐的时候，自己都不知道，在我眼里，他才是个孩子。我相信学校要监考是真的；我相信他知道自己要监考的时候如释重负；我还相信他不是没有想到可以和别的老师掉换一下的——就像陈妈说的那样；我也相信，他此刻这么急匆匆地赶来，是因为惦记着爸爸。他知道，爸爸完全没有怪他，他永远是最小的弟弟。所以他需要在这个时候加入到那个难堪的场景中，不然就不能面对自己。

我在一夜之间，学会了不去责备任何人——好吧，严格地说，"任何人"或许不包括从我面前路过的，这个随地吐痰的行人。我不知道我在阳光下面坐了多久，我只知道，我慢慢地把双腿蜷缩了起来，为了躲避阳光，把额头抵在了膝盖上，我像只蜗牛蛰伏在墨绿色的长椅上，那让我有了一种随遇而安的感觉。我此刻只需要做一件事情，就是等着爸爸和小叔从那栋楼里面出来。手机关了，就不用担心苏远智给不给我打电话，也不用担心他妈妈给我打电话——其实她已经打来了一次，语气非常客气地询问案子的进展，当我紧张地想我要怎么应付她的安慰的时候，她非常贴心地把电话挂了。我眼下不需要想这个，当我脑子里不需要同时装着一件以上事情的时候，就觉得自己像是融化在阳光里那样幸福——这或许是我在一夜之间，学会的另外一个本领。

我答应过北北和郑成功，船不会沉的。所以我得快点学会这些新的技能，总得活下去的。

　　我怎么觉得我好像是看见北北了。北北坐在一片硕大并且碧绿的叶子上面。我还看见了郑成功和可乐。那不就是那天我在客厅里看见的画面么。郑成功和可乐，一个外星小朋友和一只小熊，正在无辜而认真地端详着彼此。可乐说："你长得和我不一样。"——雪碧是对的，可乐其实会说话。郑成功说："我是从别的星球上来的，在你们这儿，大家都和你长得一样么？"——郑成功是什么时候学会讲话的呢？可乐诚实地说："我也不知道，这个地方没有别人了。你来这里干什么？"郑成功说："我不知道啊，我该怎么回家呢？"可乐说："那就和我玩吧。我在等我姐姐。"这个时候北北坐在那片绿叶子上飞了过来，就像是《阿拉丁神灯》里的那种飞毯，北北的声音是最快乐的，她对他们俩说："我来这儿，就是看看你们过得好不好。"可乐说："我在等我姐姐。"北北就说："你姐姐长什么样子，我帮你去找。"可乐说："我姐姐是个大女孩。"北北说："怎么可能呢？你是一只熊啊。"……

　　有人推了我一把，我在一种浅金色的昏暗中似乎重重颤抖了一下，毫无防备地睁开眼睛，一抹阳光像刀片那样从眼前划了过去。晕眩中我重新把脑袋放回了膝盖上，把自己抱得更紧了，恼火地说："谁呀！"——说完了心底却一片冰凉。因为就在那个瞬间里，我心里升腾出非常纯粹的恼火的瞬间里，我还以为我睡在家里的房间，阳光那么好，我几乎都要闻到松软的被子的味道，我以为来推醒我的人是哥哥，或者雪碧，所以我才能那么纯粹地，不假思索地把惊醒时的怨气全倒出来。

　　那种日子永远结束了。原来我再也不能自由地，恣意地跟人表达我的情感，因为我从此会终日怀疑我若是真的直接地表达了，他们能不能懂得。眼泪就是在这个瞬间流下来的，非常顺畅地全体滋润了牛仔裤膝盖的部分。

"你怎么在这儿也睡得着？"我静静地抬起头来，居然是刚刚病房里那个人。

臻臻站在他的身旁，维持着跟刚才同样的表情，却不知道在看哪里。那周身洋溢出来的寂静让人觉得她是一个发条坏掉的娃娃。他专注地看着我的脸，我才想起来我刚刚在哭。——完了，我真的会从此变成一个如此低能的人吗？会在一瞬间忘记自己正在掉眼泪。

他在我旁边坐下了。但是臻臻没有坐下，她就那样一动不动地站在我们俩面前，简直像是一个记录我们对话的摄像机。

他突然说："我也不小心听过护士们聊天，她们都说你哥哥是个好人。"然后他嘲讽地笑了，双手交叠，十个手指用力地相互挤压着，"我哥哥那个人做人真是失败，你看到了，就连杀他的犯人，都比他人缘好。"

我默不作声，我不怎么想跟他讨论这个话题，尽管他的开场真的很有趣。他看了我一眼："想笑就笑吧，别忍着。不管遇上了什么事情，人都可以笑的。"

我还是保持安静。觉得仔细跟臻臻对视着，反倒舒服些。

"她是生病了吧，但是可以治好，对不对？"我问。

"谁知道。"他语气萧索，"她妈妈现在整天找医生，我就负责在她不去看大夫的时候把她带到这儿来。不过也对，对她妈妈来说，她才是最重要的。前夫本来就是仇人，死活无所谓，就算你们家赔了钱也没她什么事儿。"

"你这人也太过分了吧！"我居然真的笑了。

"我只是说实话。"他满脸困惑的神情。

"她平时最喜欢做什么呢？喜欢去什么地方？你多带着她做她喜欢的事情，说不定管用的。"——其实我也在问自己，为什么就和这个人聊了起来。

"我不知道。"他忧伤的神色也没那么可信，"我上一次看见她的时候，她还不到三岁。我对她唯一的印象，就是她睡觉前必须得有人读故事给她听。翻来覆去就是那几本书，可是她的耐心就是惊人，怎么听都不腻。你不给她读她还会翻脸。"

"我家的人出来了，我走了。"我匆忙站了起来，"再见，臻臻。"我朝着远处、爸爸和小叔的身影奔过去。却不知为什么，又回了一下头："我可以常常来这儿给臻臻讲故事吗？"我觉得若是换了他们家其他人，我无论如何都不敢提这个要求。

"为什么？"他不为所动。

"我想为她做点什么。"

"为了良心什么的，就算了吧。"他又是嘲弄地笑笑。

"因为我哥哥真的只是想杀了你哥哥而已，根本就没有想过她会看到。"——我也被激怒了。不就是比赛着放混账话吗，我未必会输的。

但是我又顿时不放心了起来。我跑出去两步，又折了回来："对不起，我不是那个意思。真的不是……我哥哥做的事，我很抱歉，我知道道歉没有用的，可是……其实，我挺开心能和你说话的。我还以为，你们家的人永远都不可能和我们家的人讲话呢。"

他歪着脑袋，从头到脚地打量我一遭："小姐，你已经说了，不过就是你哥哥想杀了我哥哥而已，我们俩并不认识，可以文明点的。"

"我叫郑南音。"

"我叫陈迦南。"

转身离开的时候我几乎有一点快乐了。我跟自己说我等下就去书店买小孩子的故事书。如果今天已经来不及了，那我明天就来给臻臻讲一个关于外星人和小熊的故事。外星人以为所有地球人长得都和小熊一模一样。小熊在固执地等他的姐姐。

就是这样的故事。

04　幕间休息 陈宇呈医生

　　他非常想挣脱开那片黑暗，跟这群一直在他身边喧嚣嘈杂的人吼一句："你们这群饭桶，我他×还没死。"只是他无能为力。他像是一直处于睡眠最深的谷底，睡眠吃掉了他的手，他的脚，他的肋骨，他的心，他的脏腑，当然了也吃掉了他的痛觉。起初他隐约能听到那种微妙轻悄的咀嚼声，后来他的听觉也被吃掉了。可惜他的灵魂是宴席最后才上的汤，只能静候在一边见证所有的饕餮。

　　是的，没死，不过那又怎样呢?

　　他也说不好自己眼下的状况算不算是在做梦。在通常情况下，一个人不可能一边做梦，一边知道自己的肉身正在瓦解。慢慢地，也就习惯了，他变成了一个梦。

　　他当然知道臻臻就在那里。那孩子凝视的眼睛，就像太阳一样毋庸置疑地悬挂着。他曾带着她坐过一次飞机——他们离开龙城回他的家乡去。他一直担心她会因为气压变化导致的耳膜疼痛而哭闹，但是还好，起飞时她睡着了。醒来的时候她怔怔地看着舷窗外面的晴空，转过脸来问他："爸爸，你不是说，咱们要去天上？"——她讲话的时候，脸上表情并不丰富，她从来不是那种乖巧伶俐的小孩，他恰恰是在发现了这件事之后更加珍惜她。他对她说："咱们在天上，现在就在。"她摇头："离天上还有很远。"他想要她用力往下看，看看地面已经变成多么遥不可及的东西。但她不肯接受，还是那句话："没到天上呢，还有很远。"眼前的碧空确实空旷，依旧完完整整的，并未被他们的到来戳破。他意识到自己的确是犯了个错误——告诉臻臻他们此刻离地面很远并不能说明已经到达了天上。后来飞机终于遇到了云海。他欣喜地指着就在他们身边的云层说："你看，这些都是云。我们真的在天上了，不然你怎么可能离云那么近？"她转过脸来看着他，嫣然一笑，理所当然地说："那咱们出去，到上面走一走吧。"

他能感觉得到她。在这一望无际的昏睡中，他看不到她的脸，可他知道她在那儿。他们似乎是在当初那架航班的客舱里。他觉得此刻这个自己就像是在认真阅读一本杂志，可他时时刻刻都感受到臻臻就存在于身边，她很乖地待在安全带后面，她的小手有时候会无意碰触到他的手腕，胳膊，以及腕表的带子。

她长久持续的凝视可真让他头疼。因为他不知道该怎么跟她解释。不过她清静的眼睛却总是在某个时刻平息他的焦灼。变成了梦的自己还真是没用。他嘲弄着。辛苦你了，亲爱的陈至臻小姐。等我死了，请你除了这样认真地看着我，一定要唱首歌。

他看见了奶奶。好吧，也许别无选择了，你耐心些，九十三岁的小女孩，我这就过去和你相依为命。

　　那时候他八岁，奶奶牵着他的手，坐在医院幽深的走廊里。已经是晚上了，比较冷清。妈妈被推进去好久，还没出来。奶奶突然问他："你觉得妈妈会给你生一个小弟弟，还是小妹妹？"随即她又自问自答着说，"我觉得都好，已经有了你，那就再来一个女孩子吧。"他不知道她其实是很紧张的，然后奶奶缓慢地看了一眼手术室那两扇紧闭的门，又转眼看了看他，他很怕类似此刻这样，和奶奶漫长的独处——但是他也认命了，他也不记得自己有没有讨好地，勉强地冲奶奶一笑。奶奶果断地说了句："不用急，急也没用。奶奶把刚才的故事给你讲完吧。讲完了，你妈妈就出来了。"——奶奶自己可能不知道，她在这种看似爽利无情的时候，最像一个母亲。

　　奶奶就开始讲："后来啊——"尽管他早已忘了"后来"的前面是什么，但是无所谓，他接受了，反正所有的故事都是由一个"从前呀"和很多个"后来啊"组成的。"后来啊，上帝就跟摩西说：'我下来是要救他们脱离埃及人的手，领他们出了那地，到美好宽阔流奶与蜜之地，就是迦南人'……"奶奶突然停顿住了，然后认真和兴奋地说，"迦南。对了，就是迦南。不管是男孩还是女孩，都叫迦南。"他的脖子僵直了一下，因为他想要躲开奶奶生硬地停留在他头上的手掌——其实这也并不是奶奶平日做惯的动作。奶奶笑了一下："你出生的时候，不敢用《圣经》来取名字。可是迦南的命好。苦日子可能都差不多了，以后会好起来的。"

　　门开了，护士走了出来，脸上带着疲惫厌倦的神情："是男孩。"然后妈妈也被推了出来。迦南，他在心里念了一遍，他不喜欢这个名字。

　　在这一点上，妈妈倒是和八岁的他保持着一致。妈妈靠在那堆勉强可以说是白色的被子里，手指抠着那上面淡淡的红十字，对他笑笑："迦南。我现在讨厌看见这个'南'字，我一看到就能想起'越南'来，你爸爸差点死在那儿，还不够添堵吗？"

他无法忍受父亲，他也无法忍受迦南。

迦南是全家人的珍宝，但是，他是父亲的骄傲，他知道的。父亲总得为什么东西骄傲一下，那跟他是否真的优秀无关，父亲骨子里需要时不时地用尽全力去呐喊。就像看见火堆就情不自禁要敲鼓的原始人。他相信身为男人，最原始的荣耀便是为了区分"你们"和"我们"而战斗，顺便在战斗的间隙，驯养他们的女人们。他考上医学院的那年，父亲不知道自己已经开始苍老，在竭力扮演骄傲的时候已难掩疲态。他踏上去大学报到的火车那个瞬间，就没打算再回来——父亲不会想到这个的，或者说，想到了，不愿相信。

故乡只能是安放墓志铭的地方。但你不能指望父亲理解这件事。当他告诉父亲他在申请去美国留学的奖学金时，父亲先是大惊小怪地瞪着他："我的儿子怎么能去看美国鬼子的脸色？"不过几杯酒喝完之后他就兴奋起来了——那是他失业以后的新嗜好——父亲强迫他跟自己碰杯，鼻尖上冒着油腻的汗珠："去美国是好事。有出息的男人志在四方。记得，不能忘本，要衣锦还乡。"他淡淡地一笑，决定善待自己压抑了多少年的厌恶，他轻声说："迦南的大学学费你不用担心，我来负担。我给他寄美金。但前提是，你去跟你那个寡妇断了关系。否则，我就什么都不管。你要不然就去借钱，要不然，就让他自己去大城市打工吧。反正是你说的，志在四方。还有，酒还是少喝，把肝脏喝坏了，你那点低保可不够去做移植。"

父亲当时的眼神，就像是被窗外的电闪雷鸣吓到的孩子。

他知道自己赢了。可也正是因为这个，心里悲凉。他突然发现他本质上和父亲并无区别，所以此刻他才会有胜利的感觉。尽管惨然，可是，"赢了"的概念还是明明白白地统治了他。如梦初醒地意识到这个的时候，他觉得有股寒冷沿着脊椎呈放射状地在他皮肤下面扩散着。他走出家里的老房子，走到残旧得只剩下一棵树的院子里，故作镇定地拿出一支烟放在嘴里，然后发现在还没点燃它的时候，这样含着完全不便于深呼吸。迦南从门旁的台阶那里走过来，站在他面前，默默地从自己的牛仔裤兜里拿出一个红色的打火机，扔给他。

"你学会抽烟了？"他不动声色地问。他想起来刚才他坐在小方桌前跟父亲对饮的时候，并未关上纱门。在这个夏夜里，如果迦南一直都站在他刚刚在的位置，跟蝉鸣声待在一起，应该什么都听得见。

迦南从他手里把打火机拿了回去，也给自己点了一支。算是回答他。那年迦南十七岁，个头比他高。他刚刚发现迦南已经变成了一个俊朗的少年，也许他挺拔地穿过学校的走廊时会收获一些肤浅的女孩子惊喜，羞怯，也含着挑逗的眼神——这应该就是陈迦南人生里最值得自豪的事情，反正他心智向来都比较低。陈宇呈医生在心里冷冷地一笑——严格地说，他那时候还不是医生吧，如果这场景的确是发生在夏天，那么他应该还没有通过执业医师资格考。

他们兄弟二人各自抽完了手里的烟。他突然看着迦南的眼睛——很好，迦南没有丝毫的躲闪，他说："好好读书，知道吗？明年一定要考上一个好点的大学，我会供你念。然后你自己想办法留在外面吧，家里帮不上你什么忙，只能靠自己了。"迦南简短地说："不用你操心，你只管去你的美国。你觉得我们给你丢脸，你走就是了。我不会花你一分钱——只是，再让我看到你威胁爸爸，小心我打碎你的下巴。"

他们静静地对望了几秒钟，然后陈宇呈医生笑了笑。他不打算跟这孩子认真。陈迦南怎么可能是他的对手——他没必要非得亲眼见证这个，以此获得什么满足感。果不其然，后来，几年之内，每个9月他都会收到这孩子发来的短信："哥，汇来的学费收到了，谢谢你。妈妈要我转告你，天气凉了，你一个人要当心身体。"他凝视着屏幕，回想这孩子伫立在他眼前扬言要打碎他的下巴——的确是同一个人没错，只不过，学会了低头。他也知道，这孩子之所以可以发短信给他，是因为得到了父亲送的大学礼物，就是那个手机。他能想象到父亲的神情。在接到他的汇款单的时候，用力盯着看一看，然后泄愤一般地对陈迦南说："我们去给你买手机。"——父亲送给陈迦南的手机，价格不会超过一千块，估计是水货。但是这会让父亲觉得底气变足了，因为别看他没能力负担大学的教育，但是他至少可以送陈迦南一个"奢侈品"。父亲无声地用这个耀武扬威的手机对远方的长子挑衅："你不要太嚣张。"

被美国大使馆拒签了之后，他回到了家乡的小镇。父亲如释重负。父亲喜悦而轻松地说："去龙城上班很好的，龙城至少是个省会城市，也比我们这里大。"他盯着父亲混浊的眼睛看了一会儿，转身走了出去。父亲还嫌不过瘾地在身后穷追猛打："买火车票是要排队的，我去告诉你妈晚一点开饭。"他在火车站旁边的一间狭窄阴暗的小饭馆，安静地喝醉了。

头开始发晕的时候，他看见了陈迦南。他跟几个跟他年龄相仿的男孩女孩一起，从火车站对面的电影院里走出来。然后他离开了他们，径直走进饭馆的门，在他对面坐下了。

他们两人什么话都没有讲。他记得很清楚，迦南的脸在他略微颤抖的视线里有种异乎寻常的清晰。他以为自己会带着醉意叮嘱迦南好好在大学里念书，可是他没有。他只是任凭迦南一次又一次地斟满了他的杯子。

"你觉得我们给你丢脸，你走就是了。"他永远忘不了迦南十七岁的时候跟他说过的这句话。其实迦南说得没错，他是觉得丢脸，可是令他觉得丢脸的并不只是这个家，并不只是这些曾经在一个屋檐下度过漫长岁月的人，他是真正为自己的人生感到羞耻。但是，他走不了，他走不成，他必须继续这么羞耻下去。

好在人生就要结束了。也许应该说，生命还没结束，可是人生已经结束了。

当你变成了一个梦，当你的身体像是被丢进一口钉死的棺材并且在那里面渐渐风化，当你偶尔听得见周围的人在交谈但是谈的全是你的死期，你得承认，这所有的一切让你略微惆怅，你觉得这像是一场并不那么精彩的球赛踢完上半场，就突然停电了——虽然它不精彩，更糟糕的是，你连球迷都不是，可是你好歹也在希望其中一支队伍能赢。当然，电还是会来的，可是你的球赛已经踢完了。等整个世界灯火通明的时候，照亮的都是别人的命。

陈至臻小姐，该怎么跟你解释呢？你就把爸爸当成是一个故事好了，故事到了一半，你发现后半本书不知被谁撕掉了。其实就是这么简单的一回事。你当然会惦记着那个再也没人能告诉你的结局，但是陈至臻小姐，等你长大了就会懂得，所有的故事，结局无非是那么几类。你若太过留恋，就不大值得。

有个陌生的女孩子的声音，清亮又有点悲戚，在他的这片黑暗里若隐若现，就像是淡淡雕刻的墓志铭。"臻臻，臻臻你能不能看我一眼？"

"臻臻，我讲故事给你听，好不好？"

"臻臻，你听我给你讲这个故事行吗？我也不知道你喜不喜欢，可是你以前一定是没听过的。"

"臻臻，从前有一个地方，是一片很大很大的原野，土都是红色的。那是一片很漂亮的原野，天也很蓝。不过，那片原野特别荒凉。没有树，没有花，只有很多野草。有一天，一个从外星来的小孩降落到了这儿。他的飞船可能是出故障了，在天上坏掉了必须要降下来，然后这片原野特别空旷，所以外星小孩就掉在这里了。但是，外星小孩已经完全不记得自己要来地球干什么。其实，他是跟着爸爸妈妈一起乘飞船的，但是飞船降落的时候爆炸了，他的爸爸妈妈都死在了飞船里，可是他活了下来。他太小了，他完全不知道他自己还有过爸爸妈妈，他没有概念的，他不记得自己其实有亲人。他一个人在红色的旷野里面，走啊，走啊，走了好久，其实他没有走出多远的，因为他也不知道方向是怎么回事，他走路从来都不会走成直线，因为一直不停地往前走的话，他心里就会害怕，他害怕自己走到远处那片蓝色里，因为他不知道那其实就是天空呀。"

他不知道那其实就是天空呀。说完这句，那女孩子幽幽地叹了口气。陈宇呈医生于是觉得，那片囚禁他的黑暗的表层，突然开出了一朵花。

他那时还没想到，从那一天起，那个女孩子的声音就常常来临。以及，她嘴里的那个故事。

外星小孩其实并没有走出多远。因为他不会走直线，他兜着圈子，一点点地歪斜着前进。然后他看到了红色的洞穴旁边的那只小熊。小熊也是一个人，他站在洞口眺望远方。地平线上，外星小孩降落的飞船在熊熊燃烧着，不烧成残骸是不会熄灭的。可是，小熊还以为，那是火烧云。外星小孩跟小熊对望了一会儿。小熊说："你长得和我不一样。"外星小孩说："我好像是从别的星球来的。在你们这里，大家都长得和你一样么？"小熊说："我也不确定。这里又没有别人，你来这里做什么呢？"外星小孩说："我也不知道。我忘记了为什么要来这儿了。"小熊说："那怎么办呢？不然，和我一起玩吧。我在等我姐姐。"

"臻臻，后来，小熊和外星小孩就一起看见了小仙女。小仙女是骑着一块岩石飞到他们俩面前的。小仙女降落的时候，岩石重重地砸在地上，砸出来浅浅的一个坑。可是小仙女一点都不在乎。这个小仙女长得很丑。嗯……一般故事里仙女应该都很漂亮吧，臻臻你说呢？可是我这个故事里的小仙女长得很丑。小仙女就跟外星小孩和小熊说：'我来这儿，就是看看你们过得好不好。'小仙女总是笑着的，一副特别快乐的样子。小熊问小仙女：'请问你看见过我的姐姐吗？她说让我在这里等她，可是她一直没有回来。'小仙女说：'你姐姐长什么样子，我帮你去找看吧。'小熊说：'我姐姐是个大女孩。'小仙女又笑了：'怎么可能呢？你是一只熊啊。'……臻臻，剩下的，明天再讲好吗？"她用一种商量的语气问着，"因为，接下来的部分，我还没想好呢。"她似乎是笑了，笑得就像故事里面的"大女孩"。

他不知道臻臻听进去没有，总之，日复一日地，他自己对这个莫名其妙的故事是非常熟悉了。故事的主角是三个，一只终日等待自己的姐姐的小熊，一个打定主意要追问自己为什么来地球的外星小孩，还有一个长得很丑，骑着一块岩石，总是在笑的小仙女。情节又简单，又荒谬，可是这三个主角就在这样简单荒谬的故事里对彼此深信不疑。那片红色的荒原在他的黑暗中日益清晰，虽然他讨厌这样的图像，更加不能忍受那三个终日在这片荒原上行走的低智商的小家伙——小仙女通过石头剪刀布的形式，来决定究竟是先帮助小熊找到姐姐，还是先帮助外星小孩找到来地球的意义。但是，外星小孩的手，构造和人类不同，伸出来才发现，只能攒成拳头；小熊的熊掌也是没有手指的，圆圆地伸出来，看着还是一个拳头。因此，这两个人是只能出"石头"的，他们俩就这样听着小仙女快活的口令，一遍一遍地同时出"石头"。都拥有用不完的耐心，等待小仙女宣布结果，直到夜幕降临。后来小仙女也累了，困惑地说："为什么你们都不出剪刀呢？"——他知道臻臻在注视着。臻臻注视着病床上他那具已被囚禁于死亡中的躯体，臻臻也看得见他的黑暗中那些闪着光的颜色，所以臻臻自然是看得见小熊，外星小孩，以及小仙女。就这样吧，不赶你们走了。其实，他必须承认，他根本无能为力。

"臻臻，你能听明白吗？南音姐姐得回去了，明天接着讲，来，说再见。臻臻，不想说话挥挥手也行啊，就是这样，对了，再见——"

这是迦南的声音。飞扬，明朗，在他们家乡的小城这样的声音其实很难寻到。他已经有三年没有看到迦南。眼下睁不开眼睛，也不算看到。不对，记忆有误，在奶奶的葬礼上，他们终究还是碰面了。他还以为他此生不会再看见迦南。奶奶的死讯却是迦南带来的，当他看到手机上一个陌生的号码，还以为又是一个什么人介绍来的病人。打开来，却是："奶奶死了，刚才，走得很安祥，没有痛苦。"——他早已删除了迦南的号码，不过那个打错了的"安祥"在一瞬间就把迦南重新带了回来。很奇怪，在他心里，迦南一直都是那个十七岁的少年，把一个一元钱就能买到的红色打火机丢给他，用一种略带紧张的油滑把双手插在牛仔裤的兜里。俊朗，寒伧，烈性，手足无措，带着一身小城的痞气，满眼都是悲伤。

葬礼全程他都没有和迦南说话，他也没有理会父亲。事实上，在迦南大学的最后一个学期，父亲就搬到了那个寡妇家里。母亲对此不予置评，反正她还有麻将桌。他知道父亲是在得意扬扬地强调着他自己的精明和下作：反正迦南大学的学费已经都付完了。仪式中，他站在母亲身边，对奶奶鞠躬，他在心里问奶奶：你知道你的迦南，你捧在掌上含在嘴里的宝贝，他都对我做过什么吗？——不过，算了，他在心里真诚地轻笑一声，在死亡面前，还是应该保持一点置身事外的幽默感。他知道奶奶终究会原谅迦南的，若是奶奶在活着的时候真的知道发生过的事情，她一定会用余生所有的时间跟她的上帝祷告，恳求迦南得到宽恕。

亲友们开始吃丧席的时候，他拎起了旅行袋走出了饭店。其实距离回龙城的火车发车的时间还早得很。他看着那些围坐在圆桌旁边称赞或者抱怨菜色的人，其中包括母亲——母亲对身边的一个老邻居说："迦南这孩子就是缺心眼，就让他订几桌饭而已，我明明不喜欢吃韭菜，总是记不住。"那个时候他很认真地问自己：若干年后，如果死了，真的想要埋葬在这里吗？

直到此刻，死亡已经近在咫尺，他也依然没有想明白这件事。不过他已经放弃了选择。

他站在路边的时候，有股力量从身后扯住了他的旅行袋。他知道迦南跟了出来。他只是说："我要来不及了。得赶快回龙城去，医院里还有病人等着。"

迦南说："臻臻还好吗？"

他转过脸去盯着他。三年不见，迦南身上也有了异乡的气息。他在心里飞速地计算了一下迦南的年纪，二十六岁了。从大学时代算起，已在北京寄居了八年，一个不算是初出茅庐的软件工程师。

309

他想起了那几年所有感谢他寄来的学费的短信。其实他早已不再怨恨迦南，不是原谅，是不屑。他太清楚迦南面对他的时候心里怀着的屈辱是怎样的质感和温度，因为他自己少年时面对着父亲也是一样的。父亲一边斥责他为何期末没有拿到全年级第一名，一边伤怀自己的命运——说到激动处以一种滑稽的姿势手舞足蹈，声嘶力竭地炫耀他身体里那个从越南带回来的弹片……那时候，十三岁的陈宇呈愿意付出一切代价，否认是这个男人给了自己生命。

就像陈迦南曾经不顾一切地想要否认是这个从小彼此蔑视的人供他念了大学，从此成为了他生命中绕不过去的恩人。其实这一切陈宇呈都能理解，正因为理解，所以不屑。

他冷冷地回答说："臻臻好不好，不必问我，你自己明白该去问谁。"

迦南沉默了片刻，朗然地说："哥，你打我。"

他几乎要笑出来了，他说："幼稚。"

"你打我。"迦南很坚持。

一辆打着"空车"灯的出租车在他们面前停下来。他不再理会迦南，打开车门坐了进去。家乡的出租车，多年来，起步价一直是五块。那个司机愉快地跟着车内广播的音乐节目吹着口哨，他应该比迦南略小一点点吧。他还记得迦南小时候一脸神往地说："哥我长大以后，要当出租车司机。"他对这孩子说的话从来都是嗤之以鼻的，不管是不是梦想。在迦南还没有察觉到他的一脸轻蔑，继续表达着对这个职业的向往时，他发现迦南手里把玩着的纸飞机是用他的代数试卷叠成的。于是他毫不犹豫地站起来狠揍迦南。他知道，只要奶奶不在，父母总归会站在他这一边。

他已经不能再像当初那样狠揍迦南了，即便是因为迦南睡了他的女人。

　　他不大记得那是他和医药代表之间的第几百次冷战。他又一次地被骂"冷血动物"，她也又一次地被他的冷漠和坚硬深深地击溃了自尊，她说："我要离婚。"他看着她，笑了笑，那笑容简直是带着宽容的，这种宽容类似于——法庭不能采纳精神病患者的证词，不管那是多么的信誓旦旦。于是她说："我和迦南睡觉了，没错，你弟弟。离婚吧。"

　　其实经过很简单。她去出差，正好那是迦南在的城市，于是迦南请她吃饭。也不知那顿饭吃了多久，但是总之，他们二人携手结成了简短的同盟，因为他们都无比地想要打垮他。

　　那个女孩子的声音还在继续着。他已经学会了在深度昏迷中辨别新的一天是如何来临的。只要这个女孩子的声音响起来，就说明一天又过去了。小熊和外星小孩一直在猜拳，焦头烂额的小仙女揉着自己的头发，为难地宣布：小熊赢了。因为小熊的熊掌有时候看上去也像是在出"布"。所以，"布"最终赢了石头。他们三个人决定先去找到小熊的姐姐，然后再帮外星小孩找到旅程的意义。

第十四章

江蕙姐

　　10 月了，我已经把我的大部分东西从学校宿舍搬回了家。大四已经没什么课上，我宿舍里的姐妹们默默地看着我整理，她们自然是什么都不会问的。只有我下铺的女孩最终问了我一句："南音，考研报名的时候，你是自己过来，还是要我们帮你报？"我对她笑笑，说我不考了。她只是说："也好。"

　　哥哥的事情让我理直气壮地生活在了生活的碎片里。我对所有事情的期许都降到了最低标准，没有未来，没有以后，没有那些如果置之不理便会心生负疚的所谓"计划"。一切都随它去，又能坏到哪里呢，反正不管怎样，碎片不会自己拼回去变成那个完整的瓷盘子。我还能躲在这儿把那盘子原先的模样怀念得越来越美，越来越没有瑕疵。过去的日子就在这样的怀念里，硬生生地从白色的骨瓷变成了青花瓷。

我每天最重要的事情，就是晚上，在我的台灯下面，把第二天要讲给臻臻的故事编出来一点。故事的名字，就叫《外星小孩和小熊和小仙女》。最开始，那只是我的一个梦。后来我觉得，既然已经开了头，好像就应该把它讲完。也许臻臻听不见，可是万一她还是能接收到一点讯息，她发现故事没有结局，总是不好的。外星小孩就是郑成功，小熊就是可乐，小仙女自然是北北——但这都是很久以前的事情了，渐渐地，外星小孩就是外星小孩，小熊就是小熊，小仙女在我心里，也慢慢变得和北北的样子完全无关。我不知道我为什么会让他们三个出现在那片红色的荒原上面，总之好像就应该是这样的；我也不知道这三个无辜无助并且无所畏惧的小家伙最终会不会到达我那座永恒的小镇上——我想还是会的，可是那应该是故事的终点处才会发生的事情。他们究竟是怎么从红色荒原抵达冰雪小镇的，我也说不清，但是我终究必须说清楚，因为除了我，最终没有第二个人知道。

我每天编出来一点点，有的时候只有几行，有的时候也能有两三页。宣告一天终结的标志，就是打印机的小灯亮起来，伴随着它一声悠长的叹息，余温尚存的A4纸慢慢地出来了，犹抱琵琶半遮面，打印机在它们身后不甘心地咳嗽着。那些黑色的字略带羞赧地跟我对望着，拿出新鲜的打印稿的瞬间，我总觉得似乎不认识它们。我现在也算得上是日出而作，日落而息。我躺进被子里闭上眼睛，也不再像当初那么害怕睡眠嘲弄而残忍地忽略我。因为天亮了以后，我就可以去给臻臻读我的故事。外星小孩，小熊，还有小仙女的故事。

臻臻据说是已经去看过了儿童精神科的专家，但是也没看出来有什么好转，不过我觉得她现在已经认识和习惯我了，至少那个故事在她耳边响起的时候，就感觉她脸上的宁静不似最初那么戒备森严——但愿吧，也不确定是不是因为我已经对她那张没有表情的脸太过习惯了。

爸爸在奔走哥哥的案子，小叔也是。妈妈虽然还是没有恢复过来，但至少，她现在能够振作起来每天带着外婆散步。姐姐和雪碧终于搬了回来，搬家那天，停在门外那一排阵势惊人的纸箱子惹得邻居们都在侧目——家里顿时就热闹起来了，楼上楼下都听得见姐姐吆五喝六地指挥雪碧的声音。然后姐姐在晚餐桌上把一张卡推到爸爸眼前："三叔，房子卖掉了。他们都说现在卖有点亏，可是顾不上那些——你都拿去，应该能顶一段时间，要是还不够，我们再想办法。"爸爸只是平静地问："真的是方靖晖买走的？"姐姐笑了："怎么可能啊，我从一开始就知道他是说说而已。他知道出了事情想来看看我们是真，可是剩下的——钱的事情他才不会讲什么情分呢。"好吧，她毕竟了解他，我现在越来越相信他们曾经选择过彼此并不全是一时冲动。北北就在这个时候非常灵地笑了起来，她越来越懂得抓住大人们讲话时候的氛围了，不愧是小仙女。陈妈每天白天把她托付给小区里一个退休的幼儿园园长，下班之后，准时带着她回来这里，帮忙准备晚餐——因为吃饭的人多，很多时候有两个菜是她弄的，再有两个菜是雪碧放学回家时候从姐姐的店里带来的。所以晚餐的菜色经常是奇怪的搭配，比如红烧排骨，清炒芥兰，再加上黑胡椒意粉，和熏肉煎蛋三文治，最后有一个用超市里现成汤料弄好的西湖莼菜汤——准确地说，是看上去像西湖莼菜汤而已，喝起来基本都是鸡精的味道。但是，我们大家都由衷地觉得，这样的晚餐很好。

我也和大家一样，有我必须要做的事情。我每天去面对臻臻，面对那个靠着机器呼吸的如同塑像一般的陈医生，也面对那些进进出出的医生护士冰冷复杂的表情——我告诉自己说，我们家总得有一个人来面对这些的。正因为这件事实在艰难，所以我才创造出来了外星小孩，小熊，和小仙女。他们三个会在那片红色的荒原上寻找亲人，寻求意义，哪怕这一页的荒凉结束了，翻开下一页仍旧荒凉。我也希望臻臻能够喜欢外星小孩，小熊，和小仙女，至少他们可以陪伴着她度过这漫长的祈祷和等待的时期。我希望这个故事能像一千零一夜那么长，然后陈医生就醒来了。要是你真的能醒来就好了，我注视着那台机器屏幕上那些绿色的波浪线——那标志着他的生命在一片遥远的深夜的大海上航行。如果你醒了，我们大家就都得救了。

哥哥，你看看，你的罪孽。我从一开始就没有期盼过你能得到原谅。因为我知道，那些所谓的"惩罚"和"宽恕"不可能让你获得平静。若你真的是那么容易就能和自己和平共处的人，陈医生也便不会躺在这里。哥哥我想你是做了决定的，你此生不再需要平静了。既然"平静"和"自欺"之间的界限是那么卑微，那就干脆连"平静"也一起打碎——你忘了我需要平静，我们剩下的人都需要。但是呀，我是如此想念这个不再需要平静的你。有时候我一想到你的余生只能是一个异教徒，我就不寒而栗。那种冰冷的瞬间里我甚至希望陈医生死去，你上刑场。但是我又怎么敢把这样的梦想说给任何人听？我只能永远记得我曾经盼望过你死，记着这样的自己，一点一点地为臻臻写故事。

外星小孩和小熊猜了很久的拳，最终，小仙女判定：小熊赢了。于是三个人开始一起寻找小熊的姐姐。外星小孩和小熊肩并着肩，走在红色原野上，小仙女骑着岩石在他们头顶不高的地方慢慢飞。

小仙女是他们三个里面最有主意的，于是小仙女说："不然，我们找人问问吧，说不定有人见过你姐姐。"小熊说："好。"外星小孩看到他们俩达成了一致，于是也跟着用力地点头——外星小孩来到地球上已经学会了一件事，就是信任他认为值得信任的人。有一块巨大的，千疮百孔的岩石矗立在他们的前路上，小熊问小仙女："岩石知道我姐姐在哪里吗？"小仙女犹疑地说："岩石应该什么都看见过的，但是也许它不能告诉你。"小熊说："是因为它不友好吗？"小仙女说："那倒不是，岩石不一定会说话。我骑着的这块是能说话的，但是有些岩石，我就不知道了。"小熊决定试试看。于是小熊仰起脸，看着凹凸的岩石——有一小块天空从岩石的残缺处透露出来，那个时候外星小孩在想：他们说的那个"天空"，为什么突然跑进这块岩石里来了呢？小熊问："请问，您看见过我的姐姐吗？她说她很快就会回来的，她是一个黑头发的大女孩。"其实岩石知道，岩石看到过大女孩的去向，可是岩石真的不会讲话——在很久很久以前的远古，岩石是会讲话的，但是这荒原上没什么人能和岩石对话，所以经过了长年累月的风化，岩石渐渐忘记要怎么讲话了。岩石只好凝固着自己的眼神，认真地看着小熊。小熊对小仙女说："它好像是不会讲话的。"小仙女又一次灿烂地笑了，她安慰小熊道："不过你也看见了，岩石其实很友好。"

苏远智说："南音，你瘦了。"

我感觉已经快要一辈子没看见他了。他清早的电话叫醒了我，告诉我他已经抵达火车站。"家里不知道我回来了。"他的语气像是个逃课的小孩，"我只想马上看见你。"

我这才发现，我不知道自己想不想看见他。我得承认，最近我并没有多么想念他。我脑袋里面负责"感情"的地方似乎是被装上了一层厚厚的隔音玻璃。没有了声音，甚至没有了鲜活的触觉。每一种情感从脑子传递到心里的时候，都变成了"应该这样"，却不是"就是这样"。所以，当我站在他面前看着他的脸，我想我应该高兴，我应该辛酸，我应该走过去紧紧地跟他拥抱，应该在这样的拥抱里心生苍凉地觉得我们是相依为命的，应该在这样脆弱又强大的，同舟共济的感觉里流下一点滚烫的眼泪。事实上，我的确是这么做的，但是，仅仅是"应该"，而已。

他的双手扳住了我的肩膀："南音，你瘦了。"我的身体不自觉地躲闪了一下，有点不想让他碰我。我说："你现在要不要回你家去？"他摇头："不想看见他们，看见了也是……"他像是意识到了什么，突然间打住了。其实我知道他想说"看见了也是吵架"之类的话，他不用隐瞒我的，我都知道，也能想象。"我跟你回你家去，好不好？"他微笑着，也许他没想到我眼睛里有犹豫。

"不好。"我想起来妈妈现在的样子，想起来我们家里每个人强撑出来的生活——只要是律师打来的电话，爸爸立刻以一种近似粗暴的眼神扫一眼大家，意思是让所有人保持安静，然后用一种可以说是"恭顺"的样子把电话拿起来，说得最多的话便是"是的""对""您说怎么办"……有一回北北在这个时候突然尖叫了一声，爸爸当时丢过去的眼神不知道有没有吓到北北，总之是吓到了我——因为那太像童年时候我记忆里的大伯。我顿时理解了其实一个家里的暴君心中往往怀着不可思议的屈从和卑微——爸爸过去不是这样的。至于小叔，上周学校正式通知了他，这个学期暂停他所有的课，不过工资还是照发——说是这个决定只是为了考虑"社会影响"。小叔现在倒是有很多时间跟我们待在一起，尤其是面对爸爸的时候，越来越像个因为惶恐，所以只要周围的大家开心，他就可以跟着开心的孩子。还有明显憔悴下去的陈妈，以及不允许任何一个人流露疲态的姐姐——姐姐不知道，她那种一如以往的火热给了我们多么大的压力。她的眼神，她的毋庸置疑的语气，她说话时候的手势——似乎都在隐隐地暗示我们：谁要是脆弱，谁就滚蛋。

我不想让他看见所有这些。别对我说什么我和他现在本应亲密无间毫无隔阂，正是因为我爱他，所以我才消除不了羞耻感。我甚至不能跟他解释我觉得羞耻——因为这种解释本身就很像是撒娇。所以我只好说："你要是来我家里，又不想让你家里知道，这样会让我爸很为难吧。他要是不跟你爸妈说你回来了，总是有点不好的。你说对吗？"

他为难地点点头："说得也是。"

"你不然去我姐姐那里？我可以告诉姐姐……"然后我突然顿住了，笑笑，"不对，那儿已经被卖掉了，不再是我姐姐的家。"

他亲了一下我的脸："别担心我，我去朋友那儿住。我待不了几天，就是想看看你。"

我们最终又去了那间小旅馆。不知道在这样的时刻，做这种事，是不是很坏的。我们缠绕在一起的时候，我觉得他的身体很凉。某个瞬间里，我想我变成了一条藤蔓，匍匐延伸在白色的床单里面。根系很深，穿透床板，弯曲地蔓延在地板下面，但是他并不知道这个。他的手有力地托起了我的脖颈，想把我采摘起来。他不知道这白床单就是我的土壤，离开了，我会死。我似乎是应该为了保全我的生命跟他奋战，跟他纠缠，在这过程中顾不上在意自己伤痕累累，顾不上在乎自己目眦尽裂。不过最后，我好像还是死了，他仰头看了一眼天空，和我同归于尽。

他抱紧了我，他的身体闷闷地压在我的胸口，像是幼时常做的噩梦，不过可以取暖。"南音？"他叫我。我摸摸他的头发，算是回应了。"别害怕，知道吗？"他说话的时候，如果抬起头来看看我的脸，就会知道，我在哭。"都会过去的南音。眼下的这些事情都不是你的错，不管怎么样，我们都不会分开，你相信我。"

我轻轻地推开他，赤着脚走下了床。他蜷缩起自己的身体，誓言过后，开始期待熟睡降临。"你去哪儿？"他问。我没有回头："去洗澡。"

那个布满裂纹的浴缸冰到了我的脚。满墙的水渍就像是用旧了的墙纸。热水从头顶降临的时候，水箱发出一种错愕的"吱嘎"声。浴缸渐渐地温暖了，我的脚终于可以不再做冰冷的鹅卵石。这浴室脏污得让人不放心赤着身子进来。热气蒸腾在对面墙的镜子上，我变成了一个影子。我突然间就想起了昭昭，我们第一次见面的那天，她在那间小饭店的洗手间，认真用力地拿手指去擦镜子。我快乐地问她："水池很脏是可以的，可是镜子不行？"

然后我蹲了下来，让花洒的热水柱遇到我的身体后就像喷泉那样四散炸开来。但是即使是它们，也对一阵阵刺激我脊椎的寒意毫无办法。眼泪汹涌而出。没能顺利流出来的那部分全部都死死地堵在了我的喉咙。有很多事情我都没有告诉他，我不想说，我说不出口。热水和呼吸的障碍让我像个半醉的人那样想要呕吐。

我没有告诉他，其实在前些天，他爸爸跟我爸爸通了一个很长的电话。然后我爸爸就到我的房间里跟我说："南音，现在我们家是这样的情况，如果苏远智他们家的人不愿意跟我们家再有什么瓜葛，你也得接受，好吗？你是个懂事的孩子。"

我既没有告诉他，也没有告诉我爸爸——其实他爸爸已经跟我见了一面，就在我们大学对面的一间茶馆。他爸爸很客气地问我，哥哥的案子需不需要他托人帮忙，因为他认得很多律师。然后他说，等苏远智毕业了，他们家想要送他去英国。他说，要是我真的为苏远智好，就应该支持他到那边去读书和奋斗。最后他说，要是我能等苏远智回来，那自然是好事，要是我不愿意等了，他们家的人也都理解的。

他至今都没提一句去英国的事情。他不知道我在等他说出来。他怎么可以不知道我在等呢？他怎么可以装作不知道我在等呢？

有一阵凉风突然从背后袭了过来，我能感觉到水蒸汽外面的那个世界粗暴地侵袭了过来。他重重关上了浴室的门，他的声音里全是惊慌和小心："南音，你怎么了？你是不是不舒服？"我毫不犹豫地站起来，从身边的架子上扯下来巨大的浴巾对着他打过去，对准他的脸，还有他的肩膀和胸膛。水珠飞溅了起来。我一边使劲地砸他，一边喊了出来："你去你的英国啊！你走啊！你现在就走啊！你干吗还要装得自己很了不起的样子我才不需要呢！你以为我不知道吗？你已经后悔了，你早就后悔了！你后悔没有一直跟端木芳在一起，这样你现在就可以什么都不想地毕业然后出国去，你没必要非得跟你家里硬扛的，要不是因为我，你什么都不用经历的！你离我远一点啊，你滚啊，我家里有杀人犯你趁早躲开啊……"水珠散落在他额前的头发上，沾湿了他的T恤，他就那么一动不动地注视着我。所有的水珠都有了欢腾起来的机会，它们坠落到浴缸残旧的边缘上，坠落到水磨石地板上，坠落在那条被我用做武器的浴巾上——它越来越沉，越来越重了，我终于把它整个丢在地上——它一半扭曲着置身于地上那小堆积水里，另一半没有骨头地搭在浴缸边缘。我只好把淋浴喷头从墙上摘了下来，因为水柱的力量，它脱离我的手的时候像是有生命那般，在半空中魅惑地摇晃着，挣扎了几秒钟，然后才正对着苏远智跌了下去。砸在白色的瓷面上，像是个刚被斩了首的新鲜尸体，血都是呈花朵状喷出来的。

他穿着衣服跳进了浴缸里。我错觉他穿越了喷头制造出来的水帘。他抱紧了我。双臂像个水壶的盖子那样，尽力地圈住了我所有的沸腾的挣扎跟怨气。"谁跟你说我要去英国的？"他的声音在我耳边环绕着，"那是我爸爸那么说，我从来没同意过。我才不会去，南音你要连我都怀疑吗？不管你听到了什么，你就不能相信我吗……"

他似乎是挪出一只手来关掉了我身后的水龙头。整个世界立刻静谧得像是回到了诞生之初。死去的水珠们从我的头发上滴落下来，沿着我的脖子滑下去，我感觉到了冷。我仰起脸的时候，有一滴水冷冷地滑进我眼里，我的眼球却因为它的到来有种干涩的疼，我问他："你介意我哥哥是杀人犯吗？"

他摇头道："郑老师不可能是故意的。我的意思是说，他是一时冲动，他是好人。"

"如果他不是一时冲动呢？"我强迫自己看着他的眼睛。

"不可能不是的。"他斩钉截铁。

"所以，如果他不是一时冲动，如果他真的是蓄意的，你就会离开我吗？"我终于问出了自己最想问的问题。

他只是更紧地抱我，不再回答。

"苏远智，你回答我呀，要是哥哥最终真的被判了死刑，他是一时冲动，还是蓄意的，你该怎么区分呢？"

其实我只是希望他能说一句，不管是哪一种情况，哥哥都是一个好人。不过他说的是："南音，你不要逼我。"于是我知道，是我要得太多了。

江薏姐坐在姐姐的店里，她笑着跟我打招呼的时候还是像过去那样，满脸胸有成竹的明亮。就好像她不过是忙里偷闲，回到龙城来看看我们。"南音，你越来越漂亮了！"其实她才漂亮，就像一株美好的向日葵。我惊喜地跑过去拥抱她："江薏姐姐！"

　　在她离开哥哥的时候，我本来以为我会怪她，可是我没有。对我而言，她一直都代表一种我也想要，但是得不到，可是我又不会忌妒的人生。她走的时候，我听到过爸爸妈妈在聊天，爸爸叹了口气，说："也不怪她，其实我早就觉得，龙城是关不住她的，这一天早一点来，也好。"她的眼睛一如既往地活泼和专注，总是能让我在第一时间联想到"欣欣向荣"这个词语最表层的意思。

　　因为她的到来，那天我们四个一起在姐姐店里吃了一顿很愉快的晚餐。我，苏远智，姐姐，还有江薏姐。我真感激她见到我们大家的时候那种由衷的开心，她完全没有提起哥哥，谁都知道这种忽略是刻意的，但是她的刻意又温暖，又好看。短暂的欢愉融化了我，让我在说笑间开心的时候自然而然地把身体倚在了苏远智的胳膊上。完全忘记了几个小时前浴室里的战争。姐姐又说起了她们念高中时候的往事，其实就连我都已经听过好几次了，不过——那是姐姐关于学校最后的记忆了。江薏姐用手指抹了一下眼角笑出来的泪："要是陈嫣在这儿就好了，更开心。"姐姐的神色凝固了一下，然后静静地开口道："就是叫她，她也未必来的，小叔被学校停了课以后整个人都很恍惚，她才不会放心把北北交给小叔带着。"

　　"郑老师为什么要被停课？"江薏姐惊呼着，"西决的事情是西决的，关郑老师什么事？"

　　就这样，躲不过去的东西来了。

　　但是江薏姐一点都没有想要躲避的意思。她说："我这次回来是来见我一个朋友，他是这边电视台做法制节目的，现在升成总策划了。我跟他聊过，说不定能把西决的事情做一期节目。到时候，你们谁愿意作为相关人士出镜说几句话吗？"她笑着看看姐姐，"东霓我看你很合适，一般观众很难在罪犯家属里看见一个美女呢。"

"喂！"姐姐像个小学生那样，把餐巾纸揉成团冲着对面丢过去，"你……"就在纸团刚刚落地的时候，姐姐眼睛却突然亮了，"你的意思是说，这样说不定能帮到西决，对不对？"

"我想试试看。"江薏姐认真地看着姐姐的眼睛，"我不知道能不能做到，但是总得试试吧。要是那个医生已经死了，我就不好说这有什么用；但是既然他没死，抢在这个时候，尽可能地把这件事情往对西决有利的方向去宣扬，让更多的人同情他——说不定是管用的。"

"怎么就算对西决有利？"姐姐怔怔地托住了腮，但是脸庞却绽放着一种焕然一新的东西，似乎前些日子里积攒的灰暗都被强大的光线照耀得无所遁形了，"我们去公安局的时候，警察也说了，那个路口有监控录像，有证人，西决是故意去撞他的，而且……撞完了还去撞了第二次……这是怎么也不可能开脱的事情吧？"

"所以说，做节目也好，我去写报道也好，最重要的是，要强调西决是为什么呀。"我一直都觉得，江薏姐最迷人的时候，就是类似此刻，突如其来地一笑，"我的那个朋友也对这个事情很感兴趣，因为首先，的确是医院没有及时给那孩子输血，对不对？"

"对的。"我顿时觉得自己变得重要了起来，因为我全都见证过，"昭昭送进来的时候，有一个多小时都没有输到血。所以医院的人才叫我们过去给昭昭交钱的。"

"有证人吗？"她看着我。

"这个……"我迟疑了一下，美丽的护士姐姐的侧影曾经出现在医院漾着阳光的玻璃窗下面，"有是有的。可是我觉得那个人不会愿意帮我们证明。她是医院的护士，她不可能在这个时候帮着我们的。"

"这倒可以再想办法。"江蔧姐的神情越来越认真，"能让我跟西决的律师见一面吗？就以朋友的身份……"

"当然没什么不可以，我等下就去跟三叔讲。"姐姐简洁地打断她，"现在还有什么是你觉得，我们应该去做的，你都告诉我。"

"如果这个节目真的能做成，我会想办法拜托一切我能拜托的人，让这件事情尽可能地出现在所有形式的媒体。现在要做到的，是让大家注意到那个叫昭昭的孩子的死才是导致这件案子发生的源头。围绕着这个事情，第一，提醒大家医院的确是有过失，甚至那个医生本人至少是有没尽到责任的地方；第二，当然要强调西决是个多么好的老师，这点我觉得是最没问题的吧，采访学校里的老师，学生，西决以前教过的学生……他的口碑是绝对没有问题的，我有信心。不管这些在法律上有没有意义，至少可以造成一点社会影响，到那个时候法庭量刑轻一点就不是没有可能的事情……"她一下说完这么多话，终于可以长长地叹一口气，"当然了，至于大家能不能来关心这个案子，这件事究竟能不能成为热点话题，就不是我们能控制的，看老天爷肯不肯帮忙了。"

"无论怎样都得试一试的。"姐姐的口气简直有点恶狠狠的，"就算是死马当成活马医好了，那也得试试。"她讲得如此自然，以至于我都不好意思对她的修辞手法表示一点异议，比如说，把哥哥比喻成"死马"。

江蔧姐扫了我们大家一眼，很轻柔地说："应该有人为西决做这件事的。证明他是一个好人。这原本是他活在世上，唯一在乎的东西。必须有人这么做，他值得。"

姐姐无奈地笑了起来："好吧，我现在才知道，原来西决认识你一场，是为了今天。"然后她叫了一个服务生说："丽丽，拿瓶好酒来。"——她的意思当然是指她库存的那些没有兑过水的红酒。

"我们得喝一杯。"面前的杯子里的红色静静地停泊着，居然在杯子互相碰撞的时候，它们都圆圆地纹丝不动。"来。"姐姐第一个把杯子举起来，"为了江薏，也为了西决。"

"为了祝我们一切顺利。"江薏姐的手腕轻轻地一晃，跟姐姐的杯子撞出"叮当"一声脆响。

"为了替西决谢谢你。"姐姐凝视着别人的时候，总有种调情的感觉，哪怕对方只不过是她最要好的闺密。

"我愿意为西决做任何事。"江薏姐轻轻地笑笑，"我说过的。我说到做到。还有你们俩，"她转向了我和苏远智："祝你们幸福。"

"祝你和方靖晖幸福。"姐姐说。

"姐你在说什么呀——"苏远智暗暗地拿胳膊肘撞了我一下，提醒我是多么没有出息。

江薏姐只用了短短的一瞬间，就矫正了自己满脸的惊愕和难堪："你……是他跟你说的吗？"

"他当然没跟我说。"姐姐笑容可掬，"他前几天带着小家伙回来的时候，总是在回短信。我就是偷偷拿起来看了一下，没别的意思，是单纯地关心一下。这是对的，其实他本来就应该是你的。"

"别讲得那么严重。"江薏姐脸上终于有了羞涩，"才刚刚开始而已，以后怎么样，天知道呢。反正我什么都没有想。"

"我想过了。"姐姐说，"如果你们真的能走到开始计划未来的那天，告诉我，把郑成功送回来给我。这样你们的生活就不会有什么负担。"

"拜托，东霓！"江薏姐隔着桌子，轻轻握着拳头做出了一个要打人的手势，"别说这些话好么？这是 TVB 的台词。"

"但是你们得做到，每年回到龙城来，看看我。"姐姐喝干了自己的杯子，清晰的唇线上沾了浅浅的一抹紫红色，"江薏，我现在知道了，我哪里也不会去，我会一直留在龙城的。我得等着西决从监狱里出来。"

那晚，深夜回家的车里，只有我和姐姐两个人。江薏姐打开车门跟我们说"再见"之后，车里就一路都很安静了。

"江薏姐真好。"我打破了沉寂，由衷地叹气。

"我早说过的。她是最够朋友的人。"姐姐的笑容里有点倦意。

"姐？"我偷眼看了看她的侧脸。

"说话。"当她言语间做出这么刻意的不耐烦的时候，往往是有些心虚。

"江薏姐跟方靖晖在一起了，你会不会不高兴？"

"有一点。"她倒还真的是坦白，"不过，也还好。反正，江薏也不算是外人。"

"你想过没……"我犹豫了一下，觉得说出来也没什么，"可能你跟方靖晖分开了以后，你就找不到比他更好的人了。"

"当然想过。"如我所料，这个问题并没激怒她，也许她自己不知道，自从哥哥去四川那段时间之后，她比过去平静得多。"可是那也得离开他啊。"她笑着摇摇头，"人生真是苦。"

"为什么呢？就是因为，他一定要你把郑成功生下来，你才恨他吗？"

"不是。"我们停了下来，她以一种痴迷的神情看着远处的红灯，"其实我们很早就开始吵架了。后来，有一次，大年三十，跟他的几个都是留学生的朋友一起包饺子过年。他们留学生都是那样的，除夕的时候，人家满城的美国人还是该做什么就做什么，他们聚在一个朋友家里包饺子，然后喝酒，然后说过年好，最后一定有人醉——叫人又觉得辛酸又看不起他们。就是那个时候，我一边听着他那些朋友说话，一边拌饺子馅儿。然后他突然抬起头来跟我说：'人家讲话你都听不懂吧？'他的那种表情……我就想都没想，挑起一筷子生肉馅就塞进他嘴里去了，一边拿筷子捅他的嘴一边说你咽下去啊……他周围的那些朋友，全都目瞪口呆。然后他就站起来揪住我的头发……那个时候就突然发现，我为什么那么像我爸爸呢？我就知道，我们俩，不可能在一起的。他受不了我，我受不了他也受不了我自己。"她冲我调皮地一笑，重新发动了车。

我觉得我应该换个话题，所以我说："江蕙姐跟方靖晖在一起了，我觉得，哥哥其实也不会再遇到比江蕙姐更好的。"——我突然意识到我的确是换了话题，但是换了个更坏的，可我只能继续下去了，"姐，哥哥至少也得坐十几年的牢，你说对不对？这样，等他出来之后，还会有非常好的女人愿意嫁给他吗？我觉得，没有了吧。"现在我只有跟姐姐在一起的时候，才会这么坦白地把心里想的事情都毫不犹豫地说出来。

姐姐说："这倒不算什么大事。没人愿意嫁给他的话，我嫁给他。"

妈妈生病了。一个天气晴朗的清晨，雪碧第一个起床准备上学，在卫生间里发现妈妈躺在地板上，妈妈很冷静地说："雪碧，我动不了了。别拉我起来，去打120。"

我们一起送妈妈去医院，妈妈的担架先被抬进救护车，我站在车门外面，闻到了冬天的味道。妈妈把头略微偏了一下，一缕发丝落在颧骨上。她在看着我。我钻进车里以后，抓住了她的手。她对我笑了一下，她说："你还从来没坐过救护车吧？"我也笑了，我说："没有。"我知道她在害怕，可若是我来安慰她，她又有点不好意思。

其实我差点说："救护车是从没坐过，但我坐过警车。"——警察们把哥哥带走的那天，来了好几辆警车，有个警察就顺便让我坐进去，把我带去录笔录。可是跟妈妈，我是不能开这种玩笑的。但是不管怎么讲，躺在担架上的时候，她终于对我笑了一次。她已经太久没对我们任何人笑过，如果我现在还是小时候的话，我一定会以为她不再爱我了。

她居然一直笑着："我就是有点头晕。"

医生说，头晕是因为高血压。可是她摔倒的时候却伤到了腰。她原本就有的腰椎间盘突出更恶化了。这下她必须一动不动地躺着，她听到医生说"一定要卧床一周到十天"的时候似乎有种喜悦。其实我也能理解的，这下她有了更充足的理由把自己关在房间里。

我坐在她的房间里跟她说话。至少她现在愿意跟我说话了。那个担架上的微笑冰释了她和我之间的一些东西。她总是慢慢地，柔声细气地回忆一些我小时候的事情，问我记不记得五岁那年试着做雪糕的事情，我说我当然记得。

那年夏天妈妈买回来几个做雪糕的模子，这样新鲜的玩意儿显然是启发了我探索世界的热情。我把自来水放进模子搁进冰箱的冷冻室，一夜之后发现它们成了透明的冰棒，但是我对此感到不满，我觉得既然街上卖的雪糕都是彩色的，我自然是有责任解决这个问题的。有天下午爸爸带我去小叔的学校，办公室里有一样东西如同上天赐给的礼物那样奇迹般地给了我灵光乍现的冲动：一盒又一盒堆得整整齐齐的彩色粉笔。我问小叔："可以给我一点吗？我每样颜色只要一根。"小叔说："当然。"爸爸还在旁边帮我："她最近很喜欢在小黑板上玩老师教学生的游戏，她是老师，学生是她的那些布娃娃。"红的，黄的，绿的，蓝的，紫红的，我把这五根粉笔整齐地叠放在我的衣袋里，兴奋得如同"武昌起义"前夜的革命党。

后来发生的事情可想而知。我终于做出来了彩色的冰棒——既然已经是彩色的，所以我就骄傲地将它们命名为"雪糕"。天知道我付出了多么辛勤的劳动。我把彩色粉笔泡在自来水里，拿小木棍坚持不懈地捣碎和搅拌，终于使雪糕模子里面的水变成了彩色的。红色的是西瓜口味的雪糕，绿色的是苹果口味，蓝色的是什么呢——我还不认识任何一种水果是类似这样的天蓝色，所以我绕过了它，直接把黄色和紫红色的命名为"香蕉口味"和"葡萄口味"。"姐姐——"我很认真地问正在盯着暑假作业发呆的姐姐，"有没有什么水果是蓝色的？"姐姐皱了皱眉头："没有。只有蓝颜色的花。"好吧，于是蓝色的那种就只能委屈地叫作"兰花口味"。于是我就迫不及待地把我的雪糕店开到了楼底下玩耍的小朋友们中间，她们自然是对我的作品报以赞叹——由于过于赞叹，有那么一两个小朋友选了她们喜欢的颜色然后把雪糕吃掉了……还不满地说："一点都不甜嘛。"

那天晚上，爸爸妈妈赔着笑脸送走了那两个小朋友的父母。然后门一关，妈妈转身就揍了我一顿。爸爸在旁边，一边时不时提醒妈妈："这下打得重了……"一边威慑我道："你知道错了没有？"穿梭于两种角色之间，忙得很。

妈妈一边笑，一边脆弱地叹气："不行，不行，我笑得太过分腰就受不了了。"我也笑，开心地说："其实我有什么错嘛，是她们自己要吃的……"我们心照不宣地，绕开了一个细节，就是在我挨打的时候，当时小学五年级的哥哥在旁边焦急地喊着："三婶，那个粉笔水是我帮她做的，她够不着冰箱上面那层门，也是我帮她放的，你别打她都是我帮她的忙。"我一边哭，一边自尊受损地转回头去反驳他："你乱说，你不要瞧不起人，我自己搬了小凳子踩上去就够到了！"

我只是在这个取暖的时刻,偷偷地在心里回忆了一下这个细节。妈妈想要装作忘记了哥哥,我为了她能不再拒绝我,也决定暂时配合她。但是我心里的悲凉像堆大势已去的火,在废墟上面似有若无地支撑起来柔弱的火苗。"妈。"我鼓起勇气,命令自己再靠近一点那个危险的核心。

　　"我,不想考研了。等毕业以后,我想去实习的那间公司上班。"我用力咬了一下嘴唇。

　　"随你。"她非常淡然地回答我。

　　"那你不会觉得我没有出息吗?"

　　"这些都是假的。"妈妈没有表情,"我原来觉得,只要我们全家人都能在一起,比什么都重要。可是现在才知道,连这个也是假的。"

　　"总得有什么是真的吧。"我不安地看了看她。

　　"我这些天,也总在想这件事儿。"她的眼睛看着窗外,"可能大事情都是假的,比如生,老,病,死。只有小事情才是真的。"

　　"小事情,就像我拿粉笔做雪糕吗?"

　　妈妈笃定地点点头。

　　"可是我觉得,也不是所有的大事情都是假的。"我盯着自己的膝盖,"好多人就是想急着证明大事情不是假的,就是太当真,才会做蠢事的。"说完这句话,我也不敢抬起头看她。

　　"郑南音。"妈妈像是准备叹气那样,叫我的全名,"蠢事就是蠢事,不仅蠢,还伤天害理呢。"

　　"要是你爱一个人,他做了伤天害理的事情,你就不爱他了么?"我静静地听着她缓慢的呼吸声汇入了空气里面。

　　不知道等了多久,我听到她清晰地说:"是。当然。伤天害理的人不配被爱。"

我的心脏跳得那么重，但是我却看着妈妈的眼睛微笑了："妈，你想不想喝水？我去给你沏杯新的茶，好不好？"

她说："好。谢谢南音。"

我恨这个时时刻刻，万事万物都要讲条件的世界。

12月，臻臻似乎好起来了。虽然她还是不讲话的，可是我能明显感觉到，她的眼睛里有了些算得上是"神情"的东西。有的时候，若是我跟她说话，她会抬起眼睛来静静地看看我。她依然需要每天准时到陈医生的病房里来，不过，现在会带来她的娃娃，有时候还带着一个魔方——听说这是好现象，表示她的注意力已经在转移了。是陈迦南这么说的。

每天上午我都会去那里待两个小时，曾经我会试着把她带到花园里，在阳光下面进行我们的故事。现在天冷了，索性就不去户外。我也真的渐渐习惯了那个像道具一样沉睡的陈医生。我会在八点左右过去，那时候护士对他的第一轮检视已经完成，大约两个小时以后我就会离开，往往十点左右的时候，就又要有人进来看他了。臻臻沉默不语，恪守着我会到来这个秘密。

所以每天从医院走出来，都会觉得还有很长的一天像个性情温和的债主一样，在医院的大门外面等候我。我得变成一个脸皮越来越厚的人，才能应付它们。

虽然现在只有律师才可以见到哥哥，但是我们已经可以写信给他了。我每隔两三天就会写一封，但是我不会去告诉哥哥家里发生了什么，我身上发生了什么，那些都没什么值得说的。我只是告诉哥哥臻臻现在在慢慢好转，我在给她讲故事。我们的《外星小孩和小熊和小仙女》一直都在进行着，那片红色荒原上没有四季。

我告诉哥哥我为什么要编这个故事给臻臻。最初，我原本想去书店里买小孩子看的图画书，可是不知道该买哪本。于是这个故事就开了头，既然开了头我就想把它讲完，只有这样我才会觉得我在做一件有希望的事情，我说这样我就可以活下去了。但是我想了想，又把那句"我就可以活下去"用涂改液涂掉了，我怕哥哥看了会难过。

我在凝结了的涂改液上面，费力地打算告诉哥哥另外一件事，我刚刚去买了一件新的冬天穿的厚外套，是橙色的。很好看。不过我没说，试衣服的时候我对着镜子问自己：我现在还可以理直气壮地觉得自己漂亮吗？其实理论上讲没有什么不可以，但是我似乎做不到了。

有一天我没有听见闹钟的声音，所以到达医院的时候已经快要十一点。天气阴沉，我看见那个叫陈迦南的人带着臻臻在花园里坐着。准确地说，是他一个人坐着。臻臻穿着一身滑雪衣，蹲在地上弹弹珠。露在外面的小手被冻得红红的，可是她好像不在乎。

"你居然能坚持这么久。"他看着我笑。

我不知道该回答什么。因为我隐约觉得下边不会有什么好话。

果然不出我所料，他接着说："差不多就行了，别演上瘾了。"

"关你什么事。"说完我就后悔了，但是总是这样，我总是忘记他是"被害人家属"，总是没办法在跟他说话的时候流露那种自知底气不足的歉疚。

"你真的以为你这么做，她就能变好么？连医生都不知道现在要怎么治疗她。"他又是习惯性地挑起了眉毛，"她才五岁，你是觉得她真的能看懂你演的戏？她不可能因为突然受了刺激，心智也跟着长那么快的。你电视剧看多了。"

"我想跟她道歉，我知道这是没用的，可是我说了，我想为她做点什么，这是我唯一能想到的事情了，你就算瞧不上也没必要这么说吧？"我知道我的声音不知不觉抬高了，我也知道我的反驳是多么可笑和无力。

"她不需要你道歉。"他居然笑了，"她连你哥哥的道歉都不需要。不过我也没别的意思，不管怎么说，有人每天来跟这个小家伙玩一下总归不是坏事。但是要是有一天，你觉得腻了，没必要坚持的。"

"我不会觉得腻！"我觉得我自己受到了一种说不清的挑衅，在后来的日子里我才明白，这个人总是能非常成功地激怒我，"你以为对我来说，每天看着她是件容易的事么？但是我必须得这么做，我也是为了我哥哥和我自己。"

"你看，你承认了，你是为了你自己。"他笑得像是牌局终了时的赢家。

"我不是那个意思！"

"你把你自己看得也太重了，杀人的人根本就不是你，被害人也不是你，你还觉得自己是女主角——你这个人自我膨胀得太过分了吧？"

"我不跟你说了！"我咬牙切齿地倒抽了一口冷气——不是比喻，龙城冬天的空气是真的肃杀，我转头朝着医院的大门走，可是却又在想，要是我真的就这样走了，不就算是被他说中了么？他觉得这一切不过是我自己的游戏，我不能让他把我看扁了。

"哎我忘了跟你说……"他对着我的背影穷追猛打，"我那天看见了你留在这儿的几页纸，这故事真的全是你自己编的吗？你编得还不错呢。"

我停下来，转身看了看他的脸："真的？"

"没见过你这么虚荣的女人。"他的语气简直是轻松愉快的,"不至于吧,这么一点点夸奖你都舍不得漏掉。"

"你去死吧!"情急之下我也只想得起来这句特别低级的话。

"你们家的人还真是暴力。"他满脸的惊讶看上去完全是真诚的,"动不动就要人去死,还付诸行动……你们从小到底都在过什么生活啊?你家其他的人也是这样的么?"

我静静地看着他的脸,我觉得一切应该如此的。他是最有权利嘲弄我的人。对他来讲,也许嘲弄还算是客气跟仁慈的。而我,我已经没有权利告诉他所有事,比如我脑子里面不停振动的手机,比如我的一夜之间面目全非的妈妈,比如那种每天活在碎片里甚至是碎片缝隙里的困顿,比如开始犹豫着要离开我的苏远智,还比如——关于哥哥,那个被所有人疏离遗弃只有我和姐姐才更珍惜的哥哥。——所有的一切背后原本有那么多的放弃和割舍,原本有那么多错综复杂的争斗和纠缠,原本还有那么多血淋淋的不得已……但是谁叫我属于被判有罪的一方呢?罪人那边的故事都是自欺欺人的诡辩和开脱。你痛彻心肺,在正义的人眼里是不要脸;你不置可否,在正义的人眼里,还是不要脸;你只能装作无动于衷,反正在正义的人眼里,你依然不要脸。

昭昭,我现在只能想念你了。如果你已经不再介意这个世界的生硬和粗暴,请你和我同在,可以吗?

我盯着对面那张脸,看了一会儿,然后我说:"没错啊,我家的人就是这么暴力,我家的人都是妖怪,我就是这么长大的。可是你也别忘了,你哥哥是个多冷酷的人。他眼睁睁地看着人死,什么同情也没有,还要理所当然地嘲笑别人的同情心。我是不是也可以替昭昭问一句,你家的人向来这么冷血吗?你们兄弟还真是挺像的。

这种话我也会讲——其实你哥哥不过是运气好而已，不过是因为躺在那里了，所以现在就成了什么错也没有的被害人。"

我转身走开是因为我也不敢相信这话真的是我自己说的。昭昭你真的给我力量了么？可是对于现在的我来说，我已经不知道要把力量用在哪里了——所以我只好用来伤人。

"喂。"他的声音平和地在我身后响起来，"我承认我哥哥那个人是很冷血，不过你也可以学会吵架吵得精练一点，你只要说句'他活该'就好了，你看你用了多少形容，真不怎么简洁，你说对吗……"

眼泪存在我的眼睛里，我却笑了。因为他这句话其实也很不简洁，不过想说"对不起"而已，不也一样浪费了这么多形容吗？

我在晚上多了一个习惯，把棉被的一部分紧紧抱在怀里。慢慢地，不是被子暖和了我，而是我反过来暖和了它。我知道这是为什么，通常我这么做的时候，是想念苏远智了。不过我在要求自己减少主动打电话给他的次数，我知道，这是我小的时候，跟爸爸学的。那时候爸爸在戒烟，他说一下来全都戒掉也是不好的，会打破身体里的循环平衡，妈妈就说他狡辩。爸爸说，从一天只抽五支开始，慢慢地三支，然后一支，最后就成功了。

我现在就是这么做的。那个晚上，我却接到了端木芳打给我的电话，我看着手机上那个名字，觉得曾经的争斗都是上辈子的事情了。她说："南音，我听人说，苏远智明年要去英国？"我回答："是的。"她很直接地问："那你也去吗？"我淡淡地说："我去不了。"——我们俩已经好些年没有过这么友好的对话了。

她轻轻地叹气道："其实南音，我觉得……他家里在这个时候送他去英国，在你……这个时候，挺不好的。"

我相信她是真心的。我愿意相信。只是我没有想到这个人会是她。"谢谢，小芳。"我自己知道，我脸上是在微笑的。

　　"我没什么不好。你不用担心我。"我继续说，"反正我现在哪里也不能去，我得在龙城直到哥哥的事情有了结果。所以，谁想走就让他走吧，我又拦不住。"

　　"春节我回龙城的时候，一起吃饭？"她的声音终于轻快起来，"我带我现在的男朋友回来给你看。其实我最早还想着，我一定要让郑老师见他一面，帮我鉴定他。"她停顿了半晌，"帮我告诉郑老师……算了，就帮我问他好吧。"

　　"我会记得。"不知道我该不该让自己的语气听上去严肃一点——其实我最初想用的词或许是"庄严"，但是我不敢。

　　我听见门外的脚步声的时候，已经来不及关灯了。其实这些日子以来，我知道爸爸总在晚上轻轻转开我的门，看看我。有时候我会在听见他把手旋转的时候把灯关上，他就心照不宣地转身离开了。还有的时候，我来不及关灯，就只好闭上眼睛，尽力把自己的呼吸弄得悠长，像是没有意识。他会站在床边看我一会儿，也许他知道我没睡着，不过他从不戳穿我，只是替我把灯关上，黑暗中我像掐着秒表那样数着他走出去的步伐，像是为了什么仪式准备彩排。

　　不过今天，爸爸正好撞上了我睁着眼睛。他怔怔地看着我，手还停留在门把手上，似乎是突然不知道拿这个不再伪装的我怎么办了。两秒钟后，他似乎是准备转身出去，他匆匆地对我说："睡吧。很晚了。"

　　"爸。"我叫他，"你每天都要去见哥哥的律师吗？"

　　"也不是每天。"他笑笑，"不过每天都打电话。"

　　"我们是不是要赔给陈医生家里很多钱？"在午夜的静谧中，

我们俩的声音似乎比平时要喑哑一点。

"法庭最后会判的。"爸爸说，"现在赔给他们的不在正式的赔偿范围里。可是，陈医生每天的医疗费都是一个大数字，他们家的人没有能力。"

"姐姐把房子都卖掉了，还不够吗？"我问。

"这些，你都别管。你要毕业了，好好想想以后的事情。不过就是委屈了你，明年夏天，家里可能没人有精力帮你和苏远智办婚礼……"

"别管那个了。"我就在这一瞬间觉得所有的事情都是可以接受的，"其实你也清楚，那个婚礼不会有的。你放心啦，我很快会去找工作。我们系里的毕业生，应该还是找得到工作的。"

"你也不用恨他。"爸爸这句话讲得很突然，但是我懂他的意思，"如果换了是他们家出类似的事情，我也会犹豫，要不要你真的嫁到他们家里去。"

"我知道。"我加重了语气。我都知道，我早就接受了。

"你早点睡。"他转身推开了虚掩的门，外面的黑暗隐隐照射进来了。

"爸。"我看着他的背影停顿在门框里，"你说我还能遇上一个喜欢我，我也喜欢他，并且不在乎哥哥是犯人的人吗？"

他说："南音，爸爸累了。"

其实是我犯规了，本来，这场对话，应该只陈述事实的。不应该去谈我们伤不伤心。现在已经没有人知道该如何正确地使用感情了，在事实面前感情早就成了噤若寒蝉的奴隶。那就应该绕过它，并看似若无其事。我任由自己沉没在黑暗里，重新抱紧了被子。我不敢任由自己想念苏远智，是因为我害怕如果那想念太深重，我就会转过脸去埋怨哥哥。我跟自己说，或许苏远智会比我想象中更勇敢。他的誓言有些虚弱但是他不是故意的。我以为我们曾经歃血为盟，但是大军压境的时候我才知道，我心里居然在隐隐盼着他投降。原来我只是渴望着有人能和我一起被俘一起受辱甚至一起被活埋，却没想好要不要一起厮杀。

　　积雪终于重新覆盖了我的小镇。这样很好。曾经对我恶毒诅咒的卖风车的老人也销声匿迹了。或许我该在我的镇子上建一个棺材铺。为什么不呢？就建一个吧。顺便连墓园也一起建了。这里应该是外星小孩，小熊和小仙女的最后一站呢。他们的旅程已经进行了很久了，红色荒原还是没有尽头。这三个缺心眼的小家伙又遇上了别的人别的事情。一只粉红色的青蛙操着口音很重的人话告诉他们，远处的塔楼里住着一个很厉害的巫婆。巫婆年轻的时候是个恶毒的后妈，她把不是自己亲生的小孩子做成了药。可是她知道很多的事情，也许只有她才知道小熊的姐姐在哪里。外星小孩不懂什么叫后妈，所以也不知道害怕。小熊其实也不大懂，于是小仙女拿了主意，还是去敲门问问，不过让外星小孩走在最前面——因为外星小孩的长相最奇怪了，也许巫婆看到他就会觉得这种长相是不适合用来做药的。可是，当塔楼的门打开，他们看见阴暗的阶梯尽头燃着幽幽火光的时候，谁也没想到，很厉害的巫婆走出来，对他们非常慈祥地笑着——她太老了，老得忘记了自己是个坏人。恶毒的后妈，厉害的女巫——早就成了传说，她自己既没法确认也不能驳斥了。至于靠她知道一点小熊的姐姐的下落，那更是没可能的事情。她只会微笑着看着这三个风尘仆仆的小家伙，问他们："冬天来了吗？"

　　于是小仙女非常认真地对她承诺："等冬天来的时候，我们来告诉你。"巫婆说："不用，叫他自己来敲门就好了。"

我听见了有人踩着积雪前进。我的小镇第一次来了一个陌生的闯入者。他的侧影在我视野里一闪而过的时候，我就醒了。天色微亮，是最凄惨最寒酸的那种黎明。可是客厅里已经有了动静。我推开门走出去，看见姐姐已经奇迹般地穿戴整齐，让人觉得也许昨晚她根本就没有回来过。

"姐你去哪儿？"我问。

"我去找那个护士。"她看了我一眼，"你接着睡吧，现在还早得很。"

"你说的是，那个……天杨？"我这才想起我忘记了问那个天使在人间的姓氏是什么。

"鬼知道她叫什么。"姐姐一圈一圈地把围巾缠起来，最后发力狠狠地一绕，像是要上吊一样，"我问过了，她等下就会下夜班。我要跟她聊聊，说服她，出来做个证。那天昭昭会死，也有医院的错。"

"我觉得不可能吧。"我想起她弯下腰看着臻臻的神情——那种守护的感觉自然而然，像阳光一样地绽放开来，"她才不会帮着我们呢。她是医院的人啊，你总不能让她去做会让自己丢工作的事情。"

"你连试都没试过，你怎么就知道不行？"她斜睨着我，没打算掩饰她的轻蔑。

于是我也跟着姐姐一起等在医院的南门口——姐姐说天杨下了夜班之后一般都会从这个门出来。姐姐的信息没错，天杨没过多久就出现了——那是我第一次看见她穿便装的样子，也不过是一个很普通的素净的女人，但是陈迦南在她身边，他们在以一种认真的表情不停地讨论着什么。应该是在说陈医生的病情吧。

"糟了。"姐姐的叹气声凶得像是大喊大叫的前奏，"还有个灯泡。"

"那个就是陈医生的弟弟。"我告诉她。

"怪不得看着眼熟。"姐姐用力地对着坠落到眼前的一缕头发用力地吹了一口气，它们就轻飘飘地拂到了她的脸颊上面，"这样更糟糕。怎么把这个家伙支开呢？"

姐姐的话像是遥控器那样，陈迦南立刻就对着天杨挥了挥手，然后飞奔着穿过了马路，朝着我们的方向跑过来，不过他的目的地是不远处一家二十四小时营业的"7-11"。姐姐像是个女侠那样，立刻迅捷地打开了车门也朝着马路的另一侧跑过去。清晨的路上真是奢侈，几乎没什么车，任何人都可以轻盈地践踏着红绿灯给的禁令，在斑马线之外奔跑，就像是身处乱世之中。姐姐拦住了天杨，她们说着，说着，其间姐姐像个耍赖的不良少女那样，企图去扯天杨的胳膊——反正，素净的淑女是打不赢我姐姐的，并没有过多久，她们俩的身影就重新隐进了医院的大门里面。

我发现我无法打开车门。我又试了一次，车门还是纹丝不动。我倒霉的姐姐一定是在飞奔出去的时候下意识地把车锁上了。留给我的，只有这一扇副驾座旁边开着的窗子——还好，这辆车不是那种只要上锁车窗就会自己关闭的型号，不然，我就真的被闷在罐子里了。我看到陈迦南从"7-11"里出来，手上居然拎着几罐啤酒。

他看到了我，冲着我走了过来——准确地说，是冲着这辆困住我的车走了过来。那一瞬间我才发现，最初我想打开车门，其实是想进去那间"7-11"看一眼。但我来不及想为什么了，他已经对着那扇敞开的车窗笑了起来，像是在参观被关进笼子的动物。他的食指关节轻轻地敲了一下车窗的边缘："你怎么在这儿？郑南音小朋友？"

"我被锁在里面了。"我看了他一眼,他那种嘲讽的表情又一次惹到了我。

"我是说,今天这么早,你就来了?可是臻臻都还没来呢,这个钟点那小家伙还没有睡醒——演员没到齐,怎么办?"

"我陪我姐姐来办事情的。"该死,我为什么总是不知不觉地在回答他的问题呢?

他冲着我的脸俯下了身子:"郑南音小朋友,今天发生了一件很好的事情,所以我想喝一点,我可以请你喝酒。"

"谁稀罕。"我开始幻想着车窗那小半截玻璃突然间自动地升起来把他的脖子卡住。

"我哥哥醒了,就在一个小时之前。"

我从没有见过他如此认真地讲一句话。

"不开玩笑?"我深呼吸了一下,觉得还是核实一下比较好。

"我没事闲得——开这种玩笑做什么?"他无奈地看着我,"虽然现在还不能判断他的意识损伤到什么程度,因为他暂时不能讲话,可是,他应该会活下来。医院也觉得这算是个奇迹,他现在还不算真的脱离危险,但是,我有种特别好的直觉。"

"你的意思是说,我哥哥也不会死了对不对?"我的语气近似于惊恐。

"没错。"他低声说,"我们俩也可以庆祝一下。二战停战了,战犯上法庭,可是同盟国代表和轴心国代表可以握手的。对不对?"

然后他的手越过了裸露的车窗,托住了我的脖子和脸庞交界的地方。我躲闪了,我在安全带的缝隙之间挣扎得近乎愚蠢,我微凉的手指在寻找安全带的扣子,可是我居然摸不到。那个扣子不是像关节一样,是个会活动的按钮吗?我能摸到的,加油啊,可是我放弃了，我让我的手指从座椅边缘缓慢地垂了下来。他的手把我的脑袋推到了那半截玻璃窗上，真凉。我想我必须承认，我知道此刻正在发生什么。

他笑笑，然后吻了我。

第
十
六
章

迦
南

　　我想我永远都不会忘记，我们就像是从一个浪头的黑暗窒息
里挣扎出水面来，重新看见彼此的眼睛。那时候，我的第一句话
居然是："我姐姐很快就要回来了。"他又笑了，他说："没看
错你。""没看错什么呀？"我问。他非常悠闲地回答："你……
非常适合地下工作。"原来这又是一句嘲讽而已，可是现在，想
要激怒我，似乎有点困难了。

　　我只是认真地盯着他，突然问他："你是坏人吗？"我知道这
很可笑，可是对我来说，这是重要的事情。

　　他意外地看着我："我觉得我不是。"他的视线转移到了远处，
"你姐姐回来了，我走了。"转身之前又补充了一句，"你姐真的
很漂亮，可惜就是穿衣服没品位。""关你什么事！"在我重新找

回跟他吵架的感觉的时候，他的背影消失了。

每一次，当姐姐重重关上车门的时候，我都会莫名其妙地开始同情方向盘。因为那方向盘就在她正前方，对她激烈的怨气完全没有防守的可能。"姐。"我轻轻地说，"别那么使劲地拉安全带，会拽坏的。"——当我想要转移注意力的时候，总是会把这些无关紧要的事情牵扯到对话里来。她看了我一眼："你才多大？等你到了你妈那个年纪该多可怕。"

我知道她终究还是在天杨那里碰了钉子。但是这又不是什么意外的事情。果然她愤怒地低声骂着："什么东西，给她脸了！"

"我就跟你说嘛，她不可能来帮我们，不帮医院的。"我的声音也随着她的气势微弱了下去。

"我又没让她撒谎，我就是想让她说事实。"姐姐颓丧得像个小女孩。

"那个陈医生醒来了你知道吗？"我要求自己使用兴奋的语气宣告这个消息的时候，必须用全身力气来控制自己不去想陈迦南。

"知道。"她不耐烦地挥挥手——姐姐就是这点可爱，在她自己心烦意乱的时候，她想不到去问我为什么会知道这个，"可是那又怎么样啊，都昏迷那么久了，现在人醒了也还是跟植物差不多。也不知道哪天就挂了，那还不是西决倒霉。"

"你干吗要想得那么可怕，"我其实是觉得她那句"也不知道哪天就挂了"很刺耳，即使我们是那么想要哥哥平安无事，也不该这么说，我深呼吸了一下，"我觉得是好事。现在最重要的就是应该希望陈医生活着。只要他活着，哥哥就也能活着了。至于他撞人的前因后果……"

"郑南音。"她盯着我，"我可以理解成，你是在胳膊肘朝外拐吗？"

"我的意思是说，现在陈医生活着，我们最初的目的就可以达到了不对吗？我不想看着你总在那个护士面前碰钉子，现在我们用不着了啊！"我觉得她的话开始刺耳了，然后就非常没有气度地给了回应。

"你忘了江薏说过什么吗？"她的语调出人意料的宁静，"是，最初大家都想要西决能不被判死刑，然后希望能尽量少坐两年牢，可是我还觉得有一件事情很重要，就是江薏说的，我们得去说给所有人听，西决是个好人。你觉得这是没用的事情吗？"

"不对，江薏姐的意思不是这样的。"我突然觉得这件事情是必须要争辩清楚的，"最开始我们是觉得陈医生一定会死，所以江薏姐才会想办法要去做那个节目，要去跟所有人宣传这个事情。是为了尽可能地想办法救哥哥——可是现在不一样了，既然我们最初希望的事情已经可以达成了，你干吗还要那么强求别人都觉得哥哥是好人呢？"

"因为这就是西决曾经最在乎的事儿！"她干脆把安全带解开了，这样便于转过身来对着我的脸控诉我。可她居然说"曾经"，就好像哥哥已经死了。这让我突然间很难过。

"有什么意义吗？"我说，"你别忘了我们现在其实也需要这间医院的，需要他们尽力地把陈医生治好，陈医生要是能活下来并且尽可能地恢复，哥哥的罪责才能轻一点，这才是最重要的事情啊。"

"你居然好意思说这种话？"她瞪大了眼睛，开始把连日来所有的怨气都发泄给我，"我要让所有的人包括法官知道西决跟那些杀人犯是不一样的。西决是一时冲动，他是最好的老师，他为了一个学生做了那么多可是这个学生就被那间明显有责任的医院耽误了病情……这本来就是事实，我没有歪曲，西决自己的个性他不可能为自己辩解任何一句，那件事就只有我们来做，你大小姐要是觉得这很让我丢面子让你费事的话，不用你加入我们！"

"可是姐，杀人就是杀人，就算是再好的人，杀人也还是杀人，我们不需要那么多人的同情，反正我们不管怎样都站在哥哥这边，可是你不能要求所有的人都像我们一样站在哥哥这边，这本身不可能而且其实也是不对的。"

她重重地吐出一口气，把脸转回去面对着方向盘，她清晰地说："你给我下车。"——这也是她的习惯，是她在车里跟人吵架时候的撒手锏。这总能让我想起小时候，她发脾气的时候就从我手里夺走那本我正在翻的图画书："还给我，这是我的。"——那原本是她童年时候的读物，后来大妈送给了我——其实，都是一样的意思。

我一句话也没再多说，打开门走到外面冬天的清晨里。

姐姐的车就那么爽快地离去了。我踩在斑马线上，觉得似乎有什么东西不对，可是周围并没有车辆的喇叭声来提醒我。早餐摊位的摊主们刚刚开始他们的一天了，准确地说，马上就要开始。他们每天都起得这么早，生活对他们来讲是艰辛的，可是，他们的家里没有杀人犯。我问自己现在要去什么地方，但是我最终只是挪到了人行道上，缓缓地在两个早餐的小摊位之间蹲了下来。卖豆浆的摊主是个看上去跟我妈妈差不多大的阿姨，她问我："小姑娘你不舒服吗？"我说："没有。"我敢说我是平静和微笑地跟她说"没有"的。因为我觉得，我已经没有资格浪费任何一个陌生人给的善意了。

我抱住了自己的膝盖。早晨很冷的，天色还是灰蓝的，没有亮透。我可以在片刻之后把眼泪在外套的袖子上抹干，这样也许能若无其事地站起来了。我现在需要知道我所有的努力其实都是有意义的，尽管这意义也许非常卑微——只够让我若无其事地站起来。手机在口袋里振动了——这次不是幻觉，是真的。屏幕上绿色的光芒照亮了我衣服和膝盖之间仓促凑成的小黑夜，"苏远智"那三个汉字带着棱角，划着我的喉咙和胃壁。我没打开短信，闭上眼睛把手机放回了兜里。对不起。在真正折磨人的"对不起"的感觉来纠缠我之前，就让我先在心里把这三个字背诵一次吧。对不起，我暂时没有力气真正觉得"对不起"；对不起，我知道我终究会被真正的"对不起"折磨得夜不能寐但是这依然是没有用的；对不起，也许我会躲避在"对不起"里面让自己因为疼痛而清晰地体会到自己存在着；对不起，但是那种存在感却依然不能让我假装神明看得见我。就让所有的"对不起"晚点再来捉我归案可以么，我不是不认罪，我只是想在认罪之前和自己待一会儿，然后喝一杯热豆浆。

"郑南音小朋友，你怎么还在这儿？"这个声音简直是个噩梦。但是我很高兴，我还记得把眼泪抹掉再抬起头来看他。

"别理我。"我静静地说。其实我心里已经在咬牙切齿了，但是我却没有了咬牙切齿地说话的勇气。

"你不是跟你姐姐走了吗？"难得地，他说话的时候不再笑。

"我下车来买豆浆……"我不信我不敢直视他的眼睛。

他对着我很自然地伸出了右手："我请你。"我自己站了起来，但是在我站起来的那一瞬间，他走过来牵住了我的手。

然后他跟那个善良的卖豆浆的阿姨说："两杯热的，带走，一杯加糖。"

阿姨用带戴厚厚的手套的手给我们装了两杯，神秘地笑笑说："闹别扭了，就是该和好嘛。人家一个女孩子，这么冷的天气……"

趁着他要付钱的时候，我把手挣脱了出来，名正言顺地把豆浆拿到那只他碰触过的手里。

我们坐在医院底层的挂号大厅里面，把两杯豆浆喝完。外面似乎快要出太阳了，至少这间挂号大厅里的人们又开始了正常的熙熙攘攘。他早就把那个空杯子捏在手里当玩具一样虐待着，我绝望地看着我的杯子一点一点地见底。随着绝望加深，我心里却渐渐地堆起来积雪一般深重的平静。我们没有开口说话，谁都没有。

后来他低声说："要是你还没喝够，我就再出去给你买一杯。别一直咬吸管了，看着真凄凉，跟饥荒地区的儿童一样。"

我问："陈医生是什么时候醒来的？"

他说："昨天晚上。快要凌晨了。"

我们就像两个非常成熟的人那样，不约而同地把我们之间的问题和烦恼放在一边，谈论起更重要的事情。低声地交流着陈医生的身体状况，和他脱离生命危险的可能性。——这种平衡稳重的局面自然是装出来的，可是，我们也必须如此，因为摆在面前的，的确有比"我们接过吻"更严重的事情。

他谈起这些的时候，语气淡然得不像是在聊一桩惨剧。我知道他置身其中太久了，所以非常坚韧地就习惯了起来。他说："无论怎么样，高位截瘫是肯定的。因为脊椎受了伤，而且昏迷得太久了，脑损伤也是没法治的。就看他能不能恢复些语言的能力，还有记忆了。要再等一段时间，才能确定他的智力在什么水准上。"他长长地叹气，"其实醒来也没什么区别。全身上下唯一能动的就是眼睛。"

"那臻臻呢？"我满怀着听见好消息的希望。

"不知道啊，昨晚的事情，她还没来得及看见呢，我也想看看她现在会不会有反应。"他安静地看着我，"南音，如果臻臻好了，你还会常来吗？"

我更用力地继续咬着吸管，这样可以避免说话。

"这几个月天天都能看见你。"他像是突然听到了一个不错的笑话，那笑容属于自己和自己之间的心领神会，"可是没想到，原来还有今天。"

我站起来，我说："我该走了。"

"不看看臻臻了吗？她快要来了。"他的眼睛里充满着期待。

"我得回家去。"我看了他一眼，我跟自己说这就是最后一眼了，"我得回去用家里的座机给苏远智回电话。就是我老公，我以前跟你说过一次的。"

医院外面的街道上阳光灿烂。阳光解救不了寒冷，也依然是好东西。红绿灯对着满街的车水马龙重新拾回了尊严。可是这人间对我而言，已经成了新的。崭新的。

原来不是所有崭新的东西都是好的。

原来这个世界上也存在着崭新的恶。无论是好的，还是恶的，"崭新"还是拥有它独立的光芒。现在，这光芒不讲任何条件地照耀了我。此刻的明亮当然是我做梦都不想要的，但是，它永远属于我了。

可是那又怎么样呢？连你都可以杀人，我为什么就不能背叛呢？

"连你都可以杀人"，这句子现在几乎是万能的。太阳如果愿意的话，都可以在上午十一点沉下去丢给我们莫名其妙的黄昏，因为，连你都可以杀人。

接下来的一周我躲在家里，没再去过医院，偶尔会想一想臻臻，然后告诉自己说她应该还是老样子的。外婆看电视的时候，轮到我来做讲解员——我应付这项工作的能力还真的赶不上雪碧。我们都等着爸爸和姐姐每天带回来新的消息——比如律师又说什么了，比如陈医生的治疗有没有进展——听起来，基本都算是好消息。医院说，以陈医生之前的状况看，能醒来就是奇迹。姐姐很兴奋地转述这句话的时候，我的心却隐隐地一沉——奇迹如果已经发生在陈医生身上了，那么按道理讲，哥哥身上是不是会发生一点我们没有料到的坏事呢？这世界上，主导"好事发生"和"坏事发生"的能量也应该遵循着某种平衡吧。我自己都觉得我现在真变成了一只神经质的兔子。

不如我在《外星小孩和小熊和小仙女》里面，让一只疯疯癫癫的，患有恐惧症的兔子出场吧？但我只是想想而已，没有再真的打开那个文档。开始写那个故事的时候，不可避免地，就会想到陈迦南。我不是决定了再也不看见他吗？那我就不应该再去给臻臻讲故事了。于是我不让自己靠近电脑，我坐在外婆身边，把自己埋葬在电视机前面。外婆的安静和一无所知总是能给我一点莫名其妙的力量。

苏远智给我打过两个电话，他现在实习的那份工作也很忙。我为了向自己证明我不害怕面对他，也在一个晚上打了电话给他。他身后的背景声音嘈杂，他只是说："我在外面。"我没有追问是哪里，我想应该是雅思辅导班之类的地方吧。于是我如释重负，声音里那种最初的颤抖在一瞬间归于平静，我说："没事，我就是想你。"

他笑了。他其实觉得内疚吧。于是我也轻轻地微笑了，我承认，他此刻的内疚让我有一点愉快。所以我决定再追加一点，我叹了口气，说："苏远智，你爱我吗？""当然。"他语气惊慌，"南音你怎么了？""没什么，"我停顿了片刻："我爱你，老公。"我知道这句话被我说得很甜美，甚至是怡人的。

我爱你，老公，我快要移情别恋了，你却浑然不觉。我要沉下去了，你知道我有多希望你能拉我一把，可是，你很忙，你忙着沉浸在你的谎言、你的挣扎、你的歉疚里。比如此刻。我简直要开始恨你了。就允许我这样恨你一会儿吧。不会很久的，从眼下我们二人的沉默开始计时，直到通话结束。我想要你了解我那种被自责折磨的滋味，唯一的办法就是让你体验程度相同的自责。比如，在明知你着手准备离开我的时候无辜地说"我爱你"。你该不会真的以为我是无辜的吧？果真如此的话可就太妙了。我甜美地恨着你，因为当你知道真相的时候，永远都不会原谅我。你不会的。就像妈妈不会原谅哥哥那样，你总有一天会以一个审判者的姿态对我说我不配被爱。我恨你即使是审判我也不会搞清楚正确的罪名。郑南音真正的罪名不是背叛苏远智，是背叛了自己。

求你暂时跟我站在一起可以吗？我们一起打垮他，那个总是嘲弄的侵略者。但我真是没种啊，我甚至不敢跟苏远智说一句："我好像快要喜欢上别人了，用力抓住我好吗？"因为我害怕他会回答我说："喜欢上别人了是吗，那好吧，祝福你，再见了。"所以苏远智，亲爱的——我盯着手心里的手机，似乎是要握碎它——你杀了我算了，那是我应得的。你杀了我，就替苏远智复仇了，可是那个被郑南音背叛了的我自己呢，你拿她怎么办呢？你可以让郑南音停止呼吸，可那个"自己"就会随着这尸体变成一缕气息一般的魂魄，她只能和郑南音一起不复存在，她明明也曾因为郑南音的背叛而伤痕累累，却没有人为她讨个公道啊。

我把额头抵在膝盖上，用力地深呼吸。深呼吸。我想我一定是疯了。

我又开始睡不着了。整夜整夜的。如果一定要说这种煎熬有什么正面的意义，那就是，我的注意力暂时可以从哥哥的事情上得到一点转移。哥哥，你已经成了毋庸置疑的罪人，其实我也快了，我来和你做伴，你说好吗？你有囚衣穿，我却没有——不过就算了吧，全是形式，那衣服也的确没什么好看的。

让我坐在你身边就好。我已经太久没有看见你了，所以我只好想象你现在的样子。你的头发被推光了吗？你戴着手铐吧？你的眼睛是否和过去一样安静，还是像案发那天，灼灼地涌动着沸腾的绝望？只有我一个人知道你是故意的。哥，我也只让你一个人知道，我喜欢上了你杀的那个人的亲人。不是他诱惑我，不是一时糊涂，从我看见他的第一眼我就知道发生了什么。我终于承认了。现在让我坐在你身旁好吗，我们并排坐着，我和你一样漠然地平视前方，让双手放在膝盖上，这双手真像一对被子弹击中，从天上掉下来的鸽子。我永远爱你，哥哥，你是杀人犯，我是贱货。

一周就要结束的时候，陈迦南的电话终于还是打了进来。听着来电的音乐声，我迫不及待地把它按掉了。我想不然我还是把手机关了吧这样最清静，可是，终究没关。几分钟后他的短信进来了："接电话。再不接电话的话，我就打你家座机，直接找你爸说话，就说我们家还是要继续追加你们的赔偿金。"

这个浑蛋。我径直把电话拨过去，听到他含着微笑的声音的时候就直接说："别以为我怕你。"

"我就是想见见你。"他似乎笑得更开心了。

"我跟你说过了。"我觉得自己脸上滚烫，握着电话的那只手僵直地停留在耳朵边，左肩膀都似乎被一种微妙的余波震颤着，"你真以为我怕你啊。我告诉你，算我倒霉，我就当不认识你，我不会再让你看见我的！"

"现在不认识我了？"他笑道，"那你也不打算来看臻臻了吗？谁信誓旦旦地说什么要和臻臻道歉，要尽量为臻臻做点什么……所以只不过说说就算了，不过是想扮演一下爱心天使，现在玩腻了，对吧？"

"别血口喷人了！"他又一次成功地让我气急败坏，"你有什么资格这么说我……"

"那你为什么不再来了呢？"他像是蓄谋已久地埋伏了很久，在前半句那个逗号的地方，准确地掐断了我的话。他缓缓地叹了口气，"南音，我说了只是想看见你。"

"我要挂电话了。"

"我想你。你满意了吗？"

"不满意！"我被自己吓到了，只好把电话从左手换到了右手，除此之外，完全不知道该做什么。可是换到右手之后更加觉得自己蠢得可怕，就还是把电话挂了。

那是一个阳光很好的下午。我是说，当我迟钝地把手机放回床头柜上的时候，因为不知道该拿自己怎么办，只好专心地注视着窗子外面的天空。于是我知道，这是一个阳光很好的下午。冬天的白昼已经变短，所以这阳光，即使很好，在下午三点的时候已经被黑夜强大的病毒侵袭了，变得有种说不出的昏沉。我不想行走在那样的光线下面，那会让我觉得我自己也像是个病人。虚掩着的门外传出来大妈和妈妈的声音。大妈现在有空就来家里，陪妈妈聊天。不过不管是什么话题，最终都会绕到一个问题上面，就像她们现在正在对话的内容——妈妈说："活着真是没有意思。"大妈说："你下次跟着我去一次教友家的聚会，你就不会这么想了。"妈妈说："不，我不信。"大妈说："一开始都这样的，回头我带你见见牧师，让他给你讲讲。"妈妈说："不用，我就是不信。"大妈说："你不是觉得活着没意思吗？"妈妈说："你的主是假的，再没意思，他也帮不了我。"大妈就生气了："你这个人怎么这么说话呢？"于是不欢而散。但我知道，过不了几天，妈妈就会打电话给大妈："今天你店里忙吗？"然后一切重新开始循环……上次不欢而散的时候，大妈把一本翻得很旧的《圣经》落在了我们家，我一直把它放在我房间门旁边的那个小柜子上面，自从把它安放在那里之后，就再也没碰过。

我还是拿起来，打开了。因为我想起，他跟我说过，"迦南"在《圣经》里面，是个好地方，有那么多人为了它征战流血，因为它是神应许给人的。我不知道该从什么地方找起，就只好随便打开一页，但我遇上的是《马太福音》："若是你的右眼叫你跌倒，就剜出来丢掉，宁可失去百体中的一体，不叫全身丢在地狱里。若是你的右手叫你跌倒，就砍下来丢掉，宁可失去百体中的一体，不叫全身下入地狱。"

我还是别再接着往下看了。因为眼下的我，真的不适合听神说话。

陈迦南的短信又随着欢快的"叮咚"声涌了进来："晚上七点，一起吃饭好么？"

我的左眼和右眼是同时看到这条短信的，是不是都该一起剜出来丢掉？我右手的拇指点击了"短信查看"的按键，是不是也该一并砍下来丢掉？那我该拿我那个接受并且理解了这条短信内容的大脑怎么办呢？算了，算了，我对自己笑笑，都丢掉吧，它最清楚我为什么四十八小时都不敢睡觉——因为我会梦见他。因为我已经连着好几晚都在梦见他。我原本以为我应该会梦见往昔的日子：我们全家人围在晚饭桌边，外婆非常礼貌地问每个人贵姓，妈妈专横地禁止爸爸吃油炸的东西，我的座位永远挨着哥哥的，我低下头去阅读苏远智给我的短信，回复他"我爱你"，并且时刻提防着妈妈会骂我吃饭的时候也放不下手机——难道这不应该是最美好的梦吗？我不是应该在这样的梦被惊醒的时候开始悲哀跟惆怅吗？可我只是梦见他。并且，在梦里确切地知道，我是幸福的。

劣迹斑斑的，没有天理的幸福呵。全都丢掉吧，这是对的，剜出来丢掉，砍下来丢掉，闷死了丢掉，撕成碎片以后丢掉，放把火烧成灰以后丢掉——你不要让我瞧不起你啊郑南音，说到做到啊，剜出来砍下来闷死了撕碎了放把火——先是剜出来，再砍，用力砍，砍死，砍死陈迦南。

我知道到了七点，也许，我还是会去的。

江薏姐之前说的那期法制节目，终于在年底的一个周五晚上播出了。距离哥哥的案子正式开庭，还剩下一个月的时间。首播的那天，我躲在厨房里，我没有姐姐那么勇敢。事实上，那天，真正做到把那期节目从头到尾看完的人，只有姐姐，雪碧，和外婆。爸爸去和律师见面了，小叔在节目刚刚开始的时候接到了一个学生的电话，然后他就出来讲话，我坐在厨房里，看着小叔站在阳台上的煤气灶旁边。把手机盖子关上，默默地把它放回兜里——我想也许他不会再回去电视机前面了，果然，他迟疑了片刻，打开面前的窗子，点了一支烟。

"小叔。"我打开通往阳台的门，他似乎是被我突如其来的声音吓了一跳，他不知道我只是想表达遇上同盟的愉悦，"下周二，我们一起看重播好不好？只有你和我。"

小叔说："好的。"

姐姐后来告诉我，她原本想在那期节目里看哥哥一眼。但是他始终都没有出现。电视台的人告诉我们，无论如何，哥哥都拒绝上镜头。不过在那期节目播完的第二天，他们就来电话说，观众的反响出乎意料地热烈。绝大多数反馈观感的观众都是同情哥哥的。还有一些义愤的观众说，发生这样的事情不是哥哥一个人的错，至少医院也有责任，而且社会也是有错的。打电话给我们的节目编导说，他们正在商量要不要再做一期后续的节目好跟踪报道案件的进展。放下电话的时候，姐姐眼睛发亮地环顾着客厅里的所有人，借着傍晚的灯光，璀璨地嫣然一笑，她轻轻地说："我就知道会这样的。"

又过了二十几个小时，周一清早，我们收到了江薏姐的快递。是几本杂志，就是江薏姐现在工作的周刊。其中的封面报道用了八页的篇幅，讲的是哥哥的事情，作者当然是江薏姐。我是家里第一个把那篇文章看完的人，一字一句地，努力克服着看见自己熟悉的人名被印在纸上的恐惧。因为姐姐说，那么多的字密密麻麻地排在一起，她看着就头晕，所以我看完了给她讲一遍就可以了。报道从昭昭开始说起，我能从字里行间隐约看到江薏姐全神贯注地想要打动人的神情，在她的文字中，昭昭是个孤独无助，身患绝症的小女孩。虽然淡化了她爸爸的事情，但是也在强调她家所有亲戚的墙倒众人推。哥哥就自然成了拯救小女孩的天使。昭昭的同学据说都很愿意配合采访，每个人都在热切地表达着他对郑老师的尊敬，以及对昭昭的同情——他们当中，一定有人曾经淋漓酣畅地在学校的论坛上说过昭昭"活该"，只不过，也许他们觉得那些论坛里的话都是不能算数的。

紧接着，报道的重点就放在了医院上面。昭昭家那个我们都见过的亲戚出示了昭昭的病历记录，出院记录，以及最后一天被重新送进去急救的证明。所有这些证明中，其实我也帮了江薏姐的忙。因为我的衣袋里，一直有那张我们去缴费买血小板的单据，那上面的时间，应该是至关重要的证明——那个时间的确显示着，买血小板的时间的确比昭昭入院晚了将近两个小时。有两个匿名的护士接受了采访，其中一个刚刚在那家医院结束实习期——所以她不用担心丢掉工作——她跟别人一样，也说郑老师令她印象最为深刻。"郑老师对所有人都好。"这是她的原话。另一个护士参加了抢救，她说："我不能讲太多，我只能说，我到急诊室开始抢救的时候，陈医生就说其实那孩子不行了，我看得出的，实在是流了太多的血……她是什么时候送进来的，接诊的不是我，我不能乱说……"一个曾经和昭昭住过同一个病房的孩子的家长愿意作证，他说整个病房的人都在中午的时候，也就是抢救开始约两小时前就看到了昭昭被推进来……报道的后面，附着一张昭昭和哥哥最后的合照。是昭昭生日那天，我在病房里替他们拍的。所以我在下面那行"图片提供"的小字里，看见了诡异的三个字，"郑南音"。昭昭穿着病号的衣服，哥哥和昭昭都笑得很开心。

姐姐微笑着说："我早就说了嘛，江薏是好样的。"江薏姐也许的确做到了，向所有人证明哥哥是个好人。但是此刻我心里想到的，是陌生人李渊，是脸孔晶莹的护士长天杨，是像座小小的雕像那样纹丝不动的臻臻。他们都没有被写进这篇报道里来。也许此刻想起他们本身就是不合时宜，外加搞不清楚状况，姐姐知道了铁定又要骂死我了，但我就是做不到像姐姐那样，斩钉截铁，心无旁骛，长驱直入地杀到对方的阵营里面去——因为她已经毫不犹豫地把自己的阵营画出来了，所以一切都跟着简洁明了。我却不行——即使是为了哥哥，也不行吗？不对，我用力地甩甩头，只要能够救哥哥，我愿意放弃我的生命，但是，我和哥哥是一样的人，我们总是做不到轻而易举地跟人同仇敌忾。

我只是不忍心看着，哥哥必须用他最厌恶的方式为自己换来生命和自由，换来伤痕累累的生命，和苟延残喘的自由。不过像我这样的人，若是真的上战场，会被长官一枪打死用来震慑军心吧？姐姐就是那个长官。

江蕙姐的周刊面世的当天傍晚，《龙城晚报》的社会版头条就刊发了她的那篇报道，不过删节了一部分，又加了点无聊的评论。第二天一早，这个报道被换了各种标题，出现在中国大大小小的城市的报纸上。自然也就多了各种各样的评论——我是这么理解的，既然是评论，那就一定要捡吓人的话说。所以有人在感叹即使是一个好人，我们的社会也不应该同情这种自行复仇替天行道的行为，这不是一个现代法制国家该有的东西；也有人在感叹这一切都是医疗保障制度缺失带来的问题；还有人讲得太复杂我也不大记得清了……总之，二十四小时之间，我又像三个月前那样，害怕打开我的电脑。因为说不定在什么网站上，就能看见一个关于哥哥的标题，并且下面还跟着一些评论的博客的链接。

家里电话的插头，已经被姐姐拔掉了。不过她的手机依旧会此起彼伏地响。因为她在那期节目里出过镜。她对着镜头说话的屏幕截图不知被转载了多少次，江蕙姐说得对，人们是不会忽略一个那么美的"嫌犯家属"的。

随之而来的几天里，自然都充满着喧嚣。医院——全称是"龙城医科大学附属医院青少年血液病研究中心"被推到了风口浪尖的位置。网上随处可见的，都是对医院的谩骂和诅咒——当然，所谓"随处可见"，是指那些没被管理员们删掉的。我们高中的论坛自然也不甘寂寞。不知是谁发起了一个签名活动，说是要在案件开庭之前，尽量收集到所有龙城一中的老师学生的签名，恳求法庭对哥哥的案子从轻处理。

姐姐跟江薏姐讲电话的声音从客厅传进来："你说，法院有可能推迟开庭吗？"我听不见江薏姐的回答，只能听到姐姐的声音越来越兴奋了。"但愿吧，反正我们尽人事，听天命。""真的哦，你仔细给我讲讲……""哎对了你不知道，今天早上一个什么都市报的女记者还打给我，问我上节目那天的妆是不是我自己画的，哈哈……"

我站起来用力地关上房间的门。我不想再听下去了。只是这站起来，走到门边关门，再回到书桌前面的几秒钟，论坛的帖子便又翻新了。最新一个回帖的人表示，他也愿意参加签名，然后他居然说："我觉得郑老师应该入选《感动中国》。"

哥哥，他们希望昭昭死，但是他们希望为昭昭复仇的人活。我突然决定，我应该写完那个送给臻臻的故事，明天早上我就要到医院去，把这个故事继续给她讲完。外星小孩，小熊，还有小仙女——我终于明白我为什么要用他们三个做主角，因为成为人类的同类，很多时候真是一件令人羞耻的事情。

他的电话在此时打进来。我说的，不是苏远智。

"方便讲话吗？"他言语间带着怒气。

"明天，可以吗？"我安静地说，"明天见。"

05 幕间休息
陈宇呈医生

　　有些事，他似乎可以想起来了。最后那天的柏油路面流动着，歪歪斜斜地蔓延，把他卷了进去，他想我又不是煎饼里面的火腿，但是这个念头还没来得及在脑子里结束，他的身体又被轻而易举地翻了个面，天空远远地闯了过来——好吧，他叹息着，总之有某种强大的力量打定主意要把他变成烧红了的锅里的菜，不管是什么，那种被烹饪的力量却是确凿无疑的。身体迟钝勉强地飞起来的时候，脑袋重重地撞在车盖上之前，他看到挡风玻璃后面那张罪犯的脸。惨白，坚定，平日里那种循循善诱的和平假象终于一扫而空。这才是你。这是意识消失之前最后的念头。

　　他们说，他已经醒来了，可他仍然觉得自己还是那个梦；他们说，他会活下来，但是他觉得自己依然漂浮在一箱密封的液体里，呼吸是机器完成的，所以他尚未感觉到自己的喉咙和氧气之间的那种唇齿相依。臻臻漆黑而专注的眼睛更让他觉得，这孩子旁若无人地伫立在水族馆里，注视着寂静的水母。

起初他只是能听得见周围有人在说话，然后他突然发现自己能够听懂他们的意思了。他的大脑似乎在一瞬间有了足够的温度，让"信息"像培养成功的细菌那样，蠢蠢欲动地存活下来。不过他无法开口——不，这跟嘴巴里堵着的那根管子没有直接关系，他好像是不相信自己能够做到把那些信息变成正确的声音，跟他打斗了一辈子的自卑终于不动声色地占领了他，投降的滋味，原来不过如此。早知道是这样，活着的时候，没必要那么孜孜以求，那么骄傲的。——他习惯了把"往昔"称为"活着的时候"，也许从物理上讲这个表达不是一种准确的分类方式，但是够直接，就好比公路尽头的指示牌："龙城500公里"。"活着"就像一个没有了具体脸孔的目的地，通向它，还有一段需要跋涉的，单调的距离。

他突然想起自己很久之前的盼望，心怀善意地俯视自己的葬礼。也许真的要实现了。有力气睁眼睛的时候，他能看着臻臻，臻臻大半的时间都会待在他的床前，有时候，臻臻会笑的，脸上纹丝不动，只用眼睛来笑，那是这孩子最擅长的表情。可惜他没有足够的力气让眼睛总是保持睁开的状态，精疲力竭的时候，只能任由眼皮沉重地合上，他在心里满足地叹息一声，他觉得亲手为自己盖上了棺材。

他认得天杨的手指的温度和气味。那手指有时候会不小心拂过他的脸。可是他有力气睁着眼睛的时候，却很少能等到她。他已经没有力气任由自己长久地期待下去，所以只好算了。清早还是总能听见她说话的。尽管他也不清楚闭着眼睛的自己是不是真的处于睡眠中。他突然想起她还没有回复他的邀请。一缕辛酸涌过来，跟呼吸机的声音一起缠绕着，这辛酸与上辈子的辛酸的质地奇迹般雷同，他这才想起来，那就是活着的味道。

但是那个女孩子的声音呢？他觉得已经很久没有听见那个烦人的，《外星小孩和小熊和小仙女》的故事了。他不知为何有点怀念那个声音，若那真的是从没在现实中发生过的事情，他做的梦会不会太完整了些？怎么可能梦到一个那么完整并且缺心眼的故事呢？他没有意识到"怀念"也在帮助他继续活着。他只听得到迦南。迦南似乎是站在窗口那里，迦南明亮的声音挡住了本来应该照射在他眼前那片黑暗表层的光线。"我只是想看见你。""我想你，你满意了吧？"——这家伙在跟谁讲话？他在心里几乎要微笑起来，不过总之，不知这次，又是哪个女人这么倒霉。

他还记得那是他大学时代的某个暑假，一阵疯狂的敲门声把他从午睡中惊醒。他不相信在家乡那条熟悉得像身体某一部分的小街上，会有这么狂暴的东西存在。漆皮剥落的铁门外面站着一个眼眶红红的女孩子，那女孩灼热但是沙哑着声音说："叫陈迦南给我出来。"当时他只是错愕地想：这女孩应该比迦南还要大两三岁。

他逐渐可以感知到昼夜交替。黎明就像一个刚刚清场没多久的电影院，还遗留着黑夜的热气。他自己就是半桶吃剩的爆米花，静静待在座椅之间。他身体的热度早就被跟黑夜娴和的睡眠带去了，已经冷却到嚼不动，等待被清洁工发现并倒掉，就剩下惨淡的黎明才不会嫌弃他。清醒时，哪怕是被噩梦惊醒时，他也需要很长一段时间才能够睁开双眼，不过即便是闭着眼睛，他也学会了分辨那些真实世界里的声音和梦里的区别。他在一点一点地，重新学习，如何运用仅剩的活着的技能来活着。

讲故事的女孩子来了。他确定。她说："臻臻，我好久没来，对不起。"在接下来的片刻寂静中，他以为那个故事又要开始了，像是一出可怕的连续剧，但是他的手指连按遥控器都做不到。他只能在脆弱的黑暗里感知自己的心脏在微微膨胀，他惊骇地嘲笑自己：是植物人的生活无聊到把你变成了一个白痴么，居然让你期待这样的节目？但是他只听见了一声门响。然后掺杂着隐约呼吸声的寂静仍然持续着，台词依旧欠奉。

"你出去。"这是迦南的声音。——凭这三个字他已经可以断定了，讲故事的女孩子就是电话那头那个倒霉的女人。

"我来看臻臻的，我等一下就走不会待很久，你要是看我不顺眼，你先出去。等我走了，你再进来。"不错，虽然讲述的故事愚蠢，但是对付陈迦南，就是需要这样的方式。

"哪儿那么多废话。"然后迦南似乎是笑着说，"好吧，滚出去，行么？别打扰病人。"

完全没有关系。陈宇呈医生觉得自己在暗自微笑——病人非常喜欢这样的场景，并不觉得自己被打扰。

"你神经病啊。"女孩子的阵地开始变得摇摇欲坠，"昨晚是你打电话问我方不方便讲话的。我说了我们今天见。"

"还没有过瘾？"迦南冷笑，"你现在回过头去看看那张床？看看那个躺在床上的人。你自己也看过电视看过报纸吧？那么多人都在说你哥哥伟大，替天行道，值得同情；这个躺在这儿的人就算不是罪有应得也至少是活该——就因为他的病人死了？就因为那个病人的死不全是他的错甚至根本就算不上他的错？"

"但是那些人怎么说，怎么想，也同样不是我的错。"

"我没说是你的错，我只是要你离我们远一点。你可以放心了，你哥哥杀的人基本上算是得救了,你们全家人都得感谢这个被害人,他像个蟑螂一样被撞被碾还就是没死,是他这条烂命让你哥哥能像个英雄那样去坐牢。你现在不需要觉得对不起任何人,你该干什么就干什么去,到这个时候你还想再利用一个小孩子去平衡你那点不值钱的良心,也太不择手段了。"

"你半夜里打电话给我,问我能不能跟你说话,就是为了羞辱我么?"

"原来说几句实话就是在羞辱你,你还真是圣洁。"

"我今天来,本来是想跟你说,我也不知道事情会变成这样。我无论什么时候都会因为我哥哥做过的事跟你道歉,可是那些旁观的人,我控制不了。还有……"那女孩子的声音似乎是恢复了讲故事时候的平静,"你没资格说,我不需要觉得对不起任何人。谁都可以这么说,就是你不行。你明明知道的,我现在已经对不起所有人了,可以说我对不起我们家的每一个人,包括我哥哥——你自己心里明白我在说什么。"

然后又是一声很轻的关门声。之后,周遭寂静得只听得见臻臻娇嫩的呼吸。

他似乎明白了,这个声音像花朵一样的,讲故事的女孩子是谁。他想他一定在昭昭的病房里见过她,可是他无论怎样也想不起来她的脸。但是他想起来,那个夏末的黄昏,昭昭家门外疯狂地砸门的声音。是她。他清晰地记得,迦南刚刚说过的一句话:"我只是要你离我们远一点。"他说"我们"。他的确说了。好吧,陈宇呈医生静静地想:陈迦南,为了这个"我们",我想告诉你一件你自己目前还看不清的事情。我之前以为这个女孩子很倒霉,但是现在我知道了,我还是高估了你,倒霉的不只是她一个。

你是逃不过她的。虽然你这个人一向没什么灵魂，但是这个女孩子有本事把你变成一个更低级的动物。她已经激起来你心里那种——你自己都会觉得羞耻的热情。你眼下还不愿意承认吧？你这没出息的货色。

"爸爸？"

他听见臻臻在说话。他回答："陈至臻小姐，我在这儿。"有种恐惧的喜悦充满了他。他知道自己没睡着，只不过是闭着眼睛；但是他也知道他并不是清醒的，似乎有一扇门把尘世间的声响都隐约关在了外面。臻臻说话的声音跟平时的听起来不一样。虽然他已经太久没有听过她说话了，但是那区别依旧明显——辨别一种声音是否来自真实的尘世间，其实有个很简单的办法，真实的声音里面，总有种灰尘在空气里游动制造出来的背景音。说不定，这就是"尘世"这个词最初存在的依据。

"爸爸，我一直在这儿等你。我的棒棒糖都变小了。妈妈把它们扔了说那个已经不能吃了。"

"我知道。臻臻。你做得对。我告诉过你，买完棒棒糖，就站在马路边上等，不能走出人行道。臻臻是好孩子。你看见爸爸不小心飞起来的时候，也还是站在人行道上等我。"

"你到哪里去了？"

"爸爸从很远的地方过来，我已经尽力走得快一点。我现在已经不能开车，我也没有办法。"

"你骗人。你才没有走得很快，你中间睡着了。我看见的，你睡着了很久，你一直不醒来。所以你才会迟到的。"

他知道自己对臻臻笑了。他毫不费力地回想起来应该如何笑。

他说："因为——"虽然这不大好，但他还是决定对她撒个小谎——"爸爸遇上了一个病人。"

"又是病人。"——陈至臻小姐突然间长大了很多，甚至轻轻地叹了口气。

"是。那个病人死了。所以爸爸跟她多聊了一会儿。也耽误了些时间。"——这倒不全是撒谎，因为，他的确看见过昭昭。当时他在"窒息"和"有空气"之间毫无尊严地挣扎。他感觉到了，昭昭就站在离他不远的地方，静静看着，还是那副见惯了的表情，看了半晌似乎是她自己开始觉得不自在，两只手也没地方放了，于是就只好坐下来，像个男孩子那样盘起穿着牛仔裤的腿，两手搭在膝盖上，五个指头分得很远。其实，他很怀念她那条白色的，不怎么合适的裙子。只是他永远不会让她知道的。他没有和昭昭的灵魂交谈。因为她自始至终只是在旁边凝视着。到了最后，昭昭站起身，轻轻地长叹一声。不知为何，那声叹息永远地留在了他身体里的某个地方。让那些曾经属于他的，最为鲜活的挣扎和骄傲从此蒙上一层霜。昭昭还是给他留下了一句话，昭昭说："好吧，算我输了。"但他不懂那是什么意思。他早已忘记在她小的时候，她曾那么恐惧和倔强地说："看谁先死，先死的那个人请吃饭。"

"爸爸，你的每一个病人，如果死了，你都会记得吗？"臻臻似乎是眨了眨眼睛。他能感觉到这个。

"不是。"他回答，"我记得每一个活下来的。因为我跟活下来的人相处更久。"

"他们为什么会死呢？"

"因为他们的血是坏的。"

"那我的血，是不是好的？"

这个。他想了想，他觉得自己在这个问题上必须诚实："爸爸现在还不知道，我能说的只是，你的血现在是好的。可是谁也不知道它们会不会变坏。爸爸愿意付出所有的代价，来保证，你的血永远都是好的。"

"是谁把那些人的血变坏的呢？"——她突如其来地嫣然一笑。

"我也一直都想知道。"

"会不会有一个'血神'？"——她很得意，她知道自己这么说很聪明。

"可能有。"

"那……外星小孩，小熊，还有小仙女，他们三个会遇上血神吗？他们的血会不会被血神变坏呢？"

他仔细思考了一下，才开始回答这个问题："我不知道，这个你要去问给你讲故事的人。"

"为什么啊？你说了血神是有的，那外星小孩他们不就一定能遇上吗？"

"因为，血神对于你是真的，可是对于那个讲故事的人来说，不是。每一个讲故事的人都只能把他相信的东西放进故事里。他不可能把听故事的人相信的东西全部放进去，如果那样的话，这个故事就不是他的故事了。"

"你在说什么呀？"

"算了，不说这个。臻臻，这么久没见，你想爸爸了吗？"

她沉默了片刻，然后慢慢地说："有一点。"

"爸爸拜托你做一件事情，行吗？臻臻很聪明，很勇敢，你做得到。"

"好。"

"以后，爸爸和你可能只有在这里见面了。只有在这片很黑的地方，你才能听见爸爸说话，爸爸也才看得见你。你知道怎么来这儿，对不对，你找得到。所以，你想爸爸的时候，就到这儿来。但是跟爸爸说过了话，你就得回去。回去开口跟别人讲话，像以前那样去幼儿园，然后去上小学，别让妈妈以为你是个再也不会说话的小孩儿，好吗？"

"好。"

"只要你记得，你一直都能跟我讲话，就没什么可怕的，对不对？所以，陈至臻小姐，现在你走到床旁边，那个机器那里。屏幕上闪着很多彩色的线。你知道我在说什么。你把手绕到那个机器的后面，对，就这样，臻臻你摸到有一个方的按钮了吗？现在按下去。用力，很容易的，按下去，非常好，臻臻是好样的——"

他们的对话被一声尖锐的嗡鸣打破了。陈宇呈医生觉得自己被什么东西用力地推到了黑暗中的黑暗处。通往尘世的门被粗暴地撞开，人们的声音像下水道里的垃圾那样翻了上来。

"呼吸器出故障了吗？"这声音来自 ICU 的某位主治医生。

"是电源的问题，怎么可能啊……"

"脉搏没有了。"这个声音是天杨的，他惊讶自己依然记得。

"心肺复苏，马上。"

"把这孩子带出去，为什么没有大人看着她呢？"

"测不到血压了。心跳也——不可能，早上一切生命体征都是稳定的。"

"二百伏，开始……"

有一道闪电击中了他。恍惚间，他以为白昼降临了。

闪电过境之后的寂静里，他看见了那个罪人。

像是在看电影一样，他眼睁睁地看着最后那天的自己，白大褂都没有脱，迈开大步朝着那罪人的方向走过去。昭昭的血已经在他的衬衣上凝固了，呈现一种黯淡的棕红色，然后他的眼神又如此平静，陈宇呈医生觉得一切都不再狰狞。

"你原谅自己了吗，郑老师？"他率先发问。

罪人平和地说："我永远不会原谅自己。陈医生，因为你永远都觉得你是无辜的。"

他笑了："你还真是死性不改。你就那么恨我？"

罪人也笑了："现在不恨了。那个时候，是真的恨。"

"那个时候，指的是你杀我的时候吧？"他语调轻松，"郑老师，现在我替你把没做干净的事情做到了。当然了，你可以认为，我这么做是想拖着你和我一起死。不过，我还真的不是为了这个。"

"我当然不会那么想。"罪人的表情有种轻蔑，他现在跟过去毕竟有些不同，他不再刻意控制自己脸上的表情，他允许自己刻薄了，"你报复我也是合理的。不过，你为什么要报复我呢？你从一开始，就瞧不起我，你才不屑于做报复我的事情。"

"我给你这种印象吗？"他愕然，"那真是抱歉了。"

"陈医生，你为什么那么藐视人和人之间的珍惜呢？"罪人说。

"郑老师，因为我藐视自己。我不像你，总是能把自己看得那么重要。"他摸摸衣袋，欣喜地摸到了方正的烟盒，打开来看，里面却是空的。

"我明白了。"罪人也摸出了一个烟盒，随意地伸出食指推开窄窄的盒盖，还剩下最后一支烟，罪人盯着烟盒看了一会儿，然后把那支烟拿出来丢给对面的陈医生。

"已经到了这种时候，"他难以置信地倒抽一口冷气，"还要这么虚伪吗？真有你的，郑老师，你为了成全你的虚伪，不惜杀人偿命，然后死到临头了也丢不下它。说实话我其实挺佩服你的。"

"这不是虚伪。"罪人微笑，"我早就养成习惯了。"

"好。"他把那支烟接了过来，"这不是虚伪。你谋杀一个人，然后黄泉路上遇到他还要讲究礼数。你真伟大。看着你，我就明白一件事，那些人们嘴里流传着的伟大的人——第一个把他们塑成铜像的才不是无知盲从的观众，是他们自己。不肯陪着你塑像的人，就没有活着的价值，不然还怎么清理这个世界？不然这个世界岂不是不可救药了？你们的逻辑都是这样的吧？"

罪人安静地说："昭昭死了。我知道那孩子在临死前几天找过你。我知道她想做什么。"

"我什么都没有做。不是你想的那样。"

"我也知道你什么都没做。"罪人摇摇头，"她一直都把你当成是最后的愿望，但是，你不在乎。到了最后你不愿意竭尽全力地救她，只不过是因为如果你那么做了，就坏了你给自己的规矩，所以她还是死了吧。可能你不知道，其实她心里很高兴，她到最后都觉得能结束在你手里是件好事情。"

"你的意思是说……"他哑然失笑，"只要有一个人把我当成了神，我就必须得去满足她假扮神吗？对不起，我没这个爱好。"

"你知道有人把你当成神的时候，你至少应该努力再往前走几步，试着离神更近一点。"

"杀人能让你离神更近一点吗？"他反问。

罪人悲哀地笑笑："不能。我想到这个的时候已经来不及了。"

他缓慢地说："郑老师，我们俩都走到了这个活人来不了的地方，就剩下了最后一支烟。你可以把它让给我，我也可以接着。但是有件事我们都忘了。打火机在哪儿呢？"

罪人说："火都在神那里。"

人间的声音又涌过来了。"有了，有心跳了。"还是天杨的声音。

"把管子放回去。"

"等一下。"这个声音无比欣喜，"等一下再插管。"

深重的寂静之后，有个人平静地笑了一下，然后说："不用呼吸机了，他可以自己呼吸。"

身边的黑暗像个真空包装的塑料袋那样被用力撕开了。他的身体就像愤怒的膨化食品那样，几乎是飞溅了出来。阳光吞没了他，他看见了一些熟悉的脸在他四周旋转，直到渐渐停顿。他凝固在了这些人的视线中。他知道自己的身体变成了石头。魂魄就在清醒的一瞬间被捉拿归案，从此再也没有逃亡的可能。

他忘记问那罪人的刑期是多久了，总之，一定不会有他的长。

臻臻一直都在这里。站在他身旁。但是完全清醒了之后，他再也没办法弄懂她想告诉他什么。他只能确信，这孩子一直在保守着他们之间的秘密。

讲故事的女孩在呼吸机撤掉的次日清早回来了。只是，没见到迦南。他也完全不知道迦南去了什么地方，若他知道，会告诉她。——好吧，他已经不能"告诉"任何人什么事了，除了全身瘫痪，他的语言能力严重受损，只会发出一些没什么意义的音节。

女孩坐在墙角的椅子上，静静地注视着陈至臻小姐的背影："臻臻，后来他们三个人没有找到小熊的姐姐。他们一共问过多少人，你还记得吗？总之，没人能告诉他们正确的答案。事实上，因为已经找了太久。小熊自己也有点糊涂了，到底那个姐姐，是不是他做过的梦。可是小仙女一点都没有放弃，小仙女总是快乐地说：'会找到的。'小仙女还说，'等我们找到了姐姐，你就想起来那不是梦了。'——这句话其实有点问题，可是他们三个都没听出来。这个时候外星小孩突然跟伙伴们说：'咱们回去吧。回去出发的地方。我们出来这么久了，说不定你姐姐已经回去找你了。'大家都觉得这是一个非常好的主意。可是其实他们已经走了太远了。他们又必须沿途问很多人，才能找到正确的回去的路。但是他们都很开心，因为突然之间，大家都相信，只要按照原路返回去了，小熊的姐姐一定会在那里等着的……"

门开了。女孩的声音骤然停止，她转过脸热切地看着门口，眼睛里掩饰不了的波浪侵袭了整张脸庞。可惜走进来的，是个量血压的护士。女孩看着护士的身影遮挡在自己和臻臻之间，手指紧紧地抠着凳子的边缘。他知道她就和陈迦南一样，整个人都在恐惧着焕然一新的热情。就像一只崭新的玻璃杯，第一杯滚烫的沸水倒了进来，原本晶莹冰凉的她完全不知道这个几秒内变得滚烫的自己也是自己。只能惊慌地环顾着热水蒸腾在上方的水蒸气，似乎为这一小片冉冉升起的云雾觉得羞愧。

护士走出去的时候，重新关上了门。

女孩的眼睛垂了下来，视线落在对面的铁制床栏杆上。她似乎是淡淡地对自己笑了笑。那个笑容牵动了他心里一个柔软的地方。他很想对她说：你回家吧，那个人不值得被你盼望。——可是，他说不出来。

她拿出自己的手机静静地看了一会儿屏幕。完全没有按键，只是看着。这时候臻臻突然转过身，犹疑着靠近她。柔软的小手轻轻碰了一下她的膝盖，又乖巧地缩了回去。

他和女孩都听见，臻臻清晰地说："后来呢？"

　　我不知道为什么又回到了这间病房里——如果诚实一点说，我知道。不过我确实不知道，我为什么还会想回来。医院里的人们都说，陈医生的呼吸机已经撤掉了，他现在大部分时间意识都是清醒的，不知道以后的复健能帮到他多少，但是真可惜，曾经那么条理清晰干练敏捷的人，现在已不会讲话。臻臻站在他的病床前面，安静地玩着一只橙子，也不剥开。自从陈医生从昏迷中醒来，她就开始沉默着玩一些只有她自己才明白意义的游戏——现在她沉默着走到我身边来，眼睛盯着我坐的那把椅子的椅背上搭着的一件毛衣。她从毛衣的衣兜里取出来一串钥匙，像面对着一堵墙那样站在我的面前，从那串钥匙里随便选定了一把，用钥匙细小的锯齿，慢慢地切割着橙子的表皮。其实也只是在橙子上面制造出来一些细小的凹陷的圆点,但是她似乎就满足于此了,把橙子的皮真的撕下来太过残忍,她舍不得。

外星小孩,小熊,和小仙女的故事已经讲了很多。说实话,我有点不知道要怎么继续下去——但是我又不能这样跟臻臻说。那三个小家伙遇见了很多人,其中包括老年痴呆因此遗忘了要如何邪恶的巫婆;包括一只疯疯癫癫总是认为满天繁星终有一天会全部砸下来的兔子——兔子不知从哪里听说,居住在星星上的人们看天空的时候,会觉得我们这里也不过是颗星星,从那以后它的神经就变得脆弱无比;走到红色荒原的边缘处,还遇见过一只漆皮全体剥落,看不出绿色的邮筒,邮筒很热心,可是邮筒的脑筋实在是太不好用了,他跟小熊说,他们可以绕到后面去把邮筒的身体打开,那里面有很多信,说不定能看到一封姐姐写给小熊的,他们开心地把所有的信件都拿了出来——邮筒非常权威地告诉他们,只要能在一只信封上看到姐姐和小熊的名字,就是他们要找的那封。小仙女问小熊:“你的姐姐叫什么名字呢?”小熊斩钉截铁地说:“叫姐姐。”小仙女似乎是被难住了,她认为这似乎不大可能。小仙女说:“那好吧,你叫什么名字呢?”小熊也有点不自信了,这次犹豫了一下,说:“你们叫我小熊,姐姐叫我弟弟。”小仙女抓了抓自己的耳朵,坐在她一直用来飞翔的岩石块上,开始一封一封地寻找——并没有任何一封信,寄信人是“姐姐”,收信人是“弟弟”或者小熊——外星小孩好奇而紧张地站在一旁,屏住了呼吸,他不认得地球的文字,他觉得自己要是能帮上一点忙该多好啊……

就这样,我不厌其烦地对臻臻讲述着他们的旅程,但是却从来没让这三个失败再多次也不懂得失望的小家伙找到任何关于姐姐的蛛丝马迹。今天,我打算让他们失望一次。因为,我已经累了。我不知道我为什么还要坐在这里盼着他出现。我不知道在他已经如梦初醒地把我推到敌对的地方的时候，我为什么还要来到这里？有时候我也会暗暗地跟自己开一下玩笑的，如果我想找个人聊聊我最近遇上的事情，我该怎么开场？——那个……我碰上了点麻烦，我喜欢上了一个男人，我当然不是指我老公。除此之外，还有个小问题——我哥哥杀了那男人的哥哥，我哥哥没成功，但是两家人现在都在等着法院开庭——你觉得这是不是很像"罗密欧与茱丽叶"呢？不过你别忘了，人家茱丽叶是个不小心爱错了人的无辜少女，我是红杏出墙的荡妇……我总是能够成功地把自己逗笑的。

"臻臻，后来他们三个人没有找到小熊的姐姐。他们一共问过多少人，你还记得吗？总之，没人能告诉他们正确的答案。事实上，因为已经找了太久。小熊自己也有点糊涂了，到底那个姐姐，是不是他做过的梦。"——讲到这里的时候我停顿下来看了她一眼，她终于成功地用钥匙割开了橙子的皮，不过尚且没有受伤的汁液沿着切口流出来。她手里那串钥匙是他的。我身后靠着的这件衣服，也是他的。

"可是小仙女一点都没有放弃，小仙女总是快乐地说：'会找到的。'小仙女还说，'等我们找到了姐姐，你就想起来那不是梦了。'——这句话其实有点问题，可是他们三个都没听出来。这个时候外星小孩突然跟伙伴们说：'咱们回去吧。回去出发的地方。我们出来这么久了，说不定你姐姐已经回去找你了。'大家都觉得这是一个非常好的主意。可是其实他们已经走了太远了。他们又必须沿途问很多人，才能找到正确的回去的路。但是他们都很开心，因为突然之间，大家都相信，只要按照原路返回去了，小熊的姐姐一定会在那里等着的……"

门开了。我觉得我的心脏像是个篮板球那样，撞到那门上，弹回来，重重地把所有正在匀速流淌的声音打回了喉咙里面。我必须暂时保持沉默，把火辣辣的击打后的疼痛吞咽回去。可是我看见的，是来量血压的护士。——真是受够了所有这些踩不死扑不灭的希望。

我觉得手机似乎又在振动了。一时间我无法判断是我口袋里的手机，还是我脑子里的那个。为了确认，我还是把手机拿了出来——郑南音，一个好消息和一个坏消息，你想先知道哪个？好消息是：你这次没有幻听，你的幻听已经不再回来了；坏消息是：发短信给你的人，是苏远智。我没有打开他的信息看他说什么——我早就不再关心他想和我说什么，我只是想看着那三个熟悉的汉字，安静地和他待一会儿——我们谁也不用开口跟对方说话，反正一开口都是要撒谎的。

我闻到了一丝隐隐的，橙子的苦香气。是从臻臻的手上散发出来的。她的手像蜻蜓那样在我膝盖上点了一下，又缩回去了。但是这个小小的举动已经足够令人惊喜了——她很少像这样试着跟人交流的。我像是害怕错过彩虹那样，慌忙地盯着她的眼睛，我想我一定会在她眼里遇上什么跟过去不同的神情。

她声音细细的，她说："后来呢？"

我知道我的眼泪流下来了。因为她终于开口说话了。因为她说的第一句话是：后来呢？

我编的故事自然算不上什么了不起的故事，只不过，那里面有我所有的罪恶。我和我的胆怯相依为命，它极为默契地帮助我，像块海绵那样把故事里面所有跟罪恶有关的痕迹吸干，然后我心底最深的善良就这样顺利地像朝露一般羞涩着，闪着光，还带着模糊的彩虹，我自然知道这些善良没有我最初以为的那么多。我抓了一把脚下踩着的湿润的泥土,这泥土黑暗柔软——岁月中,六岁生日那天,五岁的我死了,埋在这里;十五岁生日那天,十四岁的我死了,埋在这里;哥哥开车对着陈医生撞过去的时候,那一瞬间之前的我也死了,但当时我还没发现;陈迦南低下头来亲吻我的时候,我才找到了那个过去的我的尸体——都埋在这里了。握着这样的一把泥土,我不怕自己的笨拙被人笑话——我捏出了他们三个:外星小孩,小熊,和小仙女。因为我辛酸地看着他们,所以他们就可爱了。他们的脸庞上沾上那一点点露水,然后活过来,懵懂地往前走。小熊的姐姐为什么一直不回来呢?外星小孩到底为什么要来地球呢?哥哥为什么疯狂一般地恨着陈医生呢?我为什么会爱迦南呢?

然后,终于有人像臻臻一样,认真地问我:"后来呢?"

后来啊——后来,我终于懂了,所有关心"后来"的人都不知道我的故事其实是在求救。后来,我一个人慢慢地把自己最新的那具尸体埋起来,并且意识到我自己的最后一具尸体终将死无葬身之地。后来,我发现你的"后来呢"帮不了我,我还是只能那样卑微软弱,劣迹斑斑地活着。但是,谢谢你啊。

"后来……"我努力对着臻臻笑了,抹掉眼睛旁边的泪水,"后来他们又在回去原处的路上走了好久。他们走得越久,就越相信姐姐一定在那里等着小熊。"

"小熊的姐姐,为什么把他丢下啊?"她讲话似乎有点费力,也许是荒废太久了。

"她没有把小熊丢下,她只是让小熊等她回来。"

"她到哪儿去了?"她的眼睛里一片澄明。

"臻臻,你认得我吗?"问这个问题的时候我心里怀着一种非常奇妙的期待,我希望她只记得,我是一个讲故事的人。

她开始专心致志地咬手指了。也许这真的是一个很难的问题。

我耐心地，用力地看着她的脸庞，似乎这么多天以来，种种绝望的盼望在这个瞬间找到了冠冕堂皇的出口。我没注意到门开了，我没注意到走廊里那些无意义的喧嚣涌了进来。我没——我还是注意到了他就在我和臻臻身后，迦南。

他眼神复杂地看了我一眼，接着，再看臻臻。然后他笑了，那笑容一如既往的明亮，只是他目光犹豫了片刻，他不知该把这笑容给谁。

"臻臻刚才和我说话了。"我告诉他。

"臻臻，你也来跟我说句话……"他把身子略微弯下去，可是臻臻似乎觉得很为难，只是继续努力地咬着散发橙子味道的手指，但跟往日不同的是，她用眼神专注地回应着他。

"也许等我再给她讲一点故事，她还会问我问题的，你让我试试。"我说话的时候没有看他的脸。

"我进门的时候听见了，你们在讨论剧情。"他直起身子，还没脱下来外套，周身都带着外面冬天的气味。

"那，我走了。"——其实我也并没有真的想走，我只是不知道该说什么。但是既然已经说了，就不能站在那里不动。于是我轻轻地跟臻臻说了句再见，她非常懂事地退后了两步，重新捡起她的橙子和钥匙，在一瞬间变回了那个自闭症儿童。

门在我身后关上的时候，我终于可以沿着走廊里的光线走到等候区的椅子旁边。我坐下来，一束斜斜的灰尘在我眼前自得其乐地跳舞，我对自己尴尬地微笑了一下：不管怎么说，我今天看到他了。我看了一眼。

有一只手放在了我的肩膀上。然后，那感觉类似于小时候，被班里同学冷不防推到台阶下面——因为身体在莫名其妙地失去平衡，不过在跌落的错觉还未消失的时候，我就明白发生了什么。横闯进视野里的，那片深蓝色和白色相间的格子我见过的，那件衣服刚刚还搭在我身后的靠背上，还带着我的温度。

他的双臂紧紧环着我——他要拥抱人的时候总是那么不知轻重，所以让我想起恶作剧的小学生。我的脑袋抵在他的脖颈上，他手掌用力按着我的后脑勺，好像这样就可以遏制我的挣扎。他的声音直接从我头顶贯穿进来，我那个被明亮阳光弄得有些迟钝的脑子变成了一个空荡荡的闭塞场所，他说的每一句话都隐约激起了回声，因此有种郑重的感觉。

他说："对不起。"

我说："对不起什么？"

他说："那天，要你滚。"

我说："没什么。其实你本来就应该讨厌我的。"

他说："南音。离开那个人吧。等这个官司完了，我们一起走。"

我说："我们会被大家追杀的，你家的人，还有我家的，还有……"我原本想说还有苏远智，但是，我真的不确定了。

他说："那就让他们追杀。寡不敌众的时候，我替你挡刀，我先死。"就在此刻我突然想起来，去年大地震的那天，我对苏远智说："爱情应该是两个人永远开心地一起打家劫舍，而不是一起躲在暗处唯唯诺诺地分赃。"真的是现世报。我又一次成功地逗笑了自己。

我看见天杨站在楼梯拐角。她总是可以静静地在楼梯拐角出现，就好像她是从对面的墙壁里若无其事地走出来的。她注视着拥抱着的我们，满脸节制的哀戚。

晚上，我在几分钟内接到了好几条短信。一条是江慧姐的，她问我写给臻臻的故事现在有没有结局，她说她觉得这个故事很好，她虽然不是个孩子，但是也同样读得进去，并且觉得有种说不出的忧伤，让她想起大学时代看《小王子》时候的感觉——脸上一阵滚烫，我都不好意思看她下面的话了。原本，我只是在某次跟她聊天的时候问她了解不了解像臻臻这样的小孩子是怎么回事，就说到了那个故事，于是顺手就发给她；另一条短信是李渊的，他说他跟几个朋友一起，帮昭昭在永宣找了一块墓地，昭昭家的一个亲戚卖掉了一块昭昭爸爸过去送他的手表，付了墓地的钱，顺便为昭昭刻了墓碑，周末，他们会有一个简单的仪式，把昭昭的骨灰盒放进去——李渊说，想了很久，除了我，都不知道能邀请什么人来参加，这才算是正式的葬礼；最后一条短信是端木芳的，很简单："最近好吗？"——那次通话之后，我们经常这样时不时问候对方。

犹豫了片刻，我还是在手机上按下了一句："小芳，可不可以拜托你帮我一个忙？"

端木芳会发条短信给苏远智，告诉他几个在广州的老同学晚上出来一起泡吧，问他是否加入。他的回复是："不去了，明天要早起，去大使馆有事情。"——小芳随后把他的回复短信转发给了我。这条回答的完美程度简直天造地设，完全超出了我的预期。好吧，去大使馆，他两个小时前还告诉我这几天必须从早到晚地待在实验室。

陈嬷突然间推开了我的门："南音，出来，现在全家人有事情要商量。你爸爸刚从外面回来，就说要跟大家讲一件事，他脸色真难看，我怕是西决的官司出了什么问题……"但是她把"问题"的"题"字小心翼翼地咽了回去，可能是觉得句子一旦说完，坏事就成真了。

我们都听到了姐姐尖叫的声音盖过了电视新闻："狗娘养的！什么叫不干了，离开庭没多久了他说不干就不干了？当律师的这么不守信用是什么道理啊，他活得不耐烦了吧……"楼梯下到一半，我看到雪碧乖巧地拿起遥控器把电视变成了"静音"，于是姐姐的声音就更通行无阻。

"东霓，现在说这些都是没用的。"小叔无奈地对着姐姐的方向挥了挥手，像在讲台上维持秩序那样，"我们商量怎么办吧。西决不能没有律师。"可是一不小心，挥手的时候带翻了茶杯。北北非常配合着那一地的茶叶和水迹爬了过去。

陈嬷从我身边飞速地奔下去，一把捞起北北。我慢慢地在楼梯中间坐下来，把脸庞搁在扶手的间隙处，我觉得很好。爸爸脸色铁青，点烟的手指在抖："他说他也是实在平衡不了很多关系所以没办法——那家医院，因为现在基本上舆论都是同情西决的，都在骂医院，跟医院关系非常好的几个制药公司，偏偏也是他们律所的大客户，制药公司也不想医院的名字天天上报纸还都是负面的新闻，可能也给了这个律师些压力……"

"能有什么压力？"小叔苦笑，"无非就是钱。给西决辩护一个刑事案子拿不到多少钱的，为了这个得罪一年送他们几百万甚至更多的大客户自然是不划算。"

姐姐似乎是使尽全身力气地把自己砸回沙发里，颓然地看着陈嬷忙碌地清理地板上的茶叶。陈嬷把沾满了茶叶的抹布捏在手里，叹了口气："现在骂他也没有用。都想想办法，怎么能给西决再找个好律师来吧。"

一片死寂。然后爸爸说："这个律师倒是跟我说，他不做了，给我介绍别人，他说他保证……唉，我现在都不知道我该不该相信他，不管怎么说，新来一个律师对西决的案子的情况也不算熟啊。"

妈妈牵着外婆的手，从浴室里走出来——两周前，外婆在一夜之间，忘记了如何做"打开水龙头"的动作。她穿着衣服站在没有水的花洒的下面，像个孩子那样盯着水龙头上的红蓝色块，当妈妈过了很久没听见水声，推门进来的时候外婆如释重负地转过身，苍老的食指稚拙地指着花洒说："它空了。"所以现在，我和妈妈，有时候也加上姐姐和雪碧，我们几个轮流照顾外婆洗澡，让她相信花洒其实并没有空。

外婆完全不知道满屋子的人都在谈论什么。我不清楚妈妈是不是很庆幸，因为要带着外婆回去她自己的房间，她也可以装作不知道究竟发生了什么。她们穿过所有人的安静，打开了外婆的房门。我看到爸爸眼睛里，有什么东西暗淡了——也许爸爸和我想得一样吧。妈妈会自然地跟外婆进去，然后有的是理由在里面待上很久，她要帮外婆换衣服，吹头发，也许临睡前，还必须陪她聊聊天——于是她可以再一次地不介入全家人的讨论，表示自己跟哥哥的事情完全无关。

可是妈妈突然间从外婆的屋里折了回来，她站在客厅中央，有些突兀地仰头，看了看坐在楼梯上的我。别人都坐着，只有她紧张而僵硬地站着，头一次，她允许自己跟这个家格格不入。她像看星星那样，用力地仰着脸寻找我的眼睛。小叔在一旁疑惑地犹豫要不要提个问题，她看准了我，淡淡地说："去问问苏远智的爸爸。"

"妈妈？"我放下了托着腮的手。

"他爸爸是个律师，一定有办法的。这个时候，只能去问他。

南音，"妈妈叫着我的名字，却把眼睛看向了爸爸，"先让南音去找他，其实更合适，比你出面要好得多。"

她丢下这句话，重新垂下了头，抛下我们大家，我听到外婆的房间里隐约传来一阵吹风机工作的声音。这样很好，其他的事情，她便再也听不见了。

我想，我知道我该做什么。其实这一刻，我等很久了。

还是那间茶馆。苏远智的爸爸坐在我对面，他的眼神一向如此，也跟人笑的——一旦笑起来，脸上那两条法令纹就格外尴尬。对话内容都很简单。他礼节性地说："最近家里有什么需要帮忙的吗？"我点点头："有。"他略微讶异地看着我，我则给他讲了所有事情的来龙去脉，当然，重点是，为什么我们现在的律师想要退出了。听完，他点点头："这类事情都是听说过的，我认识的刑事律师不算多，不过没问题，我一定会尽力……"我把装着哥哥的材料的文件夹从背包里拿出来，小心地放在他和我之间的桌面上，然后，又轻轻往他那边推了一点。

"全都在这儿，还有，这个是他之前的律师的名片，资料里面还缺什么，都可以打给他。"我注视着他的眼睛，"叔叔，我知道你一直都不太喜欢我。你觉得我娇生惯养，什么也不懂得，也许会拖累苏远智。不过，我哥哥是一个跟我一点都不一样的人。他……这次是做了很糟糕的事情，可是如果你跟他仔细聊过天，你一定会同意我说的，他是世界上最懂得尊重别人的人。我答应你，我离开苏远智。他反正快要去英国了，我也愿意他有好的前途。所以我彻底离开他，他会有机会再去找到一个合适的女孩子陪他奋斗的。原来说好的明年夏天的婚礼，取消就好了。我只请求你，帮我哥哥一把。"

他看着我，慢慢地，笃定地问："是你和苏远智之间原本就有问题，还是——你只是为了你哥哥？"

"我跟苏远智从来没有聊过他出国的事情，他不想跟我讲这些，我也不问。其实，我和哥哥之间，并没有血缘的。"我也不知道为什么会对他说起这个，"我们俩都是去年才知道这件事。哥哥出生那天，他的亲生父母在医院里问有没有人想出价，结果是我奶奶买了。因为就在同一天，出生在我们家的小孩，没多久就死了。当时我爷爷病危，奶奶就觉得更加不能让爷爷知道小孩子死了的事情，所以，哥哥就这样来了。那都是我出生之前的事情，在我很小的时候，他就跟着我和我爸爸妈妈一起生活。我其实常常想：哥哥其实是上天给我们家的一个礼物。所以，他才来历不明啊。他的事情出了之后，所有的人都很伤心——尤其是我妈妈。因为我们家每一个人都早就习惯了，哥哥是个太好的孩子。好孩子突然之间开车去撞人——大家都觉得自己被骗了。当然，谁都不能否认他做的事情是一件非常坏的事情，但是只有我一个人明白他为什么要这么做。所以我没有选择啊，我必须放弃一切去帮他。"

他点点头："我答应你，我一定联系到一个我能找到的最好的律师，就在这两三天内。"

我站起身，背起我的挎包："谢谢，我答应过的事情，一定说到做到。"我转身离开我们的桌子的时候，他在身后叫住了我："你能不能告诉我，你哥哥为什么要去杀人？"

我对他认真地笑了："不说了吧。因为，您这样的人，不会懂的。"

回到家里的时候我发现客厅跟厨房里，每盏灯都亮着，可是空无一人。就像是闯进了自己某天午后打盹儿时候短暂的梦。"南音，是你吗？"陈嬷的声音在楼梯上响起来，她下楼的脚步声里也伴随着北北嘴里那些很认真的音节。

"外婆不见了。"陈嬷说，"说是下午跟着雪碧去公园散步的时候，雪碧去了一下厕所，出来就看不到外婆了。现在全家人都出去找了，我在家里等门看看她会不会自己找回来。"

"不可能的。"我把挎包丢到沙发上，然后又背了回去，"外婆自己完全不认得路，可是妈妈一直都在她的口袋里放我们家的地址和电话呢，说不定等下就会有人打过来，然后把她送回来了。"

"但愿吧。"陈嬷叹着气，"为什么坏事总是一件跟着一件呢？刚才已经给派出所打电话了，可是人家说，外婆是今天下午才不见的，时间太短了，不能算成失踪。"

"我也去找，你继续等着，别错过了电话。"

"那你当心哦，你最好还是给东霓打个电话问问她们现在是不是都在公园那一带……"她突然想起什么，"我记得，就在国庆节那个时候，外婆还是能自己从公园走到我们小区来的，只不过是记不住我们住在哪栋——现在，为什么就完全没有方向感了？"

"我妈妈说，外婆这样的病，恶化起来都是很快的。"

迦南的电话突然打了进来，我轻悄地看了一眼陈嬷，她已经拿起了电视机的遥控器，于是我接起来，很自然地走到厨房的阳台上去。每次接他的电话，我都必须要自己的视线牢牢地粘在眼前的一样什么东西上，好像这样才能不再害怕。现在，我只能牢牢地看着妈妈放在调味架上的一串大蒜——看着，看着，看到最后我觉得它们要变成一串白色的鹅卵石的武器飞过来袭击我了。幻象开始，但时间停滞。尤其是当听见他说："南音，你在家？"

我本来想平静地说"是，我在家"，但是，我说的是："你现在出来，可以吗？陪我一起去找一个人。"

我们一起去找外婆吧，把外婆找到了，我们就不要再回来了。

哥哥，请原谅我利用了你。我说为了你，我愿意离开苏远智。我撒谎了。我不愿意为了救你离开苏远智，尽管在必要的情况下我一定会那么做；我愿意离开，是为了别的人，别的事情。简单点说，我利用你装点了自己。尽管我知道，你不会介意。

姐姐说，现在全家人都在公园所在的街区里，分了几个不同的方向，有的往市中心的方向找，有的往沿河的方向找，公园里的工作人员还在公园的每个角落检查着，妈妈到广播电台去了，再等一会儿，寻人启事就能被不少正在开车的人听到。

迦南问我："你打算到哪儿去找？"

我说："还是去公园，我觉得她不会走出公园去的。"

他对我笑了一下。眼神好像是——我刚刚讲的那句话是海誓山盟。有一辆车在我们身后按喇叭，他从我的对面站到了我身边来，有些生硬地挡在我和那辆疾驰而过的车之间。仔细想想，我们很少在医院之外的地方见面———起出来吃过两次饭，不过我总是因为太过紧张，吃完了，就像做贼那样迅速地跳上车逃走。

"你为什么这么确信，你外婆还在公园里面？"我们往公园里面走的时候，他牵着我的手，淡淡地问我。他根本不问我为什么要他陪我一起找外婆，他就像我故事里面的外星小孩，似乎跟我一起寻找一个他完全不认识的人，这本身是件再自然不过的事情。

"我小的时候有一年暑假，妈妈把我送到外婆家去待了两个月。我记得外婆家的后面，有个小街心花园。那个街心花园直接通往一个幼儿园的后门。——其实，我很早的时候就觉得，外婆在龙城的公园最喜欢去的地方是芍药花坛那里，那儿的花坛的形状和石子路都跟我小时候去过的街心花园长得很像。外婆一定是觉得，在那里就像是回了家。我们到芍药花坛去，我觉得我知道外婆是沿着哪条路走远的。"

"可是现在是12月，怎么认得出来谁是芍药花坛？"他提问的表情颇为苦恼。

"反正……我知道怎么走不就好了嘛，那个地方到了春天开出来的就是芍药。"我像是打了个寒战一般地意识到，当我们俩这样对话的时候，其实完全把自己当成了一对最普通的情侣。

"就是这里，你确定这是你说的——芍药？"他轻轻挑起了左边的眉毛。

"让我想想——"我出神地看着面前几条可以走的路，"我觉得我们应该一直往右边走。虽然这边走下去就是公园最偏僻的那个工作人员入口，可是那个工作人员入口到了快下班的时候都是不上锁的。"

"小姐，什么叫一直往右边走，那叫西边。跟你们女人讨论方向的时候真是火大。"医院里的那个他在这个瞬间附体了。

"方向那种东西有什么了不起啊。"我不服气地瞪着他，"为什么你们男人都那么喜欢用方向这么无聊的东西来嘲笑女孩子呢？你和苏远智一样无聊……"

他勉强地笑笑，我知趣地保持安静，两个人都默契地保守着一种"说错话"的尴尬。

"我很快就会离开龙城，回北京去。"他嘴里呵出去的白气，像在抽烟一样，"因为我哥现在稳定了，我妈妈她们会留在龙城照顾他，我必须回去上班了。南音……"他的停顿短暂得让人险些觉察不到，"我可以在北京等着你吗？"

"我要离开苏远智了。"我答非所问。

"那我等着你，你会不会来？"

"我……我不知道。"我说话的时候只好看着路灯。

"你知道你会来。你就是还需要点时间承认这个。"他微笑着斜斜地看我，像是作好了准备迎接我狠狠剜过去的一眼。

芍药花坛往右转——好吧，往西走，到了尽头，果然如我所料，那道门开着。穿过去，是一条斜斜的小巷子——曾经有一次，我带着外婆从这条小巷子里穿出去。让我想想，是在年初的时候，苏远智临上火车之前跑来这里见我一面。然后，我跟外婆一起，穿过这条小巷子把他送到马路上去打车。当时外婆惊喜地环顾着这条巷子，脸上充满着迷惘的喜悦。我至今不可能知道她那天究竟想起了什么。

"那边真的站着一个老太太。"迦南的手指戳到了冷空气里路灯的亮点上，"你看看，是你外婆吗？"

不用看，我早就在跟外婆挥手了。

不过她完全没注意到我们，她站在卖棉花糖的小贩跟前，用力捏着一把零钱，微笑地看着小贩像滚云朵那样把棉花糖一团一团地做出来。迦南低声说："我小时候，真的以为上帝造云的时候就是用一个做棉花糖的机器。"

"外婆！"音量抬高些她果然疑惑地转过脸，但是我依然不能确定，她此刻是否认得我，"大家都在到处找你呢！现在跟我回家，好不好……"

她慢条斯理地一笑，右手的手指指着左手高高举起来的棉花糖，她说："买给玲玲。她喜欢这个。她最近不高兴。"原来外婆一个人游荡了这么久，却一点没有惊慌和害怕，然后她找到了想送给妈妈的礼物，准确地说，送给童年时代的妈妈。

"外婆，我带你去找你的玲玲，好吗？"我递给小贩两个硬币，又买了一个棉花糖，放在外婆的右手里，"一个是你送给玲玲的，另一个是我送给你的。"

喜悦让她皱纹遍布的脸庞变得更红润，当然也有可能是被冻红的。她把两个棉花糖一左一右地举在脸的两边，乍一看还以为给自己选择了一对硕大无比的耳套。她说："谢谢你啊，小姑娘。"好吧，果然还是不认识我。

迦南对外婆说："外婆，天气冷，您还是把手放回兜里去吧。把您的棉花糖交给我，放心，我就是替您保管着，等会儿就还给您。"

外婆友善地看了他一眼，像传递炸弹那样小心翼翼地移交棉花糖的时候，很开心地道了谢。然后外婆很捧场地对我说："他很好。他是你的男朋友吗？"

我和迦南对看了一眼。然后我郑重地跟外婆说："是的。"

只有在这样的外婆面前，我们才是无辜的。

第十八章

苏远智

　　第一眼看到他，我只是在想：真奇怪，他明明是陈医生的家人，我本来应该觉得无法面对他。可是他对我笑了——也许我记忆有误，也许他并没有真的对我笑过，可是他那种永远可以嘲讽任何事的神情却奇迹般地让我觉得，发生过的事情，也许真没什么大不了的。我自然知道这不过是种错觉，可是我却因着这错觉，又真切地呼吸到了轻松的空气。

　　后来，他就吻了我。那不全是他的错，是我允许了。我觉得我活在一个荒原上面，我能和别人一样看见远处的夕阳，这便已经是神赐给我的最珍贵的"平等"。剩下的对错，我允许自己不去追问了。我不知道是我远离了所有人，还是所有人都离弃了我。有的时候，不，是很多时候，我都有种感觉，我的人生其实只剩下了一件最重要的事：哥哥远行之前，把一把铁锨交到我手里，我得用一生的时间等着他，一边等，一边在这片荒原上面挖出来一个浅浅的墓穴——等哥哥终于回来了，他就能躺在里面。

但是现在我遇见了迦南。跟他在一起，做的每件事自然都是坏事。可是，遇见他，就是再好也没有的。当然了，"认为遇见他是件非常好的好事"本身就很坏。那就坏吧，我已经尽力了。

我心惊胆战地又一次打开了邮箱，我记不清这已经是今天的第几回。邮箱里还是波澜不惊的。收件箱里唯一一封未读邮件是广告。苏远智依旧没有回复我两天前发给他的那封信，我说，我们分开吧。可是这两天，我也没有接到他任何一个电话或短信，我不知道我该不该把这个当成是他的默认。我也不知道，他若真的就此无声无息地默认了，我是该高兴，还是该伤心。

姐姐进我房间的时候，从来都不会敲门。她走到我身边来的时候，我刚刚把邮箱的页面关掉。我想她应该是来不及看到，我正在"复习"写给苏远智的那封最后的信。"小妮子。"姐姐习惯性地在我脖颈上轻轻捏一把，"江蔍跟我说，她把你写的那个故事拿给一个出版人看了。那家出版社原本就是主要做些给小孩子看的儿童书——别把眼睛瞪那么大你又不是听不懂中文。她本来不让我现在告诉你，想等有了好消息再说，可是……"她笑笑，拖过来一张椅子坐到我旁边。"你也知道，我可憋不住。就算是最后出不了书，我觉得这已经是很好的消息了。没看出来呢——"她略微眯起眼睛，柔声说，"我们家小兔子还能当作家。"

"别乱讲啦。"我承认，突如其来的开心让我有点羞涩，"肯定不可能变成书的。像我这种作文都写不好的人——以前在小叔那里从来都拿不到高分的，我写的东西变成书，会不会太没天理了啊？"

"不管怎么样这都是好事情，你得把那个故事写完。"姐姐一只手支撑着脑袋，一把卷发在她脸上斜斜地拂过来，"家里总得发生一点好事情。发生在你身上再合适也没有了。"

"我宁愿现在我身上发生点坏事，这样，好运气就全给哥哥。"

"啊——呸。"她不由分说地啐我，"你以为自己是谁？你说好运气给谁，就给谁啊？不过兔子，要是你真的遇上了坏事，或者说，你认为是坏事的事情，你得告诉我。"

"没有啦。"我盯着她放在台灯下面的手。她应该是很久都没去做指甲了，指甲油都褪得差不多了，只剩下小拇指上还是鲜艳的大红色。

"得了吧。"她冷笑，"你当我傻吗？你不想说我也不问了，不过今天，三婶说过些日子要去普云寺烧香。你和我们一起去吧。上炷香，你心里的事儿，菩萨都知道的。"

"妈妈为什么要去烧香啊？"

"真笨。为了西决呗。西决的新律师好不容易敲定了，也快开庭了——其实三婶比谁都担心西决，她就是不想跟大家一起担心。这种时候，除了神佛，还能求谁呢？不过啊……"她调整了一下坐姿，脸上的表情也跟着"正襟危坐"起来，"那个新的律师说了，这个案子的社会舆论对判决应该也是有点用处的，你看，我和江慧没有白辛苦。"

"等你有空的时候，跟我一起去看看陈医生，好不好？"我期待地看着她，"其实他现在脑子是清楚的，就是不能讲话，你要是去看他，他会记得。"

"南音，你为什么总是向着他们？"姐姐无奈地看着我。

"我跟苏远智完蛋了。"我决定把话题转移到能令她兴奋的地方去，"我答应他爸爸，跟他分手，他帮哥哥找到了现在这个律师。"

没想到她一点意外的神色都没有，她深呼吸了一下，说："早就觉得不对劲，你们俩自从我们家事情出了以后，联系得越来越少了，你看你自己，过去恨不能让电话长在你脸上。"

"他家里想让他去英国，可是他从来都不肯认真跟我聊这件事。"我认为我用了最简短的句子，做到了概括我和苏远智之间的现状。

"那你呢南音？你现在是不是有别人？"她轻松地说出来这句。

"乱讲什么呀。"我不动声色地忍着后背上滚过来的一阵寒冷，我知道它们会过去，"我最近整天都待在家里，哪有机会认识什么人嘛。"

姐姐意味深长地笑："话是这么说没错。我也不记得具体是从哪天开始的了，有一次，在饭桌上，我看着你给一个人发短信——你盯着手机的那种眼神，一看就是造孽的眼神，所以我知道了，那个收短信的人肯定不是苏远智。"

"造孽……"我轻轻重复了一遍，为什么姐姐永远都这么准确呢？

"我知道人造孽的时候是什么表情，我见多了。"她得意得像个小女孩，"你就告诉我嘛。这些日子人心里真是憋屈，我也想听听八卦开心一下。放心啦，我又不会谴责你做了对不起苏远智的事情，我又不是他姐姐。我只是想要你高兴，兔子。"她几乎要被自己感动了。

我看着她的脸，模糊地想其实她是最不合适的听众，但是当决定做出的时候，整个人都如释重负，我说："是陈迦南。就是，陈医生的弟弟……"

"天哪。"温暖的光晕下面，她精致的手捏紧了拳头，"郑南音，你他×还真是大爱无疆。"

"姐！"

"我说过了我不关心苏远智开心不开心，可是南音，你想过没有，除了你们俩，剩下的人都在乎，我们家的一个人打算杀他们家的一个人，在他家所有人眼里，你就是仇人家的孩子没什么可说，你以为，在我们家有谁能接受这个？"

"有。"我咬紧了嘴唇，"哥哥。"

"算了吧。"她倒吸了一口冷气，"别做梦了，从现在起，很长一段时间里，他没可能再参与家里任何一件事。我知道你现在头脑不清醒，我只是提醒你一件事，绝对不能让三叔三婶知道这个。尤其是三婶，她现在什么都受不了了。你怎么这么……"她用力按捺了自己，我知道她其实想爆粗口，"这完全是不可能有结果的。"

"我没想要结果。"眼泪涌了上来，被我强行压回去。

"你是不敢想。算你还有点脑子。"姐姐突然无奈地笑笑，那是一种在她脸上非常少见的表情，"等雪碧长大了，要是像你一样，我就打断她的腿。看看你这个坏孩子，不过才二十二岁，两年前，偷了户口本去私定终身，两年后又跟仇人家的孩子红杏出墙——天哪，这简直是八点档肥皂剧。你偷偷去结婚的时候想过今天没有？不过吧，我也没什么立场指责别人不负责任。"她同情地拍拍我的肩膀："孩子，我看你真的需要去烧香，你心里总藏着那么多的事情，会受不了的。"

"我有点怕。"我看着她笑，心里真正的惶恐浮了上来，"我害怕菩萨会跟我说，滚出去。"

"怎么可能，"她非常轻蔑地嘲笑我，"你以为菩萨都像你那么没见过世面？不过兔子，你喜欢那个人什么啊？"

这就是我最害怕的问题。我不是不知道，可是我不会说。我总不能说，因为他让我不再那么恐惧罪孽。他让我觉得，"不无辜"也没那么可怕的。他肯定不是我生命里的天使，可是从一开始，他看见的就是那个血淋淋的我。不洁白，不纯真，笨拙地想用一点杯水车薪的力量去赎罪，但是赎得那么自私，那么怯懦，那么不漂亮。他依然觉得，这样的我，很好。

2010 年新年之后，我到永宣去参加了昭昭的葬礼。我问李渊，可不可以多带两个人一起过去。李渊说，当然可以，人多些热闹，是好事。虽然我不明白葬礼为什么还需要热闹，但是，我很高兴能带着这两个人见见昭昭。一个是迦南，另一个是天杨。

我们到了永宣才知道，那并不是一场单纯的葬礼。永宣城郊前几天发生了一起交通事故，一个在高速公路上骑摩托车的二十一岁的男孩当场毙命。男孩的父母联系到了李渊，所以，我们也是这个男孩和昭昭的婚礼的客人。冥婚。

永宣本来就不是大城市，永宣城郊就更是荒凉。簇新的墓园里，只竖起来寥寥几个墓碑。极目望去，几个土丘在远处勉勉强强地起伏着，土丘的那边，几栋突兀的新楼在那里空荡荡地立着。竖在空中的，鲜艳的楼盘广告是这地方唯一的亮色。我问迦南，到底是什么人会去买离墓园这么近的房子呢？难不成是为了扫墓方便？可是迦南想了想，说："等我老了以后，我觉得每天从自家窗户看看墓园很好，那本来就是自己过段时间会去的地方，提前看熟了，就不会怕。"天杨在一旁听着我们的对白，突然笑了，故意作出一副倚老卖老的口吻道："小情侣就是浪漫呢。"

昭昭跟这个她从没见过的男孩子，能不能算是小情侣？

我想昭昭一定在那边火冒三丈了，因为她喜欢的人，是陈医生呀。我想她可能会赌气把那个陌生的男孩子丢下，一个人跑出去好远。她奔跑的姿势也许会矫健到令那个男孩子自卑。那个世界里，也有空荡荡的，专门用来奔跑的操场吗？不过，一片尽头处飘着芦苇的空地也是可以的。他们那边的夕阳，应该是挂在东边的吧？昭昭迎着它跑过去，然后那个陌生的男孩子开始在后面追他的新娘——骑着他那辆残破的摩托车。

他们的墓穴上，竖起来的墓碑比别人的宽些。放着他们两个人的照片。我忘记提醒李渊了，最好找一张昭昭穿裙子的照片——不是为了让大家欣赏她的裙子，是因为她穿裙子的时候脸上的表情才更像个女孩子。我仔细端详着那个男生的脸，长相真的很一般，脸有点过于宽了，也没什么英气可言。不过，也许真像永宣人相信的那样，他们两个年龄相当的人，在这么年轻的时候，先后死去——一定是有缘分的。

"这个男孩子真幸运。"在我刚刚想到这里的时候，迦南就在我耳边轻轻说。此时仪式已经开始，冥婚奏的音乐都是怪异的喜庆，墓园管理人在不远处紧张地看着我们这里，因为堆了太多五彩缤纷的东西都会一一变成灰烬。

"看长相可真的一点都配不上昭昭。"他笑道，"不过看面相，倒是个老实人。"

"昭昭没那么在意男生的长相。"我白了他一眼，"所以她才会喜欢你哥哥啊。我可不行，我就是喜欢好看的男孩子，我凭什么要去和长得比我丑的人在一起嘛。"

"谢谢夸奖。"他又开始嘲笑我无意中说了真话。然后在我只好恶狠狠瞪着他的时候，飞速地低下头来，神不知鬼不觉地让他的嘴唇在我的唇边像冰刀一样划过去，再若无其事地站直了身子，继续看着那男孩家的人一边投入地哭，一边烧纸糊的房子和车。

"也不知道他们俩在那边能不能过得幸福。"我看着那男生家里阵势惊人的送葬队伍，再看看属于昭昭的这几个零零落落的观众，担心地叹了口气。

"不用担心。"天杨听到我的话，转过头来笑吟吟地回答我，"这两个孩子在那边可以很清静地相处，没有双方家人不停地打扰，坏不到哪里去的。"——她居然在医院之外，都穿着白色的羽绒外套。

男生家里的东西都烧完之后，整个墓园都充满了烟的气息。有一些荒草跟着烧了起来，主要的火堆周围，燃起了星星点点的火，人们不去踩它，它也懒得灭。我觉得我从没见过那么冷漠的火。昭昭这边却比较凄凉，没人给她准备什么嫁妆——哪怕是纸做的。李渊临时去山脚下的店里买了几袋元宝。我们每个人都把满满一捧的元宝丢到火堆里，火堆寂然无声。

男孩子的家人又放了一挂鞭炮。两个象征新郎新娘的小纸人最后被丢进火堆里。像是中世纪的犯人，脑袋渐渐地垂下来。礼成。他们结婚了。从此，在一个无所谓时间的地方，自然会长相厮守到地老天荒。

仪式结束的那天晚上，其实所有人都被邀请去宴席。不过天杨因为第二天七点就得到病房去，所以我们也就跟她一起买了傍晚的火车票回龙城。一路上我们三个人都没怎么讲话，也的确很难找到共同的话题——陈医生也许算是共同的话题，可我们此刻都不怎么想聊这个。在永宣，冬夜的天空里，能看见星星。永宣火车站很小，很陈旧。我觉得在一刹那间就回到了童年的时光里。我们坐在候车大厅——其实也没有多大——那些表皮绽裂，露出里面的海绵的椅子上，身边的玻璃门有时候打开，有时候关上，门上那个原本该是墨绿色的厚厚的棉帘子笨重地卷起来，寒气就这样来了，又走了。

"天杨姐，"我看着她在寒冷中越发晶莹的脸庞，好奇地问，"你有没有男朋友？"

她嫣然一笑："现在没有。其实……告诉你也无所谓，"她像是在叹气，"本来差一点就要去跟陈医生约会呢。不过……算了，没有缘分吧。"

"对不起。"我紧张地盯着她外套的纽扣。

"道什么歉啊，不关你的事。"她的神情像是被我吓到了。

"你，很喜欢陈医生，对不对？"我问完这句话的时候，迦南突然站起来，他说："我去买包烟。"破旧的椅子一排排阻挡着他的腿，就像是盾牌。

"我不知道算不算很喜欢，我觉得不算。"她仔细想了想，像是微笑给自己看，"可是认识那么多年，我觉得我足够相信他。他那个人，应该也不像是能热烈地爱什么女人的吧，可是，如果彼此之间已经有了那种信任，他一定会珍惜。所以我想，约会一下试试看，也许不错。可是现在，他高位截瘫，不能讲话，周围的人都跟我说，幸亏在事情发生的时候，你还没跟他在一起——也许这是实话，可是这些人真是可恨，你说对不对？"

"那你说……"我望着候车大厅另一端，"人是不是一定要跟自己爱的人在一起？"

"这个——"她睫毛垂下来，"这个问题，你问我，可就问错人了。"

我什么都没有说，屏住呼吸，我想她一定会比我先受不了这种寂静，为了打破它，也许会讲点她自己的事情。

"我二十五岁那年，差一点就嫁给了我的青梅竹马。"她只讲了这一句，就停顿了。

"后来呢？"——我觉得现在明显不是靠着矜持表现自己尊重别人隐私的时候。

"后来，就在婚礼马上就要开始的时候，我真正爱的那个人就出现了，"她就连咬嘴唇的时候，都是微笑着的，"那个时候，我也在问自己一样的问题，人是不是一定要跟自己爱的人在一起。不过后来，那两个男人，我谁都没有选。我的青梅竹马到现在都没再跟我有任何联络——反正，是我自己搞砸的。我想，同样的问题，你问一百个女人，保证有九十九个会跟你说，一定要跟自己爱的人在一起的人生，太任性了，你最终还是会留在那个应该在一起的人身边。也许吧，但是我偏偏就是说不出这种话来的那一个。所以，未必能帮上你的忙呢。"

"你爱的那个人，现在在哪儿？"我出神地问。

"在很远的地方。"

"他死啦？"我脱口而出，惊讶地瞪着眼睛，突然又觉得这话未免太过坦率，下意识地把手背贴在嘴唇上，表示是嘴巴犯的错，跟我没关系。

她无奈地看着我："托你的福，他活着，只不过是在国外而已。"

车站里的广播告诉我们应该检票上车了。我跟天杨说："等我，我去找迦南。"也顾不得她在我身后喊我，说他一定会自己回来和我们汇合的。我隐隐地觉得，他未必会回来。逆着人流，破败的椅子们沉默地又一次变成盾牌，拍打着我的腿。我不该让他去买烟，我不该相信他说去买烟是真的——那种说不出从哪里来的恐惧让我好像置身于类似真空的梦境里。我却又不敢大声地叫他。我觉得丢脸。如果真的是去买烟，那就应该在候车大厅的另一端，那边有个小超市。——可是我果然没有猜错，他不在那里，他果然不在。

我到底应不应该装作什么都没发生，拿着我的票回去上车呢？然后我是否需要笑着跟天杨姐说一句：他不会一起回龙城了，他在跟我们开玩笑——这是什么见鬼的说辞啊。"南音，你为什么在这儿？"我惊慌地回过头去，他站在我身后，手里空空的，根本就没有烟。

　　我走了两步，一拳打在他胸口上，他外套的拉链火辣辣地硌到我手指的骨头里去。"骗子！"我含着眼泪冲他喊，一直以来心里对他存着的那一点点怕，就在此刻烧得一干二净了，"你想丢下我直说好了！想消失也直说就可以了……你根本就不在这个超市里你买什么烟啊！你当我是傻瓜么你不要这么侮辱人好吗……"

　　他难以置信地看着我，从兜里掏出一个簇新的烟盒："我想要的牌子这家超市没有，所以我去车站外面买的……你是疯了吗，郑南音？"

　　我抱紧了他，让他胸前的衣服昏天黑地地把我埋起来，我知道自己很丢脸。他的胳膊像夹棍那样紧紧箍着我的脑袋，每次和他拥抱，那感觉就像一个案发现场。他在我耳边说："你是不是以为，我丢了？南音？"

　　"我知道你总有一天会走的。可是就算是这样——你在去每个地方之前，都得告诉我。让我知道你去哪里。这样，到你不再说你去哪儿的时候，我就知道，你不会再回来了。"

　　"你到底在说什么？"

　　"你别管，你只要答应我。"

　　后来，我很不好意思地发了个短信给天杨："天杨姐，对不起，我们今天不回龙城了，你自己路上当心，后会有期。"她回复我："我就知道。"并且，附了一个做鬼脸的表情图标。

　　深夜里，在那间车站旁边的旅店，能听得到火车在铁轨上呼啸，就像北风。他坐起来，背靠在窗边的墙上，问我："外面那条河，能流到龙城去吗？"然后我听见打火机怆然地一响。

"昭昭说的，那条河就叫永宣河。"我的身体里回荡着海的声音。

"总听你提起来昭昭，她跟你感情很好吗？"他缓缓凝视着自己吐出来的烟雾，空出来的那只手温暖地覆盖在我的脊背上。

"她活着的时候，其实我们不算很好。"我抬起手指，静悄悄地在他下巴那抹隐隐的胡楂上磨蹭着，"可是她死了以后我才知道，我们从一开始就是朋友。她一直都很喜欢你哥哥，我的意思是说，就像我对你的这种喜欢。"——也许那是我第一次对他承认，我喜欢他。

"这孩子年少无知，可以理解。"他轻轻地笑。

"我总觉得，你跟你哥哥之间有问题。虽然，你对臻臻很好，可你说起他的时候，总是很恶毒的。"

"如果你有机会听他怎么说我，你才知道什么叫恶毒。"他把房间里那个泛着黄的白瓷烟灰缸平放在肚子上，"从我十几岁起，我们俩就是这样的。他看不起我，我看他也不顺眼，就这样。彼此都觉得对方丢脸，后来有一天，我就跟他老婆睡觉了，因为臻臻她妈妈也觉得跟我哥哥在一起的生活生不如死——所以，我们只是想联手报复他一下，我们天知地知，自己开心就好。但是我没想到最后会闹得那么大，她居然把这件事告诉了我哥哥，然后他们就分开了，我一开始也没想到她是真的铁了心……"

"你——"我坐起来的时候，掀起的被子像个浪头那样，把烟灰缸摇摇欲坠地翻倒在了床单上，"你果然是个浑蛋。"我气急败坏到不知该说什么好了。

"我犹豫了很久要不要告诉你，觉得还是应该说。"他一脸无辜的神情。

"陈迦南我不认识你。"我钻进被子里冒充松鼠，深呼吸一下，压回去所有的沮丧。反正，眼下，我们两个人像是在荒岛上，面对所有的大事情，我也只拿得出来一些小脾气。

旅店的被子总是有种混乱的气味。迫不得已，我只好闻着这样的气味，听着他隐隐约约收拾烟灰缸的声音。"兔子。"他隔着被子，敲了一下我的身体，"出来。"我不理会他，但是却又觉得，从来没听他叫过我"兔子"，感觉很新鲜。

"兔子，听话，里面氧气不够。"他就像是遇上了很好笑的事情。

"别理我。"我真恨我自己，为什么听到了这么坏的事情之后，心里还是明明白白地知道，我不可能因此离开他。

"我进来活捉野兔了？"他把被子弄开一条缝，然后就钻进来抓住我的手腕。局促的黑暗中，一开始我无声地挣扎着，再后来，我的两只手腕都被牢牢地拷在了他的手臂里，我一边笑，一边试图踢他的膝盖，在争斗中被子变成一张越来越紧的网。我以为这样的打闹之后，势必又是一些拥抱之类的戏码。但是他突然间松开了我，不知是不是因为氧气不够充足，我并没有非常敏锐地意识到，我的身体已经获得自由了。我像一个果核那样蜷缩在形状不规则的黑暗里，不知所措地听着软弱的被子让他的拳头一下接一下地打，是种岿然不动的声音。他居然开始非常认真地挣扎，他说："×的，把这个给我拿开，南音，拿开……"氧气和灯光顺着一个粗暴的裂口灌进来，他坐起来的样子简直是要把自己的脊椎骨脆生生地对折，整个人成为 90 度。他满脸都是汗，汗水甚至沿着他的脖子流到胸膛那里去。他大口地呼吸着，像只不小心跃上甲板的鱼。

"迦南？"我的指尖轻轻碰到了他的胳膊，他就像是要把自己变成阵风那样躲开我。

他想要对我笑，但是他没成功，只不过额头上的青筋爆起来了。他冲进浴室里去，我听见水龙头打开的声音。隔了一会儿他走出来，我还维持着刚才的姿势，像个塑料袋那样蜷缩在原处，我忘记了自己还可以坐起来，以及，去到浴室那里看看他怎样了。

他恢复了原状，从地上捡起他的牛仔裤，胡乱地套上。颓然地回到我身边，坐下来，他的手轻轻地伸过来，试着摸我的头发。我闭上眼睛，眼前那一片微微颤抖着的黑暗，跟他微微颤抖着的手在商量，终于，他的手落下来了。

"南音。"他低声说，"我有一点……幽闭恐惧。"

我坐起来，关掉了昏暗的台灯。他赧然凝视着我的脸也瞬间被关在了黑暗中。我说："过来，我们睡觉了。我抱着你。"

他的脸就这样紧紧地凑在我的胸口，他说："南音，我在北京等你。你一定要来，好吗？如果你不来，你也要告诉我，别让我等太久……"我轻轻揉了揉他的头发："好，知道了。现在把眼睛闭上，睡吧。"

后来我们就这样睡着了。所有的过错再怎么叠加，也没有负负得正的那天。我们只好相依为命地睡着了。我们在一片没有灯塔的海里航行着。我看见了他的弱点，比如他是个浑蛋，比如他的幽闭恐惧；我最大的弱点就是他，我想他也知道的。这世界上的每个人如今都可以做我们的荒岛上的审判者，那就来吧，我们可以一起站在绞刑架上面，把悬在头顶的绳圈看成是稚拙的孩童，用颜色不对的蜡笔画出来的太阳。

2010 年的春节快要到了，可是在我们家，没人关心这个。

迦南回去北京了，哥哥的案子马上就要开庭了。在判决结果下来之前，我不允许自己想到底要不要去北京这件事。开庭前一周的那个星期六，龙城突然下了好大的雪。清早的时候外婆站在客厅的窗口，痴迷地看着外面的雪地。当爸爸站在院子里用铁锹铲出来一条路的时候，外婆着急地拍着窗玻璃，爸爸进来问她怎么了，她说："你全都弄坏了，你都弄坏了。"——她的意思是说，爸爸把整齐干净的雪地弄坏了。

就是在那个雪后初霁的早上，我跟妈妈还有姐姐一起去了普云寺。姐姐悄悄冲我做了个鬼脸："你打算跟菩萨说什么？"我也冲她挤了一下鼻子："要你管。"妈妈在我们前面不动声色地说："在佛堂上，你们俩有点规矩行不行？"——语气酷似电视上民国戏里的老太太。然后妈妈把香插进了香炉的空地里，然后跪下来磕头。那里已经有那么多支香，我只好相信，每一支香是谁上的，菩萨都记得清。

"郑南音。"妈妈压低了声音骂我，"磕头的时候手心要朝上，连这点规矩都不懂啊。"可我觉得这依然是好事情，几个月以来，这是她第一次骂我。

"三婶，我们要不要求签？"姐姐问。

"算了。万一求出来下下签，你说是信还是不信呢？"不知道是不是因为周遭都是面色平和的善男信女，妈妈的神情也变得轻快了很多。

"东霓，你说……"她的眼神掠过大殿前面那几个陈旧的，供人叩头用的垫子，"下雪不冷，化雪冷。你把冬天最厚的那几件衣服，送去看守所给他吧。"

我和姐姐有些讶异地相视一笑。她终于肯主动提起哥哥。

"我知道，对了三婶……"姐姐自告奋勇地转移了话题，似乎比妈妈自己还害怕尴尬，"你听说过没啊，普云寺门口有个很著名的乞丐——他长得就像个不倒翁，没有手也没有脚，我有好几个朋友都见过他，都说他整个人看上去就是一个被腰斩了的正常人，可是，慈眉善目的。也不知道今天他出来没有，我们能不能看见他……"

姐姐后面的话我都听不见了，因为，我在那些拎着香的人群里，看见了苏远智。

我觉得我已经快要一辈子没看见他了。我悲哀地发现，不知是做贼心虚，还是心脏本身残留着过去的记忆，胸口处那种生猛的悸动一瞬间翻出来很多高中时代的记忆。其实，直到今天，我想起苏远智这个人的时候，脑子里第一个跳出来的，永远是他穿着高中校服的样子。他朝我走过来，迈上了一级石阶，他是打定主意省却一切寒暄了，甚至都没跟我妈妈和姐姐打招呼。他只是开门见山地说："我回来了。我的意思是，我在龙城找到了工作，我哪里都不会去了。"

我用了十几秒钟的时间发呆，直到我确信我明白了他的意思。

"这么久你都没出现，我还以为，你同意跟我分手了。"我当然没有说实话，我不会笨到以为我们俩之间可以这么容易就一笔勾销。我们只是心照不宣地一起逃避了现实，直到此刻，他在普云寺的门口找到我。

在那间最熟悉的店里，他为我点了我每次都会点的套餐和卡布奇诺。在他点菜的时候，我还在无意义地翻着菜单。他对服务生说："可以了。"我说："等一下，我看看甜品。"于是他微笑着看我。我突然意识到，每一次，我都会说这句话，可是他总是会在对面说："甜品可以待会儿再说，你未必吃得下。"

所以现在，我打算开始一点我们从没彩排过的对白了。很明显，他也想到了这一层。

　　"前段时间我……"他在选择词语，"对不起，前段时间我不知道该怎么办，所以我……"

　　"我明白你的意思。"我终究还是不愿意看着他在我眼前那么为难。

　　"现在我知道该怎么办了。"他的手臂越过了桌面的杯子，抓住我的左手，"南音，我不去英国了。所有的申请材料我都已经在学校扔掉了。我昨天下午已经跟龙城这边的公司签了合同，我们从此可以一起在这儿生活安家，每个周末都能到你姐姐店里去喝一杯，这不就是你最想要的生活吗？"

　　"苏远智。"我惊愕地打断了他，"你不能假装什么都没发生过吧？你现在来告诉我我们要一起去过我想要的生活……这算什么？你的意思是说——不行，有些事，就算是我们都装作没发生过，也还是真的发生过的。"

　　"前天晚上，我爸爸打了电话给我。"他看着我的眼睛，脸上带着我见惯了的羞涩，"我爸爸说，你们见面以后，他想了很久。他之前对你的所有看法虽然都还没有推翻——我是引用他的原话，但是，他真的这么说，但是，南音是个非常好的孩子。他告诉我你为了郑老师的官司宁愿跟我分开，他要我转告你，他就算是再不喜欢你，也不会接受你用这样的方式做交换。所以他要我赶紧回来找你。我就跟他说，我不去英国了，他说，随便你吧，路是你自己选的，你自己负责就好了。"

　　"你的意思是说，如果你爸爸不给你打这个电话，你还是不会回来的，对不对？"我决定站起身穿外套的时候其实还有一个原因，就是今天这家店的套餐实在是难以下咽，"苏远智，再过几天哥哥的案子就要开庭了。在这之前我们别再讨论这个行吗？"

"南音，对不起，之前很多事情我知道是我不对，我们从来没有坐下来好好谈谈……"

"我先告诉你一件事。我跟别人睡觉了。不是一夜情，我也没喝酒，我是真的喜欢上了那个人。我在医院里认识他的。他是陈医生——就是我哥哥那个案子被害人的弟弟。你可以觉得我疯了。现在，知道了这个，你还想好好和我谈吗？"

他呆若木鸡的时候，我穿过店堂跑到了外面的马路上，居然有种恶作剧之后的开心。郑南音，姐姐是对的，你是一个彻头彻尾的坏孩子。

开庭的前一天，他面色平静地找到了我。我们走出我家的小区，走了好远，一直来到龙城护城河的堤岸上。他该不会是打算从这里把我推下去吧？——我像是自己跟自己开玩笑地那样想。反正我知道，今天是我的审判日。

他说："明天开庭，我和你一起去。"

我说："好吧。"

他说："你说你真的喜欢上了那个被害人的弟弟？你有没有想过，也许是这段时间发生的事情太多了，你压力太大了，这种时候，人是会做错事的。"

我说："随便你怎么说。"

他说："只要你现在回到我身边来，我当作一切都没发生过。"

我沉默着看了看他的眼睛，凝视了半晌，我说："可是我不可能当成没发生过。"

他说："好吧，我知道我有错。郑老师的事情发生以后，我没有能总是陪着你，我本来应该这么做的。你心里一定想过好多事情，我不应该让你一个人承担那么多……"

我在冬天的堤岸上席地而坐，朔风迎面扑在我脸上，我就当那是老天爷代替他给我的耳光。"苏远智。"我疲倦地笑了笑，"你想怎么罚我，都可以。"

"我只想要你回来。"他的脸庞可能比我的还要疲倦些，"你有没有想过一件事，南音，郑老师知道了这个，该多伤心？你想过吗？就算我们分开了，我和你去签字，你爸爸妈妈怎么可能允许你跟那个人在一起？他的家人又会怎么想？你想让郑老师在监狱里听说所有这些事，然后一边坐牢，一边每天想着他对不起你吗？"

我想，此时此刻，他一定对我脸上的表情感到无比满意。

这便是那个陷阱，我终于找到它了。跟迦南在一起的那段时间里，我早就知道，有什么东西我没有看到。我把自己丢在忠诚与背叛的旋涡里，我嘲笑自己在上演《罗密欧和茱丽叶》的剧情，可是我忘了最重要的一个人——如果不是因为哥哥，我便不可能认识迦南。我可以不在乎所有人的嘲笑和反对，我可以试着和我自己的负罪感和平共处，但是我不可能不在乎哥哥的歉疚。看到我所有的伤痕以后，他不会放过自己——他原本就是一个那么擅长惩罚自己的人。

他已经活在地狱里了。我是不是真的要往那个深渊里再扔一把磷火？

我深深地呼吸，用我灼热的血液温暖长驱直入的冷空气。那种似有若无的眩晕是最微妙的。我真庆幸自己有先见之明，早一点就席地而坐了。我说："你把脸转过去。给我十分钟。我答应你，我只需要十分钟。十分钟以后，所有的决定都是最终的决定。我说到做到。"

在那十分钟里，我只是闭上眼睛，用力地回想着迦南的脸。他的每一个表情。还有在永宣的那唯一的夜晚。我对他说："我们睡吧，我抱着你。"我必须记得所有这些事，因为，我不会再见到迦南了。

这就是我，能为哥哥做的最后的事情。

我永远不会让他知道我爱过迦南。我永远不会让他知道那是一个我会铭记终生的男人。我永远不会让他知道他的罪行居然给我带来了那么美好的东西。

我听见苏远智转身的脚步声，我知道十分钟到了。我睁开眼睛，安静地说："我没有力气了，你拉我起来。"

他握住我冰冷的手："然后呢？"

"然后，你不是说，你爸爸邀请我去你家吃晚饭？"

他如释重负地笑笑："是的。不过现在才下午三点，先去旅馆怎么样？我们有的是时间。"

他用力地把我推倒在床上。然后不紧不慢地俯视着我，捏紧了我的下巴。

"你真的爱那个人吗？"他问我。

"真的。"疼痛让我说话的声音听上去像在吸气。

"跟他睡觉的时候想起我了吗？"我不敢看他此刻的表情，但是，他强迫我。

"其实，想过的。"眼泪沿着太阳穴滑了下来，他的膝盖轻松地就把我的两只手臂都抵在了墙上。

"想我什么，婊子？"——我闭上了眼睛，我听见他在哭。

"对不起。"

"他脱你衣服的时候，你脑子想的也是'对不起'吗？别这么客气，你不可能有这种廉耻的。现在告诉我，他像这样，一个，一个，解开你的扣子的时候，你到底在想什么？对了，先告诉我，你们俩，谁先脱谁的衣服？"

"我不记得了。"我知道挣扎是没有用的，只要我别再挣扎，疼痛还能少一点，他的眼泪滴在我的脸颊上，我在躲闪的时候，他快要把我的下巴捏碎了。

"那这个呢？你的内裤呢？"他的一只手抽走我的腰带的时候，皮肤上一阵火辣辣的疼，"是他脱下来的，还是你自己脱的？这次不准说你不知道，婊子。"

你可不可以，不要再叫我"婊子"了，虽然，我的确是的。

"是我自己。"

"我就猜到了。所以你是不是婊子呢？郑南音，你告诉我，你是不是婊子？"他低下头来亲吻我的脖子，突然暴怒地抬起头，"×的我嫌你恶心。"

"放过我吧。"这个时候，我已经不想再哭了。

"你先告诉我，你是不是婊子？"他的身体死死地压住了我的，他的呼吸热热地浮在我脸上。那只捏着我下巴的手终于松开了，我感觉自己像是一个脖颈那里的弹簧出了故障的娃娃。

"我是。我是婊子。我是。"我不知道自己重复了多少个"我是"，下巴那里的负担没有了，说话突然间更容易些，我就像是条件反射一般，自觉主动地开始认罪了。

他的声音在我的耳膜上战栗着："他进来的时候，你有想到过我吗？"

那天晚上，我洗了脸，跟他一起去和他父母共进晚餐。他爸爸还提到了原定于夏天举行的，我们的婚礼。我们会白头偕老，花好月圆。

就是在那个晚上，我怀孕了。第二天，哥哥的案子开庭，最终的结果，他被判处有期徒刑二十年。

第十九章
南音和北北

『南音』

2011 年，3 月。

一大早，姐姐闯进我房间来："快点，你再试试这个。我想过了，我觉得这件上面的蕾丝还是比那件精致些。"

"姐……"我有气无力地把脑袋像个红包那样压在枕头下面，"我困死了。我们昨天选定的那件，我看就很好。"

"你认真一点行吗？"姐姐非常爽快地掀起了我的被子，"你这是第一次当新娘，怎么就这么心不在焉的啊。我觉得如果能穿这件是最好的，因为婚纱已经是白色的了，敬酒时候的小礼服就还是香槟色合适些。这件不就是腰那里松了一点么，我替你送去改，我认得的那个裁缝今天下午就能弄好。"

"那你就直接送给他去改，别再让我试了，我这几天试衣服试得——都觉得是在反复蜕自己的皮。"我有气无力地蜷缩起来抵御突如其来的凉意，她把我的被子扔到好远的地方，我没勇气撑起身子去拿回来。

"拜托，你有点常识好不好，当然得你先试了，我在腰那个地方做个记号，裁缝才知道要收进去多少啊。"她把裙子抛到一边，在我旁边坐下来，往我腰那里用力捏了一把，"看看你的小蛮腰，你想活活气死我啊——"紧跟着她叹了口气，她说："兔子，你真的瘦多了。"

"我总是加班嘛。"我出神地啃着大拇指。

"雪碧那个小倒霉鬼，今天早上还很认真地跟我说，她周五能不能请一天假，来参加婚礼的彩排。我立刻就把她轰下车去了，最后那五百米的路让她自己走到学校去，你说这个小孩子气人不气人？马上就要考高中了呢……"

"姐。"我有气无力地说，"别这样，你真的越来越像长辈了。"

她完全不理会我："上个礼拜，你和三叔都出差，我就跟三婶和小叔去看西决了。他还问我呢，他说南音的婚礼不应该是去年夏天就办过了吗？我也没跟他客气，我直接说你装什么糊涂，去年夏天你刚刚成为犯人，谁还有心情去管什么婚礼？"

我们俩一起笑了。"也就是你啦。"我从枕头上看着她精致的鼻梁把侧面的轮廓清晰地削出来，"反正不管你怎么说，他都不会生你气的。"

"我也跟他讲了。"她转过脸来看着我，"我说过些日子，一定会把你婚礼的照片寄给他看，他说'新郎新娘的合照就不必了，我只想看南音一个人穿礼服的样子'。这家伙……"她的视线转到了窗帘边缘处的光线上，"坐牢坐得，讲话越来越尖刻了呢。他在监狱里居然还是物理老师，你说听起来吓人不？"

去年春天，我终于又见到了穿着囚衣的哥哥。当时他的眼神就像是外壳完全损毁，神经全体暴露在外面的牙齿——一点都碰触不得。我坐在他对面，我们就这样沉默地坐在那里。探视时间马上就要结束的时候，他说："我很好。"——他甚至不敢说，"南音，我很好。"好像我的名字是个危险品。于是我说："我也很好。一切都好。"然后看守的警察押着他起身，他还是回头看了我一眼，我知道，这一眼，他得足足看够二十年。

哥哥入狱后不久，家里又有两个律师找上来了。我觉得他们看着眼熟，后来才知道果然见过。我们全家差不多都快忘记这件事了——在哥哥刚刚去四川没多久的时候，这两个律师来过，索要哥哥的授权签名，是为了争取二叔他们那个专利应该得到的所有收益。现在那两个律师说，一切都有了结果，哥哥作为二叔唯一的合法继承人，会得到那笔当初让我们所有人都大吃一惊的钱——终于有一件好事降临到了哥哥的生命里，可是，这件好事，会不会来得太凄凉了些？姐姐总说："这个倒霉催的，鬼知道二十年以后的通货膨胀是怎样的。"

"这几天真的是要累死我。"姐姐动作夸张地拍了拍额头，"江蕙跟方靖晖后天晚上到，还得去接机。幸亏我们家在外地也没什么太多的人来参加婚礼，马上就能看到郑成功那家伙了，真是没有办法，都快四岁了，还是不会讲话。那也罢了，连头发都不怎么长，还是疏疏落落的那几根黄毛，难道头发也跟智力有关系吗？"她满脸认真的困惑真的是可爱得不得了。

"我要起床了。"我闭着眼睛,像是在鼓励自己跳楼,"三秒钟之内爬起来,要不然上班来不及了……"

"上班晚去一会儿怕什么。"这个从没上过一天班的人理直气壮地说,"有说闲话的工夫,早就把裙子试了。"

"是你一直都在拉着我说闲话好吗?"我极为不满地坐起来,拖过来那条小礼裙,仔细寻找着拉链究竟隐藏在那些层层叠叠的蕾丝花边中的什么地方。

"小姐,你是主角,你都不积极一点,一辈子只有这一次而已……好吧。"她换了一种释然的口吻,"一辈子不一定只有这一次,可是你自己也不知道下一次是什么时候,说不定真的就只有这一次而已,你珍惜一下,不行啊?"

"有你在,不管什么时候我都成不了主角。"那件衣服套在身体上感觉很怪,总是散发着一种陌生人的气息,"那天去酒店看场地,乐队那些男生都盯着你看,谁看得见我啊?"

"笨蛋。那是因为他们都知道你是新娘,还盯着你看,他们图什么?"姐姐此时的眼神极为不屑,"等一下,我得拿大头针在这里扎一下做记号,别动哦……"两秒钟像童年时代捉迷藏那样的寂静之后,她突然说,"南音,我想跟你说,要是你后悔了,现在来得及。"

我说:"我知道。"

"我说真的。"她拿了一枚新的大头针在我腰部的另一侧比画着,"只要你开心,别的都不重要,我们家现在难道还害怕丢脸吗?"她身子半蹲着,扬起脸来,明媚地一笑。

去年10月,江蕙姐带着我到北京去,我在那里见到了我的出版人,还有我的《外星小孩,小熊和小仙女》。这三个小家伙被画在一本书的封面上，他们单纯懵懂地打量着彼此。这幅画，应该是他们三个人刚刚认识的时候吧。我很喜欢里面所有的插图，虽然他们三个并不完全是我脑子里的样子。每一页的句子都似曾相识，熟悉得像是一个不敢面对的回忆。我在这世界上终于拥有了一样完全属于我的东西。也许从此以后，我就不会再那么恐惧"失去"这件事了。

是的，我到了北京，可是我没有见到迦南。

我知道他等过我。可是后来，突然有一天，我再也接不到他的短信了，他的手机号码也变成了永远的无人应答。他说过的，不要让他等太久。在北京的那几天，我按照他最初给我的地址找到他住的地方，那是一个很老的居民区。走在那样的小区里，我就会相信，生活这东西其实永远都不会改变的。可是给我开门的人，却是个陌生人。他说他是迦南的同事，可是迦南已经不住在这里了。这个时候我才开始犹豫，要不要问他现在搬到了哪里，因为问到了又怎么样呢？我难道跟他说"我来告别"吗？那就太做作了。可是除了这些做作的话，又能说什么？我真正想讲的话，反正一句都不能讲的。

那个同事最终解救了我。他说迦南被公司派到日本去培训。为期六个月。然后他还折回屋里去，给了我他在日本的地址和电话号码。那个城市不是我听说过的，叫福岛，可能是我太没知识了吧。我对那同事说："谢谢。"结果他说："没什么，我做惯了，你不是第一个来问他去哪里的女孩儿。"门在我眼前关上的时候，我像照镜子一样，对着那扇污浊的门笑了，我心里想：你呀。

『北北』

我叫郑北北。也叫北北。妈妈还叫我宝贝。南音姐姐叫我小仙女。都是我。

我三岁。有时候，妈妈也说我两岁半。有一次我告诉客人说我两岁半。爸爸说："不对，北北，你已经三岁了。"大人们就是这样的，明明说过我两岁半，现在，就都不算数了。

我有一个大姐姐。还有南音姐姐。大姐姐很凶，南音姐姐给我讲故事听。所以我喜欢南音姐姐。不过我最喜欢雪碧姐姐。雪碧姐姐最好了。可是妈妈说："雪碧不是姐姐。"妈妈还真奇怪。雪碧姐姐带着我和可乐一起去看风筝。妈妈不知道，大姐姐也不知道。

我最喜欢吃的东西是果冻。可是我打不开。妈妈说，一天里，只能打开两个果冻。可是有的时候，她打开的两个都是红色的，都是黄色的，我就不喜欢。我要一个红的和一个绿的，一个绿的和一个白的也行。妈妈不给，妈妈说我调皮。我就哭了。爸爸就说："北北不哭，北北是好孩子。"爸爸就再给我打开一个果冻，可是妈妈已经给我打开了两个黄的，爸爸打开的也是黄的。我不要黄的了。他们就是不明白。

我最好的朋友是郑成功。他是男生，所以没有头发。我是女孩子，我有辫子。

妈妈说："北北，南音姐姐要结婚了，你开心吗？"爸爸说："她哪里懂得这个。爸爸小看人。"我就说："我开心的。"他们就一起笑。他们一起小看人。

大姐姐说："北北，拿好这个花篮，懂了没有？"她们让我穿一件很热的裙子。南音姐姐也穿着很热的裙子，站在我后面，一个哥哥在她旁边对我笑。妈妈说要拍照。我不喜欢拍照。大姐姐说：
"你是花童啊。你不能乱动。你再乱动，我就不带郑成功来和你玩。"
我不知道什么叫花童，我不问大姐姐什么是花童，我去问爸爸，大
姐姐坏。

妈妈说，我还有一个大哥哥。我没有见过大哥哥。妈妈说，我见过，
但是我不记得了。

『 南音 』

外星小孩，小熊，还有小仙女决定按照原路返回到出发地。他
们渐渐地都相信了一定能在重返原地的时候看见姐姐。可是，他们
迷路了。他们遇到一阵席卷荒原的风暴，他们又见过了形形色色的，
帮倒忙的人，或者会说话的非人类。最终，他们三个来到了一个堆
满积雪的小镇上。那个小镇除了积雪，和红色尖顶的房屋之外，空
无一物。他们三个踩在厚厚的雪上面，听着自己行走的声音，不知
不觉间，都安静了。

他们后来走到了一栋房子的红色屋顶上。一起坐了下来。三个
小家伙把屋顶上整齐的白雪坐出了三个圆圆的小印子。他们想要眺
望一下远方试试看，可是远方没有他们熟悉的红色荒原，于是他们
就都有点寂寞。——他们不知道，因为下雪了，所以红色荒原就变
成白色的了。他们从屋顶离开的时候，外星小孩突然说："我已经
不想知道我为什么要来地球了。"也许是这场雪让他心里一个很深
的地方彻底静了下来。

有一扇木门为他们三个虚掩着。那是其中一栋红色屋顶的房子。
他们推开门走了进去。房子里有熊熊的炉火，非常暖和。厚墩墩的

餐桌上，有三个小碗，里面盛着冒着热气的汤。小熊第一个坐下来，拿起调羹喝了一口。小熊开心地说："这是我姐姐做的。"虽然屋子里空无一人，但是他们三个都相信，姐姐一定会出现的。他们把汤喝完，爬到炉火旁边的小床上去，睡着了。

这就是整个故事的结局。

他们告诉我说，虽然做成了儿童读物的样子，可是根据读者们的反馈，很多喜欢这个故事的读者都是小朋友们的爸爸妈妈。他们问我："你还会写第二本吗？反正，他们三个还没有见到姐姐呢。"我不知道，也许有一天会的，可是眼下，故事已经有了最为合理的结局。

我没有忘记，在扉页上写着："送给臻臻。"

臻臻去年秋天上小学了。虽然她仍旧是一个沉默寡言的孩子，不过跟人保持正常的交流，已没有任何问题。她依然记得我，我是那个讲故事的人。我偶尔会跟天杨姐一起吃个饭，她一直都在尽她所能地照顾着陈医生。陈医生被送到了一个类似疗养院的地方，她只要不值班，就会在周末的时候去看看他。她一直说，他们其实是可以交谈的。她渐渐地就能明白陈医生所有表情跟眼神的意思。除了聊陈医生和我哥哥，我们也聊聊工作。她对我现在做的事情始终都怀着好奇。

因为《外星小孩，小熊和小仙女》，我才得到了现在这份工作。在龙城电视台生活频道做一档儿童节目的编导。说是编导，其实很多时间，要像个失败的保姆那样，非常狼狈地应付一群又一群来录节目的小孩子。《外星小孩，小熊和小仙女》现在变成了我简历里面蛮重要的一栏。面试我的节目主编告诉我，她的小孩和她都很喜欢这个故事。所以，我拿到了为期一年的合同。虽然一开始的薪水很低，远远没有别人想象得那么光鲜，可是我很珍惜我得到的，我一直都很努力，只有这样，才能得到续签合同的机会。

我跟天杨姐保持着这样的友谊，是因为，去年春天，她是唯一一个知道我怀孕的人。

那个夜晚之后，我和苏远智一直都还维持着算是和平的相处。我们谁也没有再提那天发生过的事情，当我发现自己怀孕的时候，第一个想到的人，就是天杨姐。

她说："你真的想好了？"

我说："真的。"

我即使是闭上眼睛，眼球都似乎躲不掉医院耀眼的灯光。如果神会因为这件事情让我下地狱，我也没有话讲。可是我不能想象，有一天，我告诉我的小孩，生命是伟大的奇迹。因为你的爸爸一遍遍地问你的妈妈："你是婊子吗？"然后，你就存在了。我也希望有个人能来说服我，让我心悦诚服地相信，我是错的。可惜我已厌倦了自欺欺人地歌颂，歌颂所有那些千疮百孔，自圆其说的意义。我工作的地方，每一天，那些嬉笑雀跃的小孩子都像一群生动的鸟雀，飞过我心里那片寸草不生的荒芜。我得尝试着用他们的方式想事情，当然，有的时候，也玩弄一点成年人的小权术，让他们学会按照我们的方式想事情。我也希望有一天，这样的生活里，会有那么一点点灵光乍现，然后，我就可以试着重新相信一些别的东西。

就在婚礼彩排的那个周五的上午，我还在开策划会。中午刚刚结束就匆忙地请了假出来，跟别的路人抢出租车，然后赢了。我报出了要去的酒店的名字，顺便，把手机从口袋里拿出来丢进包里，这样，就暂时听不见姐姐那些索命一般地催我的短信提示音了。出租车的广播里在播放紧急新闻，是在讲日本突发的大地震和随之而来的海啸。

我听见了那两个字：福岛。

雪碧站在酒店的门口跟我招手，一脸阴谋得逞的，由衷的骄傲。看来她又一次逃学成功了。姐姐奔了出来，怀里抱着那件大概是改好了的小礼服，一只空出来的手在拧雪碧的耳朵。"你的婚纱好美呢，尤其是在那个灯光下面！"雪碧像个战士那样一边挣扎，一边快乐地对我喊着。我听见苏远智站在大堂里面在对什么人说："彩排而已，我一定要换衣服么？我可不可以明天再换……"

我的脑子里只剩下了一件事，准确地说，不是一件事，是一串数字。一开始我以为它们是没有意义的，0081，我像是在心里念咒语一样，反复重复着它们。彩排的全过程，发生的所有事，对我而言都像是隔着一层透明的玻璃罩。后来我终于明白了，因为我脑子里终于闪现出来0081下面的数字。0081是日本的区号。接下来的，就是他的电话号码。那个同事把它写在一张便笺纸上告诉我我不是第一个来找他的女孩——我不记得我把那张纸随手夹在了哪一本书里面。原来，我背得出那个电话号码。

晚上，我守着家里的座机，一遍一遍地拨号。每一次，都是无法接通的忙音。我每隔十分钟去拨一次号码，家里所有人的嘈杂声在我身后海浪一般地拍着墙壁。他们都在兴致勃勃地讨论明天怎么刁难来接新娘的苏远智，和他的伴郎们。从八点，到凌晨两点，我后来又换我的手机来拨，似乎是换一个电话，希望就能多一点。我一直都没能打通。不，有一次，电话里面已经是那种接通了的长音，在我的心脏还没来得及狂跳之前，长音已经结束了，一个断断续续的女声在说日语。

我来到了雪碧屋里，我就知道她还在打游戏。"雪碧，帮我一个忙好吗？"我想，也许是我过分郑重的语气吓到了她。

"明天就是婚礼了。"我把我的手机交给了她，"明天一整天，我会很忙，你帮我拿着它。你不能错过任何一个电话，懂么雪碧？"

"好。"她的表情很困惑。

"我是说，不能错过任何一个电话。明天一定很乱，有时候电话未必都能听见的。我要你每隔十分钟看一眼我的手机，拜托你雪碧，这很重要。"

"每一个电话，我都要接吗？"她似乎进入了角色，开始认真地问问题了。

"尤其是一个开头是0081的号码。或者闪着'无来电显示'那几个字样的。国际长途有时候会显示不出来的。0081是日本的区号。"我看着她的眼睛，一边细致地解释，一边绝望地想，她一定还是有会搞错的时候。

"我懂了。"雪碧恍然大悟，"你认识的什么人在那里，可能遇上了大地震，对不对？"然后雪碧无比庄严地咬了咬嘴唇，"交给我吧，如果他打过来，我绝对不会错过的。一定想办法把电话交到你手上。"

"不，不用交给我。"我摇头，"你只要接起来，听到对方在讲话就可以了。他如果问你我在哪里，你就告诉他……告诉他……"我要告诉他什么呢？"不，你不用讲话，你接起来，听到对方的声音就可以了，你就可以挂断了。这很容易，对吧？"

"可是为什么呢？"

"没有为什么。我只是想确认，他还活着。"

明天，是我的婚礼。除了哥哥，我所有的亲人都会在那里。爸爸，妈妈，妈妈的身边必定坐着外婆，她现在已经需要穿纸尿裤才能出门了。还有小叔，陈嬷——不，小婶和北北。姐姐，雪碧，可乐，郑成功，江薏姐，方靖晖，还有大妈也会来的。当然还有我的朋友们。明天，龙城，这个没有龙的城市，我的故乡就正式变成了我的墓碑，我们都将终老于此。我会用一生的时间，把自己变成坟墓上那几簇鲜艳的野花。

所以我只是想知道，你还活着。

哪怕我已经到了弥留之际，我也希望，在我身边，能有一个人悄悄地告诉我，你还活着。

『北北』

太阳到了晚上就变冷啦，就变成月亮了。所以太阳不能吃，但是月亮可以。

妈妈说，等太阳出来了，就要带着我去把花篮里的花瓣撒出来。我不喜欢花瓣。妈妈说："不喜欢也可以，从花篮里扔出去就好。扔在南音姐姐前面。扔两把就够了。"

等太阳出来，北北就醒来了。

我能看见月亮是太阳变的。可是我睡着了以后，太阳才能来。

太阳，你是从哪里来的啊？

全文完

2011年11月28日

北京

出版社／长江文艺出版社
出品／上海最世文化发展有限公司
官方网站／www.zuibook.com
平台支持／最小说 ZUI Factor

南音【新版】

作 者 笛安

ZUI Book
CAST

出 品 人 郭敬明
选题出品 金丽红 黎波
项目统筹 阿亮 痕痕
责任编辑 赵萌
助理编辑 董鑫
特约编辑 卡卡
责任印制 张志杰
媒体运营 李楚翘
* 装帧设计 ZUI Factor www.zuifactor.com
设 计 师 付诗意
封面插图 木小雨 ASAPHZ

2015年5-6月上海最世文化发展有限公司畅销书排行榜
| TOP25 |

排名	书名	作者
1	临界·爵迹Ⅰ	郭敬明
2	尔本	安东尼
3	南方有令秧	笛安
4	临界·爵迹Ⅱ	郭敬明
5	小时代3.0刺金时代	郭敬明
6	我只能短暂地陪你一辈子	郭敬明 主编
7	红——陪安东尼度过漫长岁月Ⅰ	安东尼
8	南音（上）	笛安
9	下一站·哥本哈根	落落、安东尼、琉玄、陈晨
10	北京人在北京	琉玄
11	有生之年	落落
12	纯禽史：是囝女啊！	叶阐
13	悲伤逆流成河（新版）	郭敬明
14	你在世界的每一处	陈晨
15	黄——陪安东尼度过漫长岁月Ⅲ	安东尼
16	过去的，最好的	刘麦加
17	西决	笛安
18	公主别醒来	疏星
19	夏至未至	郭敬明
20	狂热Ⅰ·侵袭	迪·舒尔曼
21	吹笛者与开膛手	程婧波/著 孙十七/绘
22	狂热Ⅲ·失控	迪·舒尔曼
23	告别天堂	笛安
24	愿风裁尘	郭敬明
25	刺我一个吻	黄伟康

ZUI
Zestful Unique Ideal